人民文学出版社

法 莫泊桑 著

郑克鲁 译

文库

世界文学名著

楹聯録存卷三

許子舒大令輓聯

子舒宰江陰，以公事至省垣，卒於行館。余從前館江右玉山，子舒曾執經從余讀也。

百里播循聲，鳧舄不歸，童子空騎郊外竹；

卌年尋舊夢，雞窗同學，老夫曾賞筆頭花。

黄仲陶大令輓聯

仲陶杭州人，宦游吴下。於正月上旬生，十二月下旬卒，年六十。

家杭州，宦蘇州，形跡一生皆福地；

來正月，去臘月，平頭六十是完人。

金臺頻盼捷，一椎誤中，要留黃榜慰重泉。

彭雪琴尚書輓聯

尚書歿於庚寅三月六日，余至二十三日始聞之，為詩一百六十韻哭之，又寄題此聯於其靈右。

尚書功業滿天下，不待余言，惟念自己巳春始與相識，及西湖退省庵成，與余湖樓相望，晨夕過從，情逾昆弟，又申之以昏姻。乃去年九月，嘉興一見，遂成永訣，能勿泫然！數年以來，因病不能書，久無親筆書，今年二月中口占一書，命侍者寫以寄余，殆與余訣乎？封口鈐『吟香館主』小印，猶與平昔無殊也。

功業在天下，聲名在柱下，我懷姻婭私情，只論退省庵中，歷歷心頭廿年事；
哭別於九月，聞訃於三月，公已支離病榻，猶有吟香館內，恩恩口授數行書。

曾劼剛侍郎輓聯

劼剛乃吾師文正公長子，襲侯爵，官卿貳，歷使海外諸邦，精於西學。

論世務有心得，論經術有家傳，參中外以獨成其學；
為朝廷惜重臣，為師門惜令子，合公私而一慟斯人。

又

劫剛篤信西學，服西醫之藥而卒，故聯語云然，然此聯實擬而未用也。

大瀛海環游，爲國宣威，方幸相門重出將；

一刀圭誤事，以身垂戒，使知西法不宜中。

薛子白大令輓聯

子白爲心農大令子，自少隨宦浙江，曾從余游，後亦以縣令仕浙，年未五十而卒。去歲曾饋余

以家製橙糕，至今食之未盡也。

始隨宦，繼服官，曩時舊雨適從，老我曾叨一日長；

未五旬，已千古，去歲新橙製贈，至今猶臘來年香。

湖上高氏別業聯

武林高仲英、白叔昆仲，作別業於蘇隄鎖瀾橋邊，距花港觀魚甚近，有水門可通舟，樹石亦皆

有致。

選勝到裏湖，過蘇隄第二橋，距花港不數武；

維舟登小樹，有奇峯四五朵，又老樹兩三行。

李心根封翁八十壽聯

封翁爲杭州太守伯質李君之父。庚寅三月九日爲其八十生辰，余適至杭州，卽往祝。輿中得

此聯，爲太守誦之，越日卽以玉版箋索書，亦壽言中所罕見者也。

自杖朝到百齡，看令子由二千石黃堂而登開府；

距修禊纔六日，爲先生寫十三行玉版以祝延年。

彭剛直公祠聯

楹聯乃古桃符之遺，不過五言七言，今人有至數十言者，實非體也。世傳雲南大觀樓聯最長，

合上下聯亦不過一百八十字；今年湖上彭剛直公祠落成，其湖南同鄉撰一長聯，寄余點定，其聯

凡二百七十字。余因亦自撰一聯，共三百十四字。

偉哉！斯真河嶽英靈乎？以諸生請纓投筆，佐曾文正創建師船，青旛一片，直下長江，向賊巢奪

轉小姑山去。東防歛婺，西障溢潯，日日爭命於鋒鏑叢中，百戰功高，仍是秀才本色。外授疆臣辭，內

授廷臣又辭，強林泉猿鶴，作霄漢夔龍。尚書劍履迴翔，上接星辰，少保旌旗飛舞，遠臨海澨，虎門開絕

壁，巖崖突兀，力扼重洋。千載後，過大角礮臺尋求故蹟，見者猶蕭然動容，謂規模宏壯，布置謹嚴，中

國誠知有人在；

悲夫！今已旂常俎豆矣！憶疇昔傾蓋班荆，借阮太傅留遺講舍，明鏡三潭，勸營別墅，從珂里移

將退省庵來。南訪雲樓，北游花陽，歲歲追陪到烟霞深處，兩翁契合，遂聯兒輩因緣。吾家童孫幼，君

家女孫亦幼，對穠華桃李，感暮景桑榆。粤嶠初還舉足，已憐蟄蟄，吳閶七至發言，益覺含糊，鴛水遇歸

橈，俄頃流連，便成永訣。數月前，於右台仙館傳報噩音，聞之爲潸焉出涕，念酒坐尚溫，琴歌頓杳，老

夫何忍拜公祠。

彭母常恭人輓聯

恭人爲剛直公子婦，後公四月而卒。其長女歸余孫陛雲，今年四月中，因剛直公卒而歸，得侍

湯藥者兩月。

阿翁椿蔭初頹，正期獨力持家，手理田園，兼以一經傳膝下；

有女蓬門遠嫁，猶幸先期歸省，躬親湯藥，尚能兩月侍牀前。

張子青相國八十壽聯

相國生於七月八日。

郭汾陽遇天孫後一日；

文潞國相元祐前四年。

包子莊孝廉輓聯

余辛亥年避兵定海，與孝廉同乘火輪船至滬上，半夜有風濤之驚，距今三十年矣。孝廉卒於安慶，書此輓之。

滬瀆避烽烟，半夜怒濤還如昨；

皖南傳噩耗，卅年舊雨又亡君。

汪母倪太夫人八十壽聯

夫人生於十二月二十七日，先期於十月稱觴。是日適爲其孫納婦也。

秋鬢綠如初，萱壽八旬，看膝下文孫，剛好迎將新婦至；

臘鐙紅欲近，梅花數點，爲堂前愛日，故教移到早春來。

蔣澤山大令輓聯

澤山爲生沐先生子，先生即刻《別下齋叢書》者也。澤山登乙亥賢書，與定海黃以恭、諸暨陳偉、東陽龔啓蓀、仁和徐琪、馮崧生、錢唐汪行恭、丁立誠皆肄業詁經精舍，榜後有『俞門八儁』之目。余初不知之，其子初民茂才所撰行述言之，當不誣也。澤山后以知縣仕廣東，光緒己丑充鄉試同考官，出闈大病，旋卒。

八儁出吾門，如君自有家傳，別下齋中，淹雅共推名父子；

一官職民社，到死不離文字，至公堂上，辛勤還似秀才時。

亚亭鄉侯廟聯

亚亭鄉侯蔣澄，字少明，東漢初人也。其父橫，佐光武平赤眉之亂，後以讒死，九子皆徙江南。侯，其第九子也，居陽羨，以父雠未復，恆鬱鬱。帝憐之，爲誅其雠，封侯爲亚亭鄉侯。明帝時立廟回圖，至今存焉，有唐至德二年碑。其裔孫乞書祠聯，錄碑文見示，碑偽，不足據。然《萬姓統譜》

所言與碑大略相同，姑據碑文爲撰是聯。碑云澄爲蔣詡五世孫，故用『三徑竹』事。

周公苗裔，漢室侯封，溯當年志復父仇，忠孝兼全，不媿元卿三徑竹；

陽羨寓廬，回圖廟貌，看此日福流里社，烝嘗勿替，長存至德二年碑。

應敏齋廉訪輓聯

敏齋官江蘇，仕至按察使，未竟所施而去。余與同舉於鄉，又同庚，今年皆七十矣。不謂其遽以微疴謝世也。

溯治績在三吳，是宜開府開藩，與湯陸諸賢，長留民愛；

享遐齡剛七衰，我亦同庚同榜，哭牙期老友，兼歎吾衰。

許星臺方伯賀聯

今年九十月間，方伯夫人大病幾危，幸而無恙，一孫入泮，一孫授室，書此賀之。

十月小陽春，阿翁老而矍鑠，阿婆病後康強，金母木公雙福壽；

全家大歡喜，一孫秀擷芹芬，一孫香圓蘭夢，青童玉女眾神仙。

季碩女史輓聯

季碩姓曾氏，歸張子黼祥齡，古之所謂女士也，能詩畫篆隸，且優於德，著《婦禮通考》一書，未竟而卒。病中有句云：『伏生老去傳經倦，願作來生立雪人。』爲余作也。

清才兼眾妙，老人何幸，門牆立雪訂來生。

婦禮補三通，夫壻多情，筐篋零星尋舊稿；

任母□[一]夫人輓聯

夫人爲任筱園中丞之配，久病不愈，至今歲而卒。其女孫許嫁於劉氏，及吉期而夫人卒，乃於夫人大殮之後至舟中遣嫁焉。

疾疢已多年，頓教夫壻衰齡，寂寂繐帷哀永逝；

悲歡同一日，堪歎嬌孫新嫁，恩恩畫舫賦催妝。

【校記】

〔一〕『母』下，原本有一空格。

姚彦侍方伯輓聯

方伯以農部起家，仕至廣東布政使，罷歸。今年有旨引見，未及行而卒。

有詔欲趨朝，絲竹東山，猶以蒼生存遠志；

斯人不開府，疆理南海，深爲聖世惜良材。

嚴伯雅太守輓聯

伯雅以太守需次江蘇，能詩，有《養花館詩稿》十二卷，甫刻成而卒。其妹爲皖撫沈仲復夫人，同時謝世。其弟緇生太史各以一聯輓之，頗沈痛，傳頌於時。

吟草刻初成，才名空滿江南，未許詩人真領郡；

同枝吹並折，噩耗又傳皖北，那教老弟不傷心？

沈室嚴夫人輓聯

夫人爲皖撫沈仲復之配，仲復奉命署兩江總督，未赴而夫人卒。其從前寓居吳下耦園，有聽

櫓樓，有鰈硯廬。鰈硯者，仲復得一異石，文理自然成魚形，剖而琢之為二硯，硯各一魚，與夫人分用之，故曰「鰈硯」，而即以顏其室云。

雙節拜新恩，雨花臺畔旌庵，惜未魚軒同庋止；

耦園尋舊夢，聽櫓樓頭燈火，不堪鰈硯再摩挲。

曾忠襄公輓聯

光緒十六年十月，兩江總督曾公薨。公為文正公介弟，其功業在國史，無待臚陳。歿後恩禮優渥，贈太傅，諡『忠襄』。溯曾氏一門，父子兄弟，得諡法者五人，建專祠者四人，贈太傅者二人，不獨我朝所罕，求之列代，亦為僅見矣。

耀旂常，虎武龍文，溯始事於楚，告成功於吳，又有大造於晉，至去年霖雨奇災，仁粟義漿，兼施兩浙；

鍾靈秀，三湘七澤，予諡法者五，建專祠者四，晉贈太傅者二，數列代淩烟盛蹟，玉昆金友，足冠千秋。

許子喬刺史輓聯

子喬官山東東平州知州，移牧膠州，未赴而卒。生數子皆夭，一女僅十齡，婿妻扶櫬由運河南下。然在東平頗有政聲，張朗齋中丞據以入告，敕於東平舊治建立專祠，亦不虛死矣。

有兒早夭，有女猶雛，最憐縞素扶棺，一路風霜共南下；
惟帝念功，惟民感德，想見黔黎拜廟，千秋俎豆在東平。

韓母王太夫人輓聯

太夫人自言：『忠孝節義，萃於一門。』蓋其夫以百夫長死難，己守柏舟之節，諸子能手刃父讎，而舊時僕媼相依流離不去故也。諸子中，次子晉昌官永州鎮總兵，三子慶雲官江蘇候補道，曾署糧道，最知名。總戎入覲，皇太后詢及太夫人年歲。晚年又以捐資助賑，敕建『樂善好施』坊，亦備及哀榮矣。

忠孝與節義，萃於一門，好施樂善，綽楔褒揚，更有仁聲動朝野；
壽富至考終，合成五福，武達文通，兒孫鼎盛，曾邀天語問年齡。

丁月湖先生輓聯

先生名寶書，吳興耆宿也。精於目錄之學，宋元舊籍，收藏繁富，校勘精詳，著述之志甚盛。

潘嶧琴學使續刻《兩浙輶軒錄》，屬先生採訪湖郡之詩，得數百家，尚擬再訪，未竟而卒。

溯乾嘉以來，學派相承，惟先生鉛槧精詳，當世同推真種子；

歎蓍雪之間，風詩誰採，想使者輶軒悵望，此邦頓失老成人。

潘伯寅尚書輓聯

伯寅以文恭公之孫，由翰林起家，入直南書房，官至工部尚書，兼管順天府事，愛士憐才，崇尚經術，引拔後進，有古大臣風。今年順天府屬災於水，每對災黎，爲之泣下，爲籌振濟，不遺餘力，亦可謂以死勤事者矣。

以宰相孫，供奉翰林，數十年老書房，憐才愛士，自任斯文，物望重朝端，八百孤寒同感泣；

拜司空公，兼領京兆，五六月大霖雨，禦患捍災，不遺餘力，遺章聞闕下，九重恩禮異尋常。

陳舫仙廉訪六十壽聯

舫仙爲湘軍宿將，勳望頗重，於時兩江制府曾忠襄公薨於位，舫仙實總領湘軍，頗藉其鎮撫之力。

苻吳會名區，矍鑠六旬翁，笑聽綺席清歌，對臘鐙，酌春酒；

數湘軍宿將，崎嶇百戰後，行拜彤廷[一]恩命，持玉節，鎮金陵。

【校記】

[一] 廷，原作『延』，據文意改。

表姊姚恭人輓聯

姊爲平泉舅氏長女，吾母之兄女，而吾婦之女兄也。年八十有四，其仲子子雲孝廉爲山東泰安州書院山長，其季女歸許子衡大令，隨宦雲南，姊年來深以爲念。

至親關中表，生小相依，於吾母爲姑姪，於吾婦爲弟兄，往事不堪再回首；

上壽近期頤，全歸何憾，有愛女在滇南，有愛子在山左，暮年未免兩懸心。

朱蓮生明經輓聯

蓮生曾游於黔，客興義府張春潭觀察幕中，會苗民不靖，以一書生率偏師收復普安縣城。總督吳文節公欲爲請獎，敘謝不受，乃奏保光祿寺，署正銜，從其志也。暮年居上海，充求志書院副總監院，每課必與焉。余忝主求志講席，見其所爲經解，洋洋萬餘言，甚奇之，輒置之前列。蓮生執弟子禮甚恭，然實長於余四歲也，年七十五而卒。

功成一笑，不慕侯封，從前鐵馬金戈，竟以頭銜六品老；

齒長四齡，謬叨師事，此後青燈黃卷，更無手稿萬言來。

郭筠仙侍郎輓聯

侍郎由翰林起家，權廣東巡撫，内歷禮、兵兩部侍郎，充出使英、法大臣，經濟學問，見重一時，

爲翰苑，爲封疆，爲海外輶軒，青史長留不朽事；

是同年，是前輩，是楚中耆宿，白頭頓失老成人。

余丁酉同年，又翰林前輩也。

嚴芝生同年七十壽聯

一雙嘉耦小比肩，堂上拜生朝，閨中慶滿月；

七十老翁大稱意，今年娶新婦，明歲抱曾孫。

芝生於八月下旬生日，而於月初爲文孫娶婦，贈以此聯，祝而兼賀也。

高力臣總戎六十壽聯

玉帳漢江秋，過重九佳節，登高拜九重恩命；

金樽明月滿，正十六良宵，既望慶六十生辰。

力臣爲湖北漢陽總兵，九月十六日，其生日也。

許星臺方伯輓聯

領郡始豫章，而吳中而浙中，陳臬開藩，兼權節鉞，白首老同年，十載過從，回思話別衙齋，猶如前

余與方伯交最久，前贈諸聯，言之詳矣，今年奉詔入都，卒於通州，僅一孫侍側，是可悲也。

日事；

克家得賢子，有文孫有曾孫，珠蘭玉樹，森列庭階，黃粱大春夢，三更旅館，堪歎送歸泉壤，僅一小同存。

朱璞山封翁輓聯

璞山官太湖同知，素負吏才，未竟其志。有二子，皆美材，其長君伯華觀察，余門下士也。璞山與余皆生於道光辛巳歲，是歲於正月二日立春，而其生也，猶在立春之前，星命家仍以庚辰大寒論，則視余若長一歲矣。

抱此才略，惜無此遭逢，尚餘伏櫪雄心，有子幸能成父志；

長我一年，實與我同歲，等是懸車暮齒，哭公兼亦歎吾衰。

郭汝雨明府輓聯

汝雨由廣文改知縣，署常熟縣，旣受代，民欠二萬餘千，是歲又值水災，乃慨然曰：『民困如此，再擾殘黎，不如身任之。』乃以官款墊之，如民欠數。民得免，而身累矣。然郭固閩鉅族，汝雨有九子六孫，第五子曾焜已舉於鄉，繼起未艾也。

自秉鐸，至鳴琴，生平惟盡所當爲，早已感乎徧邋迤；
不病民，甘累己，造物將何以圖報，請看繼起眾兒孫。

戚母錢太恭人輓聯

太恭人爲戚英甫同年室，錢衍石先生女也。能詩，工書，且善分書。咸豐初年，余與英甫同官
翰林，兩家眷屬擬結伴入都，而英甫奉諱歸，不果旋，亦卽下世矣。其子人銑，以刑曹官京師，而恭
人自與少子居家鄉，今年病歿，年七十有九。

已逾七袞遐齡，止爭一歲光陰，竟不少延登耄壽；
頓觸卅年舊夢，回憶兩家眷屬，曾謀結伴到京華。

鮑伯熙太守輓聯

太守爲華潭中丞之子，曾文正公年終考語有『世家子弟，能耐勞苦』之語。署九江太守，卒於
官，年未六十也。卒後三日，其側室高氏仰藥以殉。

帝知佳子弟，民歌賢父母，誰料樓成白玉，並教房老殉泉臺；
官止二千石，壽未六十年，方期幢引碧油，重紹家聲開幕府；

李少荃傅相七十壽聯

五百年名世之才，上緯天維，下理地軸；

七十載從心所欲，西摩月鏡，東弄日珠。

又

以黃閣老臣，兼青宮太傅，九畿坐鎮，五等崇封，德威及萬里遐陬，翻笑唐李郭宋范韓，勳業事功，

不離寰宇內；

先元宵十日，祝上相千秋，梁案齊眉，謝庭繼武，恩禮自九天下逮，遠軼漢張蒼魏羅結，富貴壽考，

再屆古稀年。

崧鎮青中丞六十壽聯

先一歲祝六十生辰，正玉昆金友，同領封疆，當代合肥堪媲美；

中丞今年五十有九，豫祝焉。是年公弟錫侯中丞開府蜀中，弟兄同時兩巡撫，縉紳榮之。

為兩浙籲九重恩命，就越水吳山，特開制府，昔年敏達與同符。

寶文靖公輓聯

佩蘅相國寶鋆，諡文靖，丁酉同年也。五六歲時，其封公口授以《金剛經》，即背諷不遺一字，可知真靈位業中人，自有宿根矣。

五十年同歲生，平時悵舊雨稀逢，一旦驚臺星驟隕；

廿四考中書令，早日擅金經宿慧，千秋垂青史賢名。

賀雲甫御史大夫輓聯

雲甫亦丁酉同年，罷官後僑寓天津，年八十二而卒。其孫於今科中式京兆榜第二名，猶及見之也。

享大年兼備達尊，三看賢孫折桂而回，白髮重親，正喜滿門皆杞梓；

歎同譜又凋碩果，一從文靖騎箕之後，黃壚再慟，自憐暮景亦桑榆。

查子伊貳尹輓聯

子伊以微員需次吳中，去年臘月二十九日卒於震澤縣丞署，其子燕緒，余孫陞雲同年，時充日本使臣隨員。

以微員薄宦吳中，最憐風冷具區，臘鼓送回仙吏舄；

有令子壯游海外，誰料電飛列缺，星槎催返孝廉船。

劉文楠觀察輓聯

文楠當金陵不守時，其父母弟妹死寇難者十餘人，感而投筆從戎，積功至觀察，其才略之優，可想也。

承一門忠烈之餘，投筆從戎，公憤私讎皆得盡；

歷卅載艱難而起，蓋棺定論，文才武略兩俱優。

清溪書院講堂聯

時吾邑修葺書院，董其事者屬書此聯。

合天目茗溪諸勝，龍飛鳳舞而來，鍾毓英才宜此地；

承朏明方虎之遺，經術文章相望，纘修舊業在羣賢。

王氏長外孫喜聯

王氏長外孫念曾，字少侯，娶許氏二外孫女爲婦，於正月十六日成禮。顧而樂之，爲書此聯。

十六良宵，對明月金樽，還如元夕；

一雙嘉耦，看春風玉樹，總是孫枝。

許室施恭人輓聯

許子社明經之配也，平日喜持齋念佛，於十二月初九日微笑而逝，室中有㫋檀香。

過臘八日含笑歸真，但有㫋檀香不滅；

誦元九詩傷心營奠，定知虛幌淚難乾。

羅景山軍門輓聯

軍門以軍功起家，官至福建福寧鎮總兵，升福建提督，調湖南提督，罷歸，復起，仍爲福寧總兵。壬申之歲，先兄壬甫守福寧，余往省太夫人起居，軍門正官福寧鎮，一見如故，觴余於望海樓，出所著《思痛錄》見示，蓋紀嚴州戰事也。先兄旋卒於福寧郡署，乃至今年，軍門亦卒於福寧鎮。追念舊游，爲之法然。

崎嶇百戰後，飛揚大纛高牙，浙閩草木，都仰威名，猶不忘嚴陵城外數載艱難，往事重提，示我親編《思痛錄》；

荏苒廿年前，省識輕裘緩帶，襄鄂英雄，更饒儒雅，試回憶望海樓頭一樽談笑，舊游如夢，哭公兼慟對牀人。

廣化寺大殿柱聯

寺在孤山之陽，唐宋人所稱孤山寺也。初名永福，陳文帝天嘉元年建。唐元和十二年，僧惠皎鐫《法華經》於寺之石壁，長慶四年畢工，元微之有記。宋大中祥符間始改名廣化寺，有辟支

佛塔。

李黼堂輓聯

黼堂以江西藩司護巡撫，謝病歸，著《國朝耆獻類徵》一書，卷帙繁富，往年曾寓居浙江，於孤山寺築芋禪精舍，即在俞樓之後。

徵文考獻，遂有成書，大筆千秋垂信史；

愛湖山而寄寓，煨芋談禪，長留名蹟，小樓一角附芳鄰。

寶母張太恭人七十壽聯

太恭人乃旬膏大令之母。旬膏爲河內人，余從前視學中州，曾來應童子試，以試卷汙墨，遂將所作文與同縣范君，余竟取入府學，而旬膏又遲十年乃入學。曾以諸生從戎，有戰績，今以縣令官吳中，七月三日爲其母稱觴，因贈是聯。

趁七月新涼，祝阿母壽到期頤，齒杖榮頒，寵命定從天上至；

憶卅年舊事，看令子材兼文武，牙琴虛賞，英雄未入彀中來。

樂峯中丞母太夫人七十有八壽聯

樂峯中丞奎俊，自山右移節吳下，於六月初五日至吳，前一日太夫人生日也，行年七十有八矣。是年閏六月，乃補以此聯壽之。

使節帝移來，鸝坊鶴市，羅拜慈軿，見說七旬剛晉八；

壽觴天補與，雪藕冰桃，重開家宴，又看六月過初三。

莊芝田大令輓聯

大令曾從戎，有戰績。其先德官浙中，故大令亦筮仕於浙。余孫兒陛雲入學時適知吾邑，取第二。

於從戎見戰績，於從政見吏才，溯先世治譜傳家，又以循良達朝聽；

在吾邑爲父母，在吾家爲師友，記小孫童年就試，曾因文字受公知。

浣花夫人祠聯

江叔海自蜀中書來，言浣花溪上新建冀國夫人祠，欲余撰一聯寄刻祠中。夫人乃唐時崔寧妾任氏，寧入朝，留其弟寬守成都。楊子琳乘間襲據其城，寬戰力屈，任募士，自將以進。子琳大懼，遁去。新、舊《唐書》並載此事，然未言封冀國夫人。《楊升庵集》言成都浣花溪有石刻浣花夫人像，三月三日爲夫人生日，傾城出游，亦止稱浣花夫人。冀國之號，未知何代所封也。

新舊書未詳冀國崇封，但傳奮臂一呼，爲天子守城，爲小郎破賊；

三四月歷數成都盛事，且先邀頭大會，以流觴佳節，作設帨良辰。

詁經精舍式古堂聯

詁經精舍講堂西偏有便坐焉，余題曰『式古堂』，並撰是聯。

與諸君拜許鄭先師，敢以空談荒實義；

爲昭代存乾嘉學派，須知經術卽文章。

虎邱魁星閣聯

七月七日爲魁星生日，見國朝施可齋鴻保《閩襍記》，蓋閩中龍岩州有此説，他處不知也。吳下虎邱新建魁星閣落成，余題是聯，庶此説傳播三吳乎。

勝地傍虎邱，更登百尺樓臺，已近九霄通瑞氣；

奎光射牛斗，願共三吳儁乂，長從七夕拜文星。

于室張孺人輓聯

孺人名祖綬，字綠硯，于香草明經之室也。能詞翰，兼通經義。香草治經，得其襄助者爲多。嘗課其女誦《毛詩》，遂著《詩問》二卷，亦女而士者也。廿一年佐夫壻治經，似此倡隨能有幾，三百篇爲女兒課讀，至今箋注尚如新。

廣東學使署光霽堂聯

爲花農題。聯中事蹟，均見花農《詩紀》，不具錄。

四面廠園林，看喻學有齋，校經有廬，以及瑞芝籨外，仙石亭中，好景無邊，都向此堂呈勝槪；

九霄下鸞藻，湖大興之翁，儀徵之阮，上而米老題詩，雪翁葺屋，前徽未遠，更欣繼起得名流。

任小沅中丞七十壽聯

中丞曾官浙江布政使，後至浙江巡撫。

屏藩節鉞半生來，宦蹟兩至吾鄉，僚友曰善，士林曰善，閭閻曰善；

香山放翁七十歲，詩篇並爲公壽，富貴中人，風雅中人，神仙中人。

彭岱霖觀察輓聯

觀察爲文敬公之子，宦游吾浙。其生也以十月十七日亥時，其歿也亦同之，且其臨終處分身後事，神色湛然，若有甚異者，亦必生有自來者也。今年春曾偕吳清卿中丞訪我於俞樓，清卿爲余

門下士，而觀察又出清卿之門，清談良久，進小食點心而別。不謂此別遂千古也。

宰相之子，儒雅風流，春間過我請談，卮酒杯羹，敢謂門生出門下；

神仙中人，去來自在，身後傳君奇事，縣弧屬纊，不徒同日又同時。

朱伯華觀察輓聯

伯華曾從余游，庚申春，蘇州失陷，同出危城，轉徙至越中，相依一載有餘，呼內子姚夫人為母。後以孝廉出為監司，署直隸清河道者一年，加二品銜。李傅相頗倚重之。未登中壽而卒，惜哉！

錢子密侍郎七十壽聯

昔年曾患難相依，從吳下轉至越中，辛苦道途，同留此烽火餘生，何異一家骨肉；壯歲以孝廉筮仕，由郎署出為觀察，勤勞王事，止博得清河小試，兼叨二品頭銜。

子密乃子方同年之弟也，受曾文正知最深，在兩江幕府垂二十年。後入都供職，值樞廷，累遷至工部侍郎矣。子密小於余三歲，戒余勿自稱弟；而每與通書輒忘之，仍自稱弟。乃加『罘』字於上作『罪』字，曰周人稱兄曰『罪』也。今年子密七十生日，書此聯壽之，並述前語為戲。

樞廷宿望，戎幕舊游，衣鉢得真傳，曾見兩江來建戶；

八秩初開，三年忝長，軒楹題吉語，不辭一笑再書牟。

徐壽蘅侍郎七十壽聯

侍郎視浙學時，曾以余文章學問力薦於朝，余固不知也，及侍郎以此得嚴譴，余始知之，乃與

書曰：『此事姑置之五百年後，自有定論耳。』今侍郎年七十矣，六月五日其生日也，書此壽之，並

及前語，以爲一笑。

七十歲古稀，庭院清涼，好引碧筒招客飲；

五百年論定，文章道義，可容青史附公傳。

李母陶太淑人輓聯

淑人生於嘉慶二十二年丁丑，歿於光緒十八年十二月，月建在丑，又曰『吾於丑時歸』，及卒，

果丑時。早寡，無子，抱夫弟之子爲子，其夕夢人以榴實示之，拈其一子，及所抱子來，目有紅點。

生平言笑不苟，每謂『物力艱難，不可不惜』，食畢輒令人於案下檢尋遺粒。其嗣子名濱，官浙中，

仕而不廢學，亦佳士也。

生丑年，歿丑月，又豫訂丑時，平居懿美不勝書，小物克勤，珍此稻匙一點雪；

始賢婦，繼賢母，遂教成賢子，異時造就未可量，循聲大起，拈來榴實十分紅。

張勤果公祠聯

公立功西域，薨於山東巡撫之位，相傳爲張桓侯轉世，見於蒯士薌廉訪所譔《岳忠武祠聯跋

語》。蒯其至親，當不誣也。

唐留姓，宋留名，又爲熙朝鍾間氣；

太山雲，天山雪，長於浙水護靈旗。

彭剛直公衡州專祠聯

公西湖專祠余已爲題聯矣，聞衡州又成，寄此聯。

儒雅是書生，英武是宿將，赤心許國，是社稷臣，長留俎豆旂常，突兀崇祠壯南嶽；

發軔在湘中，轉戰在江上，白髮籌邊，在嶺海外，追數艱難辛苦，淒涼老友哭西湖。

三三五二

盛旭人方伯八十壽聯

方伯之哲嗣嗣杏孫觀察亦行年五十矣,方爲天津海關道。明年恭值皇太后萬壽慶典,方伯由天津入京祝嘏,必與在籍九老之列。蓋慶典例有文九老,武九老,在籍九老,謂之三九老云。

與賢郎合作百卅齡,疊舉兒觥上壽;

看明歲徵爲三九老,同扶鳩杖趨朝。

許星叔尚書輓聯

星叔以內閣中書起家,官至尚書、軍機大臣,以微疴遽卒,贈太子太保,諡恭慎,亦備極哀榮。

其明年,恭遇萬壽慶典,樞廷諸臣皆膺異數之恩,則君不及矣。

起家直閣,秉政樞廷,中外交推,洵不愧丁卯橋百年喬木;

疊晉宮銜,茂膺諡典,哀榮備至,惜未逮甲午歲萬壽恩綸。

聶仲芳廉訪四十壽聯

廉訪爲曾文正公之壻，由蘇松太道遷浙江按察使，行年四十，正萬壽慶典之年也。

九重大慶，延及臣家，一時中外豔傳，謂吾師文正公真能擇壻；
四十華年，晉陳臯事，此後勳名鼎盛，是本朝咸同後繼起名臣。

潘母汪太夫人輓聯

太夫人爲文恭相國季子婦，年至八十，未逮生日而卒。

出自名門，嬪於相門，慶典躬逢，鳩杖方期頒内府；
生在冬日，歿當秋日，耄齡已屆，兒觥未及進華堂。

宋母彭夫人八十壽聯

彭夫人爲宋叔元觀察德配，長子樹之筮仕吾浙，次子澄之應試金陵，皆有時譽。八月十四日
其生日也。

看長君鵲起,聽仲子鹿鳴,都爲萱堂添福壽;

距百歲廿齡,先中秋一日,長斟桂醑祝期頤。

許子社明經輓聯

子社於今年元旦作五言絕句一首,句首冠以『甲午大吉』四字,和者甚眾。

大吉竟無憑,空流傳甲午元旦;

舊游能有幾,又凋零丁卯詩人。

孫鏡江吏部輓聯

鏡江以進士官吏部,改以知縣官江西,罷歸,以安定書院山長終。性嗜金石,嘗以同鄉吳氏所藏齊侯罍,謂考訂有誤;又好散氏盤銘,命其女公子摹之,書扇面見贈。今年來見我於右台仙館,其名刺乃鐘鼎文也。

登進士第,官吏部郎,花縣歸來,竟以山長老,

摹散盤文,訂齊罍誤,草堂投刺,早作古人看。

沈仲復中丞輓聯

仲復以安徽巡撫內召，於姑蘇小住，即擬入京恭祝皇太后萬壽，未及啓行，以疾卒於蘇寓之耦園。

謝玉節以歸來，盛典恭逢，正擬衣冠趨北闕；

愛金閶而小築，名園大好，不堪絲竹冷東山。

潘偉如中丞八十壽聯

中丞由微秩起家，官至貴州巡撫，引疾家居，年登八秩，七月既望乃其生日。夫人沈氏，白首齊眉，亦佳話也。

任封疆萬里，受知歷四朝，備歷官階到開府；

距百歲廿年，先中秋一月，安排家讌祝齊眉。

又輓聯

中丞生日後逾一月旋卒。遺疏入,詔視巡撫例賜卹。

溯縣弧穀旦,到撤瑟靈辰,一月光陰歌泣異;

從牧令起家,以封疆致仕,九重恩禮始終全。

于母姚孺人七十壽聯

孺人爲于香草明經之母,七十生日,戒勿稱觴,命以所費周親族之貧者,香草因請余書此聯壽之。聯中云云,皆述孺人之言也。

幼承祖訓,老授孫書,謂兒勿急科名,課爾曹三百篇毛詩殊有味;

年屆古稀,月逢瑞臘,爲吾小蒯鄉里,道我母八十歲耄壽未稱觴。

桐山居士七十壽聯

居士名鳳瑞,字桐山,號如如老人,杭州駐防,曾刻小印曰『曲園門下走狗』,亦旗營中一老詩

人也。今年七十矣，以詩稿見示，並乞壽聯，書此贈之。其生日爲十一月二十三日，乃冬至前三日。

讀戹言七章，及褼言諸篇，想見其人，嶔崎歷落；前陽生三日，爲先生上壽，從今以往，耄耋期頤。

王母周太淑人輓聯

太淑人爲王可莊太守之母，其始歸也，及事祖舅文勤公，隨宦歷秦、晉、蜀，而荊布如寒素。晚年子孫森立，長君可莊以進士第一人出守鎮江，移守蘇州，皆有惠政，至今遺愛猶存。隨秦晉蜀使節歸來，依然裙布釵荊，不愧文勤家法；有子孫曾英材繼起，看取召棠郇黍，曾留吳會名區。

陸存齋觀察輓聯

存齋以觀察使官廣東、福建，咸以大用期之，而竟不果。然收藏書籍，富甲海內，亦足以豪矣。

歷官閩越，聲望滿朝中，大可由柏署薇垣到開府；舊籍宋元，收藏冠海內，忍拋卻曹倉杜庫去修文。

朱母陳太淑人輓聯

淑人爲朱萍華大令之母，年八十一而終，有三子兩孫，其長君先卒。

生甲年，歿甲年，上壽八旬，去歲曾經進春酒；

子二人，孫二人，考終一笑，長君先已待泉臺。

孫琴西同年輓聯

琴西以翰林直上書房，出守安慶，歷官至江寧布政使，以太僕卿內召，引疾歸。工詩文，兼喜校刻其鄉先輩遺書。與余爲丁酉、甲辰、庚戌三次同年，雖學術門戶不同，而頗相得。年至八十而終。其官翰林時，再上封事甚切，非徒以文學見者也。

數丁酉、甲辰、庚戌三度同年，洵推理學名臣，內官禁近，外任屏藩，晚以太僕歸田，老去白頭重游泮水；

刻橫塘、竹軒、水心諸家遺集，自任永嘉嫡派，文法桐城，詩宗山谷，更有封章傳世，將來青史豈僅儒林。

廖穀士中丞六十壽聯

中丞以二月十六日生，時方撫吾浙。

春滿浙東西，百五韶光，鍾五百名世；

月明弦上下，十六望日，慶六十生辰。

余母程太夫人輓聯

太夫人為余古香觀察之母，正月八日生，年八十九而卒。已有元孫，惜其子皆前卒矣。

耄耋屆九旬，止欠一齡，正擬壽筵開穀日；

曾元羅五世，僅虛一代，已堪人瑞告楓宸。

沈母蔣太夫人輓聯

太夫人為雪門先生之配，光緒二十年年九十有七，遵例計閏作為一百歲。奏建百歲坊並奉旨加賞，上用緞一匹，銀十兩。至二十一年五月而卒，有子二人，孫十三人，曾孫十五人，元孫三人，可稱全福矣。

賜壽有加隆，上溯嘉道咸同來，計閏一百零一歲；

歸真無遺憾，俯看子孫曾元輩，送終三十又三人。

林篤甫太史輓聯

太史自貴州學政罷歸，即僑居吳下。其先德夢一僧入室而生，太史去年又夢受命爲揚州府城隍，或不誣也。臨卒前二日，猶向其妻弟惲季文內翰問余安否，亦可感矣。

同館論交情，又兼同寓胥閶，垂死病中猶念我；

前年徵夢兆，更溯前身寒拾，歸真去後定成神。

朱煥文總戎輓聯

曾忠襄收復金陵時，從龍脖子地道首先衝入者，煥文也。而敍首功，竟不之及，時論惜之。其任雲南鶴麗鎮，曾發火槍斃一虎，繪《殺虎圖》，余有詩存集中。乙未夏，防寇海上，卒於軍中。

海上落大星，爭傳當日戰功，匹馬衝開龍脖子；

吳中懷舊雨，聽話平生快事，一槍擊斃虎於菟。

楊石泉制府七十壽聯

制府時督陝甘，九月九日其生日也。從前六十生辰，上賜以四字額，曰『巖疆錫羨』，想古稀之

慶，錫賚必有加矣。

柱石久銘勳，逢重九節，拜九重恩命；

巖疆仍錫羨，賜十七物，祝七十生辰。

瓜爾佳那拉太夫人輓聯

太夫人為奎樂峯中丞之母。中丞由蘇撫調陝撫，奉母北上，行次上海，待輪船未發，太夫人暴

疾，卒時七月七日也，年八十有二。

一品紫泥封三吳，移駐三秦，海國飆輪剛待展；

八旬黃髮壽七月，適當七日，天孫雲錦遽來迎。

陸母程太夫人輓聯

太夫人爲陸鳳石祭酒之母。鳳石在京，因母老乞歸，歸未兩月而太夫人卒矣。鳳石乃吳中舊家，康熙二十四年乙丑狀元名肯堂者，其八世祖也。至同治十三年甲戌，而鳳石亦魁天下，吳人稱之。

當年以狀元母，撤穀城頭，鄉里豔傳，重振大魁舊門第；

有子爲國學師，陳情闕下，君恩終養，是稱全福太夫人。

呂庭芝同年輓聯

庭芝爲余庚戌同年，入翰林時年止二十有三，然在京供職時甚少，曾從左文襄於甘肅軍中，又在閩筦船政事，奔走半生，去年始簡放永定河道，未之官，卒於家。

回憶登金榜，入玉堂，我正三旬，君甫越二旬，角逐青雲，垂老追思都是夢；

最憐走甘涼，游閩嶠，西行萬里，南亦數千里，奔馳白首，真除虛拜未之官。

陸母徐太夫人輓聯

太夫人爲陸星農同年之配，星農乃庚戌榜大魁也。其子孫頗盛，去年一孫舉於鄉，今年兩孫又同入學，而其次君蔚亭太史又新授漢中府知府。太夫人年八十矣，乃以六月二十四日生，而以六月十四日卒，幸其家已先於四月稱觴矣。

蓮界往來，皆宜長夏，廿四生辰，十四忌日，幸先三月，爲八十歲稱觴。

梅魁門第，尚有清風，一孫攀桂，兩孫採芹，更報次君，以二千石領郡；

許蔭庭觀察輓聯

觀察乃恭愼公之胞弟，生平篤好内典，年六十六而卒。

古稀將屆，未滿四齡，如何慧業已終，佛坐催歸大弟子；

恭愼云亡，甫逾兩稔，誰料德星又隕，鄉間頓失老成人。

嚴母周太夫人輓聯

太夫人爲石阡太守之配，太守死寇難，夫人撫其孤子以至成立。其子開第時生甫六月，今亦官觀察矣。乙未五月，值太守忌日，夫人作詩云：『教子成名慰九泉，佳兒端不負君賢。怪他天上輕離別，棄我於今三十年。』是歲竟卒。所著有《硯香閣詩鈔》。又平時最敬岳忠武王，撰《精忠傳彈詞》四十卷。

硯香閣流傳遺稿，萬家彈唱，粹編更爲補金陀。

劍負兒已繼家聲，卅載睽違，嘉耦依然共瑤島；

汪耕餘觀察輓聯

耕餘由縣令起家，以道員需次江蘇，所居有小園，花木頗勝，余每詣之，必飲以洞庭山僧所餉碧蘿春佳茗，蓋耕餘宰吳縣時曾有德於山僧也。

官從牧令起家，銌歷監司，黃歇故墟頌餘愛；

居有園林之勝，每來便坐，碧蘿新茗佐清談。

趙母鄧太恭人輓聯

太恭人爲鄧嶰筠制府之女，歸趙惠甫刺史。其嫁時，奩裝甚盛，盡以佐家，不蓄私囊。自幼即博習羣書，然未嘗以詩文自炫，能繪仕女，亦不輕爲人作也。袁倫始嫁，資遣甚豐，不蓄私財，盡出奩裝佐家計；徐淑能文，丹青兼擅，恥留虛譽，惟將著述助夫君。

鄭聽篔同年輓聯

余與聽篔同副道光丁酉賢書，及余於甲辰舉於鄉，而聽篔又中副車，凡三登副榜，而後舉孝廉，成進士，始官刑部，繼入諫垣，一生謹慎，同官皆重之。少時曾受業於先君子之門，有三子，長君與樑已官工部矣。

自丁酉至甲辰，兩回同到月宮，溯文字因緣，又向先君親受業；由刑曹而臺諫，卅載服官日下，論平生謹慎，固宜後輩克承家。

孫師母趙夫人七十壽聯

趙夫人爲余房師孫文節公之配,今年十二月值其七十生日,書此聯壽之。 文節公曾官吏部侍郎,故人目其所居爲天官第云。

披一品服,稱七旬觴,臘鼓頻催,已轉青陽新節序;

唱王母謠,登天官第,仙籌遙獻,尚存白髮老門生。

賀室樊夫人輓聯

夫人爲賀仲愚太守之配,久病不瘳,遂至不起。 時太守奉差江右,得信馳歸,距夫人之卒久矣。 余大兒婦乃其胞姊,十月中在杭州相別,猶云明年再見,亦可悲也。

痼疾四年餘,痛遠道征夫,殘臘馳歸,未及一言成永訣;

賢聲三黨徧,歎吾家兒婦,小春握別,猶將再見訂重來。

金友筠處士輓聯

友筠名文潮，青浦人，與余神交十年，書問頻通，而未一面。年逾六十，衰病相乘，猶謂明春如小愈，當來蘇一見，以遂平生之願，竟不及也。其婦先數月卒，其子名詠榴，頗有聲庠序間。

十餘年老友，兩心相契，半面未謀，衰病已難支，猶冀明春見我；
六齡外考終，與婦偕行，有兒繼起，顯揚應可待，愧無巨筆傳君。

沈母錢太夫人輓聯

太夫人爲笛伊太守之母，年六十五歲，於正月九日卒於金陵寓館，有孫三人。

周甲又五齡，欣看子舍黃堂，率總角三孫來舞綵；
建寅纔九日，悵望慈幃白下，先上元七夕去游仙。

曹錦濤孝廉輓聯

孝廉曾主寧波船捐局，賊勢逼近，凡海舶之不得出口者，一夕給牌放行，全活數千人。精岐黃

術，傳其長子元恆，以醫名吳下；餘二子皆成進士，福元官編修，元弼官內閣中書。活數千人傾側擾攘之中，豈惟是肘後一編堪濟世；送七十翁福壽全歸而去，最難者膝前三子盡知名。

朱象甫喜聯

象甫爲竹石觀察之子，娶嚴琴墅孝廉女，二月十六日於吳中成禮。

門第紫陽高，百兩香車，分到嚴陵清氣；
園林紅杏鬧，一雙嘉耦，占將吳苑春光。

楊敏齋太守輓聯

敏齋爲壬甫家兄同年，以刑部主事改官江蘇，曾權知太倉直隸州，後爲牙釐局提調二十餘年。

郎官出典方州，豈惟是權算緡錢，爲盛朝小佐軍興費；
暮齒回思往事，最難忘提攜席帽，與伯氏同膺鄉舉年。

惲母戴夫人七十壽聯

夫人爲惲次山中丞之配，年六十時，余曾以一聯壽之，今又壽以此聯。

溯從前中外歷歷，善相其夫、彤管錄中無此才、無此識，詩畫兼長，猶爲餘事；

願自後耄耋期頤，永錫難老，金萱堂上有賢子、有賢孫，勳名克紹，大慰慈懷。

杭州府學鄉賢祠聯

明時杭州府學鄉賢祠，以漢嚴先生光居首，然先生實非杭人也，乾隆間始撤去之，以晉臨淮太守范平居首。

遠稽晉代，近逮熙朝，駿烈清芬，豈僅詩文垂浙派；

山號武林，湖名明聖，鍾靈毓秀，不須聲望借嚴陵。

惠菱舫都轉輓聯

都轉権浙鹽最久，善丹青，有墨竹數幅，刻石數文講舍，喜戴文師所著《畫絮》，壽之剞劂。曾

贈余方竹枝一枝，至今存焉。

十載總鹽綱，任他人旌節飛揚，老我閑情看畫絮；

數竿留墨妙，記從君湖山談笑，贈余長物有吟箄。

林雲臺廣文輓聯

廣文乃乙酉拔貢，與余孫有同歲之誼，於光緒十七年五月選就德清訓導，至二十二年五月卒於官。所異者，廣文以五月十九日卒，年四十三；其孺人王氏於五月十八日卒，年四十二。生則先後一年，死則先後一日，似亦非偶然也。

六載講堂開，以五月選官，以五月卒官，回思記織登科，僥倖吾孫叨附尾；

雙驂仙馭並，遲一年出世，遲一日逝世，恰稱詩歌偕老，逍遙嘉耦總隨肩。

陳舫仙方伯輓聯

方伯爲湘軍宿將，及東洋啓釁，以江蘇按察使奉命赴山海關防堵，積勞三載，事平而君遽歿。甫遷江西布政使，未及赴也。然直督以開缺告，而奉硃筆垂問其戰績，遂得宣付史館，亦可知其上契者深矣。

湘軍宿將，如公者幾人，詔書下問，戰績上陳，足見英名動天聽；

遼海籌防，積勞至三載，方岳甫遷，大星遽隕，長留威望鎮遐荒。

楊見山太守輓聯

見山乃吾湖名孝廉，以太守官吳中，一攝常州守而罷，然其翰墨頗行於時。余與蹤跡稍疏，去

歲余著《迁議》一篇，見山讀之則曰『語語如吾所欲出』云。卒年七十八，長於余兩歲。

循良小試，翰墨盛行，兩葳耄齡先我老；

蹤跡久疏，文章深契，一篇迁議愜君心。

諸暨錢氏宗祠聯

錢氏爲武肅王之後，其裔孫士芳求撰是聯。聯中所述，皆其所自述也。

合數百里之秀，若雁池，若龍山，若筱嶺，若亢隖，環抱崇祠，恰稱五王俎豆；

溯卅餘世以來，有名宦，有循吏，有武功，有文學，蔚成巨族，長縣千禩蒸嘗。

兄子劍孫輓聯

先大夫登嘉慶丙子賢書,越六十年,光緒丙子,劍孫繼之。祖孫同丙子,一時以爲佳話。方冀

其昌大吾家,不謂其盛年殂謝,客死羊城也。

六十年接續科名,戚黨豔稱,謂此幼孫,同符大父;

五千里歸來旅櫬,門庭衰落,痛吾猶子,追念先兄。

黃母劉太夫人輓聯

太夫人爲莘農侍郎之配,幼農觀察之母,生於四月,歿於九月,年九十三。

封膺一品,年近百齡,福壽兼全,信有汾陽在巾幗;

首夏稱觴,暮秋含玉,音容頓渺,徒勞翁叔泣甘泉。

龍仁陔方伯輓聯

方伯廉儉,所至有聲,下僚皆畏憚之。余今年始與相見,其執禮甚謙。別未數月,遽聞其卒,

時太夫人九十四,猶在堂也。

施少欽封翁輓聯

惠澤在民,勳勞在國,堪歎中年殂謝,翻教老母泣高堂。

持己以儉,接人以謙,尤推吏治精詳,能爲聖朝除弊政;

年六十九而卒,臨終大呼『善舉』者三,可謂中心好仁者矣。

少欽寓上海久,凡直隸、山東、山西、陝西、河南各省,無不力籌振濟,璽書褒美,海內稱善人,

集資無算,活人無算,陰德更無算,堪歎歿而猶視,善舉呼三。

朝廷曰賢,鄉里曰賢,海內皆曰賢,如何天不慭遺,古稀欠一;

汪伯春任子新婚喜聯

餅,見於志書,余嘗啖之,戲用此事爲聯語,賀其新婚。

爲姑,去則爲嫂』者。惟姑嫂之稱,起於後世,唐宋以來,類書從無姑嫂一門。吾浙平湖縣有姑嫂

伯春爲柳門侍郎猶子,以子畜之,故得二品蔭生。所娶婦乃柳門壻曾孟樸之妹,諺所謂『來則

喜氣溢門闌,競説朱陳重結好;

華筵啟湯餅，笑看姑嫂互嘗新。

謝綏之太守輓聯

綏之蘇州人，以善士聞天下，凡四方水旱偏災，皆集賑之。

一鄉之善士，友天下之善士；

國人皆曰賢，諸大夫皆曰賢。

吳誼卿觀察輓聯

誼卿以翰林歷佐督撫幕府，積功，保至道員。偶感風疾，遂至不起。今年六十，豫為稱觴，及至生日，則逝已經月矣。

名翰林，負幹濟長才，籌筆勤勞，一道福星虛注籍；

病維摩，視形骸外物，盤鈴游戲，六旬生日豫稱觴。

沈旭初觀察六十壽聯

觀察生於正月十二日，夫人謝氏。

前元宵三日弧悅同陳，先生沈休文，夫人謝道韞；

由中壽六旬臺萊進祝，會昌一品集，平原百年歌。

法相寺定光佛殿聯

定光佛即然燈古佛，如來所從受記者也。在五代時出世，爲長耳和尚，至今真身尚在，香火極盛，求子甚靈。宋朱弁《曲洧舊聞》言宋太祖、高宗均定光佛轉世。

衍大法於千佛出世之前，如來五百年，密記親承，自昔傳燈推鼻祖；

顯靈蹟在三鳳開山以上，有宋十八帝，真人再降，至今錫福逮嬰婗。

曹仙槎槎尹五十壽聯

八月初三日生。

平分百歲光陰，河圖五，洛書十；

領略四時風景，秋一半，月初三。

余澹湖太守輓聯

太守爲古香觀察之子。古香乃余杭州舊雨也。太守筦蘇州六門釐局，卒於行館。

兩代論交情，杭州舊雨痕，吳郡新詩本；

六門頌遺愛，商賈藏於市，行旅出其塗。

曾君表孝廉輓聯

君表曾肄業紫陽書院，亦在門下之列。家居常熟，極園林之勝。母年八十餘，子孟樸亦登賢書矣。

居虞山勝地，又有好園林，上奉母歡，下課兒讀；

憶吳苑舊游，可爲長太息，既悲君逝，更念吾衰。

陳母王太孺人七十壽聯

孺人爲陳孝廉洛東之母，有子四人，孫五人。除夕其生日也。

開除夕之筵，子四人孫五人，同承歡笑；

越古稀而上，耄八十耋九十，直至期頤。

楊石泉制府輓聯

公爲浙臬時，余卽與相識。嗣是，每歲春秋必再相見，或泛舟西湖，或同飲雲樓山中。上聯所云皆實事也。

識公於廉問兩浙時，尋詩湖上，載酒山中，歎逝水光陰，歷歷舊游還似昨；

論功在咸同百戰後，投筆衡湘，建旄秦隴，問淩烟圖畫，寥寥宿將更何人。

宋母彭夫人輓聯

夫人爲宋叔元觀察之配，年八十歲時曾作自壽文，傳播於時。今年正月十六日卒，年近九

旬矣。

三五月初圓，令節纔過，何意上元旋罷宴；

九十日育秩，耄齡將滿，不能自壽再成文。

劉吉園總戎七十壽聯

總戎時鎮溫州，其地有九凰山。

五殺年高，帝命作東甌重鎮；

九凰春滿，軍門拜南極仙翁。

翁少畦大令輓聯

少畦爲翁蘭畦廉訪之子，性真摯，且有用世之才。嘗著《書生初見》一書，皆言治理；又著《醫時六言》一書，則因東洋之釁發憤而作者也。以知縣需次吳中，卽執摯來見，願居門下，情意殷然。其兄少蘭，亦負美材，於前年十二月卒。君篤於手足，爲其兄營喪葬畢，遂成心疾，今年正月八日卒於蘇寓。

讀所著之書，兩卷論治，六卷談兵，其才其識，迥異恆流，何幸吾門得此士；

不可知者命，前歲兄亡，今歲弟逝，至性至情，鬱爲心疾，空留祖笏待將來。

錢氏孝子烈婦祠聯

錢君諱堅，字竹卿，始以孝子旌。及庚辛之亂，與妻唐氏同死於難，又各旌如律。其子耕伯大令乞題此聯於其祠中。

夫死義，妻死烈，一日成千秋大節，長留祠宇在吳閶。

前旌孝，後旌忠，兩回邀九陛恩綸，不媿家風承武肅；

惲伯方同年輓聯

伯方乃余庚戌同年，由庶常改部曹，以知府官貴州。時撫黔者爲曾文誠公，亦庚戌同年也，甚器之，調補首府，奏以道員升用。及文誠〔一〕卒，繼之者不慊於君，君知直道難容，引疾而歸。年逾八十，重游泮水，亦一魯靈光也。

遠宦到黔中，循聲卓卓，風骨棱棱，如何直道難容，竟以二千石歸，觀察頭銜虛注籍；

舊游思日下，春夢重重，晨星落落，聞說泮宮兩賦，不能六十年後，恩榮鹿宴再登筵。

【校記】

〔一〕 誠，原作『成』，據上文改。按，此處指曾璧光。

查室蔣淑人輓聯

淑人為余孫陛雲同年翼甫大令之室。其婚在咸豐辛酉之冬，兩家同避兵在滬，因贅姻焉。翼甫曾充日本使者隨員，淑人從之，居海外橫濱者兩年。去年冬，在吳下，謀為其子理生授室，拮据拼擋，而病已甚。新婦入門，淑人已卒；未及一月，理生亦卒。新婦朱氏，年甫二十，毀妝守志，亦可哀也。

兵戈擾攘時，黃浦催妝，最憐鶼翼雙飛，海外共看妻島月；

病榻彌留際，青廬迎婦，誰料鳳雛同去，閨中空膽女貞花。

聶母張太夫人七十壽聯

太夫人為仲芳方伯之母。方伯奉觴上壽，并醮子迎婦，率以承歡，洵盛事也。

鼉鑊七旬人，上壽到頤齡，崇封登極品；

團欒一堂上，今年看新婦，明歲抱曾孫。

吳季蓉世兄新婚賀聯

季蓉乃廣庵廉訪之子，其所娶桃源尹氏，乃吾同年，杏農觀察女孫也。

一雙嘉耦，於柏府趨庭，春色滿延陵門第；
百兩香車，自桃源發軔，風流想尹吉衣冠。

費幼亭觀察七十壽聯

幼亭始以知縣官直隸，曾以事至京師，適英吉利入犯，焚圓明園。幼亭奉恭邸命，入敵營議定和約，由此知名。後以清河道謝病歸，優游林下。濱江沙田皆君產也，助入南菁書院，日以擴充，多至八萬畝。嘗語余曰：『此歸田以來第一快事也。』

矍鑠七旬翁，從前單騎入敵營，尚有勳名留北闕；
膏腴八萬畝，此後諸生游講舍，長傳歌頌滿南菁。

又輓聯

觀察擬於四月十六日稱觴，乃前三日而卒，因輓以此聯。

小雅賦南山，止爭三日光陰，未啓七旬筵宴；

大名留北闕，猶憶片言卻敵，爭傳單騎成功。

王母李太夫人七十壽聯

太夫人為王文勤公側室，以嫡孫官受封。長齋奉佛，而治家極嚴，孫曾輩皆敬畏之。

開八旬臺壽，受二品榮封，五色紫頒天上誥；

治百口謹嚴，養一心淡泊，六時靜守佛前鐙。

鄭母李太恭人七十壽聯

太恭人為肖彭大令之母。肖彭與吾孫同年，其弟則吾兄子劍孫同年也。六月中生日，寄此壽之。

六月祝千春，筵前雪藕冰桃，阿母七旬初度；
一堂羅二俊，膝下金昆玉友，吾家兩代同年。

吳廣庵方伯輓聯

廣庵乃老友平齋觀察之子。中進士，甲第甚高，以請歸原班，不入翰苑，遂以直隸州起家，官至江蘇臬使，遷閩藩，未赴而卒。前數日，猶得其書也。

名父子大振家聲，紀羣交誼，同客姑蘇，病榻數行猶報我；
翰苑才出居外服，牧令循良，骎登方岳，宦游卅載不離吳。

陳母黃太淑人八十壽聯

太淑人爲陳杏蓀太史之母，寓居滬上，精力甚強，猶能坐馬車游洋場也。正月十二爲其生日。

杖履八旬人，但期歲歲清游，安穩版輿黃歇浦；
笙歌正月夜，共羨婆婆老福，斑斕彩服玉堂仙。

鮑竹生明經六十壽聯

余丙寅、丁卯主講紫陽，竹生曾肄業焉，故亦在門下。中年後以醫名噪吳中。正月十二日，其生日也。

距元旦已十日，距元宵尚三日，祝君甲子一周，茂苑尋春，先歸董奉林間杏；

負文名逾廿年，負醫名又卅年，憶我丙子兩載，講堂較藝，曾賞江淹筆底花。

桐子霦觀察輓聯

子霦由蘇州府遷糧道，己亥春，將押運北上，未果而卒。

財賦筦三吳，綠水洋中將轉漕；

謳歌盈萬戶，白公祠畔共焚香。

張漢章司馬輓聯

漢章爲兄子祖綏丙子科同年。其宰江山也，曾表章毛烈女，余爲賦詩，事詳詩集；其宰吾邑

也，適值余重游泮水之年，余雅不欲上瀆官師，而君必以聞於學使者，亦可感也。

名孝廉，竟以循吏傳，不惟婦豎謳歌，并使烈女一抒泉壤氣；

舊部民，叨附年家誼，回憶溪山坐嘯，曾爲老夫再賦泮宮詩。

丁潛生廉訪輓聯

潛生少時從軍，母劉夫人刺八字於其臂上曰：『忠心報國，致身事君。』故潛生在軍，不避危險，頗蓄戰功，曾文正、彭剛直皆極賞之。嘗自練藤牌二千五百人，成一軍，所向無前，余謂此制火器之良法也，有如公等者數人，無憂西戎矣。精繪事，能爲人寫真，曾寫余真，目未肖。去年冬攜一人來，以西法照余小像，蓋欲用此爲藍本也，然竟不及爲矣。今所照像猶在，兼有潛生像及世振之都轉像，蓋三人同照云。

奉母教刺臂，教忠卅年，功佐中興，如文正，如剛直，皆歡賞英雄，尚期制勝重洋，精練滾牌成勁旅；

莅吾鄉建牙，陳臬一見，歡同舊識，於湖樓，於山館，每從容談笑，惜未傳神阿堵，但留照像在空齋。

丁松生大令輓聯

松生藏書甚富，善蒐輯杭州掌故，刻《武林叢書》數百卷。往年浙中鈔補文瀾閣書，松生力也。余與交最久，余著《瓊英小錄》，君刻入《武林叢書》中。又嘗以娑羅樹一小株贈余，今種吳寓。插架八萬卷，鈔補文瀾全書，采輯武林故事；

論交四十年，商定仙花小譜，分栽佛樹靈根。

徐季和學使輓聯

季和持正論，不隨俗，君子人也。終於安徽學使任，士論惜之。其視浙學時，嘗徒步訪余於右台仙館，是日蓋其生日也。

爲朝廷深惜老成人，方期正學扶輪，何意噩音來皖北；

同詞館兼明年世誼，猶憶生辰避客，曾勞健步訪山中。

朱茗笙侍郎輓聯

侍郎以水部郎起家,至少司馬。年甫五十,引疾歸田。鄉里善舉,無不首倡之,建復六和塔,其功尤鉅。慕吳中獅子林之勝,於里第仿爲之,峯巒千萬,湧見庭中,取紫陽詩意,署曰『湧巒樓』。歷官至少司馬,歸來林下優游,廿年功在梓鄉,開化寺前重建塔;疊石如大狻猊,移到吳中名勝,一旦神游蓬島,湧巒樓上孰憑欄。

謝母楊夫人輓聯

夫人餘姚人,爲子蓉部郎之母,其女名又花,字韻仙,彭剛直女弟子也,曾來見我於湖樓。

是節母,是壽母,二品崇封,早拜恩榮來北闕;
有賢子,有賢女,一江遠隔,曾聞剛直話西湖。

朱竹石觀察六十壽聯

時觀察方權江蘇按察使,以賢員聞,傳旨嘉獎。

帝曰汝予嘉，正自九重傳獎勵；
天錫公純嘏，好從六十祝期頤。

毛葆園處士輓聯

葆園白手起家，人甚誠篤，余與交二十年，湖樓山館，皆託其照料。去年余自湖上歸，尚來相送，不意竟永訣也。葆園事佛，終年不茹葷血，今歲七十矣。七月初微疾，夢見地藏王菩薩，語其子曰：『我不起矣。』至中元日趺坐而卒。有四子，存者二，皆縣學生。

古佛夢中迎，七旬善果，竟證菩提，到中元趺坐而終，了無病狀；
故人湖上別，廿載交情，頓歸逝水，盼後輩踵興勿替，大振家聲。

黃漱蘭侍郎輓聯

余去年辭詁經講席，浙撫廖中丞以侍郎代之，未半載而卒，時五月九日，竟未及一至精舍也。

飲端五酒，駐君四日流光，朝野千秋同想望；
坐第一樓，繼我卅年陳跡，雲山三竺未來游。

尤春畦封翁輓聯

翁善別人葆，凡人葆自關外至，皆集於上海，翁歲必至滬，品定其高下，一經翁定，無能違者。

今翁歿矣，未知繼其術者尚有人否。

滬上罷清游，北斗瑤光愁減色；
吳中推老輩，西堂褋組喜傳家。

程省卿孝廉輓聯

省卿幼慧，其父有『吾家千里駒』之歎，長而幕游皖北，賦《梅花詩》百首，見賞於學使者，餼於庠。後舉孝廉，以知縣筮仕至江蘇，未補官而卒。臨終語其弟錫煐曰：『吾死後，得曲園先生一聯，刻入《楹聯錄存》中，死無憾矣。』余初不相識，感其意，爲題此聯。

鬒齡凤慧，強仕壽終，回思喜動椿庭，曾博名駒千里譽；
攀桂有年，栽花無地，僅得名馳蓮幕，傳誦寒梅百首詩。

王竹侯方伯輓聯

方伯爲丁酉拔貢生，仕至陝西藩司，年八十九而終。余丁酉副貢，與有同年之誼，輓以此聯。

昔布秦中德政，今推海內靈光，計閏歲九旬逾二歲；

君舉拔萃高科，我登待補小榜，作同年六十有三年。

李小荃制府輓聯

公起家淮軍，官至兩廣總督。往年撫浙時，曾招余飲，日暮不及出城，因止宿於花廳之西廂，翦燭清談，漏三下始罷。余主講西湖精舍，宿於城中者止此一夕，至今猶記之也。

大樹蔭長淮，看幕府宏開，萬里威名到南海；

甘棠留兩浙，憶節堂止宿，一宵清話共西窗。

江建霞京堂輓聯

建霞以編修特旨用四品京堂，旋褫職。曾視湖南學，刻有《靈鶼館叢書》。

无妄福，无妄災，孤負此金馬，門前雍容大作手，非常〔一〕人，非常遇，流傳得靈鶼，閣上薈蕞小叢書。

【校記】

〔一〕常，原作『當』，據文義改。

陳哲甫太守輓聯

哲甫乃錢子密尚書之女壻，曾從子密在曾文正軍中，以奉母早歸，故功名不顯，以知府候選而已。子五人，出仕者已四人。陳氏固海寧望族，哲甫乃相國文簡公來孫也。

功名讓同輩，簪笏付後人，落落家風，不媿黃扉舊門第；
官職未真除，年華止中壽，蕭蕭胥水，難為白髮老尚書。

謝韻仙女史輓聯

女史上虞人，歸糜氏，早寡，能詩，乃彭剛直之女弟子也。以剛直故，願隸余門下，余謝不敢當，然其意甚殷。曾渡江見我於湖樓，臨別，訂期後會，而竟不果。去冬大病，稍間，猶馳書告『病間乃至』，今年正月二日竟逝。余曾序其詩，今又寄此聯輓之。

病榻報粗安，其時已屆三冬，如何飲罷屠蘇，未許春光轉東陸；

寓樓曾過訪，此後竟難一面，料得神隨剛直，仍吟秋色到西湖。 女史有和剛直《秋色》諸吟。

潘嶧琴學士輓聯

學士曾再至浙中，前典試，後視學也。時繼阮文達輯《兩浙輶軒續錄》，署中建「輯雅堂」，即其選詩所。去浙後，浙士思慕之，奉生位於朱文公祠。吾孫陞雲，乃其典試所得士。

與吾浙有文字緣，兩度乘輶，繼阮太傅輶軒成後集；

許我孫列門牆末，一堂輯雅，附朱紫陽祠宇拜先生。

李健齋廉訪輓聯

廉訪以父忠武公殉難三河賞舉人，會試不售，引見，賞員外郎，嗣是歷歷中外。往年遼東告警，從督部劉公北征，戰於唐王山七里河，大捷，斬其酋。至己亥歲，意人索我三門灣，浙有兵事，拜浙江按察使，旋命督辦軍務，卒於寧波行營。

繼忠武公投筆從戎，昔年遼警方殷，七里河邊竿賊首；

以廉訪使登壇拜將，此日海氛未靖，三門灣外激英風。

查湘帆封翁輓聯

封翁行賈滬上，有法蘭西人嗎呢者，設一肆，延翁主其事，一無私焉。生平四遭回祿之災，艱苦備嘗，晚年以子濟元官封二品，年七十一而卒。

四度遭鬱攸災，辛苦艱難，爲此老養成晚年福；

七旬拜榮祿誥，忠信篤敬，雖遠人訂作出門交。

龔母張太夫人輓聯

太夫人歿於滬上，歸葬合肥。有二子，心銘，心釗，皆翰林也。

封崇一品，壽近七旬，蓬島催回金母駕；

風送滬瀆，神歸肥水，麻衣對泣玉堂仙。

陳養原觀察輓聯

觀察曾隨崇地山侍郎出使俄國，又充日本星使參贊官，後授浙江溫處道，調署杭嘉湖道，署按

察使，卒於官。

大瀛海外仙槎，西至羅刹，東至扶桑，萬里重洋游跡廣；
三折江邊宦轍，始而觀察，繼而廉訪，四年兩浙頌聲長。

常介之參戎輓聯

參戎乃浙江將軍常公恩之弟，官江蘇撫標中軍參將，於正月十三日卒於官，年五十九。

大衍又九齡，雄鎮蘇臺，胥母門邊貔虎壯；
元宵先兩日，耗傳浙水，將軍樹上鶺鴒孤。

汪李門封君五十壽聯

李門爲柳門侍郎之弟，以瞽廢。然多材能，閑居足以自娛，視柳門似勝也，因其五十生辰，書此壽之。郭幼明乃子儀之母弟，見錢易《南部新書》；唐汝詢字仲言，華亭人，無目而嘯詠不廢，見《靜志居詩話》。

郭幼明真大富貴；
唐汝詢不廢嘯歌。

趙紫瑜大令輓聯

紫瑜以知縣官廣東。罷官後，挾壬遁星命之術浪游人間，自稱一笠山人。所著詩文最多，推衍《璿璣圖》，得五萬七千餘首，亦奇觀也。

一見宰官身，挾技而游，落托數十年，存留飯顆山頭舊笠；

千秋才子筆，以文爲戲，縱橫五萬首，推衍璿璣圖上新詩。

陳杏孫太史輓聯

太史恆乞假家居，僅一分校禮闈而已。大考後召見，上問『歷俸何淺』，以『母老不能遠離』對。庚子考差後，以病南回，道卒。太夫人猶在堂也。

蓬山養望，棘院論文，天語垂詢憐俸淺；

蕩節未持，輶車遽駕，親闈癡想盼兒歸。

趙母陳太夫人輓聯

夫人生四子，存者一，即仲瑩殿撰也。己亥冬，夫人促仲瑩入京銷假，今年秋卒於蘇寓。仲瑩歸，已不及見矣，於重陽日受弔，書此輓之。

但期遠志，不寄當歸，鶴髮人催赴京華，豈僅仙槎希八月；

已折三珠，倖存片玉，鼇頭客遄還吳下，空將佳節泣重陽。

倪儒粟明府輓聯

儒粟於今年閏八月卒於滬上。余在西湖，頻與往返，贈余白牡丹一叢，今猶在曲園也。

申浦咽潮聲，剛逢八月秋風，憐君厄共黃楊樹；

午欄鬪花韻，猶記一叢春色，為我分來白牡丹。

譚少柳太守輓聯

太守以州判起家，官至二千石，歷權劇郡，屢筦大局，亦能吏也。曾署丹徒縣，有誉官縛盗五

人至，君察之，皆冤也，盡釋之，此事頗爲沈文蕭所稱。今年秋，已病甚矣，聞鑾輿西狩，伏枕泫然，越二日遂卒。

四十年宦轍總在吳中，憐赤子無辜，曾活刀邊人五命；
二千石循聲久傳朝右，聞翠華遠狩，空流枕上淚雙行。

宋養初侍御輓聯

光緒二十六年秋七月，京城陷，侍御仰藥死。然其五月十七日寄其子書云：『急難時我自有主意，家中勿念。』蓋死志久定矣。

由拔萃登科，踔歷諫垣，乃逢陽九年百六厄運；
以艱貞報國，預存死志，請看夏五月十七家書。

右台仙館聯

余所築右台仙館無牆垣，僅以權籬圍之。初落成時，題此聯上句，本《東軒筆錄》，乃荆公事；下聯則《陶貞白傳》中語也。

所居不設牆垣，望之儼若逆旅；

有時獨游泉石，見者以爲仙人。

又

余喜靜坐，人事紛擾，苦未能也，山館中偶一爲之，頗得靜趣，因題此聯。

半日內靜坐，不識此是何地，我是何人。

七旬外老翁，固知死之爲歸，生之爲寄；

又

上聯《般若波羅密多心經》語，下聯《金剛般若波羅密經》語也，對耦天成，因書而縣之山館。

無苦集滅道，無智亦無得，以無所得故；

如夢幻泡影，如露亦如電，應作如是觀。

俞樓聯

俞樓落成，余題此聯，詳見《俞樓經始》，已刻入《俞樓襍纂》矣。

合名臣名士，爲我築樓，不待五百年後，斯樓成矣；

傍山南山北，沿隄選勝，得之六一泉側，其勝何如。

又

余主講詁經精舍三十一年，可謂久矣。戊戌秋，以衰老乞退，因攜孫兒陛雲至俞樓小住，臨行題是聯。是時陛雲新及第，兼以勉之。

湖山戀我，我戀湖山，然老夫耄矣；

科第重人，人重科第，願吾孫勉之。

春在堂聯

余前有春在堂聯，已錄存矣。戊戌歲，續題兩聯，又錄存之。

小圃如弓，竹林前一曲，柳陰後一曲；

浮生若夢，登第五十年，成婚六十年。

又

孫兒陛雲，進學名次第一，鄉試中式第二，殿試則以第三人及第，因題此聯，戚黨頗傳誦焉。

念老夫畢世辛勤，藏書數萬卷，讀書數千卷，著書數百卷；

看吾孫更番僥倖，童試第一名，鄉試第二名，殿試第三名。

又

題內室，以勉勵家人。

周家忠厚，開百世基，況於民庶；

武侯謹慎，成一生事，矧在庸愚。

又

八十生日題八字於春在堂。

南埭村民；

右台山鬼。

自撰輓聯

此聯既題於右台仙館,又題於春在堂,由來久矣。未知何日果用,計亦不遠也。

生無補乎時,死無損乎數,辛辛苦苦,著成五百卷書,流播四方,是亦足矣;

仰不愧於天,俯不怍於人,浩浩落落,歷數八十年事,放懷一笑,吾其歸乎。

孫藻田前輩輓聯

藻田前輩爲琴西同年之弟，在翰林中科分最老，海內無在其前者矣。重赴鹿鳴宴，重赴恩榮宴。沈文肅公及今傅相合肥相國，皆其分校會試所得士，亦極儒臣之榮矣。

桂宮兩到，杏園再來，房魏羅一門，無人不拜文中子；

芸署科深，梓鄉望重，坡穎稱二老，令我回思蘇長公。

潘景桓世講喜聯

景桓爲潘文恭公元孫，譜琴庶常之孫也，於二月十九日完姻，書此賀之。

五世其昌，上承宰相門風，此夕喜諧鳳卜；

二月既望，正值觀音生日，明年抱送麟兒。

潘濟之中翰六十壽聯

濟之爲文恭公之孫，二月六日其生日也。

二月良辰，暢領三吳好風景；

六旬周甲，振興一品舊門庭。

劉母顧太淑人輓聯

太淑人爲我山農部之母，于歸之次日卽趨侍病姑。姑髮久不櫛，手爲櫛之。庚子之變，我山在京師，奉召赴行在，乞假回籍措資，太淑人敦促西上，行至袁浦，聞太淑人病，乃還。

當年初賦于歸，蘭膳新嘗，便爲病姑親櫛髮；

此日深明大義，芒鞋催赴，不教游子苦牽衣。

張忠敏公祠聯

祠在山塘，應敏齋同年爲蘇臬時所建。內有蒔紅小築，敏齋屬余題一聯，已錄存矣。今年同

鄉諸君又乞題祠聯。

祠宇傍山塘，小築蒔紅成勝蹟；
謳歌徧吳會，大名韋白並傳人。

薛仲襄茂才輓聯

茂才名嵗㶱，爲慰農太守之孫，餬澍大令之子，年十七游庠，十九即下世。娶彭氏，結縭止十六月，年止二十，相從地下，可敬亦可哀也。

祖是名流，父亦循吏，一領青衿，盼他年金馬玉堂，振興二千石舊門第；
夫未弱冠，婦僅廿齡，千秋黃壤，看終古鳥鶼魚鰈，完成十六月好因緣。

悍母張太夫人輓聯

太夫人爲崧耘中丞之母，性好施與，奉旨建有『樂善好施』坊，年八十六而卒。中丞方撫吾浙，未三月以憂去，浙人皆惜之。

登堂拜壽母，過八旬又屆六齡，生平風義甚高，樂善好施邀特獎；
持節看佳兒，撫兩浙未盈三月，一旦星奔遽去，安民察吏待重來。

沈母陸太夫人輓聯

太夫人爲子梅觀察之母。庚子之變，子梅以通永道受代，從戎馬中轉展南歸，得以親視含斂，真幸事也。年七十七而終，子四，孫二，曾孫一，亦盛矣。

有令子從三千里外先三月歸來，含斂躬親，戎馬之間真福分；享大年過七十歲後又七齡曼衍，孫曾環侍，驂鸞而去卽神仙。

邰荻洲觀察輓聯

觀察年九十二而終，余丁酉同年也。丁酉距今六十四年，恐海內同年希矣。

大壽似公稀，若連閏月推排，已屆百齡惟欠五；微名容我附，堪歎同年寥落，還愁四海更無雙。

杭祿庭封翁輓聯

翁白手起家，以助振賞二品封典，年九十四而終，以五世同堂旌。幼時及見曾祖，故又賜『七

葉衍祥』額，亦吳中人瑞也。

上承曾祖，下見元孫，五世同堂，更溯祥源成七世；

壽過九旬，封贈二品，百年計閏，略留餘算只三年。

于母姚孺人輓聯

孺人為香草明經之母，治家整肅，每日焚香以所事告天，尤惜五穀，粒米在地，必手自檢取。

物力惜艱難，怕鸚粒拋殘，遺糝不教留在地；

家規垂謹慎，對鵲鑪默訴，焚香每事告之天。

戴笠青廣文輓聯

笠青曾至蘇州，受業於余，官遂昌教諭而卒。

一官老玉女峯前，青餘杜甫吟詩笠；

卅載溯金閶亭畔，紅賞江淹入夢花。

鄭芝巖觀察輓聯

觀察入翰林即典試河南，試畢省親杭州，至養親事畢始還朝，故資俸俱淺，不得開坊，由御史遷給事中，出爲浙江糧道，積勞成病。

軺軒歸去，又綵服娛親，眷戀晨昏，不惜芝坊遲晉秩；

驄馬馳來，更雲帆轉漕，崎嶇南北，劇憐蕩節太勞人。

張恕齋大令輓聯

恕齋官江蘇泰興縣，罷官後僑寓吳中，不喜乘肩輿，每徒步與親故往還。臨歿前一日，猶青鞋布襪自市上歸，已薄暮矣，及就寢，忽感疾，一時許即逝，亦可異也。去歲曾訪我春在堂，適潘譜琴、汪柳門均在，賓主四人，二百八十八歲，余有詩存集中。

同鄉里又同客吳門，去年談笑從容，揮塵得三人，皓首蒼顏偕過我；

傳循良更傳君耆舊，晚歲精神矍鑠，易簀前一夕，青鞋布襪尚如仙。

朱念椿孝廉輓聯

念椿以揀選知縣，大挑二等，用教諭，年五十一而卒，醫術頗精。

桂宮高占，又雅擅岐黃，大衍年華加一算；
花縣待銓，竟未贋銅墨，冷官資格足三班。

胡芸臺觀察輓聯

觀察以艖尹起家，官至江南鹽巡道，歷署寧藩、蘇臬。其兄即芸楣侍郎也。

由鹽鐵䡩歷穹官，累攝柏薇，方冀外臺榮建節；
看昆玉聯翩皇路，交輝棣萼，忍教伯氏獨吹塤。

汪寶齋司馬輓聯

寶齋宦游吾浙，僑寓吳中，去歲歸湖北，擬卜宅武昌，又擬合刻丁鶴年、杜茶村集，皆未逮也。

久客忽思歸，滯蘇杭卅載游蹤，去歲梓桑虛卜宅；

有志仍未逮，撫丁杜兩家遺集，何年梨棗得成書。

徐筱雲尚書輓聯

筱雲前年在京寓，有菊花並蒂之瑞，繪圖徵詩，余亦嘗和之。未一年即有此變，亦可歎也。

星象折三台，東市朝衣，補報國恩惟碧血；
馨香留萬古，西風老圃，豫呈家瑞有黃花。

張母周太夫人輓聯

太夫人為張子虞太守之母。子虞以詞臣乞郡，兩署松江府。今年署蘇州府，子虞自滬赴蘇，甫十二日而訃至矣。卒年八十五。夫人病，不能偕往，寓居滬上。

大年登耄耋，計閏將及九旬，滬瀆安居，方冀長開王母宴，
令子出承明，領君兩臨三泖，蘇臺暫駐，不能再著老萊衣。

廖穀士中丞輓聯

穀士與令弟仲山尚書昆弟競爽，仲山甫得請歸田，而穀士沒矣。穀士撫浙數年，四境無事，去浙未久而衢案起，撫藩皆獲重譴，令人更切去思矣。

君家伯仲，是當代郊祁，坡老云亡，忍使傷神聽夜雨；

浙事安危，視一身進退，召公遺愛，豈惟懷舊感晨星。

雪舟和尚輓聯

和尚主持南屏淨慈寺，曾畫山水四幅見贈。

北苑寫春山，曾以烟嵐分贈我；

南屏看夕照，不能雲水再尋君。

傅懋元觀察輓聯

懋元著述甚夥，自《經翼》、《史徵》、《子衡》各種外，有《唐文精粹》、《金石集成》等書，不可勝

數。及奉命游歷海外,凡十有一國,皆有記述,其書益多。旣還,上所著書,奉有『書甚詳細』之論,然以道員發直隸,竟未補官。丙戌歲在京師相見,承欲以師事我,未敢當也。

舟車游海外,歷十萬里而遙,聞見瑰奇,未盡雄才人共惜;著述進朝端,逾一千卷之富,中西綜貫,謬叼師事我何堪。

世振之廉訪輓聯

振之家京師,庚子之變,憂念家國,鬱陶成疾。其官吾浙也,以都轉權廉訪,及拜真除,則旋卒矣。

烽火望燕雲,神京詭危,家室飄搖,半載倉黃憂北闕;德星臨浙水,禺筴理財,廉車問俗,千秋蘇白共西湖。

巢湖楊氏聽事聯

楊吉堂廣文,名慶長,素不相識,踵門求見。言其祖母陳苦節四十年,其父善夫明經,節口腹,具甘旨,先意承志,色養無違,壽至八十一而終,欲余書一聯,懸其聽事,以表揚潛德。余感其事,爲書此聯。

惟節母磊落，冰霜卅載，孀居止如一日事；

有孝子艱難，菽水終身，孺慕直到八旬餘。

俞廕軒中丞七十壽聯

中丞時撫湖南，六月十九日生，相傳觀世音成道之日也。

仗節鎮三湘，與岣嶁古碑並壽；

稱觴逢六月，從補陀佛會而來。

德清柳侯祠聯

柳侯乃唐柳子厚叔父，曾爲德清令，《柳集》所謂『德清君』是也。同治十年，余泊舟城中，有客來見，余適不在舟，未之見。從者問其姓，如云姓柳，而吾邑固無柳姓。時江子平孝廉、蔡瑜卿茂才在余蘇寓，皆邑人也，聞之詫曰：『豈柳侯乎？』事詳《春在堂隨筆》及《右台仙館筆記》。臨上質旁，實深寅畏，敬題此聯，惟神鑒之。

曾讀柳州文，治蹟分明於此信；

幸叨粉社蔭，靈蹤飄忽至今疑。

邵小村中丞輓聯

小村官臺灣巡撫，後調湖南，謝病歸，寓居滬上。

絲竹老東山，黃歇浦邊，大好平泉風景；
旌麾照南海，赤嵌城外，長留開府勳名。

劉景韓中丞七十壽聯

景韓自浙撫罷歸，暫寓吳下，七月六日其生日也。

三吳小住，話三竺清游，新詩本，舊酒痕，公真白太傅；
七夕將臨，慶七旬初度，大富貴，亦壽考，天賜郭汾陽。

譚仲修大令輓聯

余主詁經講席三十一年，自辭退後，繼之者爲黃漱蘭侍郎，五閱月而歿；又繼者爲汪郎亭侍郎，逾年亦他就；又繼者卽仲修也，六閱月而歿。仲修工詩詞，頗負時望，曾官安徽含山縣令。

詞壇耆宿，自少知名，百里牛刀憐小試；

精舍替人，得君爲幸，半年馬帳歎俄空。

王文敏公輓聯

文敏名懿榮，字廉生，官國子監祭酒，直南書房。庚子之變，充團練大臣。京師陷，與其妻及子婦同投井死。其在翰林時，頗有聲，曾請開四庫館，有旨俟會典告成時舉行，今恐無計及者矣。

金井梧桐，舉家化碧，哭斯人兼悲吾道，更誰東觀訪遺書。

銅駝荆棘，通國倉黃，摶民力以衛皇畿，豈僅南齋留碩望；

彭補勤部郎輓聯

補勤爲剛直第三孫。及歲引見，賞主事，以助振加員外郎銜。其齋，後知時事難爲，乃歸，而以詩詞自娛，年二十七而卒。余甚惜之，輒以此聯。『吟香』乃剛直舊館也。

天才清妙，想運甓齋中，不無遺憾；

時事艱難，附吟香館後，定有傳詩。

汪南陔大令輓聯

南陔官青浦縣，卒於官。其父斥青大令亦宰青浦，二十年間，父子相繼，亦佳話也。其祖小堂觀察，乃余丁酉同年。

青浦聽循聲，昔日郎君今眾母；
白頭悲往事，君家大父我同年。

陳辰田明經八十壽聯

辰田乃湖郡同鄉，寓居吳門。光緒辛丑，行年八十，重游泮宮，重諧花燭，亦佳話也。其少時曾客王壯愍、瑞忠壯幕府，話辛酉之變甚悉。

吳興耆宿，吳下寓賢，白首譜前游，舊是諸侯老賓客；
重掇芹香，重諧花燭，青廬傳盛事，共推平地兩神仙。

贈蔡雪筠女史聯

女史以祖歿關外而父又篤病，刺血寫經，誓迎祖柩。間關萬里，卒成其志。遂撤環不嫁，長齋奉佛，孝女也，貞女也。余聞而敬之，為書此聯。

> 誓迎祖骨歸來，寫經血赤；
> 甘以童貞終老，禮佛鐙青。

李文忠公輓聯

公臨卒，以俄約未定、兩宮未返為憂，或詭言以慰之，乃瞑，可謂忠矣。

> 甫四十卽封疆，未五旬卽宰輔，經文緯武，蓋代勳名，歷數寰中盪寇，域外和戎，力任其難，相業巍巍千古少；
> 位三公為太傅，食萬戶為通侯，重地隆天，飾終典禮，惟是邊境仍殷，鑾輿尚遠，歿而猶視，忠心耿耿九原悲。

前聯意有未盡，再題一聯

又

一个臣繫天下重輕，使當年長鎮日畿，定可潛消庚子變；
八旬翁完真靈位業，溯壯歲同游月府，不能再逮甲辰科。

羅少耕觀察七十壽聯

觀察時官江蘇糧道，兼蘇海關監督。

遼海駕雲帆，三千里轉漕初歸，又向雄關司管鍵；
蘇臺酌春酒，七十歲從心所欲，便由藩服到封疆。

高母裘太夫人輓聯

夫人為滋園都轉之配，笏堂運副之母。生於道光辛丑十一月十一日，歿於光緒辛丑十月十二日，年八十一。

生於仲冬，歿於孟冬，因果往來，止爭一日異；

前以夫貴，後以子貴，恩榮終始，直到八旬餘。

董端生大令輓聯

端生官江蘇靖江縣，卒於官。余識其大父梓庭吏部，曾購余《羣經平議》百部而去，時《平議》

初刻成也。

憶昔年經議初成，文字因緣，何幸獲交君大父；

聽此日政聲卓著，繭絲保障，果然不愧古循良。

謝筱山司馬輓聯

筱山挾錢穀之法幕游江蘇，客蘇藩署最久，亦諸侯老賓客也。其館嘉定時，適獲賊數百人，將

駢誅之。筱山察非真賊，言於居停而免之，一大功德也。

積四五十年，以金布令甲起家，名滿三吳，佐治無慚唐幕職；

活六七百人，於兵火零丁之地，澤流百世，勃興應比漢于公。

潘室畢淑人輓聯

淑人爲濟之太守之配，文恭公孫婦也，賢而勤，濟之甚得其內助之力。晚年卜新居，親往營度，竟不得一日居。其奩中物，因兵亂盡失，一油盒僅存，忽失手碎之，未幾而病，遂不起矣。卒年六十二。

六旬人備歷勤勞，最憐卜定新居，空費魚軒親相度；
一品家自安儉素，賸有嫁時舊物，竟先鸞鏡兆分飛。

姚蓮槎明經輓聯

蓮槎乃杭州書局同事，亦吾湖老輩也，長於余七歲，與先壬甫兄同歲生。

書局久追陪，看此老白髮蒼顏，是吾郡一鄉之望；
道山遽歸去，溯當年桑弧蓬矢，與先兄同歲而生。

余晉珊方伯輓聯

方伯以鼎甲起家,官至湖南布政使,署浙江巡撫甫半載,以疾歸,逾年遂卒。其官蘇松太道,適值庚子之變,調和中外,保障東南,與有力焉。

由鼎甲起家,曩時滬上籌防,懷遠招攜,濱海東南資保障;

歎年庚未暮,半載浙中建節,事煩食少,之江左右失長城。

錢子密尚書輓聯

子密由拔貢起家,以尚書直樞廷,老病乞歸,賞食全俸,終於里第。余與其兄子方同舉於鄉,又同爲曾文正門下士,年長於君者三歲,書問往來,率自稱兄焉。

君以拔萃起家,官尚書,參機務,食一品俸終其身,乞骸北闕,歸來綠野,平泉共欽全福;

我與哲昆同榜,承推愛,僭稱兄,歷五十年如昨日,回首南豐,門下白頭,老輩更有何人。

李少梅觀察輓聯

少梅乃眉生廉訪嗣子，寓吳下蘧園，有泉石之勝。其卒也，以壬寅正月元旦。

爲名父子主領名園，兜率海山遽歸去；

於正月朔考終正寢，屠蘇春酒太悲涼。據《史記正義》，正月之「正」，以避始皇諱，故改音征，然則正月，古讀如字也。

王松坪大令輓聯

大令以孝廉官直隸知縣。其八歲時，能解說《論語》「戒之在得」語，微諫其祖，人以神童目之。宰宣化時，寇大至，城無兵，乃多張旗幟，且於旅店門上大書紅紙，題曰「某某統領行臺」，賊疑援兵至，竟不敢犯。

誦先聖既衰戒得一言，大父解頤，八歲神童徵慧業；

法古人多鼓鈞聲之意，疑兵誤敵，千秋上谷仰英風。

江南提督質堂李公祠聯

咸豐初，廣西李沅發叛，公卽在行間，有戰績。後隸曾文正公部下，自兩湖而至江浙，無戰不與。積功至提督，詔於原籍及立功之地各建專祠。此其原籍所建也。

自西粵從軍爲始，歷湘皖江浙，所在有功，百戰勛名登國史；

是南豐特拔之才，與左李彭楊，一時並起，千秋祠宇壯鄉關。

竇母張太恭人輓聯

太恭人爲旬膏大令之母。去年七月，大令爲豫祝八十壽，實七十有九也。今年正八十，而太恭人正月遽卒，時大令宰武進，方大濬河道，工未畢，以憂去，輿論惜之。

八秩豫稱觴，尚期乞巧樓頭，萱壽重逢，今歲再開瓜果宴；

千夫方荷鍤，何意惠民渠畔，瓠歌未唱，一朝頓廢蓼莪篇。

吳清卿中丞輓聯

清卿以翰林起家，官至湖南巡撫。工篆籀，嗜金石，嘗於秦中得玉琯，長一尺二寸，受一千二百黍，定以爲古黃鐘管，凡言黃鐘管長九寸者皆誤。所言頗近理，余有長歌紀之。同治初，余主吳下紫陽書院，君爲肄業生。今君已古人，而紫陽書院規模亦大變矣。

詞臣雄領封圻，尚將古尺評量，白玉考求真律琯；
老我感懷今昔，不獨故交寥落，紫陽非復舊巢痕。

書此聯已，意有未盡，又題《滿江紅》詞一闋

同治初元，正大亂，削平區宇。有吳下、紫陽一席，皋比叨據。文采風流吾及見，昇平景象今猶慕。算兩年、黃卷共青鐙，人文聚。　　四十載，猶朝暮。一轉瞬，成今古。歎故交零落，不堪重數。闕下尚書應白髮，謂陸鳳石尚書。湘中開府俄黃土。賸龍鍾、八十二齡翁，悲前度。

孫師母趙夫人輓聯

夫人爲余房師孫文節公之配，今年二月二日卒，年七十有七，子孫零落，僅嗣一曾孫而已。

封膴一品，壽近八旬，玉樹階前，幸有曾孫小蕭愿；

節屆中和，天歸兜率，絳紗帳外，尚存下士老彭宣。

林室侯夫人輓聯

夫人年四十一始歸林少穎太守爲繼室，年四十九而終。其生也，以十一月十一日；其卒也，以十一月十二日，亦似非偶然也。

四十一年嫁，四十九年終，雖然大衍虛奇，已算唱隨同艾髮；

旬有一日生，旬有二日卒，等是仲冬中浣，請將消息問梅花。重兩『一』字，然紀實之語，不能改也。

姚竹安封翁輓聯

竹安以子菊坡官翰林院侍讀學士，封如其官，年七十三，有曾孫四人矣。於三月二十八日卒。

芝誥晉清班，高年又越古稀，三黨豔稱爵齒德；

梓鄉娛晚景，愛日竟隨春去，一堂哭拜子孫曾。

吳季英部郎輓聯

季英爲故人曉帆方伯之孫，今年感時疾，與妻女二人相繼而逝。

紀羣累代之交，昌黎又哭殿中君，墓草已看三世宿；
梁孟同時而逝，摩詰兼攜月上女，天花還是一家春。

惲菘耘中丞輓聯

毘陵惲氏，分南北二派，本朝有三巡撫：一爲吾師薇叔先生，一爲次山同年前輩，一即君也。次山同年之撫湖南，祀名宦祠，君將來或亦同之也。薇叔先生猶子，開藩吾浙有年，及升巡撫，止七十餘日，奉諱去。然其藩浙多善政。

南北派分支以後，入本朝節鉞有三人，政績相望，豈惟湘水千秋，留召棠遺愛；
東西浙宣化多年，逮暮歲封疆無百日，設施未竟，不僅曲園一隻，感孔李私交。

朱蘋華大令輓聯

蘋華以庶常改部，自請以知縣官江蘇。去歲有相士勸其留鬚，謂必可得缺，乃竟無驗。舊嘗肄業紫陽書院，故於余執弟子禮，曾製山轎見贈。

起家翰苑，屈爲百里才，憐君撚斷吟髭，未得除書拜黃紙；

同客蘇臺，謬叨一日長，怕我折殘屐齒，曾爲游具製藍輿。

藍輿之『藍』從艸，本王右丞『藍輿』、『白衣』之對。

陳室胡宜人輓聯

宜人爲陳辰田明經原配，年八十五而終。去歲成婚六十年，行重諧花燭之禮，一時豔之。

胖合逾六十年，百歲期頤讓夫壻；

考終完九五福，一堂蹕踊有孫曾。

朱修庭觀察輓聯

修庭自幼能文，應縣府及院試皆弟一，人稱『小三元』，官吳下數十年，不廢嘯詠，著《雙清閣

詩》初、二集若干卷。所居有園林之勝，往歲曾招髯者四人共飲，賓主皆髯，名曰『五髯會』云。

服官卅餘載，仕學兼優，雙清閣遺詩，手稿已編初二集；

卜築十數楹，園林最好，五髯仙高會，頭銜還帶小三元。

戴美含七十壽聯

美含居休寧之隆阜，有園曰仿陶，極園林之勝，集諸名人題詠，刻成一集。今年其七十生辰

也，乞余以一聯爲壽，言其少時曾執贄來見，蓋五十年前事，余久不記憶矣。

小築曰仿陶，集名流數百首新詩，爲此地長留風月；

前游曾訪戴，是老夫五十年舊雨，願與君同到期頤。

盛旭人侍郎賀聯

侍郎今年八十有九，八月十三日生日，先一日爲弟四郎君萊孫授室，猶止十四歲也。是歲補

行舉庚子正科，又爲侍郎重宴鹿鳴盛事，書此賀之。

預舉九旬觴，十四歲佳兒，笑攜鴛侶拜；

將交八月望，三五夜良會，重奏鹿鳴篇。

汪室吳夫人五十壽聯

夫人乃柳門侍郎之配，四月十九生日。柳門曾祖，亦以是日生，家人謂與太陽同生日，蓋是日俗傳太陽生日也。

大衍祝齊眉，距觀世音誕降恰三旬，佛國分來無量壽；

小君尊敵體，記曾王父覽揆同一日，大家都慶太陽生。

德清白雲橋聯

亦名雲塘橋，未知建自何年，雍正間重建，李敏達有碑。今又重建，爲題橋柱。嘉慶四年進士陳斌，字陶鄰，有《白雲文集》，時稱白雲先生，即其地人也。

天目山兩乳雙來，鳳舞龍飛，到此始成大結束；

雲塘橋百年重建，虹腰雁齒，於今再煥舊規模。

一方水利攸關，讀敏達遺碑，豈止通津便舟楫；

百歲風流未沫，近陶鄰故里，應教比戶盛弦歌。

又

中丞今年八十生辰，於九月十三日爲其第九郎君子木授室，所娶乃李文忠幼女也。書此賀之，卽以爲壽。

任筱沅中丞賀聯

雁來秋九月，恰好新郎行第，班列九人，九十其儀，向相門引鳳；

龍興廿八年，欣看元老精神，壽登八秩，八州兼督，卜尚父飛熊。

包纘甫輓聯

余與其曾大父虎臣孝廉交，及君四世矣。君工大小篆，吳愙齋中丞後未見有出其右者。以微員需次吳下而卒，甚可惜也。

忝與曾大父游，吳苑逢君，倍憐我老；

妙得古籀史意，窓齋逝世，又失斯人。

趙卓士從孫壻輓聯

卓士今年就湖北學幕，抱病而歸，小愈，來蘇州見我於春在堂，即辭去，就試秣陵，未及試，卒於客舍。余兄子履卿孝廉遺二孤女，皆余爲遣嫁，長者歸洪氏，今年以疾卒，次即適趙氏，又抱未亡之痛。何皆不幸之甚也。

一握手從此長辭，歿於建業，病早在武昌，來去恩恩如大夢；

兩從孫同時遣嫁，姊竟黃泉，妹亦悲白首，因緣草草只三年。

吳子薇司馬輓聯

子薇年六十三，於八月十四日卒。其六十歲時，有自壽詩，和者頗眾。

六十歲高唱陽春，錦字鈔來，正擬和章徵海內；

三五夜待看明月，玉樓歸去，未能佳節賞秋中。

盛旭人侍郎輓聯

侍郎福壽爲同輩中所稀有，共知爲常州待雲庵和尚轉世也。年八十九而終，若待至明年，即可奏請重宴恩榮矣。

富貴壽考，媲美郭汾陽，五戒是前身，自合三生兼福慧；
兜率海山，送歸白太傅，九旬虛一歲，未能兩度宴恩榮。

都韶笙大令輓聯

韶笙桐鄉人，江蘇知縣，生於咸豐四年六月十九，卒於光緒二十八年六月二十三。

游宦到三吳，桐樹涇邊懷舊隱；
去來皆六月，蓮花香裏證前身。

林質侯觀察輓聯

質侯曾權知蘇州府事，臨終語諸子曰：『吾無宦囊，惟以清白二字貽汝。』

易簀有遺言，惟願子孫矢清白；
守蘇曾小試，常教父老話龔黃。

沈縠成庶常輓聯

縠成始官水部，繼入翰林，竟以庶常終，不散館，亦奇士也。精通釋典，著有《報恩論》一卷。

由水部入詞林，以庶吉士歸田，在認啟單，久推前輩；
因儒書通釋典，逾古稀年證果，有報恩論，長壽名山。

卒年七十三。

周笠西同年輓聯

笠西名樂，湖南人。今年奏請於明年癸卯正科重赴鹿鳴宴者，余之外有周君及江南張君丙炎二人；乃至六月，而周君殂謝。承以同譜之誼，赴告於余，寄此聯輓之。

六十年前與君同譜，荏苒至癸卯正科，其福在太傅文忠之上；
四千里外報我噩音，約略檢甲辰小錄，並世惟清河學士猶存。

潘譜琴庶常輓聯

譜琴爲相國文恭公之孫，以庶吉士罷歸，巾褐蕭然，與寒士無異。每與余商搉小典故，孜孜不倦，精製肴點，時承分貺。居在石子街，時相過從，二十餘年吳中老友也。

宰相文孫，依然儒素，翰林老輩，尚有典型，遙遙十九科前，回首望玉堂天上；

郇廚精饌，每荷分頒，鄴架奇書，常勞代檢，歷歷廿餘年事，傷心過石子街頭。

陸春江方伯配王夫人六十壽聯

夫人於十二月八日生，方伯曾護巡撫印。

三吳開幕府，再來使宅祝千秋。

六秩啓華筵，恰好良辰過臘八；

王復卿明經輓聯

復卿爲菱湖鎮龍湖書院監院。今年正月望，院中有禮事，猶出而主持，越三日遽卒，蓋其宿疾

已深也。時有廢書院之議，余曾主是席二十二年，不能無今昔之感，故於次聯及之。

人驚鶴馭太恩忙，元夕留連，三日光陰俄已矣；

我爲龍湖長歎息，老成凋謝，百年壇坫竟如何。

程母裘太夫人九十有二壽聯

夫人爲程輔堂大令母，有四子、五孫、六曾孫，三月初十日，其生日也。大令時權知德清，乞書

此聯。

官舍大排當，律中姑洗，節屆清明，壽母九旬晉二；

部民工頌禱，年過百齡，堂羅五代，賢侯一歲遷三。

宜興程氏祠堂聯

此亦輔堂大令乞書。自言先世由徽州遷宜興，與二程子有別。二程子出二十六房，其族則出

二十七房，蓋同源而異派也。

自休父得姓以來，與伊川、明道並振家聲，一樣門楣匹純正；

從新安移居到此，於陽羨、義興大開祠宇，千秋福祚逮雲仍。

蘇州新建李真人廟聯

真人名育萬，字空凡，元至大時人，年三十二坐化。建廟龍潭，遺蛻猶在，屢著靈異。本朝疊加『廣濟宣威靈應』封號，同治中頒有『仁德感應』四字額。其廟舊有仙方，分九科，其七百五十方，服之有驗。蘇州府向子振太守，因吳中多疫，特建是廟，余爲題此聯。

五百年元氣，長鎮龍潭，祀典昭垂，四字褒題頒御墨；

數千里靈旗，遠臨鶴市，神方普錫，九科妙劑拜仙丹。

陳母王太恭人輓聯

恭人爲陳藍洲大令之母。藍洲以湖北知縣陳情歸養有年矣，客臘與余書，但言目力稍衰，起居尚無恙，不意越數月而長逝也。卒年八十四，已有曾孫。

八秩又四齡，近時目力稍衰，見詑起居如往日；

一堂將五代，有子宦情素淡，歸來侍養已多年。

錢室蕭夫人輓聯

夫人為錢怡甫觀察之配，生於道光二十八年七月三日，歿於光緒二十九年四月九日。

浴佛後一日到波羅蜜去，遙知證果在靈山；

乞巧前四夜披雲錦衣來，想見宿根由慧業。

惲季文中翰五十壽聯

季文乃湘撫次山同年子，慷慨有大志，且喜為詩。以拔貢生官內閣中書，以母戴夫人老，故不出也。

負經世才，以詩見志，激昂意氣，儼然陳同甫一流人；

為名父子，奉母家居，荏苒年華，已到遽大夫五十歲。

宋氏祠堂聯

祠在西湖臥龍橋畔，乃裏六橋之一也。

溯從壯武公後，代有傳人，開元宰輔，天聖狀頭，卓犖大名滿霄壤；

爰於新小隱邊，聿興祠宇，曲港金沙，長橋玉帶，蔥蘢佳氣到雲仍。

山塘李文忠公祠聯

有詔：『立功省分，皆建專祠。』蘇州建於山塘，爲題此聯。

鍾間氣龍文虎武，由灊嶽降神，千秋又見臨淮李；

奏元功北斾西旌，自蘇臺發軔，四境長留召伯棠。

王同伯比部輓聯

同伯以進士官刑曹，奉母家居，遂不出。余主講詁經，曾來充監院。去歲余至西湖，猶訪我於碧霞西舍也。

壯歲策名，北闕榮列白雲司，廿載棲遲，洛社高風留故里；

去年訪我，西泠清談碧霞舍，一朝凋謝，湖樓舊雨失斯人。

柴功甫太守輓聯

功甫白手起家，仕吳下，以知府候補。年八十五而終，有子七人，孫十三人，曾孫五人。

卅載宦三吳，福祿壽俱高，喜登仕版二千石；

一堂羅四代，子孫曾咸集，哭拜靈筵廿五人。

福州吳興會館聯

福建省城新建吳興會館，同鄉諸君屬題此聯。

千里到榕城，好領略丹荔黃蕉風味；

一樽話茗水，最難忘白蘋紅蓼汀洲。

吳希玉大令輓聯

大令為余孫陞雲鄉榜同年，後成進士，以知縣官江西，罷歸。貧甚，年六十六而卒，幾無以為殮，亦文人之薄命者。將卒前五日，猶來見我於春在堂云。

六旬翁鄉舉附孫行，五日之前猶見我；

百里宰家居以貧死，一官如此最憐君。

廖仲山尚書輓聯

仲山由翰林起家，官至禮部尚書，引疾歸。因其先德曾致力於《路史》一書，未卒業，與其兄穀似中丞共成之，年六十五而卒。余孫陛雲應朝考，受其知，庚子之變，同在京師，可謂相從於患難者矣。

曳尚書之履，歸臥鄉園，與阿兄撰著名山，不憚辛勤成父志；

逾耆壽而終，共推全福，憶吾孫追隨京國，正因憂患見師恩。

許菊圃喜聯

杭州許氏爲浙西望族，世所稱『七子登科』者，菊圃之大父行也。九月十三日完姻，書此賀之。

節序過重陽，喜見菊花開竝蒂；

科名繩七子，先將萱章祝誆男。

餘杭縣文昌閣聯

在縣城東南，明萬曆年建閣，圮，又新之，邑人乞題此聯。大滌，乃其邑之名山也。

溯前朝建造以來，日啓離明，每見奎光騰六府；

自大滌鍾靈到此，地當巽位，長留傑閣鎮千秋。

汪母黃太夫人輓聯

太夫人爲耕餘觀察之配。耕餘宰嘉定時，夫人曾置紡紗車數千具，頒賜民間，教之紡紗，至今蒙利。及其長子鈞官河南鄢陵令，值河決，夫人又助之振，詔以『樂善好施』旌其門。

撤瑱振中州，帝用褒嘉，豈止歡聲騰赤子；

鳴機課窮巷，民資樂利，允宜祀典配黃婆。

陸立盦庶常給假歸娶賀聯

庶常名鳳儀，登弟後完姻，年二十四，鄉、會聯捷。

給假賦催妝，勿徒艷說隨園，好同符吳縣文恭，與溧陽文靖；
聯科登上第，更喜妙齡弱冠，待異日瓊林重宴，即花燭重圓。

章式之刑部賀聯

式之捷禮闈，分刑部，乞假南歸，親友聚賀。是日爲十一月十二日，距冬至六日，乃其母夫人生日也。

京國賦歸來，慈壽欣當日南至；
山堂精考索，清班應屬魯東家。

彭贊臣庶常輓聯

贊臣名世襄，光緒癸卯以庶吉士假旋，到家即卒。相傳爲湖北某郡城隍，不知何所自也。其家以會試墨卷與赴狀同投，亦可悲矣。

衣錦喜榮歸，俄傳吉士頭銜，寫入縉雲新記；
報羅驚大去，堪歎長安行卷，附來霑露哀詞。

聶仲芳中丞五十壽聯

中丞四十生日，余曾以一聯爲壽。今五十矣，適撫吾浙，因又贈此。

憶四旬初度，曾獻一聯，荏苒閱十年，虎武龍文滿中外；
際二月仲春，欣開六衮，謳歌聽兩浙，吳山越水其高深。

蘇州省城浙江會館聯

蘇城向無浙江會館，今始有之，題此以落其成。

從吾浙挂席而來，歷四百里津梁亭堠，到此名區，閭閻殷富，山水清嘉，開拓心胷知幾許；
登斯堂舉杯相屬，合十一郡文物衣冠，成茲良會，襟上酒痕，袖中詩本，流連風景意云何。

劉母楊太夫人輓聯

太夫人爲劉□□〔二〕大令之母，甘肅河西縣人，其地素產布。太夫人自少即以紡紗織布爲事，及大令官江蘇，就養署齋，依然布素也。聞鞭笞聲輒不樂，每勸大令虛心研鞫，勿事刑求，誠賢

母也。

布帔不嫌麤，從前窗下鳴機，常自絲絲繰吉貝；
蒲鞭猶覺重，此後堂前聽訟，更誰絮絮問平反。

【校記】

〔一〕『劉』下，原本有空格二。

陳辰田明經輓聯

辰田年八十時重諧花燭，重游泮水，余曾以一聯壽之。年八十三而終，少於余一歲。

六十年重諧花燭，再掇芹香，喜今五福俱全，如此完人能有幾；
八旬翁已越三齡，未登九秩，歡我一年差長，可知來日亦無多。

沈義民同年九十壽聯

義民甲辰副榜，丙午舉人，歷宰江蘇大縣，兼精醫。光緒甲辰，年九十歲，至後年丙午，則重宴鹿鳴矣。

是名宦，是名醫，是名孝廉，後此一科，小雅笙簧重宴樂；

又同鄉，又同年，又同寄寓，長吾六歲，先生杖履倍精神。

翁叔平相國輓聯

公之歿也，奏入報聞。昔日白香山卒，或爲請謚，上曰：『何不取醉吟先生傳看？』竟不予謚。上聯亦微有寓意。

白傅一篇醉吟傳；
綠圖兩代帝王師。

贈張真人聯

真人名元旭，字曉初，以事至蘇，乞書此聯。

於仙佛外別開一派；
從漢唐來自有千秋。

留園戲臺聯

十餘年前,為園主人盛旭人侍郎書,久不記憶。有游留園歸者為誦之,補錄於此。

一部廿四史,譜成今古傳奇,英雄事業,兒女情懷都付與紅牙檀版;

百年三萬場,樂此春秋佳日,酒坐簪纓,歌筵絲竹間何如綠野平泉。

向子振觀察六十壽聯

子振時官雷瓊道,適有土寇犯境,擊卻之。

數百里疆宇又安,尋海瓊子,葛仙游迹;

六十歲精神強固,播漢將軍,向寵威名。

周伯英姨甥女輓聯

伯英歸張氏,其夫亡。支持門戶,保守田園,頗於張氏有功。其父周君雲笈,余之僚壻,其母

乃姚夫人之伯姊也,故自其六七歲時余即見之,然今年亦七十三矣。

憶幼時婉變出拜，情景非遙，荏苒歲華成老病；
歎年來攕捐持家，田園無恙，艱難祖業付兒孫。

蘇州玄妙觀祝釐公所聯

光緒三十年十月，恭逢皇太后七旬萬壽，蘇州士大夫以玄妙觀爲祝釐公所，屆期咸集，舞蹈趨蹌。羈旅小臣，亦與瞻拜，敬題此聯。

溯聖朝定鼎以來，從順治而康熙、雍正及乾嘉道咸同光，文謨武烈，造成百代丕基，尚賴皇太后日日新又新日新，玉律金科皆有敘；
就蘇郡提封之內，合吳縣與長洲、元和暨崑新常昭江震，白叟黃童，羅拜七旬壽宇，並祝聖天子萬歲萬萬歲，娥臺姒幄共無疆。

公所閎廠，一聯不足，再獻數聯

重輪重光尊二聖；
十月十日祝千秋。

北闕奏笙簧，悉稟媧皇聖製；

南邦采芝朮，最宜泰伯遺封。

慈壽慶七旬，七始七元，七百年重開景運；

良辰逢十月，十風十雨，十千耦共樂綏豐。

良月月真良，催回大地祥和，一曲陽春調律琯；

小春春不小，勝似滿城桃李，三旬花樣豔宮袍。功令：文官穿蟒袍一月。

費屺懷太史暨徐宜人五十雙壽聯

太史生日，適逢家忌。九月十八日，宜人生日也。弧帨並陳，書此為壽。

成紀安喜，合為百歲；

長生久視，補作重陽。

唐權德輿封成紀縣伯，妻封安喜縣君，有詩見本集。上聯用此。唐懿宗歌云『長生白，久視黃，同拜金剛不壞王』，並菊花名也。下聯用此。費氏懸此聯於聽事，見者多不解，聊識於此。

曾母丁太夫人輓聯

太夫人之歸於丁氏也，自匿其年三歲，故今年九十，實則九十三矣，蓋蘇俗然也。其生於九月

三日，其卒於八月二十七日，是月小盡，距生辰五日耳。

計閏作三年，援昔賢官年之例，又實增三年，雖欠四齡亦人瑞；設帨當九月，至今歲壯月而終，已將交九月，再遲五日卽生辰。

沈問梅贈君輓聯

君行年七十，其次公子梅觀察自津門馳歸，甫舉壽觴，卽捐賓館。君宰吳江時，余託其購求雪港沈氏《昭代叢書》，故其卒也，書此輓之。久不存稿，而其長公旭初觀察尚能誦之，因補錄焉。

七秩甫稱觴，洛社春深，有子津門旋宦轍；十年重感舊，吳江楓冷，煩君雪港訪遺書。

沈芳衢孝廉賀聯

芳衢由副榜中式，故首聯云。然此聯亦失記，乃翁旭初觀察屬補錄之。

兩度游月宮，符君家故事；一飛到霄漢，乘來歲春風。

姚訪梅都轉輓聯

余前寓天津，始與君識，今四十餘年矣。自營生壙在嘉興城外，頗有邱壑，榜曰『又一村』。

溯從前同寓丁沽，四十年來，喜見高門偉萬石；

想此後重經丙舍，又一村裏，長留佳氣到千秋。

李勉林制府輓聯

公以諸生從戎，官至巡撫，薨於兩江署任。時各國賠款改銀爲金，公易簀前旬日，猶會商各督撫，合詞電達外務部，請其力爭，惜未之從也。

范文正起自秀才，白首建高牙，正爲長江嚴管鍵；

寇萊公力爭歲幣，黃金擲虛牝，誰憐中土竭脂膏。

沈氏節烈坊柱聯

德清縣學生沈寅恭妻周氏，夫亡守節，以節婦旌；　副貢生沈寅禾妻馬氏，徇夫而死，以烈婦

旌。二婦乃娣姒也，合建一坊，余題其柱。

十載兩旌門，節與烈並達九天，壼史修二賢合傳；

一堂雙築里，姒及娣並堪千古，家風振八詠清聲。

孫仁甫明經七十壽聯

君生於十二月初七日，其家富於藏書，乾隆間開四庫館，呈進書籍甚多。

為古稀翁豫祝百年，先臘八日敬舉壽觴，共傾新釀酒；

願中興朝重開四庫，與天一閣同修故事，再進舊藏書。

台州彭剛直公祠聯

台州民金滿，字玉堂，素豪橫，有周孝侯風，頗為鄉里患。剛直憐其才，招致麾下，授以右職，玉堂之感恩報德，即於其鄉創建公祠，命子孫世祀之。公之破格憐才，玉堂感念舊德，皆可傳也，故題此聯，以落其成。

看此日赤城勝地，崇千秋廟貌，留將俎豆鎮溪山。

感當年白髮尚書，費一片婆心，招得英雄侍鞭弭；

積功至守備。

蘇州府署閒園聯

郡署東偏舊有一園，有桃隖、竹篠諸勝，名之曰「閒」，取樂天詩意也。余壻許子原守是郡，稍修葺之，爲題此聯。

本黃歇故封，雄開劇郡，士民殷庶，財賦豐饒，賴有小園林，借半日光陰，稍談風月；

用白詩遺意，肇錫嘉名，桃隖春朝，竹篠秋夕，惟願賢太守，與三吳父老，共樂寬閒。

沈旭初觀察謝夫人雙壽聯

觀察與夫人同於正月十三日生。夫人年五十，觀察則六十有八。準功令，計閏九十七可作一百，則六十八可作七十矣。

蓬山仙眷，一日同來，預支佳節元宵，賞此十三風月；

柳絮清才，五旬未老，請計先生閏歲，合成百廿春秋。

劉景韓中丞輓聯

中丞前在天津，與大兒同官，甚相得。後撫浙，坐疆事免。

疆事處萬難，青史應留公論在；

交情聯兩世，白頭殊歎故人稀。

徐孝女六十壽聯

長洲縣屬永昌鎮徐氏女，名曰淑英，以孝旌。父名佩藻，字子芹，臨歿時語女曰：『汝弟尚幼，汝能不嫁，爲我撫之乎？』女曰：『諾。』父以田三百畝予之，女遂不嫁，持家撫弟。弟既成立，娶婦且入學矣。其父素有意欲立義莊，而田止五百畝，因循未果。女以父所予三百畝益之，又歷年節省，續購田二百畝，合成一千畝，建義莊，以成父志。光緒三十一年，女年六十歲，戚黨嘉之，爲徵壽言。

成父志，以一千畝建立義莊，綽楔高標，東海望族；

守女貞，至六十歲撫成弱弟，環瑱長壽，北宮嫛兒。

劉仲良制軍八十壽聯

浴佛前四日，先瞻南極壽星，共拜東坡北斗；

去浙後廿年，尚有西湖舊雨，寄懷謝傅東山。

公曾撫吾浙，四月四日其生日也。

郭轂齋觀察輓聯

余與郭氏世有淵源：　君之祖乃先大夫同年也；　余從孫劍孫，以丙子舉於鄉，君又適爲内

監；　試余孫應經濟特科，取一等，君之子侍郎君又爲閱卷官。　今歲君年七十有六，以金衢嚴道署

臬司而卒。

屆八旬耄耋之年，霜柏外臺，留得召棠古遺愛，

統四世淵源而論，雲萍小錄，感懷孔李舊通家。

劉吉園總戎輓聯

吉園以武童從軍，首破小池口賊壘，遂知名。曾從事左忠襄甘肅軍營，後爲楊石泉中丞調至吾浙，署定海總兵，補溫州總兵。其統帶省城防軍也，頗有榮績。杭州水星閣存貯火藥甚多，君於四圍厚築局垣，及後火藥局炎，而居民不傷，此一事，杭人至今感之。其時俞樓亦頗震動也。

小池口破賊以來，復九江，復安慶，功冠戎行，及內地肅清，金城郡邑馬長征，轉戰更經邊徼外；兩浙間倚公爲重，鎮定海，鎮溫州，望隆專閫，卽會垣防禦，水星閣崇墉高築，小樓亦在保全中。

譚文勤公輓聯

公在同治初以御史上一封奏，頗稱旨，後之大用由此也。及撫陝，值大無，公先在藩司任，積錢粟無算，他省皆紛紛請振，而陝寂然。或疑其膜視，不知其備之有素也。公訪余湖上，言此甚詳。公自杭州府遷豫臬以去，不十年。撫浙惠政甚多，而修復文瀾閣及鈔補《四庫全書》，士林尤稱頌焉。在浙適逢六十生日，余以文壽之。今聞公訃，寄輓此聯。

同治初密陳一疏，宗社攸關，及開府秦中，活萬戶災黎，不待泛舟有仁粟；臨安郡小別十年，封疆坐領，憶清尊湖上，祝六旬初度，正當傑閣建文瀾。

劉仲良制府輓聯

公由浙撫遷川督，與洋人齟齬，罷歸。今年四月，八十生辰，余寄一聯壽之，公手書報謝。乃至七月，以微疴遽卒。八月朔始，由郵局遞到前書，亦可歎也。

兩川拋玉節，拂袖遄歸，疆事艱難，且領取十年林下樂；

八秩醉瓊筵，投杯仙去，郵筒遲滯，猶傳來四月案頭書。

費屺懷太史輓聯

太史甫留館，即放浙江副主考。喜談古義，所取各卷多主公羊家言。撤棘後，亦毀譽參半。今年五月訪我春在堂，坐談良久。未幾，以洪昉思歌版見示，余賦二絕句而歸之。不謂其微疾遽卒也。

詞曹一出，便主持浙水文衡，高坐棘闈談古義；

小別四旬，尚傳示洪家歌版，驟聞蒿里發哀音。

湯室周夫人輓聯

夫人爲味卿大人之配。大令乃余門下士，吳煥卿在浙充鄉試房官所得士也。夫人因其子以

知府官江蘇，從宦，至吳而卒。

封鮓勸兒曹，方期多子多孫，兩老遐齡登耄耋；

弋鳧相夫壻，深惜門生門下，百年良佐失姬姜。

馮仲梓廉訪輓聯

仲梓自幼家貧，恆食粥。後官陝西臬使署藩司，適兩宮西狩，臘八日，賜粥食之，是夕中風，四

肢不仁，引疾歸。感時事多艱，輒歎息流涕，病中於東三省之事尤憤憤云。

顏魯公食粥，不諱言貧，晚歲恩榮臘八日，寵頒新玉粒；

賈太傅憂時，可爲流涕，病中憤懣東三省，泣念舊金湯。

潘室孔夫人輓聯

夫人爲潘築巖太守繼配。其來歸也，甫合卺，卽眩仆於牀，賀客皆驚散。卒於乙巳年八月十八日，則其年亦四十有二矣。

卻扇便驚心，憔悴姬姜，喜過四旬還益算；
鼓盆重隕涕，淒涼夫壻，忍敎八月再觀濤。

善伯封翁輓聯

翁名恩元，曾奉旨馳驛赴都將軍營，時稱異數。後歷知秦中劇縣，皆有聲。晚年以次子仲萊閣學官泰寧總兵，賜『敎忠裕後』額，其餘子孫亦皆貴顯。余識其長公召南觀察，余孫陛雲以朝考受知於閣學云。

卅年來馳傳從軍，特膺異數，鳴琴治縣，大起循聲，晚因賢子推恩，鳳闕星雲頒御墨；
一門內龍文虎武，中外知名，杞梓蘭蓀，後先濟美，私喜吾孫徼幸，鯉庭桃李被淸陰。

湯母葛夫人輓聯

夫人為摯仙庶常之母，家貧，不役婢嫗，躬自操作，常一手抱兒，一手治事。年二十有六產摯仙，臨蓐五日而始生，緣是得暈眩之疾，久而不瘳，竟以此卒，然年已七十六矣。

二十六得病，七十六告終，慈壽已高，寢生原不驚姜氏；

一左手劍兒，一右手治事，劬勞實甚，遺像長教泣秅侯。

羅少耕觀察輓聯

少耕曾充出使日本大臣隨員，為橫濱領事官。旋蒙記名，候簡出使大臣，後官江蘇糧道兼蘇海關監督，以病乞休，終於蘇寓。

星槎奉使，日窟從公，方期重任躬膺，域外遐探大瀛海；

漕節巡游，雄關坐領，何意微痾引退，吳中虛築小行窩。

陸蔚庭太守輓聯

蔚庭乃心農同年之子,成進士,入詞林,簡放江西、湖北副主考官,至河南汝寧府知府,在任八年,兩次蒙傳旨嘉獎。

花甎接武,棘院衡文,真不媿六十年狀元門第;

八載賢勞,兩回嘉獎,最難忘二千石太守循良。

王止軒太守輓聯

止軒入詞林,未得一差,以知府仕中州,未得一缺,遇亦蹇矣。然身後所遺著述甚富,臨歿自撰輓聯猶及之。其弟子詒以母病,請以身代,遂投月湖死,世稱王孝子。及止軒歿,妻陶氏仰藥死樞側,亦以烈旌。

讀中祕未司文柄,請外任未縮郡符,廿載長貧,空有芬芳留藝苑;

昔弱弟以殉孝亡,今令妻以從夫死,九原相見,大堪焜燿在泉臺。

李鴻渚封翁輓聯

君德行信於鄉里。其鄉有二次以微故釀械鬥之禍,皆得君片言而解。庚子歲,夢至一處,山水清淑,園林疏曠,宮室巍然,中有虛位。及乙巳夏,又夢至其處,自知不久。明年丙午正月遂卒。其子鐘鼎欲乞余一言,因力疾書此聯。

間里爭訟,取決一言,是真長者;
兜率海山,竟歸何處,君其仙乎。

任筱沇中丞輓聯

中丞以拔貢生官至浙江巡撫,在吾浙頗有聲。謝病歸,年已八十。寓吳下,時相過從。今年正月二日,猶親來賀歲,其精力固未衰也。越二十日竟捐館舍,殊令人悽悗也。中丞父爲先祖甲寅同年,以行輩論,蓋長於余云。

由拔萃起家,踦歷封圻,兩浙間頌聲,至今猶在耳;
歡新正賀歲,尚勞車騎,百年前世誼,此外更無人。

惲母戴夫人八十壽聯

夫人爲惲次山中丞之配,生於五月十三日,於四月二十四日豫祝。夫人頗工文墨,老年無事,喜以樗蒲消遣。

從八旬曼衍,開上壽期頤,彩格歲編金葉子;

借四月清和[一],圓端陽家宴,綺筵人戴石榴花。

【校記】

[一]『和』下,原本衍『支』字。

陳鹿笙方伯八十壽聯

鹿笙官蜀藩,曾攝川都。壬寅歲,守城有功,曾繪《衣冠巷戰圖》,余有詩紀之。及罷歸,以曾官杭州太守卽寓於杭。今年八十,書此爲壽。

節麾五千里,歸到白蘇隄,壇坫司盟前太守;

杖履八十翁,大開黃綺宴,衣冠巷戰老英雄。

又

撰前聯後，又知方伯生於六月，今於四月中旬豫祝，其長子幼鹿觀察年亦六十矣，橋梓同慶，洵佳話也。又撰此聯，命陞雲寫寄。

衣冠巷戰歸來，小住明湖，屆耄壽八旬，看令子六旬舞綵；
琴劍宦游舊地，大開盛會，先誕生兩月，卜良辰四月稱觴。

彭景雲孝廉輓聯

景雲乃剛直公第四孫也，欽賜舉人，負美才。中年萎謝，三黨惜之。

一枝桂從丹鳳銜來，清才竟以孝廉老；
千里駒惜季騏化去，衰淚重爲剛直揮。

胡效山觀察輓聯

效山以進士官至陝西延榆綏道，謝病歸，就養吳中。少年時文名頗盛，在都下以授徒爲業，門

下多貴顯者，今溥玉岑尚書即其一也。余與其令叔迪甫君爲庚戌同年，故與相識，易簀前一月猶

過我春在堂，以所選《西湖詩錄》求序也。

都下播文名，數年來宦興久闌，回思問字人多，猶有尚書留北闕，

吳中尋世好，一月前吟筇小駐，爲報選詩功竟，已堪小集訂西湖。

胡室楊淑人輓聯

淑人爲志雲太守之配，即效山觀察子婦也，先效山三日卒。志雲適以海運事留滯京師，聞病

乞假歸，則已不及見矣。

先阿翁三日游仙，仍向九原侍膳；

催夫壻重洋歸棹，空勞一慟憑棺。

陳鹿笙方伯輓聯

君在成都，有《衣冠巷戰圖》，事已見前。余自君守溫州時相識，垂三十餘年。今年君自知不

起，五月二十八日口授一書與余訣，并贈五絕句，又寄示《絕筆詩》七律十首。是月小盡，至六月六

日而卒，僅閒七日耳。

傾蓋後逾卅年，欣看一劍指揮，直把狂瀾三峽挽；
易簣前僅七日，猶有五詩投贈，并傳絕筆十篇來。

贈陶星如聯

星如名洙，常州人，爲陳小石中丞幕客。長於丹青，爲余寫真甚肖。

杜少陵諸侯老賓客；
王摩詰前身一畫師。

陸母郭太夫人輓聯

太夫人爲陸申甫糧道之祖母，年八十六而終，已有元孫五人矣。

距九秩止四齡，藕節延年，計壽又加兩閏歲；
羅一堂將六代，麻衣拉淚，拜賓已有五元孫。

惲母戴太夫人輓聯

太夫人爲次山中丞繼配，今年八十生日，余以一聯壽之，已錄於前矣。夫人豪邁，有丈夫風，自號『洗蕉老人』，其家有老櫟一株，故有『櫟存草堂』額，余所書也。

大家軌範，豪有丈夫風，四坐聽高談，豈止庭蕉閒自洗；
極品榮封，兼享耄期壽，八旬開綺宴，猶祈園櫟老常存。

易笏山方伯輓聯

駱文忠公之督師入蜀也，檄君募鄉兵二千以從，途與石達開大股賊遇。或曰：『無與我事，可避勿擊。』君曰：『天下之賊，當爲天下殺之，庸可避乎？』而眾寡不敵，與戰小挫。君於象鼻嶺下解鞍，踞地坐，賊莫能測，竟引去。時湘軍防寶慶，未防澧，賴此以全，湘人至今感之。後仕至江蘇布政司，引疾歸，愛廬山之勝，築室名『琴心樓』，竟卒於此。臨終衣冠端坐而逝，亦奇人也。

早歲募一軍以出，使關湘澧安危，象鼻嶺前，箕踞平原酣戰後；
晚年後五老而游，竟在匡廬歸去，琴心樓上，衣冠危坐考終時。

汪小樵封翁九十冥壽聯

冥壽，俗例也。然顧亭林《丁貢士熊飛亡考生日詩》，則名人集中亦有之矣。小樵汪君爲余老友，道光戊戌、己亥間，與同讀書於杭州考寓，今歲存年九十矣。其嗣君郎亭侍郎敬營齋奠，余爲題此聯。

遙想大羅天上，九洲三島客，玉樓同拜神仙。

回思明聖湖邊，六十八年前，鐵硯互商文字；

嵊縣金氏養老堂聯

堂中額，養老者一百人，籌備經費至三萬緡有奇，乃金君祿甫承其父孔昭君遺意而成之者也。

龐眉皓首，聚至一百人，饘於是，鬻於是，鬮鑠同堂，良亦熙朝小祥瑞；

仁粟義漿，積成三萬貫，父作之，子述之，拮据兩世，允稱菩薩大慈悲。

杭州然藜集惜字會聽事聯

萬事萬物皆由文字留傳，寶貴真堪同菽粟；

一點一畫可見圖書精蘊，零星何忍委泥塗。

王爵棠中丞輓聯

中丞由監司起家，以文員從軍，官至廣西巡撫，充出使俄、法大臣。彭剛直公曾以「誠正篤實」薦。著有《國朝柔遠記》，余爲之序。

起自監司，疊膺疆寄，誠正篤實，曾登剛直薦賢書；

長於軍旅，又擅使才，經濟文章，請讀聖朝柔遠記。

集秦篆

繹山碑

昔者今所因。

昧乃明之極；

理定自無爭。

功高斯不伐；

理自天而開。

道因時以立；

金經略成誦；

白日長無爲。

去日極可念；

遠山如相親。

亂流自起滅；

遠山時有無。

惟止乃能動；

因昧而爲明。

爲言今日樂；

因理昔時書。

四野自高下；
萬山時有無。

德成言乃立；
義在利斯長。

相親維白石；
所誦此金經。

山去天不遠；
石無土而高。

山石不流動；
天日自高明。

書久繹乃顯；
理日戰而強。

臣家今高國；
帝德古成康。

略具四時所樂；
不爭壹日之長。

臣以壹經自樂；
史稱萬石之家。

維以經史爲樂；
時有山澤之思。

極四時之所樂；
襲六經而成書。

有莫能言者樂；
無不成誦之書。

樂山澤而之野；
明經義以著書。

帝德萬世無極；
臣家壹經如初。

壹威儀以成德；
澤經史而立言。

除誦經無所作；
思去日有如斯。

盛世不言遠略；
臣家自昔明經。

理義明時有建白；
功夫定後無思維。

登高因誦白也作；
立石自刻獻之書。

盡日相親維有石；
長年可樂莫如書。

遠山相從久不去；
亂石羣立長無言。

言之高下在於理；
道無古今維其時。

自天降康年乃有；
及時爲樂臣所能。

昔之所經極可念；
今如不樂請復思。

此日壹去不可復；
及時爲樂其無辭。
澤以長流乃稱遠；
山因直上而成高。
日莫萬山如無有；
天高四野極分明。
古書明昧久乃顯；
遠山高下初如無。
六經盡爲道而作；
羣書以久繹迺明。
世不能爭維此理；
臣之所樂莫如書。

略誦古今成野史；
具言金石著山經。
以經史爲無盡義，
不山澤而有遠思。
古今之樂盡此矣；
山野所樂如斯夫。
自古以有年爲樂，
方今如初日之長。
有無不爭家之樂；
上下相親國乃康。
極盡四時之所樂；
自成壹家以立言。

無言者天此理顯；
有道之世其日長。

世登上理有極樂；
臣除經義無壹長。

帝立四維而定國；
臣誦壹經以起家。

下臣所樂維經義；
上理無爲稱詔書。

家無所有黔長樂；
世盡能思白不羣。

臣於世不爭功利；
日在家維誦道經。

請于極盛登咸世；
誦此無爲道德經。

維於經義有獻可；
不從時世復爭長。

白日無爲羣勤止；
金經成誦萬言除。

起滅萬流金自定；
久長壹念石爲開。

請於泰上無爲世；
長作天家在野臣。

戎功久著今天下；
高義咸稱古相臣。

時定始成金石樂；
功高長在帝王家。

白樂天因天而樂，
王無功成功如無。

維孝於親有石建，
不言所利無王戎。

樂其所樂莫之禁；
利不言利無能爭。

四時不害年可樂，
數世之利書爲長。

道理分明方及遠；
功夫長久可爲山。

爲樂極之五六日，
著書可以十萬言。

始于在家能及遠，
因之爲道如登高。

久從山澤言辭直，
除夫經書家具無。

時繹古書明古義；
請從山野著山經。

天年自樂今山長；
帝德能書昔史臣。

此樂無極臣壹石，
斯世其康帝萬年。

時從野臣著野史，
久於山澤稱山家。

帝德不以首山顯；
臣年乃如野王高。

無古無今道維壹；
有可有不理自明。

動之作之咸有道；
高也明也今夫天。

家有義方稱長者；
道維強立在初年。

道在無言天自顯；
年高有德世咸親。

不以經明思自薦；
維其道在澤長流。

亂流四下，疾於夫不；
古石羣立，作其之而。

四時所樂，具在于此；
六經之義，不盡於斯。

遠在泰古，乃有此樂；
盡刻斯世，所無之書。

登高而思，此樂萬古；
立言不襲，自成壹家。

威儀可親，帝稱長者；
康強不害，臣樂高年。

既動復止，初念不及，
自昧而明，羣言盡除。
登高而盡，四野所有；
著書以成，壹家之言。
強者明者，乃能斯道；
盡矣極矣，而復其初。
初念長明，如暴之日；
壹成不動，所樂者山。
山高流長，請從所樂；
道成德立，自顯於時。
書無經史，咸極其義；
山有土石，分爲之辭。

帝稱其功，世樂其利；
及後者德，定遠者威。
莫不樂其樂、利其利；
斯乃言無言、爲無爲。
威制暴強，惠及山野；
澤流後世，功在邦家。
具著於書，以明古義；
有如此樂，維在山家。
功德既高，長在國史；
金石之樂，下及臣家。
經史之澤，可以及後；
道德既高，因而顯親。

古稱不德，乃爲上德；
夫維無事，斯莫之爭。

家世之盛，長爲稱首；
著作所定，無不成書。

道義自高，如立六國相；
著作極盛，可稱萬石家。

及時爲樂，請從今日始；
於世無爭，長如泰古初。

道其道，德其德，義理自在；
高者高，下者下，山澤攸分。

後日思今，今復思昔，不如盡除此念；
天下在國，國乃在家，其維自定於初。

自泰初而皇而帝而王，理亂相從，止此壹道；
念古昔立德立功立言，辭意不襲，具在六經。

集漢隸一

文章昔潘樂；
家世今國高。

校官碑

清風表介節；
奧義發雄文。

閑來絕人迹；
樊外聆禽聲。

陳詩聆國政；
講易剖天心。

樛竹有高節；

文禽無俗聲。

君子焉不學；

國人胥曰臥。

三公不易介節；

一官自樂天年。

學不講，將焉獲，

禮既復，即是仁。

不役世俗之樂；

惟謀我心所安。

謀于樛，學有獲，

脩之家，德乃長。

獲一善無失之；

即三公不易矣。

脩竹不孤君是矣，

清風在戶我招之。

公旦垂聲周有雅；

屈平高蹈楚無風。

平旦所息長在抱；

清風自來初無私。

自陳心迹詩之聖；

不用矜張文有神。

自將詩禮垂家教；

惟秉忠貞佐聖君。

自昔學詩宗表聖；
於今講易有君平。

清風無私雅愛我；
脩竹有節長呼君。

昔年絕作屈平賦；
今世高風表聖詩。

自抱高風詩典雅；
不矜介節竹平安。

周詩漢賦自典重；
清流脩竹人平安。

利在所輕義自重；
德之既高文不卑。

高義自脩無德色；
老年長樂有童心。

所教學，不外詩禮；
既安樂，且長子孫。

老年不失鬌年樂；
今世重親上世人。

崇高將冠百官表；
閑雅不矜一藝長。

脩德克昌焉有艾；
抱詩自樂一無疑。

武公之詩是曰抑；
老子所寶首在慈。

清高自作詩家祖；
平易長存樊外風。

高人不附百官表；
詩老親呼一字師。

君子在上眾歡樂；
國人曰叒無阿私。

君子詩學自卓絕；
我所師資無阿私。

詩有清風師正雅；
字無俗迹學來禽。

學有師資在平昔；
老將謀樂從今茲。

親仁寶善資民利；
講武脩文佐聖謨。

樊無人迹禹聲樂；
户有輕風竹景流。

字無流俗形聲正；
詩不矜張結構安。

文禽發聲清于磬；
脩竹結實陳我廬。

聖垂六藝禮樂作；
天賦三德仁智存。

清絕作詩無俗字；
閑來叩户有高朋。

是迹是神無乃有；
即生即息貞復元。

世有令德在君子；
心虜愛民惟仁人。

自是高人長不老；
即今脩竹復生孫。

人之進退在縣禮；
官無崇卑惟愛民。

長令子孫親有德；
自將詩賦樂平生。

自愛初無阿世學；
之官即有利民心。

文章尒雅從無俗；
詩賦風流自有神。

尚有典章平子賦；
從無聲色樂天詩。

平安自愛高人竹；
清遠初疑墊老家。

愛樂天詩初不俗；
抱君平易自無疑。

推藝惟詩三絕冠；
受塵有竹一家清。

所愛文章宗尒雅；
不將詩賦表風流。

百姓樂呼敺令尹；
一官卽是昔公侯。

樾色有無在平旦；
清流屈曲抱詩家。

叩戶從來無俗迹；
抱詩所在有清聲。

閑家用老子三寶；
從政稟周官六廉。

自有高朋將學講；
且教童子抱詩來。

有三公不易之介；
無一藝自用乃高。

樾外高人元不俗；
詩家老將自來雄。

國家將興有敀佐；
文武所稟惟聖謨。

樾興且教從眾樂；
高年初不用童扶。

化虜彼我元無迹；
存尒天君卽在心。

惟學藝文抑末也；
克脩德義是敀虖。

實用閑存推聖學；
善謀克復卽天心。

文藝從來資尒雅；
進脩元不失風流。

卽用詩章陳國政，
長從壄老察官聲。

儀容閑雅人胥愛，
文字優長世所師。

謀樂不在文字外，
學詩胥從風雅來。

絕藝無雙在文字；
用心克一自優長。

從我所樂有學在；
操之卽存惟心虜。

清風高節世所重，
令子佋孫家將興。

脩德不矜官位重；
克家惟在子孫佋。

文禽雙來聲歡樂；
清流一曲人優閑。

自是清高無俗尚，
從來文雅卽風流。

高興且謀壄外樂；
雄文尚有國初風。

自是壄人親壄景；
惟將家學永家聲。

童子一人親執役，
高年三老來作朋。

閑招樾色來平楚，
曲受清流生遠風。

彊抑直流生一曲，
閑招孤景作三人。

一家長有歡樂色，
百年從無彼我心。

天賦清高絕流俗，
老垂著作貽子孫。

履仁蹈義，用脩我德，
學詩講禮，克昌尒家。

仁義自脩，君子安我；
詩禮之教，家人利貞。

除周孔外，初無絕學；
舐楚漢來，乃有雄文。

樂民之樂，旣於自樂；
仁人安仁，實卽利仁。

長于從政，不惟三善；
卓彼著作，自是一家。

國政民風，垂之詩教；
進禮退義，閑于聖謨。

除文字外，一無所有，
有脩竹在，眾呼曰君。

禮樂既脩,垂之教化;
進退無失,閑于容儀。

心虔愛人,卽仁卽智;
抱茲介節,不卑不高。

愛眾親仁,世之師表;
脩文講武,民乃景從。

克制彼私,平旦有息;
不役于俗,天君乃安。

愛樂天詩,不流虔俗;
學宗師文,克進于安。

孝虔惟孝,家卽有政;
樂民之樂,德乃不孤。

惟善是師,今之叞尹;
無疑不察,民曰神君。

清流所受,不直卽曲;
墼色自來,旣有疑無。

惟忠惟孝,稟天所賦;
學詩學禮,演聖之謨。

家學優長,天資卓絕;
文章尒雅,履蹈清真。

惟曰進德焉,修學焉,是在我尒;
從茲永安矣,長樂矣,蓋有天虔。

天之生我公焉,是上將,是叞佐;
昔也有茲人虔,曰武侯,曰子儀。

集漢隸二

曹全碑

泉石從所好；
文章如有神。

有酒且其樂；
無錢安足憂。

聖世重興武七德；
諸君同負史三長。

泉遭急雨因潛出；
風遇餘雲復勒歸。

少孫尚擬續遷史；
子雲奚憚反離騷。

周禮六官先治典；
漢家大史首臣僚。

早齊文望張童子；
還慕雄風周孝侯。

遇石不拜爲之揖；
擬酒以聖甚于賢。

且以文章存典禮；
還因禮樂振風流。

綜貫文章周六典；
清高名望漢三君。

文章典重張平子；
居處清幽王右丞。

不慕金章仍拜石；
少疏文字復臨流。

常為山人疏禮節；
還因野史訪遺文。

山野所樂世無禁；
金石之辭臣有長。

且與君平學周易；
不同揚子反離騷。

野史所收或遺事；
國風既遠有騷人。

師商之間有位置；
周秦以降無文章。

為愛涼風開北戶；
因芟殘葉出南山。

白石清泉從所好；
和風時雨與人同。

開泉分水山人事；
藋葉芰枝童子功。

泉流分布從無絕；
枝葉扶疏不擬芟。

名士風流咸所慕；
儒生門戶本常清。

生遭聖主賢臣世，
家在廉泉讓水間。
子孫好守儒門學，
鄉里仍名廉吏家。

文字若無高下別，
酒醪焉有聖賢分。
辭章舊擬三都賦，
鄉里仍名萬石家。

酒以高下別賢聖，
山因遠近分親疏。
共治幽居先退谷，
尚餘舊德是廉泉。

風雨和平因聖世，
民人歡樂是清官。
漢世金章牟眾望，
孔門曾閔擬清名。

大賢憂樂同斯世，
長吏廉平報聖時。
白石清泉常其隱，
美人名士有同心。

鄉居且復脩農政，
興至時還角酒兵。
門廬咸拜文中子，
官爵仍遷鄉大夫。

雨風好訪農家諺；
泉石常存吏隱心。

世承王氏三槐美；
人有張家百忍風。

字學近參王大令；
清名本擬蜀君平。

家居好水好山地；
人在不夷不惠間。

子孫具守顏門學；
父老長沾治郡恩。

常居賢母三遷里；
不慕高官萬石家。

楹聯附錄

至老不離文字事；
所居合在水雲鄉。

官位早從三事後；
文章尚在六朝前。

山上白雲高士隱；
庭前好雨故人同。

方干以三拜爲節；
君平有百錢養生。

秦嘉夫婦賢名起；
張敞風流樂事全。

幽人之居足泉石；
高年所樂長子孫。

儒者承家先孝弟；
學人報國在文章。

吏隱既分無造訪，
姓名尚在爲文章。

美官不慕齊三服；
高節還同漢二疏。

曾南豐文章典重；
王右丞居止清幽。

且幸雨風和聖世；
常存桃李在臣門。

舊有雄文縣北闕；
近存老屋在南山。

儒官本不親民事；
老學奚爲讓少年。

令子賢孫同繼起；
美人名士其長生。

負米其嘉賢子孝；
縣魚還述長官清。

時與高人商出處；
不從文士角辭章。

有錢無錢都不計；
在山出山其奚殊。

山野所好各有在；
州郡之職安足爲。

和乃不流有定節；
敏而好學無常師。

人間大隱在朝市；
身後文章報國家。

曹子建文常敏疾；
李商隱意本光明。

居家不爲在家計；
處世常存出世心。

叔子風流人所服；
陽城孝弟士咸歸。

爲慕機雲常並屋；
不貪金紫早辭官。

楹聯附錄

方州部家，揚子之易；
政事文學，孔門所長。

文德武功，副是爵祿；
殊方絕域，憚其威名。

白雲既開，遠山齊出；
清風所至，流水與遭。

或有或無，歸之性分；
若離或合，同于世人。

屋後遠山，門前流水；
農父賜酒，童子貢魚。

不夷不惠，君子所處；
好山好水，幽人之居

德義既高，不慕爵祿；
文章之美，故有師承。

義在斯爲，奚讓賈育；
理足而止，不因程朱。

雲出人間，合而爲雨；
泉流石上，清于在山。

枝葉既芟，斯存本性；
門戶不出，而收遠功。

理學程朱，辭章元白；
德性曾閔，家世金張。

從葉流根，是爲敦本；
因雲興雨，所以濟時。

君子脩德，無不獲報；
儒者明理，奚爲費辭。

面山臨流，幽人所止；
興廉舉孝，令德之光。

君子處事，有忍乃濟；
儒者屬辭，既和且平。

三世長者，是有令望；
百歲老人，還如童年。

臣門桃李，遺有清景；
名山金石，勒其雄文。

和仍不同，君子之德；
定而後安，大學所先。

民和年豐，咸拜神賜；
家給人足，共樂時清。

諸子百家，不分門戶；
名山大河，各效文章。

德義無官位而足重；
文章勒金石以不刊。

殘石臨丞相臣斯字；
名山續司馬子長文。

不出門庭，全收野景；
相從里巷，大有高人。

官職文章，各居其極；
門牆桃李，無美不收。

白也風流，與神人等；
退之文字，爲學者宗。

所居臨流，親近泉石；
有人載酒，商定文章。

同人于門，以輔其德；
君子有穀，乃興爾家。

石不合拜，止相揖爾；
臣蓋于酒，時復中之。

既濟乃定，是有易理；
大極不動，斯爲神功。

治國若魚，不擾爲福；
養民如馬，有害斯除。

萬里長城，聖意有屬；
百穀膏雨，民望所歸。

退之工文辭，學者從而師事；
司馬相中國，遠人服其威名。

集漢碑三

泉明歸與歸與，置老屋六七間，在山水之鄉，
日首相安，金章奚慕；
居易樂哉樂哉，共及門二三子，志秦漢而上，
干時不足，養性有餘。

魯峻碑

清游止風月；
生計在琴書。

春歸花不落；
風靜月長明。

高文在樂石；
大道有傳薪。

春華秋月自娛樂；
三山五岳長游行。

便者家風當靜穆；
學人體氣自酥平。

史學無如小顏博；
書家祇守二王傳。

究竟孔顏何所樂；
大凡清仕不如穌。

高人不在百官表；
遠游當始三神山。

能令一家長靜穆；
不惟四月是清龢。

自昔詩人有何遜；
還傳雅度比王恭。

令德能如太丘長；
清游何獨永龢年。

家除圖史無長物；
天目風月娛高人。

史氏三長惟在學；
文學七發竟如神。

惟爲孤石作雅拜；
自載明月當清游。

自昔何休爲學海；
還如司馬在文園。

除琴書乃無長物；
有華石而佐清游。

所居直是龢神國；
自昔惟傳獨樂園。

書體遷流通漢隸；
詩懷清暢發吳歌。

羣傳長吏廉平德；
敬作中龢樂職詩。

傔門盛比文中子；
神計傳之黃石公。
門外有人時載月；
園中無事自彈琴。
報國之門在公等；
傳書而去有門生。
傔生任職彈琴治；
廉吏遷官載石行。
何人不謁圖書府；
所在當稱通德門。
縱懷華事當春去；
暢足清游載月歸。

若令居家長蕭穆；
自然生子作公卿。
為報春風能一石；
當延明月作三人。
學無弗究詩懷暢；
書不徒臨經體高。
德行自當顏子比；
風神還若九齡無。
傔者不惟通一孔；
史家所有是三長。
縱覽書家師內史；
盛傳琴德比中郎。

休道春華無足覽；
能如秋士自然清。

自構小園稱獨樂；
時當令節作清游。

臣有圖書足娛樂；
人當華月自遷延。

能目詩書通政事；
自然道學始風流。

游人縱道五陵樂；
高士自守孤山居。

雅事長留在詩史；
清門所拜止華神。

楹聯附錄

官高中外威儀盛；
家在東南門第清。

華事循行惟小輦；
石公雅拜有高冠。

大雅不羣自宏遠；
盛時所樂是清平。

自有圖書生計足；
長留風月舉家清。

東山高視小魯竟；
南國流風懷召公。

自昔便門長靜穆；
一時詩史廣流傳。

盛事當令詩史紀；
高人能佐石公游。
有時灌園自便服；
未始彈令游王門。
若徒博物便還小；
未始陵人學自高。
百家九流視之掌；
一月三秋懷其人。
高官五馬何足道；
陳書百城目自娛。
無大無小歸於敬；
有為有守視其人。

目詩作史乃無穢；
稱石為公自不孤。
自疏干謁臣門靜；
若去琴書家計無。
廉靜自守則長足；
道德是樂乃無憂。
不居官職徵高節；
惟樂圖書表雅懷。
高人自紀園居樂；
文士還傳山石詩。
門內琴書長雅契；
山中冠服自清高。

自作歌詩無節奏；
強循禮度太生疏。

去除華石當無物；
勃發歌詩若有神。

直曰文學當政事；
能爲循吏惟純偄。

五體惟爲拜石紐；
三公未若灌園高。

不通干謁門長閉；
惟守琴書案自清。

長物不留惟載石；
清官有效是高門。

百事清平，爲有令德；
一家穌樂，是曰大年。

如樂之穌，乃稱盛德；
無書不覽，是爲通偄。

家無長物，琴書自樂；
天生高人，風雅之宗。

石氣縱清，華姿自潤；
詩懷始暢，琴德曰穌。

帝嘉其才，士歸其學；
民樂者德，吏服百威。

詩若長城，四竟獨守；
學如大海，百流兼歸。

陳大丘如是其道廣，
顏魯公何止以詩傳。

有華有月，園中樂事；
無春無夏，城外清游。

南董史才，東馬文學；
魏國七子，漢時三君。

春九十而園中長在；
月三五於海外生明。

落月有懷，孤石獨拜；
春風所在，百華自生。

度比江河，細流兼內；
氣如春夏，羣物發生。

董子大儇，史游小學；
高堂治禮，夏侯傳書。

帝曰干城，士稱師表；
民樂父母，吏敬神明。

長卿高文，天子是覽；
中郎獨斷，學者所宗。

有物有則，山父之德；
學詩學禮，孔門所傳。

歸之於中，師商自化；
遜而不校，平勃目穌。

家有小園，足目獨樂；
年當大董，自然長生〔一〕。

〔校記〕

〔一〕　生，原作『主』，據《校勘記》改。

報國宏文，濟時高議；
居家飴樂，作吏廉平。

門外清游，三五明月；
園中華事，廿四春風。

明月清風，人無不有；
彈琴作詩，自足自娛。

呂氏博議，自然通暢；
中郎獨斷，大有發明。

明月清風，足以樂矣；
德行文學，兼而有之。

政事文學，兼而有之。

仁義自治，有爲有守；
琴書足樂，乃息乃游。

長卿詩城，自足以守；
何休學海，士無不歸。

廣平所守，如石不化；
孝肅一樂，若河之清。

飴而不流，廣平如石；
游乃是學，董子之園。

強者明者，乃能是道；
忠矣清矣，當視其仁。

學比董生，乃爲便者；
政如子產，是曰惠人。

若在孔門，當視顏子，
比之漢使，其惟董生。

作百一詩，曰自娛樂；
臨十三行，大有風神。

顏子服膺，爲學之道；
石氏恭敬，當時所稱。

南山等高，東海比廣；
春風流惠，秋月表清。

縱覽樂史太平所紀，
如在大令永龢之年。

公綽之廉，曰石表裛；
子產曰惠，不春而溫。

山高流長，足以游覽；
春溫秋肅，歸之中龢。

能守琴書，是爲有子；
自樂道德，不憂無徒。

天爲之徒，而物何有；
人能不孤，惟德則然。

學通九流，書兼三體；
門無干謁，案有琴詩。

集漢隸四

樊敏碑

不離世而立；
乃与天爲徒。

無遺行于鄉里；
有令德在子孫。

故人痛飲長松下；
同志清譚密室中。

其居乃號君子鄉。
所學不爲外人道；

故舊清譚招一再；
門庭春色又重三。

不將文字角辭華。
常以經義授鄉里；

古書舊校漢天祿；
盛世今參晉永和。

楹聯附錄

漢世所重在經義；
晉人常好爲清譚。

所喜清譚有周黨；
好將大節並嚴光。

今月常同古月明。
春華不若秋華好；

秋天炳然月長滿；
春風起兮華怒生。

欲招故人與同飲；
乃鉏明月而種華。

舊有辭華分八米；
今留光曜在三台。

古人所重在大節，
君子於學無常師。

不辭華下一再飲；
爲喜春光九十長。

痛飲春風能一石，
戲招明月作三人。

種松有就期百歲；
立石不銘刊六經。

居常無喜怒之色；
立志以聖仁爲歸。

立節能輕古韓魏；
當仁不後今微箕。

奉華作神有春色，
爲石立史無穢辭。

不以榮華曜鄉里；
常將道德養祥和。

能以經術治吏事；
宜將秋實作春華。

令德宜爲漢三老，
雄風不慕齊一匡。

屬當中外清和世；
請作君臣喜起歌。

直道而行能正俗，
學人所重在窮經。

能以經義正民俗；
不辭冠冕爲君恩。

雄譚大發枕中書。
舊事微參柱下史；

此中宜作文字飲；
有人能爲華月歌。

體道辭榮漢三老；
執經請事魯諸生。

松下風爲魯和聖；
囊中書有晉陽秋。

諸史以遷爲之祖；
六史有鉉而後明。

行見鄉閭三物備；
三徒文字一朝長。

盛世喜當漢文景；
老人復見魯靈光。

喜見故人宜痛飲；
戲爲明月發清歌。

古以青史氏爲重；
君乃金華殿中人。

能以清譚學東晉；
非徒風景近西泠。

能於道經見大義；
官爲潛德發光華。

十載濯冠欽儉節；
三軍斷布佐雄譚。

飲人戲招畢吏部；
秋色清同韓魏公。

明月不能無秋思；
故人所在有春風。

請歌王在靈臺作；
非復巴人下里辭。

風度清華晉人物；
文辭嚴重漢都京。

吏治當師宓子賤；
清譚宜招劉景升。

十載辭榮長枕石，
一朝慕義起彈冠。

書體渾雄或參米；
史臣紀載欲師遷。

石建門風在忠孝；
王褒文體總清華。

欲與故人同倡和；
不從後起角辭華。

囊中舊有歸潛志；
松下常譚種樹書。

士喜然明重東里；
經將老子續南華。

辭華舊有三都作；
道體今從一貫參。

長松卓立古之直；
好風微起聖而清。

秋陽光曜近有若；
長松風起作之而。

勒石銘金百世物；
清風明月六朝人。

所喜好不離文字外；
有行義足爲鄉里師。

一書再書，華外無史，
十里五里，松下有人。

門有古松，庭無亂石，
秋宜明月，春則和風。

天之生民，有物有則；
學無常師，乃一乃精。

吏號神君，民歌眾母；
國有楨幹，士賴楷模。

集義所生，無助之長；
好學而敏，乃窮其微。

學無常師，卓然有立；
古之君子，和而不同。

和而不同，周而不黨；
今人與居，古人與稽。

行于鄉里，爲古長者，
附以韓魏，若舊有之。

華下今月，松下古月；
春宜和風，秋宜清風。

仁者爲人，學者爲己；
義在所重，物在所輕。

九經三史，軌物咸備；
五光十色，文字之華。

同人于門，冠冕所集；
君子表微，文字之祥。

十年種樹，君子有後；
一朝復禮，天下歸仁。

常將令德，表此風俗，
不以外物，擾其天和。

三世長者，宜備百祿；
十部從事，不若一書。

清風和風，咸助長養；
春色秋色，並有光華。

室除書史，從無外物；
臣於金石，寔有微長。

仁義足榮，輕漢三傑；
道德爲重，恥齊一匡。

皇路方清，俊士並起；
聖經咸在，大義以明。

養之若苗，不助而長，
書此于石，以喜其遭。

秋寔春華，學人所種；
禮門義路，君子之居。

仁義是重，乃輕晉楚；
道德無損，能益松僑。

禮以履之，義路是蹈；
仁者人也，天君乃和。

履蹈中和，身爲律度；
安行仁義，福垂子孫。

文以載道，史以載事；
義者爲己，仁者爲人。

楹聯附錄

居以志養，仕以祿養；
德爲人師，學爲經師。

請以種樹，十年爲則；
不徒文士，一朝之長。

請刊石經，而備三體；
乃爲楚辭，以續九歌。

爲學則益，爲道則損；
與今人居，與古人稽。

以歲之和，史書大有；
其人能養，天授長生。

不遇九方，遂無神物；
周歷五岳，非復常人。

有物有則，乃天所與；
或清或和，以聖爲歸。

漢太史公，恩禮爲盛；
魯靈光殿，中外咸欽。

九日五福，天之所与；
一月三遷，士以爲榮。

史氏所長，三者咸備；
大學之道，一是爲歸。

周有八士，伯達居長；
漢之三傑，留侯爲賢。

集稷下士，作柱下史；
無囊中物，有枕中書。

八士生周，三傑佐漢；
六經在魯，一匡霸齊。

節制三軍，行其秋令；
招集百物，入此春臺。

天有文昌，乃見光耀；
國之重臣，是爲幹楨。

清風清聖，和風和聖；
今月今人，古月古人。

同軌同文，遭際盛世；
有物有則，模楷古人。

從漢楊雄，而學奇字；
招晉畢卓，以爲飲人。

國僑有辭，与之方鼎；
晏子節儉，見於濯冠。

風月滿庭，春色無賴；
窮達一節，秋士有思。

魯靈光殿，下倡景福；
楚巴人辭，上和陽春。

體驗入微，不物於物；
造就者大，化工無工。

見義則爲，鉏其德色；
當仁不辟，養此心苗。

德威並樹，吏治乃建；
文行咸重，士風大和。

和氣生祥，所養者大；
渾元無外，與物爲春。

清節爲秋，是有潛德；
和神當春，故能大年。

道德一經，首重在儉；
損益諸義，無大於謙。

六一居士，喜集金石；
九十春光，宜養祥和。

秋陽光曜，近于有若；
清風微起，古之伯夷。

集唐隸

紀太山銘

惟孝蒸蒸乂；
其仁浩浩天。

爲道則日損；
有大而能謙。

其稱名也小；
能順天者昌。

九五福居首；
七十載從心。

在山爲宰相，
於易乃祖師。

其書渾渾爾，
乃心休休焉。

聖人大寶曰位；
天子萬歲無疆。

樂其樂，利其利；
道非道，名非名。

居在仁，由在義；
今與居，古與稽。

居何在，仁是也；
信以成，君子哉。

仁者安，知者利；
視其以，觀其由。

能文章，有道德；
是官府，亦神僊。

前古後今有如是；
天高地厚無已時。

事在始終中畢舉；
儒由天地人咸通。

高文典重張平子；
舊迹存留王獻之。

山中人惟知自樂；
天下事不在多言。

實始居山斯為祖；
或能植物莫非師。

海上生明隨處見；
山中積雨絕人來。

以石為山焉用大；
不風而月也能涼。

大山小山若伯仲；
新植舊植稱祖孫。

不煩擾斯稱道力；
無起滅乃見禪心。

江上自來山萬疊；
尊前惟有月三人。

大文自刻會昌集，
小序如見永和人。

亦有小山起平地；
將隨明月至前川。

多福集於大度者；
成功率在小心人。

合道德文章而化；
如金玉錫石之儲。

嚴處先儲鎮山寶；
川行小制順風旗。

金石刻銘用皇象；
文章典雅有相如。

社事惟行一獻禮；
山居亦有九錫文。

文士成章時涉戲；
山人行禮不爲苟。

厚地高天樂其樂；
涼風明月儵乎儵。

立旗而觀風順不；
舉網有得月隨之。

小舉金尊對明月；
高張石刻聞古香。

如是我聞盡風月；
多與人同惟藝文。

風化一編今樂府，
表章六藝古師儒。

已成靈運山居作；
不獻相如封禪書。

眾山自是羣玉積；
明月豈非七寶成。

立石自成小五嶽；
陳圖而觀大九州。

自有僊人非盡誕；
由來名士亦通禪。

天上亦聞有官府；
山中或已是神仙。

天子萬歲萬萬歲；
聖德日新日日新。

漢史公書大著作；
唐山人集小詞章。

順道尚煩風一至；
歸山惟與月同行。

順時自有金風至；
構室惟求明月多。

多言自守金人誡；
稽典時開玉海編。

四時允叶玉衡政；
百歲不聞金鼓聲。

觀五嶽而知眾山小；
凡百川咸於大海歸。

厥修乃來，惟日不繼；
與人同樂，其益無方。

山亦有史，是臣自修。
文豈無神，乃帝之命；

山居樂事，三馬有慶；
文章大觀，萬象咸新。

聖於伯子，亦美其簡；
人如獲也，始謂之和。

德者本也，利者末也；
禮以行之，信以成之。

著則能明，明則能動；
正而後修，修而後齊。

禮大斯簡，樂大斯易；
父在爲子，君在爲臣。

視山人居，若神仙宅；
開文章府，亦大將壇。

圖難於易，爲大於小；
視有若無，居實若虛。

正修齊平，是謂知本；
誠著明動，乃能化邦。

天生仙物，三千歲熟；
地溥美利，九十月成。

無歲不執，萬寶之府；
得月而明，羣玉其山。

山有錫貢，惟獻植物；
天張玉戲，以樂高人。

以蒼史凡將求古意；
用金人懿誡毖躬修。

今日云云莫大風月；
我心在在有小山川。

天錫六符，地貢萬寶；
易張十翼，書陳七觀。

臣於三德六行咸備；
書非先秦前漢不觀。

請觀玉衡，以齊其政；
乃刻石鼓，而紀茲文。

風至山中，無不和暢；
月生海上，自極高明。

古有文章，與我爲戲；
天將風月，助人之歡。

秦刻巖石，以視後代；
漢啓宅壁，而求古文。

文以先秦前漢爲則；
居有三山五嶽之圖。

有物在尊，是爲天祿；
刻文於石，莫將人磨。

稽文考獻，新編山史；
揚風摧雅，大啓詞場。

順時而行，歸於安宅；
修德有報，福在後人。

禮樂有成，乃稱明備；
功名不處，自極崇高。

天孫錫靈，精思乃啓；
文昌垂象，休運斯開。

爲政不煩，在明牧宰；
與人同樂，是小唐虞。

天生是人，以翼聖世；
帝立作相，用纘戎功。

修武揆文，允矣聖相；
報功崇德，美哉昌時。

儒者有文，斯稱風雅；
山人無事，是謂神僊。

敍事以先秦前漢爲則；
考文本方言廣雅而來。

通人無方，不爲玉，不爲石；
修士有則，亦如錫，亦如金。

文物天開，已盡東南之美矣；
典章聖作，尚於庚子而陳之。

集經石峪金剛經字

泰山經石峪所刻《金剛經》已不全，茲姑就所有者集之，所無之字則取之《金剛經》云。

金輪持世；
寶典應時。

但用我法，
何畏人言。

不處下流；
自然上達。

從小知大；
受重若輕。

即心是佛；
知我其天。

金經度世；
白眼觀人。

老樹若臥；
微波如羅。

不解事漢；
真讀書人。

著作空後世；
禮樂法前王。

讀書能見道；
入世不求名。

功名子弟事；
天地聖賢心。

塵根耨卽去；
清福種方生。

照闇孤燈小；
乘流一筏輕。

種成皆寶樹；
道合卽金蘭。

不養生而壽；
處塵世亦仙。

讀書必提要；
處事在通經。

未成燈下句，
來數園中華。

高人天所命；
深義佛無言。

福壽男則百，
德功言爲三。

日長金尊小；
身老布衣高。

羅衣稱身著；
華擔在肩輕。

但願生平世；
何須著罪言。

無欲斯有爲。
多言即少味；

金經養道心。
白眼觀塵世；

白日長無爲。
清時最有味；

是稱達尊三。
能受諸福五；

樹老化爲人。
山深圍作國；

應事要平心。
受經有高足；

無日不狂歌。
有時而獨往；

無佛一身尊。
有子萬事足；

其發即婆心。
所行是我法；

空山疑有仙。
老樹甚可怖；

臥讀南華經。
坐觀西山色；

大羅天上人。
眾香國中住；

有華皆解語；
無樹不生香。

此語深有味；
我心淨不波。

書得燈邊味；
人聞華下香。

深思供佛句；
微聞讀書燈。

佛仙亦凡種；
福壽在名山。

為善無不報；
無欲而後剛。

樹上長生果；
天邊及第華。

欲無爾我見；
須有老莊書。

荷高能得露；
蘭小已生香。

身心萬緣淨；
意味一燈孤。

不凡即是佛；
有果莫非因。

是非聽人世；
禮樂付經生。

畏聞人世事；
高臥故山中。

老樹立如塔；
清流繞作城。

高以下爲體；
輕乃重之根。

來從華嚴法界；
去觀天下名山。

有恆可以入聖；
無欲然後得剛。

多言人，莫輕信；
得意事，不妄爲。

那能皆如人意；
要不大異我心。

入樂國，住樂土；
見異人，讀異書。

欲於經義有得；
若云世事無求。

山中作相尊之至；
坐間供佛壽無量。

書有未觀皆可讀；
事經已過不須提。

尊前時復中清聖；
燈下還能讀漢書。

合眼如見諸仙佛；
入園即是小山河。

槃中仙果最得味；
坐上脩蘭別有香。

不解俗緣千種事；
皆因身住萬山中。

世上聲名天付取；
山中事業我平章。

人世亦能隨俗住；
我行最喜入山深。

樂善不言因果事；
養心有取老莊書。

解經切莫金根註；
養性還須白墮來。

從來大白何能辱；
果是真金定有剛。

及時上壽一大白；
隨處著華千碎金。

山中坐等小蘭若；
天下人尊大布衣。

凡眼何能別蘭種；
仙心方得受荷香。

能以仙心脩佛性；
即教肉食亦清流。

時歌白也微之句，
亦讀莊生老子書。

脩仙卽是成佛法；
入城不異在山時。

養性尊前須白墮；
戒言坐石有金人。

欲解昔賢何所樂；
但觀今我此時心。

萬事隨緣皆有味；
一生知我不多人。

老樹分行如立界；
深山圍住卽成城。

心上有天卽見佛；
山中無廟亦來仙。

清波亦可辱以足；
小樹已能高及肩。

我法去來皆不著；
人間聚散莫非緣。

昔往今來有如此；
天清地曠無已時。

老樹成行不見日；
清流小觸卽生波。

人奉高名非所取；
天生清福不須脩。

不解養生偏得壽，
頗思離世乃成名。

功已告成還處女；
身能長壽又多男。

道大隨人各有得；
心平於世一無求。

心至虛時能受益；
目當闇處乃生明。

但求之我有實在；
不得於心無妄言。

少日讀書得上第；
老來高臥稱達尊。

長句未成三益至；
清尊欲盡五經來。

老去初無阿世意；
出來還是在山心。

經在漢初無釋解；
字從斯後有真行。

千金白日虛言值；
一老空山坐讀書。

大名在千佛經上見；
此身於眾香國中來。

人能讀書，即爲有福；
我欲去謗，莫如無言。

人誦高名，如在天上；
身無塵事，不入城中。

山中清節，嚴於金布；
天下散漢，尊在白衣。

善合眾長，取狐之白；
大有所利，於肉得金。

與其輕人，不如重我；
但求無過，非必有功。

獨往獨來，義之與比；
眾聞眾見，德則不孤。

一念不起，彼我悉化；
空山無人，仙佛皆來。

有子弟可教，一樂也；
舍逆億不用，其賢乎。

尊中有味，不為賢，即為聖；
燈下無事，非讀老，亦讀莊。

園乃甚小，山亦不深，頗得真意；
食尚有肉，衣則以布，自稱老人。

深山無日無時，來去今不記；
老樹有華有實，色香味皆清。

詩文輯錄

詩文輯錄説明

此處所輯俞樾詩文，爲不見於以上諸集者，亦按詩、詞、文、尺牘、楹聯爲序排列。

詩作以出自刻本《日損益齋詩鈔》而未闌入《春在堂詩編》者爲一大宗，故錄爲首；他如出自刻本《好學爲福齋詩鈔》及俞樾各種著作稿本而未闌入《春在堂詩編》者次之；搜輯於俞氏著作之外者，分別以出自稿本、刻本與今人整理本者爲次。

文先分類，各類下之排次原則爲：先錄出自俞樾襍文各種早期刻本而未闌入《全書》之各部文集者，次錄出自《全書》其他著作者，依其在各書中次第排；次錄出自俞氏其他著作者，次錄出自他人著作者，諸篇如署作年，則按時間排序。

俞樾手寫書札傳世頗多，然以原札與收入《春在堂尺牘》刻本者對校，可知俞氏於作爲著述之尺牘體式頗有講究。故手札雖多，不復錄於此處，擬再以專書揭櫫。

詩

明霞墓有序〔一〕

明霞，臨清人。前明司李馮公之妾也。殁〔二〕於吾湖，遂葬峴山。時因墓圮，奚榆樓先生疑糾同志修之。予適至苕上，乃往游焉，而紀以詩〔三〕。

漢寢唐陵處處荒，人間萬事總滄桑。不圖三尺埋香塚，翻有吟翁替主張〔四〕。佳城也幸築能堅，耐得人間二百年。石鼓山頭一抔〔五〕土，可憐無處覓荒烟。 臨平山有王烈女墓，見《鮚琦亭集》，余僑寓臨平〔六〕，與諸同人〔七〕訪之而不可得。

【校記】

〔一〕 《日鈔》此題爲卷一第四篇。《好鈔》此題爲卷一第四篇。

〔二〕 殁，《好鈔》作『没』。

〔三〕 『因墓』至『以詩』，《好鈔》作『適重脩』。

〔四〕 『張』下，《好鈔》多小注『奚虛白先生主其事』。

〔五〕 抔，《好鈔》作『坏』。

〔六〕 臨平，《好鈔》作『东湖』。

〔七〕 人，《好鈔》作『志』。

觀濤〔一〕

濤之初起一線耳，乃〔二〕其氣燄殊茫洋。遠勢直接天盡處〔三〕，大聲突發波中央。既而戰益玉龍急，忽焉爲掣等〔四〕金蛇長。黑雲壓時作斷勢，赤日射處成奇光。輕若御風走列子，猛於鞭石來秦皇。遠看匹練細組織，近訝萬馬齊騰驤。雷轟電燁一瞬過，氣象萬千難具詳。我來觀濤立海塘，海風吹面聲浪浪。是時海氛正作惡，宵來烽火遙相望。前一日定海失守〔五〕。書生敵愾苦無力，那能戰鼓提戎行〔六〕。而今奇觀忽睹此，令人意氣增飛揚。安得長劍倚天外，一麾萬里消欃槍〔七〕。庶幾濱海七千里，不以鱗介妨冠裳。弄潮小兒聞而笑，此客何乃瘦且狂。不如且作觀濤歌，海若驚走天吳藏。

【校記】

〔一〕《日鈔》此題爲卷一第五篇。《好鈔》此題爲卷一第五篇。

〔二〕乃，《好鈔》作『而』。

〔三〕處，《好鈔》作『頭』。

〔四〕等，《好鈔》作『如』。

〔五〕『守』下，《好鈔》多『馬革已憐幾輩裹，蟲沙更慘全軍亡』一聯。

〔六〕戎行，《好鈔》作『疆場』。

〔七〕『槍』下，《好鈔》多『海外三十有六國，無許蟲臂撐螳螂。孤竹國中進瑞筍，月支使者來神香』。

杭州城有序〔一〕

美中丞玉坡劉公韻珂也〔二〕。庚子夏，海氛自粤而浙，上下惶惶，冀得大賢以順伽吾眾，而公實來。公至，慎封圻，絕奸宄，勸團練，禁遷徙，以故寇在藩籬〔三〕而民安堵。樾部下一書生，私幸託而庇焉。歌詠吾事，其敢闕乎？公自請守杭州城，故以名篇。

寇未至，民先驚，浙中何處是樂土？而況近如杭州城。杭州城，何安堵？緊惟中丞劉公善鎮撫，鑿山煮弩耿伯恭，雅歌投壺祭征虜。憶昔邊警起海疆，城中無兵兼無糧。而公獨力為竿畫，能使眾志成金湯。卽今徵兵已雲集，城中畏兵甚於敵。而公先事為綢繆，安民疊下軍門檄。宵來撾鼓雲帆開，大官強半移家回。惟公全家住危城，城亡與亡吾分該。大呼爾民來，爾其自為守，給爾錢，飲爾酒，爾曹努力衛桑梓，庶幾寇至可以折箠走。嗚呼，花開旌節同時紅，忠藎安得俱如公？忠藎誠得俱如公，萬里高挂樸桑弓。

【校記】

〔一〕《日鈔》此題為卷一第七篇。《好鈔》此題為卷一第七篇。

〔二〕玉坡、韻珂，《好鈔》無。

〔三〕藩籬，《好鈔》作『其垣』。

五月五日朱書『儀方』二字，倒貼柱上，辟蛇蠍。蔡劼莩太史屬書之，戲
作一絕句〔一〕

登盤爭看葅龜綠，插鬢遙知艾虎黄。漫縮朱絲誇續命，且磨丹研〔二〕寫儀方。

【校記】

〔一〕《日鈔》此題爲卷一第九篇。《好鈔》此題爲卷一第九篇。『屬』下，《好鈔》多『余』字。

〔二〕研，《好鈔》作『研』。

鬃头《周禮》『薙人』鄭注云：『薙，讀如鬚小兒頭之鬚。』是薙草從薙，鬚髮從鬚，今或借薙作鬚，非也。〔一〕

人生尺寸膚，何一不當寶。豈真疾在首，而竟薙同草。三月翦爲鬚，此特在襁褓。乃有漢人語，頗
足備一考。鬃髮使蕩然，何有蟣與蚤。以譬治山賊，當先除其道。此語誰爲之，矍鑠伏波老。試之小
黄門，一時定絕倒。其後文文山，有詩載遺稿。髮亡心則存，想見恕如擣。豈知生於今，轉覺此事好。
既免壯士衝，亦減商山皓。經旬不一鬃，首乃如蓬葆。誰歟職其役，短衣而破襖。入廚呼作湯，驚走頡
羹嫂。注水洗頭盆，伏而鹽其腦。巾用絺若綌，粗更甚魯縞。一尺布不縫，懸之在〔二〕蘭橑。
磨，仍能芒刃保。但聽霍霍聲，如割田中稻。過眼天花飛，滿頭敗篲掃。其下承以盤，捧若圭垂繅。我

非陶彭澤，折腰亦弗惱。甚或閉兩目，不辨白與皂。低昂黍麥頭，忽已新如棗。顧[三]視種種髮，風戻未及燥。復爲取比余，頭蓬梳宜早。或有蟣蝨臣，勿問胎與夭。繼而握髮三，舍舊更新造。交柯青珊瑚，纏絲黑瑪瑙。吾身欹側久，如木科上槁。乃爲手推敲，有若吟詩島。耳門不容麥，亦復恣探討。其具藏[四]一筒，合喚葫蘆套。須臾技盡奏，頻更飲水澡。酬之青銅錢，俾就酒家媼。而我坐一室，耳目滌煩燠。試看晴簷外，睍日尚杲杲。髯奴未足責，髮神何用[五]禱。聊以破低睡，非敢矜速藻。

【校記】

〔一〕《日鈔》此題爲卷一第十一篇。《好鈔》此題爲卷一第十一篇。
〔二〕在，《好鈔》作『於』。
〔三〕顧，《好鈔》作『願』。
〔四〕藏，《好鈔》作『貯』。
〔五〕何用，《好鈔》作『或可』。

鍾馗戲兒圖[一]

終南進士鬼之雄，赤脈縷縷貫雙瞳。鬼婦何在鬼子從，白皙可愛肌膚豐。[二]馗也負兒身鞠躬，綠袍偏裂[三]韡深雍。誰歟[四]畫者摹神工，得非南宋高士龔。我因舊事思唐宮，胡兒拜母游宮中。三日洗兒會未終，橫磨十萬關阿翁。養兒如此真養癰[五]，不見抓傷阿母胷。爾曾夢感唐[六]玄宗，曷效屬

鬼睢陽公。徒食虛耗非爾功，轉愧李相青衣童。老馗大笑稱無庸，舐犢之愛鬼亦同。馗兮馗兮無夢

夢，叶平聲〔七〕。吾聞鮭蠪在屋東。其狀有若〔八〕小兒容，慎〔九〕防幻與黎丘逢。

【校記】

〔一〕《日鈔》此題爲卷一第十四篇。《好鈔》此題爲卷一第十四篇。

〔二〕『豐』下，《好鈔》多『其上雌蝶雄者蜂』。

〔三〕偏裂，《好鈔》作『見膚』。

〔四〕歟，《好鈔》作『與』。

〔五〕『養兒』句，《好鈔》作『此兒真乃如養癰』。

〔六〕感唐，《好鈔》作『裏救』。

〔七〕『馗兮』句并小注，《好鈔》在『其狀』句下，且無『葉』字。

〔八〕若，《好鈔》作『如』。

〔九〕慎，《好鈔》作『須』。

壬甫兄舉于鄉，喜呈二律，次大人韻〔一〕

數載燕臺舊有名，兄三應京兆試。而今初聽九皋鳴。已憐秋駕遲三舍，惟祝仙槎到八瀛。科第親庭
看後起，文章鎖院記先成。兄出闈語余云〔二〕：文成甚速。傳來祖硯人人看，都道明珠出舊籝。家有先祖南莊
府君舊硯一方。

詩文輯錄

鳴鹿聲中互舉賢，軺車又試路三千。十年黃卷隨君後，萬里青雲占我先。明聖湖邊同聽雨，省試，與兄同寓西湖。長安道上獨搖鞭。玉堂金馬無勞讓，看取聲華滿木天。兄己亥北闈報罷，與余書云：玉堂金馬，讓之吾弟矣。

【校記】

〔一〕《日鈔》此題爲卷一第十六篇。《好鈔》此題爲卷一第十六篇。

〔二〕云，《好鈔》作『曰』。

江中晚眺〔一〕

極目江天接渺茫，四圍暝色又蒼蒼。晚霞浸海燕支赤，落日烘雲虎魄黃〔二〕。水面回風寒入骨，樹頭訛火遠生芒。長年相對交鉤語，明日提壺醉富陽。

【校記】

〔一〕《日鈔》此題爲卷二第四篇。《好鈔》此題爲卷二第四篇。

〔二〕『晚霞』至『魄黃』，《好鈔》作『晚霞千里燕支色，落日一丸虎魄光』。

富陽守風〔一〕

密密風檣盡水灣，富陽城外浪如山。天公亦似憐羈客，故遣西風送〔二〕夢還。

〔一〕 《日鈔》此題爲卷二第五篇。《好鈔》此題爲卷二第五篇。

〔二〕 送，《好鈔》作『寄』。

順風過桐廬〔一〕

挂帆行百里，真是任〔二〕風吹。古驛字難讀，荒村名不知。一痕山郭聳，幾點釣船移。已過桐廬境，舟人未午炊。

【校記】

〔一〕 《日鈔》此題爲卷二第六篇。《好鈔》此題爲卷二第六篇。

〔二〕 任，《好鈔》作『信』。

釣臺有序〔一〕

自來作釣臺詩者多矣，而求之太深，或轉失之。卽頑廉懦立，已爲後人之論，而非先生之意，況其他乎？舟過其下，作四絕句，雖詞〔二〕旨淺薄，尚未至買菜求益也。

一自威儀復漢京〔三〕，南陽故舊盡簪纓〔四〕。誰知有〔五〕簡羊裘客，不記君王昔日情〔六〕。

手攜嘉耦〔七〕此同游，雲水蒼茫不可求。一樣長安識真主，誰知鄧禹竟封侯。

南北甘陵蠻觸爭，千秋黨禍始東京。激揚費盡羣公力，未抵桐江一水清。

【校記】

〔一〕《日鈔》此題爲卷二第八篇。《好鈔》此題爲卷二第八篇。此題共四首，其第二首已收入《春在堂詩編一》，今輯補其一、三、四首。

〔二〕詞，《好鈔》作『辭』。

〔三〕京，《好鈔》作『官』。

〔四〕盡簪纓，《好鈔》作『滿朝端』。

〔五〕有，《好鈔》作『一』。

〔六〕『不記』句，《好鈔》作『不認君王是舊歡』。

〔七〕嘉耦，《好鈔》作『佳偶』。

永嘉磚歌有序〔一〕

磚長尺，廣半之，四面有字，其文曰：『吳興烏程俞道由、俞道初兄弟治作之。永嘉元年八月十日立功。』余之來江右也，茗上章紫伯以是磚贈。

永嘉元年八月中，吳興烏程始立功。治且作者兄弟同，道由道初皆吾宗。爲是吾宗特見贈，臨歧厚意百朋勝。麻布紋猶散似花，青泥質已堅如錠。而我恩恩啓別筵，至今始劈茭皮箋。不屑搜奇金石

錄，豈煩數典永嘉年。只憐得姓宗早，世系茫茫竟難表。黃帝之將曰俞跗，遙遙華胄無從考。列子

三醫俞氏存，寓言十九恐非真。已聞漢世改從俞，俞東見《元和姓纂》。按郭恕先《佩觿》曰：『俞有丑救反，俗別爲

俞。』據此則俞卽俞字也。更見吳時賜姓孫。俞河見《三國吳志》。要之江東有俞氏，亦有一二見於史。將軍俞

恭敗可憐《晉書·王渾傳》。都督俞贊降可恥。《吳志·陸抗傳》。幸而東晉又起家，一材一節俱堪誇。俞縱

捐軀死蘭石，《晉書·桓彝傳》。俞歸高論屈重華。《晉書·張重華傳》。如何俞容仕前趙，竟以常侍弄牙爪。

《晉書·劉聰載記》。要知此姓在江東，晉宋而下頗不少。宋有將軍俞伯奇，《宋書·鄧琬傳》。又有欣之與湛

之。欣之見《沈演之傳》，湛之見《袁覬傳》，均《宋書》。俞僉永嘉一郡吏，而以孝義千秋垂。《宋書·孝義傳》。堂堂更

有茶陵子，俞道隆，亦見《宋書》。乃與此磚名酷似。降而南齊亦有人，傳中一見俞公喜。《南齊書·王奐傳》。

是時門第雖未崇，頗亦不與衰門同。惜哉隋有俞普明，欲使俞藥改姓喻，咄咄怪事蕭老公。《南史·陳慶之傳》。雲旗將軍終

不改，姓自臣始語何偉。《北史·隋宗室衛昭王爽傳》。以術者傳無乃〔二〕狠。不如文俊在

唐朝，慶山一諫其人高。小兒節療方一卷，能以醫傳亦足豪。俞寶見《唐書·藝文志》。厥後

錢氏有吳越，吾宗又見俞公帛。俞壽俞浩雖無聞，亦有姓名留載籍。三人均見《十國春秋》。宋史列傳登三

人，曰充曰栗曰獻卿。隱逸傳中俞汝尚，藝文志內俞庭椿。爲問元朝有誰某，象山縣男堪不朽。俞述祖

見《元史·忠義傳》。勝國龍興佐命功，一姓四公古無有。俞廷玉及子通海、通源、通淵，見《明史》。

迄元明，滄海桑田幾變更。系無宰相難成表，代有傳人亦足榮。〔三〕我將著述問先哲，頗幸名山人未

絕。數典書成唐類函，俞安期。叢談又見題螢雪。俞元德。我將樸學搜經橃，麟經獨抱漢與皐。俞漢、俞皐。

石澗先生玉吾叟，搖頭說易渾忘勞。俞琰。我將書法問前代，書史之中有人在。紫芝翁學趙鷗波，俞和。

建德君師李北海。俞鎮。我從詩國緬風流,秀清二老俱千秋。俞紫芝、俞紫林。佩韋齋集十六卷,至今猶荷

四庫收。俞德鄰[四]。所嗟譜牒今無一,三桓七穆憑誰述。子美難歸五派中,伯魚敢謂諸田出。自明以

後數難終,欲稽所出嗟無從。虛[五]將吹律誇清角,俞姓角音。誤欲分榮到漢封。俞乃漢侯國,如淳曰『音輪』。

走也烏巾山下住,摩挲徧認先人樹。元朝提舉希賢公,實始移家來此處。今為雁户藕花汀,時僑寓臨

平[六]。屋後山光空自青。難將靈運山居賦,寫作蘭成思舊銘。此磚未審何年出,思古幽情難抹殺。姓

氏初非豆麥殊,當年何必無瓜葛。冉冉頻驚人事遷,斑斑猶帶土花圓。待招華表歸來鶴,重認烏曹舊

日甎。人笑郭翷強依附,我道顏標[七]非認錯。不見當年觸觸生,殷勤來拜羲皇墓。

【校記】

〔一〕《日鈔》此題為卷二第十七篇。《好鈔》此題為卷三第二十篇。

〔二〕 無乃,《好鈔》作『則已』。

〔三〕『榮』下,《好鈔》多『青史論人人不足,何妨更取叢編續。俞益期見水經注,俞郢見於清異錄。我將宦績數

從頭,亦殊不愧甘棠稠。已見順昌留政績,(俞偉。)更聞力戰在嘉州。(俞興。)』一段。

〔四〕『鄰』下,《好鈔》多『而要詩人不止此,唐宋遙遙兩進士。(唐俞簡、宋俞桂。)更有金山寺壁詩,誰與作者名

俞似。山人俞遠神仙姿,俞浙潛心注杜詩。豈獨異人有俞叟,(見《宣室志》。)豈徒識味有俞兒。(見《莊子》。)』。

〔五〕 虛,《好鈔》作『敢』。

〔六〕 時僑寓臨平,《好鈔》無。

〔七〕 標,《好鈔》作『標』。

清江孝廉揚君^{翮計偕北上，遇於玉山縣署，自言與子雲同姓，宋逃禪老人之後}也。戲題其刺後〔一〕

自從高冢築侯芭，遺胄遙遙亦自華。寄語雕蟲楊德祖，子雲未便算君家。

衍得逃禪一派枯，羞將世系溯童烏。老人不被秦頭壓，絶勝當年莽大夫。老人名無咎，字補之，以畫得名，

不爲秦檜所容，亦南宋高士也。而諸書所見其姓皆從木。今揚君自云老人之後，故知刻本留傳不足據也。

【校記】

〔一〕《日鈔》此題爲卷二第二十篇。《好鈔》此題爲卷二第二十五篇。

得内子書〔一〕

止此數行字，教人幾度看。閨中自憔悴，紙上總平安。兒小分愁未，家貧稱意難。牛衣今夜淚，豈

免爲君彈。

【校記】

〔一〕《日鈔》此題爲卷二第二十一篇。《好鈔》此題爲卷二第二十六篇。内子，《好鈔》作『辟纑盧來』。

可欣可厭可悲歡，只作尋常一例看。無可寄懷天地窄，有堪容足户庭寬。

【校記】

〔一〕《日鈔》此題爲卷二第二十二篇。《好鈔》此題爲卷二第二十七篇。此題共十首，《春在堂詩編》卷一收錄九首，今補輯『其三』。

齊物詩〔一〕

讀經〔一〕

虞廷濟濟讓，吾竊有疑焉。假令所讓者，不及其人賢。禹皋何爲哉，世故徒周旋。所讓而果勝，舜何執之堅。二者必居一，不復成中天。君看陶唐氏，豈爲是戔戔。不聞羲與和，高讓堯階前。澤無水曰困，坎下而兌上。吾思兌爲卦，乃口舌之狀。可知窮困時，未免語言放。不見作易人，正被崇侯謗。古人且有然，吾人更何況。男兒不得志，彌覺出言壯。高論泣鬼神，著書笑卿相。賤子困貧賤，碌碌他人傍。自憐六尺軀，變作傀儡樣。與人共饑飽，隨人爲揖讓。只有下筆時，頗自詫神王。〔二〕定論吾敢攻，奇談吾敢創。不必食膽千，此勇已無兩。獨念困之義，所戒口是尚，豈惟莫吾信，或且責吾妄。而吾如之何，惟有審〔三〕俯仰。仰面古聖賢，俯首今廝養。

〔一〕《日鈔》此題爲卷二第二十四篇。此題分合之情形見《春在堂詩編》卷一《讀經偶得》校記〔一〕，今補輯其三、其五兩首。《好鈔》此題爲卷二第三十篇。其三，《好鈔》爲其五；其五，《好鈔》爲其七。

〔二〕『王』下，《好鈔》多『平生對賓客，或至酬酢忘。而於古聖賢，對之輒謔浪』。

〔三〕審，《好鈔》作『慎』。

寅齋襍詠〔一〕

早起霜猶在，遲眠燈已孤。終朝爲底事，依樣畫葫蘆。

清明折楊柳，門户插橫斜。莫道無春色，飛來楊白花。

梧桐一樹碧，剛覆讀書堂。喜減〔二〕驕陽燄，愁分明月光。

薄暮庭中立，長空一鳥過。歸飛何太急，可曉旅人多。

何處白蝴蝶，珊珊來雪衣。自家憐潔白，故傍硯池飛。

笑指壁間圖，鄉山一髮矗。何人翦竹葉，爲我置歸途。

【校記】

〔一〕《日鈔》此題爲卷二第二十六篇。《好鈔》此題爲卷二第三十二篇，較《日鈔》多兩首，詳見後。

〔二〕減，《好鈔》作『滅』。

三月九日寄壬甫兄，時兄方與大人同試禮部〔一〕

去年偏我月中〔二〕行，今歲看花又鳳城。不脫萊衣入場屋。代扶藜杖揖公卿。競看膝有王文度，只惜家無宋子京。寄語元方須努力，便煩侍奉到蓬瀛。

【校記】

〔一〕《日鈔》此題爲卷二第二十七篇。《好鈔》此題爲卷二第三十三篇。

〔二〕中，《好鈔》作『宮』。

無心菜〔一〕

江右產也。枝葉皆青，其根中空，故名。百尺無心木，曾陪殷大夫。比干墓有空心木。嘉蔬何處得，異種與之符。未可元修喚，聊堪叔寶呼。本來空洞腹，從此定忘吾。

【校記】

〔一〕《日鈔》此題爲卷二第三十篇。《好鈔》此題爲卷二第三十六篇。

富貴果〔一〕

粉瓷耳。春盤所薦，故美其名。謂之果者，江右〔二〕方言也。

十六作湯法，無如富貴難。《清異錄》載作湯十六法，第七富貴湯。佳名移説餅，吉語聽登盤。〔三〕未合呼寒具，偏宜餉熱官。卻思鄉味好，歡喜早〔四〕成團。吾鄉度歲作粉瓷，曰歡喜團。

【校記】

〔一〕《日鈔》此題爲卷二第三十一篇。《好鈔》此題爲卷二第三十七篇。

〔二〕江右，《好鈔》無。

〔三〕『佳名』至『登盤』《好鈔》作『驕人欣有此，逼我太無端』。

〔四〕早，《好鈔》作『已』。

闈中晤嘉善曹芝泉秀才土宏，極賞余文，出闈來訪，以詩見贈，匆匆未有以報也。歸舟次韻和之，以誌文字之緣〔一〕

自愧蓬蒿質，頑如石一拳。竿長鮎不上，磨速蟻難緣。邂逅邀新賞，蹉跎感壯年。欲將魚目報，惜少竹筒傳。

過七里瀧〔一〕

子陵臺下路,算我往來勤。灘險連烏石,原高界白雲。皆地名。谿聲千壑合,峯勢一帆分。只惜畫眉鳥,天寒未許聞。

【校記】

〔一〕 《日鈔》此題爲卷三第一篇。《好鈔》此題爲卷三第一篇。

曉發窄溪〔一〕

星樹微茫裏,孤舟軋軋開。故鄉隨夢近,游子共潮回。山氣朝成霧,濤聲夜走雷。天知歸客意,還遣順風來。

【校記】

〔一〕 《日鈔》此題爲卷三第十八篇。《好鈔》此題爲卷三第二十一篇。

過汪氏樂數軒[一]

聚沫中流尚未[二]忘，輕舟小泊又登堂[三]。驚尨不吠曾逢客，旅燕重尋舊宿梁。菜入春盤[四]還是綠，時復食蹶菜。花開秋圃[五]可能黃。主人[六]汪樵鄰昆季有菊社詩，時皆[七]還新安。萍身到處無留戀，只有蘭陵酒一觴。

【校記】

〔一〕《日鈔》此題爲卷三第二十二篇。《好鈔》此題爲卷三第二十五篇。

〔二〕尚未，《好鈔》作『最不』。

〔三〕『輕舟』句，《好鈔》作『恩恩小駐北遊裝』。

〔四〕菜入春盤，《好鈔》作『寒菜登盤』。

〔五〕花開秋圃，《好鈔》作『秋花無伴』。

〔六〕主人，《好鈔》無。

〔七〕皆，《好鈔》作『皆已』。

自丹陽乘小車至京口[一]

纔到江干眼界[二]新，江風早爲洗車塵。故人知有看山癖，一見金山指向人。謂馬譓香。

【校記】

〔一〕《日鈔》此題爲卷三第二十三篇。《好鈔》此題爲卷三第二十六篇。此題共三首，前兩首已收入《春在堂詩編二》，今輯補其三。

〔二〕界，《好鈔》作『一』。

小車〔一〕

車小不容鹿，而我居中央。其後何所有，置我囊與箱。其旁何所有，盛〔二〕吾餱與糧。僕夫執策坐，其前如堵牆。風簾竟日下，其中如括囊。偪仄既已甚，臬兀尤難防。燕雀爭輕重，麥黍分〔三〕低昂。自笑七尺軀，簸之如粃糠。頭槌自搖擊，心旌皆飛揚。我始此中坐，目眩心徬徨。久乃筋骸習，略與輪蹄忘。越至四五日，安坐如匡牀。上下聽之彼，左右隨所將。合眼恣酣臥，有夢仍義黃〔四〕。一笑語諸公，此卽〔五〕處世方。

【校記】

〔一〕《日鈔》此題爲卷三第二十六篇。《好鈔》此題爲卷三第二十九篇。

〔二〕盛，《好鈔》作『貯』。

〔三〕分，《好鈔》作『殊』。

〔四〕『有夢』句，《好鈔》作『夢仍義與黃』。

〔五〕卽，《好鈔》作『亦』。

道出津門，毛素存明府永栢留校試卷，小住旬餘，賦贈[一]

甘棠種滿角飛城，大令風流最有聲。花落訟庭知得句，月明試院聽談兵。壬寅秋，君曾與防禦之役，言之甚悉。難忘舊壘曾棲燕，喜見新枝欲換鶯。歸語兒童須記取，他年竹馬好相迎。君愛吾浙山水，願宦游其地，故及之。

【校記】

〔一〕《日鈔》此題爲卷三第二十九篇。《好鈔》此題爲『臨行再贈素存明府』爲卷三第三十三篇。

道中田家[一]

眾樹綠復綠，人家深處藏。賣茶村婦喚，打麥老農忙。碌碡磨新雨，連耞響夕陽。勞生[二]徒草草，應悔不耕桑。

【校記】

〔一〕《日鈔》此題爲卷三第三十四篇。《好鈔》此題爲卷三第三十八篇。

〔二〕生，《好鈔》作『人』。

補傳咸《尚書詩》一篇有序〔一〕

傅長虞《七經詩》乃後世集句之祖,《藝文類聚》載之,而《尚書》一篇缺焉。因爲補之。

我聞在昔,維彼陶唐。克明峻德,光於四方。迪惟有夏,亦越成湯。誕作民主,率由典常。丕顯文武,無怠無荒。萬邦作式,四夷來王。俊又在官,嘉言孔彰。即我御事,咸懷忠良。惟民從又,若網在綱。聞於上帝,至治馨香。皇天眷佑,降之百祥。歲則大熟,身其康強。後王立政,不和政龐。勿畏人畏,不臧厥臧。惟貨其吉,謂暴無傷。珍禽奇獸,峻宇雕牆。流毒下國,火炎崑岡。帝乃震怒,九有以亡。嗚呼羣后,無傲從康。

【校記】

〔一〕《日鈔》此題爲卷四第五篇。

孫蓮叔殿齡將以家君《印雪軒詩集》付梓,賦謝二律,即次《題印雪軒集》原韻〔一〕

江干一棹侍高年,憶是風尖日瘦天。甲辰冬侍家君來徽,始與君識。 才華已擅詩仙鬼,風味還兼酒聖賢。君把青尊醉游子,我從黃海讀新篇。 試問阿恭應不假,老人常望暮雲邊。時攜君詩一册以歸。

家公十載友汪倫，謂權鄰諸君。晚識孫賓亦夙因。但有集堪藏柏櫃，何須身更赴蒲輪。室除一卷無

長物，名到千秋賴此人。自是愛才逢北海，敢云羣紀兩如陳。

【校記】

〔一〕《日鈔》此題爲卷四第十四篇。

汪愷卿之芳茂才應省試回，言場屋中頗有道余姓名者，蓋甲辰闈作猶在

人口也。賦詩一笑〔一〕

虛名竟值幾文錢，博得流傳矮屋前。呼我爲牛聊一應，不鳴之鳥又三年。登場傀儡休言好，著雨

臙脂已不鮮。回首頓增知遇感，陸莊長恐是荒田。

【校記】

〔一〕《日鈔》此題爲卷四第十六篇。

賦謝孫蓮叔〔一〕

賴有麥舟贈，歸歟吾欲東。難酬君子澤，惟拜古人風。重諾萬鈞鼎，輕舟三尺篷。載君高誼去，不

識有衡嵩。

【校記】

〔一〕《日鈔》此題爲卷四第二十一篇。

秋暑〔一〕

秋聲昨已到書幃，誰勒炎威不放歸。無雨豈因龍熟睡，未涼尚挾虎餘威。蕉衫可愛還重著，紈扇多情更一揮。薄暮試登山麓望，晚霞紅處勝朝暉。

【校記】

〔一〕《日鈔》此題爲卷四第三十四篇。

林君大斌輓詞有序〔一〕

君廣東人，辛丑、壬寅間以衛千總奉檄江南，著有勞績。事平還粤。乙巳歲，以歐亞十之變殁於陣。詔祀昭忠祠，予雲騎尉世職，國史立傳。其兄澡廉明府爲徵詩，因賦此。

兵鋒憶昔大江鏖，久著軍前汗馬勞。天上狼貪纔斂角，海中梟小又生毛。陣雲莽莽壓平安火，戰血腥塗伏突刀。箕尾忠魂竟何處，秋高化作虎門濤。

璽書一紙下深宮，有惻宸衷典特隆。已許簪纓傳後世，更將俎豆答孤忠。天家自重尸臣報，江左

猶傳儒將風。爲問蘭臺誰巨手，好修佳傳贈英雄。

【校記】

〔一〕《日鈔》此題爲卷四第三十五篇。

偶得〔二〕

孔子論爲政，必也正其名。名者何所指，古注殊分明。大而禮與樂，小而句與萌。辨五物九等，定六律五聲。無不得其正，而後天下平。衛以祖爲禰，所失良非輕。正則無不正，非必以此爭。後儒專指此，陋哉何硜硜。吾觀王莽世，律令多變更。一郡名五易，記憶誰能清。每逢詔書下，吏民目爲瞠。乃歎聖人語，所蘊殊恢宏。

【校記】

〔一〕《日鈔》此題爲卷四第四十篇。此題分合之情形見《春在堂詩編》卷一《讀經偶得》校記〔一〕。今補輯

其二。

七月初二日吉祭禮成，時兄林客粵西，樾客新安，賦此誌感〔一〕

三年常與几筵離，客裏俄逢吉祭期。日月已驚同駟過，顯揚能否遂烏私。轉蓬不定憐兄遠，啜菽

無歡仗母慈。此夕彈琴未成曲,燈前止可讀遺詩。

【校記】

〔一〕《日鈔》此題爲卷五第一篇。

瞻園將客六合,賦詩送之,時江南新被大水〔一〕

半年文酒互招延,何意行期在我先。秋雨秋風人作客,江南江北水連天。魚龍入海腥猶在,鳥雀投林冷可憐。欲繪流民吾豈敢,送君不獨感離筵。

【校記】

〔一〕《日鈔》此題爲卷五第十五篇。

蓮叔示《有感》二律,次韻慰之〔一〕

不到中年不覺難,千愁一夕上眉端。飽嘗世味身將老,纔出歡場影已單。名士青衫容易濕,佳人翠袖本來寒。勸君莫管升沈事,且寫梅花獨自看。

好向堂前進壽觥,不須辛苦感勞生。智中傀儡原無物,眼底鶯花總有情。妻子團團皆雅集,文章氣餩勝浮榮。炎涼本是尋常事,我勸君家莫太明。

次韻酬汪瞻園茂才[一]

神仙富貴兩無能，自愧翻成托鉢僧。白日已驚同隙過，青雲未信有階升。卻因客枕今宵夢，重憶書窗舊日燈。十載名場何所得，可憐驥尾附癡蠅。

欲破羈愁止有詩，一箋聊慰故人思。疏慵筆墨無工拙，落寞形骸半點癡。人世散材餘臘棘，投時花樣少臙脂。羨君能繼玄亭業，不學侯芭但問奇。<small>時君以先人《印雪軒隨筆》付梓。</small>

【校記】

〔一〕《日鈔》此題爲卷五第二十二篇。

汪節母詩有序[一]

節母葉氏，幼許汪氏子，未嫁而寡，遂守志於其家。後汪氏迎之歸，年已四十餘矣。今年甲子一周，其嗣子以徵詩，爲賦二律。

見說絲蘿乍締盟，春風桃李正敷榮。人間金屋幾曾築，天上玉樓俄已成。入廟未脩三日禮，閨門

【校記】

〔一〕《日鈔》此題爲卷五第二十一篇。

先守十年貞。昔賢一劍猶難負,何況曾經許此生。

護門草與守宮槐,止有寒燈一粟偕。春日籬櫳無半面,秋宵形影是同儕。匏瓜自愛終身獨,都蔗

天教晚景佳。留得淩寒孤竹在,孫枝玉立已盈階。

【校記】

〔一〕《日鈔》此題爲卷五第二十四篇。

予客新安四載矣,自一二知己外,未嘗出與周旋,而筆墨疏慵,不自收拾,

遂至毀譽交集,亦可笑也。偶書一絕〔一〕

十載蹉跎翰墨場,偶然蹤跡寄茲鄉。我如袁嘏平平耳,御李嘲揚兩不當。

【校記】

〔一〕《日鈔》此題爲卷五第二十五篇。

寄題蓮叔半畝書屋〔一〕

客滿高齋書滿牀,主人尚在黑甜鄉。各攜一卷低頭看,竟把華堂作學堂。

渡永定河〔一〕

無定河邊路，恩恩一駐車。時平無白骨，水淺有黃沙。涉險驢鳴怯，爭舟僕語譁。征塵聊此洗，明日卽京華。

【校記】

〔一〕《日鈔》此題爲卷六第五篇。

游法源寺〔一〕

九衢車馬太恩恩，偷得閑身到寺中。佛瘦轉憐僧臃腫，花殘猶幸葉蔥蘢。綠陰濯濯生禪味，碧莽沉沉弔鬼雄。三尺斷幢何代物，摩挲聊趁夕陽紅。

【校記】

〔一〕《日鈔》此題爲卷六第七篇。

題《閔氏溯源圖》并序〔一〕

閔氏出宋閔公，自宋遷魯，六傳而生閔子。又五十傳至南宋寶慶間，遷吾湖之晟舍。逮本朝康熙間，又遷於吳。吳中舊有閔子祠，湯文正公撫吳時，因故址就圮，移建桃花塢，今又百餘年矣。廟貌剝落，祭田蕪焉。其裔孫受申懼先澤之湮，敬摹其先世自閔子以下小像爲《溯源圖》，郵京師索題。余爲賦此。

先生示我百幅圖，使我暇日親操觚。葉拱再拜始敢視，盎然道氣誰所摹。緬惟閔氏宋公族，閭閻篤聖顏曾徒。從來本大枝必茂，雲仍遷徙來吾湖。五百年傳十餘世，又從苕雪分於吳。吳中祠宇久不葺，日光穿漏藏魑魖。睢陽文正此建節，桃塢始拓新規模。爾來又越百餘載，廟貌剝落田荒蕪。古稱盛德百世祀，此理可信當非誣。吾浙孔氏本曲阜，實從趙宋南遷都。至今五經博士職，世世食稅而衣租。閔子躬居配享列，忍令後裔嗟泥塗。先生繪圖溯先澤，一髮直將千鈞扶。嗚呼，一髮能將千鈞扶，孝哉閔子真同符。

【校記】

〔一〕《日鈔》此題爲卷六第十四篇。

苕溪舟次，適逢三十生辰，漫賦一律[一]

花甲平分三十年，勞人草草亦堪憐。惟將眉壽祈慈母，聊博頭銜署散仙。故里歸來翻似客，浪游到處莫非緣。舟中不記懸弧日，倦倚蓬窗獨自眠。

【校記】

[一]《日鈔》此題爲卷六第十八篇。

至新安後慨然有作，卽次孫蓮叔韻[一]

秋風蒓菜客歸家，依舊蕭條下澤車。草草一官憐薄宦，迢迢千里夢京華。蠹魚食字安能飽，腐鼠驕人那足誇。爲愛松蘿好山色，且來重試雨前茶。

七年此地講堂開，賴有羣賢日夕陪。問字人從花外至，銜書鶴向坐中來。科名喜見唐鄉貢，文學爭推漢茂才。愧我止存空洞腹，敢從鄭客辦臺駘。

大台山畔一詩仙，謂蓮叔。香火常疑有夙緣。樗櫟凡材憐我散，菖蒲癖嗜笑君偏。文章敢冀千秋後，車笠曾盟十載前。近日俗塵添斗許，漫誇身染御鑪烟。

索米長安事大難，且尋舊雨此盤桓。久留惡客難爲主，偶玷清班未是官。萬事因人殊抱愧，一氈

借我暫偸安。 相如欲獻淩雲賦，可奈金壺墨又乾。

【校記】

〔一〕《日鈔》此題爲卷六第二十四篇。

邵貞女詩〔一〕

貞女休寧人，辛巳舉人邵君孝本之女，字同邑汪原珮，未婚守志，卒年二十七。

君不見昔日延陵子，一劍猶不負生死。何況女子許以身，死則其鬼生其人。古人制禮有不到，未
婚夫死止一吊。情之所至禮卽生，莫呼庸行爲奇操。邵家有女年正芳，誰其聘者同邑汪。結縭未及所
天隕，女心誓與俱存亡。不死其身死其心，一寸之心百煉金。此生聊慰白頭暮，此心不愧黃泉深。既
死其心身何有，寂寂空閨春不久。此身化作女貞枝，此心原不春暉負。豎儒說禮徒硜硜，翻疑苦節難
爲貞。豈知禮爲眾人設，止順中人以下情。

【校記】

〔一〕《日鈔》此題爲卷六第二十八篇。

霞阜〔一〕

烟霞深處孰爲鄰，寥落高風尚可親。 大道榛蕪開絕學，明人湛若水講學於此。 空山薇蕨老遺民。國初有

汪氏二人，築樓避世。欲尋講舍惟荒草，待訪危樓少舊人。我到徒餘憑弔意，一甌聊試雨前新。

蓮叔繪《剪燭談詩圖》，圖中二人，一爲蓮叔，一卽余也。因題二絶句〔一〕

不知所論是何詩，但見搖搖燭半枝。莫爲推敲爭一字，顏瞋謝笑兩參差。

只愁我已黑甜鄉，孤負宵來燭影長。倘欲陪君終夜坐，將沙搏箇睡嵇康。君談必達旦，故戲及之。

端午日偶成一律〔一〕

吹到薰風便不同，一年佳節又天中。卻因角黍他鄉綠，回憶宮花去歲紅。樽前重對菖蒲酒，自笑行蹤尚轉蓬。金闕觚棱猶在望，玉堂翰墨愧難工。去年於五月初四日蒙恩入詞館。

詩文輯錄

余客新安七載，與孫蓮叔交最深，茲將服官都下，臨別依然，賦贈四律[一]

與君無別不銷魂，況此睽違事更遙。空記前盟留翰墨，難將後約訂漁樵。　出山泉水何時返，入室
清風未易招。惟有秋來一行雁，加餐兩字寄迢迢。
爲感深情似飲醇，新安七載往來頻。項斯直欲逢人説，鮑叔真能知我貧。　脱略自緣交太密，蹉跎
常恐報無因。臨行更拜綈袍賜，珍重長途雨雪身。
浮沉宦海那能知，且與諸君十載期。寒儉文章難報國，迂疏才略敢匡時。　若教菽水粗能給，便挂
衣冠定不遲。他日版輿奉慈母，或來此地翦茅茨。
搏沙聚散總前緣，莫聽驪歌便黯然。但得同心人一二，何妨分手路三千。　故交縱逐風雲散，舊約
終留金石堅，吾輩臨歧須自壯，莫將別淚灑離筵。

【校記】

〔一〕《日鈔》此題爲卷六第三十九篇。

蘭江寓舍，雨夜作歌[一]

寒燈照壁光搖搖，冷雨入窗風蕭蕭。吾於此時心無聊，狂歌不覺聲牢騷。　生既無端讀書而識字，

不能去作市上之屠酤、山中之漁樵。便當前樹節鉞，後羅旌旄，爲輕裘緩帶之羊祜，爲虎頭燕頷之班超。君不見南中盜賊如牛毛，九重宵旰增憂勞。又不見海上毒霧連雲霄，其中隱隱黿鼉蛟。男兒倘能乘此立功萬里外，亦不負吾匣中寶劍囊中刀。何爲蹉跎三十初登朝，于今尚逐浮萍飄。既不能以山林終老如許與巢，又不能以功名自見如鄂與褒，又不能以文章報國如鄒陽與枚皋。徒然拓阿難之鉢，吹子胥之簫。心隨井上轆轤上下轉，身共水中木偶東西漂。二十年來家貧親已老，三千里外日遠天又高。嗚呼，吾歌未竟心鬱陶，誰其和者惟有寒蟲號。

【校記】

〔一〕《日鈔》此題爲卷六第四十一篇。

嘉平二十六日，偕周雲笈祖誥北上，次雲笈韻〔一〕

片帆喜附孝廉船，雲笈時赴禮部試。一醉先支餞歲筵。牛馬團團尋故迹，雞豚草草度殘年。新硎爭試庖丁刃，舊物仍攜子敬氈。見說蓬萊風不惡，玉堂可許步同聯。

【校記】

〔一〕《日鈔》此題爲卷七第一篇。

除夕大雪泊無錫[一]

客路逢除夕，扁舟雨雪中。茶浮陽羨白，酒試慧泉紅。年長癡難賣，詩窮祭不豐。鄉音還有伴，差覺勝坡公。

【校記】

〔一〕《日鈔》此題爲卷七第二篇。

將至常州，有懷汪蓮府丙照[一]

東風吹柳綠初勻，烟水蒼茫霽色新。一路清談共周黨，謂雲笈。十年舊雨訪汪倫。看花許我爲前導，蓺韭煩君作主人。北望長安原不遠，相將同踏輭紅塵。

【校記】

〔一〕《日鈔》此題爲卷七第四篇。

登金山寺[一]

俯倚大江中，茲山勢獨崇。裝成一圖畫，淘盡幾英雄。日月輝宸翰，魚龍護梵宮。浮屠高百尺，欲

上怯天風。

閑向僧寮坐，烟雲入望殊。　銅琵招玉局，鐵馬走烏珠。　形勝千秋在，登臨幾輩俱。　車書今一統，設險陋區區。

【校記】

〔一〕《日鈔》此題爲卷七第五篇。

正月十七日，曉發眾興，偶書店壁〔一〕

膒膊雞聲枕畔催，輪蹄歷碌店門開。　車轅明滅燈三兩，費盡金錢買得來。

【校記】

〔一〕《日鈔》此題爲卷七第八篇。

和馬連屯店壁韻〔一〕

一葉輕裝又此過，嶧山青翠望中多。　半街紅日人投店，時到店甚早。　兩岸黃沙馬飲河。　鄉夢已遙偏易達，名心難淡總難磨。　相逢莫笑風塵色，擬共羣仙詠大羅。

【校記】

〔一〕《日鈔》此題爲卷七第九篇。

乞兒歎〔一〕

乞兒來，乞兒啼聲一何哀。去年河伯爲我災，有田不種田汙萊。饑來驅我那得已，終朝匍匐泥與灰。或幼而恇怯，或老而衰頹。或塊然瘖聾而跛躃，或巍焉婦女而嬰孩。有客驅車過，車輪歷碌聲如雷。向客再拜，乞錢一枚。車中之人去不顧，但見車後滾滾生黃埃。噫嘻乎，乞兒來，乞兒啼聲一何哀。吾欲活爾無其才，作歌敬告司民者，願引大眾登春臺。

【校記】

〔一〕《日鈔》此題爲卷七第十篇。

鄒縣過孟子祠〔一〕

洙泗春風後，岩岩氣獨殊。微言距楊墨，絕學付程朱。合傳荀應媿，論功禹不孤。卽今拜遺像，殿上有像甚偉。猶足勵頑夫。

【校記】

〔一〕《日鈔》此題爲卷七第十一篇其一。此題删存情況見《春在堂詩編》卷三同題詩校記〔一〕。

穀城山中偶成〔一〕

穀城山色望蔥蘢，曲折崎嶇一徑通。我比米顛顛更甚，每逢黃石便呼公。

圮上相逢本偶然，英雄狡獪託神仙。須知楚漢興亡事，不在先生此一編。

【校記】

〔一〕《日鈔》此題爲卷七第十三篇。

奚虛白先生（疑）八十壽詩〔一〕

已慶年華邁古稀，而今重唱鶴南飛。湖山選勝雙芒屩，風雅司盟大布衣。王烈里居人自化，韓康

市隱世難希。林泉原有真經濟，莫與寒蟬一例譏。

憶從束髮拜華顛，魯國靈光尚巋然。風雨徧交天下士，烟霞久署地行仙。人誇詩畫皆千古，自謂

精神勝少年。天與盛名兼與壽，不須更寫養生篇。

【校記】

〔一〕《日鈔》此題爲卷七第十八篇。有詩四首，其一、其三已收入《春在堂詩編三》，今輯補其二、其四。

雲笈四十生辰，醉以酒而壽以詩，時雲笈方應禮闈試〔一〕

草草杯盤算壽筵，無多舊雨共招筵。一年莫負懸弧日，四月剛逢造榜天。酒卷白波容我醒，花開紫陌問誰妍。爲君試望青雲路，卻比期頤祝更虔。

【校記】

〔一〕《日鈔》此題爲卷七第二十二篇。

仲冬四日移寓南柳巷〔一〕

薄宦天涯太寂寥，居雖近市不嫌囂。雪中爪印經三徙，余今年已三移寓矣。冰樣頭銜只一條。几席安排無別物，琴書整頓又連宵。只愁遠道風霜冷，屈指南來路尚遙。時眷屬將至。

【校記】

〔一〕《日鈔》此題爲卷七第三十一篇。共二首，其一已收入《春在堂詩編》卷三，今輯補其二。

元宵次寶店〔一〕

試燈風裹太無聊，百里歸程到尚遙。沽得良鄉一樽酒，大家茅店作元宵。 時與慎芙卿、戚英甫俱自西陵還。

【校記】

〔一〕《日鈔》此題爲卷七第三十八篇。

癸丑六月，乞假送親，由水道旋里，口占三律〔一〕

全家不信又長途，草草舟車出帝都。蓴菜歸心千里動，芸香清俸兩年無。休嫌水驛程難定，且喜鄉音聽未孤。 時同鄉結伴者共六家。 傳語蓬萊諸舊侶，暫將蹤跡寄菰蒲。

【校記】

〔一〕《日鈔》此題爲卷八第一篇。共三首，其二、其三已收入《春在堂詩編三》，今輯補其一。

得房師孫蘭檢學使太平使署書，寄呈四律〔一〕

一緘飛墮五雲端，手啓雙魚次第看。江上羽書雖絡繹，秋來旌節總平安。九霄雨露冰壺冷，萬樹

珊瑚鐵網寬。大好皖公山色在，不嫌官舍太清寒。

榷槍未掃尚縱橫，鐵馬金戈夜有聲。師來信云：『袵席之上，時聞礮聲。』士到龍門仍問字，客來虎帳半談

兵。

篋中文彩長楊賦，閫外軍容細柳營。卻喜陣雲遮不得，使星天上總光明。

自餞輶軒酒一觴，都門草草整歸裝。師皖江之行，樾與諸同門餞之城外，未踰月而樾亦請假出都矣。敢因尊菜思

烟水，原爲萱花護雪霜。回望蓬萊徒縹緲，重尋松菊已荒涼。故山欲買終無計，清夢依然到玉堂。

春風何幸入茅檐，爲感深情愧更添。山水虛邀新蠟屐，圖書慵理舊牙籤。書來，有『娛情山水，怡志圖書』

語。南陔敢謂詩能補，師命撰太夫子壽言。北斗原期世共瞻。待與諸生趨絳帳，門牆化雨好同霑。

【校記】

〔一〕《日鈔》此題爲卷八第十一篇。

寄呈中丞黃壽臣前輩宗漢〔二〕

匡濟才優世共知，籌防事事合機宜。軍前遠舉平安火，閫外高張吉利旗。鬼蜮無形民不擾，神羊

有角吏難欺。書生幸隸帡幪下，好補中和樂職時。

自憐家世本清寒，索米長安事更難。好語忽從天外至，名山許向剡中看。書囊檢點心先喜，講席

優游意未安。時中丞延主嵊縣剡山講席。幸附龍門增十倍，幾回遙望五雲端。

【校記】

〔一〕《日鈔》此題爲卷八第十四篇。共四首,其一、其三已收入《春在堂詩編三》,今輯補其二、其四。

初三日,雨中無事,疊元旦韻〔一〕

陌巷蕭然樂意存,不須有客自開罇。兒童喜著斑斕服,僕婢均沾醉飽恩。燈下偶編新草藁,雨中深掩舊柴門。莫嫌寂寞無春色,兩樹桃花種瓦盆。時有餽碧桃兩盆者。

【校記】

〔一〕《日鈔》此題爲卷八第十九篇。

平泉舅氏招集安雅堂,再疊元旦韻奉謝〔一〕

魯國靈光歲歲存,蒼顏白髮醉金罇。笑談不減當時興,童冠均叨長者恩。時兒輩均在坐。酒闌更作明瓊戲,愛聽琅琅聲滿盆。且與諸君同燕集,須知此會卽龍門。

【校記】

〔一〕《日鈔》此題爲卷八第二十篇。

次日周雲笈親家招集承志堂，四疊元旦韻[一]

幾人略換幾人存，小集君家又舉罇。連日燕集，不過略換數人而已。良會原非因耗磨，殘杯并爲祭長恩。慚非酒客難稱戶，喜有嬌兒解候門。歸路不嫌餘雪在，明朝晴日耀金盆。

【校記】

[一]《日鈔》此題爲卷八第二十二篇。

次韻酬蔡厚齋舅氏堃元[一]

春風忝谷乍回暄，乞得閑身且灌園。敢爲尊羹拋歲月，原因菽水戀晨昏。貧猶未典書三簏，寒尚能銷酒一尊。寄語故鄉諸舊雨，莫嫌窮更甚虞翻。

【校記】

[一]《日鈔》此題爲卷八第二十四篇。

蔡靜山福清以長歌見寄，次韻答之[一]

春風乍歸猶未歸，連朝雨雪沾人衣。東湖寓公苦岑寂，閑門畫掩賓朋稀。今宵忽忽到故鄉客，攜尺

素書呼我接。開函但有詩一篇，不作寒暄語瑣屑。燈下焚香取詩讀，滿紙琳瑯耀我目。嚼墨一吐何淋漓，始信先生稿在腹。韓潮蘇海無其豪，狂歌不覺青天高。令人一讀一快意，有如癢得麻姑搔。藏詩懷袖不忍釋，那怕紙上能生毛。嗟我微名竟何有，直恐君親成兩負。自從乞假歸里門，又飲屠蘇一杯酒。酒酣耳熱興未闌，忽念鐵甲征夫寒。蛾賊縱橫半天下，請將烽火宵來看。吾輩人間古狂簡，肯學蠹魚老書卷。黃雞白日苦相催，十年換卻觀河面。欲隱不能仕未成，簪笏煙霞均所戀。偶然振筆和君詩，此心已向毫端馳。酬君陽春白雪之高詠，寄我江湖魏闕之遐思。願君端整酒萬斛，待我歸來同醉昇平時。

【校記】

〔一〕《日鈔》此題為卷八第二十五篇。

元宵日偶成〔一〕

一庭寒月照蒼苔，佳節蹉跎懶舉杯。風為無燈羞更試，雪因有伴欲重來。勝游未許金錢買，靜夜何妨玉漏催。卻憶去年當此夕，朝車剛自慕陵回。

【校記】

〔一〕《日鈔》此題為卷八第二十六篇。

雲笈席上再疊前韻，以申未盡之意〔一〕

數月光陰足辦裝，且招舊雨共壺觴。征衫未備隨時製，鄉味無多趁此嘗。萱草漫愁千里隔，槐花轉笑十年忙。欲將利器盤根試，未許毛生久處囊。

自從歸臥水邊村，晨夕相違便扣門。纔向青山尋舊約，已看墨綬拜新恩。豐城夜靜光浮劍，溢浦風清水映盆。倘有桐鄉餘愛在，春來正共薦羔豚。（江右乃君祖宦游舊地。）

去去錢唐江上隄，故山猿鶴莫輕啼。好從治譜傳衣鉢，嬾向詞壇鬭鼓鼙。佳兆行看輴畫鹿，舊游猶憶店聞雞。待君報最登朝日，一笑相逢太液西。

壯歲何能謝俗氛，銀魚敢謂便堪焚。君宜去飲西江水，我亦還瞻北闕雲。驛路平安常有信，宦途消息互相聞。國恩粗報身粗了，再結空山鹿豕羣。

【校記】

〔一〕《日鈔》此題爲卷八第二十八篇。

雨中無事，偶得四律，索諸同人和〔二〕

連朝風雨太昏昏，獨坐荒齋晝掩門。常覺模糊非絮影，微聞歎息是花魂。簷前飛瀑噴無數，階下

平湖漲有痕。廿四番風行過半，今年春事不堪論。

止雨空勞玉笛吹，濕雲一片壓茅茨。天將懞懂過庚日，人每矇矓到午時。花徑新添惟暗水，草堂

久斷是朝曦。不知費盡催詩力，催得人間幾首詩。

鵲聲纔噪又鳩聲，翻笑東風誤放晴。空際亂抽絲乙乙，靜中厭聽屜丁丁。連蜷雌霓藏難見，鬱律

雄雷怒欲鳴。寄語雨師須曉事，郊原臺笠正春耕。

天教清興減吾曹，幾日輕寒襲敝袍。村路泥深難受屐，溪橋水漲不容舠。花朝已惜恩恩過，米價

還驚日日高。見說晚來有晴意，頻將霽色望林皋。

【校記】

〔一〕《日鈔》此題爲卷八第二十九篇。

雲笈有詩紀佛日、龍居之游，卽次韻一首〔一〕

百錢偶向屋梁叉，買得扁舟一葉斜。九上下山都入畫，八功德水好煎茶。已煩老衲燒新筍，更共

兒童掇野花。莫笑僧廚風味薄，須知吾輩慣餐霞。

【校記】

〔一〕《日鈔》此題爲卷八第三十八篇。

奉送黃壽臣前輩督蜀〔一〕

策書鄭重下深宮，旌節花開兩地紅。江左可能無謝傅，蜀中已見有文翁。金甌名字從今定，劍閣山川自昔雄。欲借寇公天未允，甘棠留在浙西東。

四郊烽火慶平安，誰識籌防事事難。三千鐵弩陽侯避，<small>時海塘決口，公督屬堵合。</small>百萬金錢戰士歡。<small>公每月解銀六萬兩赴金陵大營。</small>自爲東南籌大局，長城萬里莫輕看。<small>徽寧有警，公調度得宜，克臻無事。</small>

錯節盤根總不辭，丹忱自有九重知。頒來宸翰光千尺，<small>春間賜『忠勤正直』四字額。</small>賜到天香桂一枝。<small>公子欽賜舉人。</small>翠羽珊冠膺異數，虎符龍節許兼持。從今蜀道如平地，正是韋皋坐鎮時。

自顧雲泥分不侔，此生何幸識荊州。戟門每爲書生啓，講席偏因下士留。<small>去年承薦主剡山書院。</small>千里未能依幕府，一官深愧玷瀛洲。待公黃閣調元日，越水吳山話舊游。

【校記】

〔一〕《日鈔》此題爲卷九第二篇。

行部陳、蔡間，夾道觀者甚眾，口占一絕句[一]

輶車偶向此間過，底事途人屬目多。自是聚觀香案吏，非看衛玠與東坡。

【校記】

[一]《日鈔》此題爲卷十第五篇。

予自大梁返里，顧湘坡前輩嘉蕊追送於城外，并以詩贈，次韻寄謝[一]

此去杭州望汴州，三年鷗鷺訂同儔。何當共把梁園酒，重向夷門話舊游。

【校記】

[一]《日鈔》此題爲卷十第二十篇。共四首，前三首已收入《春在堂詩編》卷五，今輯補其四。

丁酉榜發中副，漫書數語[一]

繫狗得尾亦自好，捉虎持頭非所望。畫工慣作不了樹，美人喜爲半面妝。雖有真龍公不好，必無

全牛庖乃良。半人莫笑習主簿，一擊豈非張子房。

【校記】

〔一〕《好鈔》此題爲卷一第二篇。

梅花〔一〕

冰魂喚得月中歸，欲寫芳姿又恐非。但覺魏徵真嫵媚，肯同王約太癡肥。添香夜半疑紅袖，送酒朝來是白衣。松柏太枯桃李俗，本來仙骨世間稀。

【校記】

〔一〕《好鈔》此題爲卷一第三篇。共三首，其一、其三已收入《春在堂詩編一》，今輯補其二。

遇雪〔一〕

朝來大地積瓊瑤，怪底晨寒倍昨宵。不有灘亭王正叔，雪江旅思倩誰描。

【校記】

〔一〕《好鈔》此題爲卷二第十二篇。

自衢州易舟〔一〕

天邊貸水苦無由，一葉重呼渡口舟。佛豈能無三宿戀，仙應不礙半途脩。客身本似浮雲□，鄉夢仍隨去水流。讕語且從徐福驗，林間著意聽啼鳩。時因水淺，故易舟。同舟徐君云：今夕必大雨。

【校記】

〔一〕《好鈔》此題爲卷二第十五篇。

常玉道中〔一〕

種徧青青雪裏洪，此間生計圃兼農。勞人草草成何事，輸與山中賣菜傭。

【校記】

〔一〕《好鈔》此題爲卷二第十七篇。

立春〔一〕

旌旐小隊出城邊，迎得新年入舊年。客乍渾忘殘臘盡，春回轉在故鄉先。江西立春早浙江一刻。一樽

旅舍寒初退，千里家山月正圓。料得老人籌勝後，定思游子夜忘眠。

【校記】

〔一〕《好鈔》此題爲卷二第二十一篇。

讀經〔一〕

後儒談道學，以賊防一情。至有牀第間，亦無笑語聲。吾觀禮所載，容止原非輕。要之無一定，隨所爲而成。餘餘治軍旅，漆漆供粢盛。及其事父母，溫恭如奉盈。安有對妻子，笑比黃河清。何處得此禮，毋乃枉死城。既使周公笑，更令周姥驚。以是爲道學，陋哉何硜硜。士曰將昧旦，女曰方鷄鳴。兒女枕邊語，聖人不能更。侵曹盟踐土，閱時曾未久。五書晉侯爵，冠諸諸侯首。哀哉淳于公，何異喪家狗。自曹而犇魯，已在逾年後。從省書寔來，不復舉誰某。以此觀春秋，無乃非忠厚。聖人儻可作，執經問曲阜。

【校記】

〔一〕《好鈔》此題爲卷二第三十篇。此題刪存情況參見《春在堂詩編》卷一《讀經偶得》校記〔一〕。

寓齋襪詠〔一〕

書室吾伊鬧，官衙鼓吹喧。不如新雨後，屋下水潺湲。

客到將呼坐，愁無位置方。狂奴餘故態，長嘯據胡牀。

【校記】

〔一〕《好鈔》此題爲卷二第三十二篇。

舟中偶成〔一〕

輕搖櫓窸浪花中，風景懸知去歲同。水面驚飛一孤鶩，船頭臥守兩癡龍。<small>舟人畜二犬。</small>衣沾霧凇還疑雨，枕襪灘聲每誤風。莫笑看山猶未足，年來三度此推篷。

【校記】

〔一〕《好鈔》此題爲卷三第四篇。

富陽道中〔一〕

百丈牽舟浪似雲，富春山翠落繽紛。釣魚未過嚴陵瀨，下馬先經董相墳。<small>路經董文恪公墓。</small>烏鬼船輕沿岸去，鴟奴鈴響隔山聞。卻嫌去歲風帆駃，未及披裘坐夕曛。

【校記】

〔一〕《好鈔》此題爲卷三第五篇。

夜泊險灘下〔一〕

湍急不得上，孤舟獨自橫。今宵定奇絕，夢裏聽灘聲。

【校記】

〔一〕《好鈔》此題爲卷三第十一篇。

舟中四君子詩〔一〕

狂瀾滾滾抽身猛，大地茫茫立腳牢。莫笑調停慣中立，須知居處比人高。椿 穴船屑植大木二，曰椿，遇

險下之，雖大風濤不能動。

【校記】

〔一〕《好鈔》此題爲卷三第十三篇。共四首，前三首已收入《春在堂詩編一》，今輯補其四。

津門毛素存永柏明府留壬甫兄及余勸校試卷，小住旬餘，賦贈二首〔二〕

客枕蓬蓬聽放衙，渾忘滯迹尚天涯。爲憐姑負看花眼，教品河陽一縣花。

歸裝已疊黑貂裘，又作平原十日遊。目笑閑雲天不管，多情復被好風留。

以上輯自《好學爲福齋詩鈔》

【校記】

〔一〕《好鈔》此題爲卷三第三十二篇。

秋風大作，忽有楊花隨風而至，亦可異也。因賦詩紀之。時壬戌閏八月，予寓居天津

楊花逐春去，累月不曾回。忽借秋風力，從空又送來。臨風重問訊，何處舊樓臺。恐似飄零客，迢遙海外來。

夏氏二烈女辭

□□□隱君，子曰夏雪湄，讀書三十載，居鄉爲經師。婉孌子與女，咸稱其家兒。 一解 長女寶妹，次女秀珠，掌中皎皎雙明珠。教之讀書通大義，長者慧性尤與常兒殊。 二解 驫駠驫喬寇且至矣，鷹瞵鶚視死無地矣。死無地，將安避？入山深，入林邃，僉曰此中可以爾孥寄。 三解 咸豐十年十有一月，十有五日賊騎大來，惟聞蠻栗梟羊披髮走食，人人匿山中不敢出。 四解 雨雪其雰，山中

無糧。夏氏二女私相商，願潔而饑如蝸蜣，毋穢而飽如蛞蝓。一朝林下聞奇香，已跨鸞鶴雙翱翔。

皇帝在位之三載，大功告成，金陵奏凱。詔下所司褒節義，辟壤遐陬罔弗採。於是舊史氏俞樾為

作此詞，一門雙烈，敬告轀軒知。

金眉生都轉以和東坡《聚星堂雪》詩見示，并索和章，久未有以報也。

九月九日，子青中丞招飲拙政園，因用東坡韻紀一日之清游，卽以

償隔年之詩債矣

西風策策吹庭葉，菊綻黃金蘆積雪。南皮中丞風雅人，畫與詩書共三絕。重陽為愛滿城晴，一束

不辭因我折。花陰列坐帽簪欹，苔徑間行屐齒滅。欣聞高論覺風生，感念舊游驚電掣。乙卯歲，余曾代

中丞視學中州。酒酣長嘯倚危亭，俯看波紋散成纈。自誇餘興尚飛騰，未信秋懷易蕭屑。更招老鶴松

間來，中丞有一鶴。擬共清游塵外瞥。詩債忽逢秅侯索，勝事待與吳儂說。雪詩改作九秋吟，奇情定

躍蕁賓鐵。

年家子鄒蓉閣以張小浦前輩《冰溪吟草》一卷見示,乃甲寅夏日公罷江
西巡撫僑居玉山而作也,有和東坡《岐亭》詩八首,因次其韻題後

公昔登玉堂,青袍染柳汁。軺車半天下,鐵網珊瑚濕。翔步到公卿,所志良亦得。何圖遘陽九,東
南事孔急。銅符既握虎,竹弓異射鴨。軍書赤羽馳,戎幄青油冪。百日守南昌,保全萬蒼赤。臣功不
自明,臣罪豈待白。所憾寇未平,怒髮每衝幘。激昂梁父吟,嗚咽新亭泣。後竟死王事,大節果無缺。
誰將此一編,示我吳中客。因和岐亭詩,竊附冰溪集。

辛未夏竹樵方伯恩錫以《南游草》一卷見示,卽次其《常州雨泊》詩韻
題贈

吟懷清絕味偏腴,古錦囊中有此無。袖裏岱宗雲氣濕,枕邊瓜步浪花麤。一編紀勝憑誰和,十載
掌經笑我迂。偶作小詩酬雅唱,聊堪尊酒佐菖蒲。時端午前一日。

同年應敏齋^{實時}曾官蘇松太倉兵備道，駐上海，有善政。其遷臬使而去
也，上海人圖其所行事，凡十有二，爲歌詩以獻。余爲題其後〔二〕

故交應仲遠，鄉貢舊同年。示我興人頌，知公當代賢。與民籌教養，爲國策安全。欲識中興業，艱
難在此編。

昔作南園客，星霜又幾更。卽今重讀畫，愧我亦留名。^{第十幅有賤子姓名。}經濟儒生事，謳思父老情。
相期恢遠略，不僅慰蒼生。

【校記】

〔一〕此詩原三首，此爲其一、其三。其二見《春在堂詩編》卷七。

以上輯自中國科學院圖書館藏《春在堂詩文膳稿》

孝烈篇^{爲績溪章洪焌妻沈氏作}

沈有淑女，曰嬪于章。事姑以順，相夫以莊。一時之厄，寇環其疆。從夫奉姑，走避于鄉。晨羞夕
饍，無改故常。大難旣夷，夫病于牀。夫病不起，誓從之亡。姑泣曰毋，有我在堂。婦泣曰諾，願姑無
傷。疾風起兮，繐帷飄颺。我姑安在，泉路渺茫。我夫安在，仍在母旁。我獨何爲，戀此空房。我挈我

楗，昔儲稻粱。我提我壺，昔盛酒漿。昔奉我姑，今我獨嘗。夫亡姑逝，我忍充腸。不食不飲，七日而

喪。父老嘉歎，公卿表彰。拜手上言，聞於巖廊。天子曰俞，是直褒揚。乃賜之金，乃建之坊。若節春

秋，黍稷馨香。烈婦死矣，雖死彌光。舊史氏楗，作歌孔長。誦此孝烈，風示姬姜。

以上輯自日本國會圖書館藏《春在堂全書稿本》

散館改官，口占一律

天風吹我下蓬瀛，敢與羣仙證舊盟。好向玉堂稱過客，重煩丹筆注微名。升沈有數人難挽，造化

無心事總平。卻笑隨園老居士，落花詩句太關情。

同治甲子元旦賦詩（殘句）

喜逢鐵樹開花歲，應是銀河洗甲年。

集《繹山碑》字爲楹帖，得一百聯，因成此詩

白日壹去不可追，以後稱今成昔時。山澤所樂世莫禁，金石之辭臣能爲。六經既明有著作，萬念

盡滅無思維。登高而立及者遠，此理自古長如斯。

調生還浙，余寄詩（殘句）

一燈覓句過除夕，九等論才到古人。

子莊宰青浦，時有歸思，繪《峯泖蒓思圖》，求題於余，余信筆書五言三章

之子有歸思，秋來問水濱。欲將種花手，去作採蒓人。烟雨扁舟活，丹青一幀新。鄉山九十九，蒼翠撲船脣。

我欲留君住，青山負草堂。我將勸君隱，丹詔惜循良。且喜宦游地，依然雲水鄉。何妨緩歸棹，在此作羲黃。

我讀君詩句，因之自汗顏。早經謝朝籍，仍欠臥鄉關。東舍採菱去，西家穫稻還。還來應笑我，吳下鬢毛斑。

壬申春日，余與濂甫相遇於杭州，因成三律

試院論文正賞奇，興來酒味不嫌漓。自從老杜留題後，又見雙丁競爽時。藝苑流傳稱盛事，師門珍重茁孫枝。阿翁聞喜軒中坐，疊喜還成疊韻詩。

先後相符亦一奇，須知風會未曾漓。蓬山又報登瀛信，苕水仍逢浴佛時。鵲語報新兼話舊，羊年異榦卻同枝。傳家畢竟金甌好，記否趨庭課學詩。

傳到花箋共詫奇，廿年榜運判醇漓。請看子舍蜚聲日，正是庚科鼎盛時。庚戌一榜，向來落寞，至去年則汴生、湘吟先後得侍郎，而年家子姓亦多成進士、入詞林者，或榜運一轉機乎？老我漁樵分半席，諸君鸞鳳在高枝。鶴鳴有子爭相和，絕妙卷阿吉士詩。

癸酉春日，楊石泉中丞招同彭雪琴侍郎至雲樓，作竟日之游。是日宿雨初霽，清談極歡。侍郎左手持杯，右手執筆，即席賦詩四章。余因亦口占二絕句

籃輿屈曲入山行，天為清游特放晴。卻好五雲最深處，閑鷗威鳳共聯盟。

此來襟帶有江湖，先走湖隈，後循江岸。自覺尊前詩膽粗。不及老彭豪更甚，右拈吟管左提壺。

青浦葛以琮以六世祖母萬孺人《節壽圖》屬題，蓋孺人五十有五歲時其從父全土萬君所爲圖也。圖中衣冠而立者爲母之子，依母膝下者爲長孫，隨其父之後者爲次孫，保母抱而立者爲幼孫。沈歸愚、全謝山諸老輩皆有題詠。此圖久已失去，亂後里人於灰燼中得之，復歸其家。溯自繪圖於雍正初年，至今一百四十餘載矣。楚弓復得，頗非偶然，余爲題七言詩一首

自從大盜起西粵，吳楚東南半淪没。金題玉籤化爲灰，三閣遺書總殘缺。況此私家一幅圖，流傳猶自雍正初。妙畫通神久失去，雖有顧陸無從摹。何意失之數十載，今日得之來意外。翻從兵火劫灰餘，留得蘭亭真本在。圖中清氣何淋漓，冰雪風神如見之。賢子趨庭孫繞膝，森森玉樹生瓊蕤。我願雲仍長護守，重還故物真非偶。從來松柏有清陰，浸熾浸昌期厥後。

顧晉叔承乃子山觀察之子，行年四十有九，繪《自訟圖》，圖中坐者、立者各一人，若官與吏然，跪者一人，若對簿然，三人實即一人，皆自肖其象也。余率題二絕句

當蘧伯玉知非歲，築趙王孫自訟齋。　此後可知定無訟，訟庭都被落花埋。

我我周旋總不真，陶公贈答影形神。　更從有相歸無相，便是如來三種身。

題《吟香館詩草·自感》

如此清才得未嘗，一篇自感費評量。　碧翁果否安排定，能以侯光配孟光。

題《傷心集》

凋零骨肉感平生，自定傷心小集名。　豈以外成忘一本，諸姑伯姊也關情。

愁苦歡愉句總工，慧花全集歎俄空。　幸存五十一年事，都在秋閨自序中。

題《嬾仙吟稿》

文章要得江山助，不謂閨中亦有之。諸葛寨邊曾問俗，越王臺下又題詩。居然流覽關河勝，豈是尋常鞶帨詞。柳絮因風詩句好，定知傳誦徧滇池。

曉峯嶺 為剛節而作（殘句）

曉峯嶺，高插雲。王將軍，勇冠軍。……嗚呼！扼之數日真英雄，將軍之死非無功。君不見同時大官走且死，朝廷一體酬其忠。酬忠同，死難異。至今曉峯嶺下過，餘威猶使夷人悸。

壽陽驛有昌黎詩石刻。花農典試山右歸，過其地，見亭已荒廢，因寓書當事者，屬為修葺，小助土木之費，為賦四詩，由京師寄示余。余詳考其事，并和花農

古驛流傳吏部詩，詩中本事可曾知。柔情不為剛腸減，也似黎渦笑對時。

高論能傾曳落河，文章氣節重元和。誰知垂老楊枝別，情比香山太傅多。

我因石墨更低徊，曾見奇光出土來。可惜兩詩只存一，何時重與剔蒼苔。

昔年慷慨弔田橫，此日淒涼錦瑟聲。覓取吳郎中舊句，好將綺語雪先生。

袁隨園紀游册，乃其元孫潤字澤民所藏，介沈旭初觀察攜來，乞題詩。率題數絕句而歸之

褏鈔朋舊數篇詩，詳記筵前花幾枝。到老愛才兼愛色，八旬人似少年時。

友朋投贈見情深，此老能存坦白心。記載分明無諱飾，幾般禮物幾封金。

日日舟窗幾局棋，輸贏幾子必書之。忽然大怒因棋負，趣筆兼傳一扣兒。

術士江湖不是仙，每因文士得流傳。許公九十一年壽，拆字先生陸在田。

垂老年華至性存，殷殷不忘故人孫。途中持贈無多物，報答當年薦館恩。

天生原是不羈才，未免難將禮法該。可笑笯鸞囚鳳處，先生亦爲看花來。

斜斜整整不成行，更有捉刀人在旁。此是歐公于役志，不論工拙盡文章。

以上輯自《春在堂隨筆》

《三才中和牌譜》成，自題八絕句

陰陽奇偶古流傳，數在須知理自圓。莫怪將天來作地，乾坤顛倒卽坤乾。 余改舊譜天牌爲地牌、地牌爲天牌，人頗怪之。余笑曰：殷《易》坤乾，周《易》乾坤，不妨各存一理也。

人參天地盡包羅，更設和牌意若何。添箇中牌與和配，三才妙用在中和。 舊譜天地人之外獨有和牌，殊爲無理。余添中牌配之，故名『三才中和牌』。

得一方成天地尊，紛紜人類豈同論。中牌有六和牌九，動靜陰陽至理存。 天地至尊，故惟一而已，若人類至繁，故二二至五五均爲人牌，不必如舊譜，獨以四四爲人牌也。至中，爲未發之喜怒哀樂，主靜屬陰，故爲牌六；和，爲已發之喜怒哀樂，主動屬陽，故爲牌九。皆有至理存焉。

既將三品角輸贏，品貴如何采轉輕。論品還須論根柢，龍陽驛內有陽明。 如下品中花花相對，其采十二；而上品聚星止十一，蓋仍以天地人中和之采計也。或疑其不合。余曰：列入某品，乃一時遭際耳，若天地人中和本采則其根柢也，豈以一時遭際而没其根柢乎？

欲求新舊免參差，槪易新名太好奇。莫使陶家鐵牛見，補他清異錄中遺。 余將五子不同等類，槪易新名，非好奇也。蓋諸品中多余新創者，免使新舊參差耳。陶穀《清異錄》中所載食經藥譜之名，奇詭多類此。

點墨塗硃舊譜非，須知奇偶數難違。相思紅豆分明在，脫卻明皇濫賜緋。 舊譜丹墨襍糅，今定奇數皆紅色，偶數皆黑色。相傳四點爲唐明皇賜緋，沿襲千載，今則易而黑矣。

更將上下劃分開，一扇牙牌化兩枚。不是無端出新意，匾骰子樣我偷來。 重一爲天牌，非二點也；重六爲地牌，非十二點也。故劃分上下兩截。《老學庵筆記》載，蠻人骰子長寸餘而匾狀，若牌子。余謂卽牙牌之權輿。今此牌以牙牌而參

骰子之式，真可謂區區骰子矣。

添得芸窗數日忙，居然大衍數相當。老夫舊學多荒盡，只有童心尚未忘。舊譜如五子合巧之類，名目不過十餘。余添至五十，真可謂無益費精神矣。

輯自《曲園三耍》此種卷末

《瓊花圖》成，又成二絕句，以寫未盡之意

無雙亭畔久無種，聚八仙花亦自嬌。擬向杭州更尋訪，瓊株或尚有根苗。聚八仙花，所在有之，而瓊花竟絕，以有子無子之故耳。然陰陽無偏絕之理。余門下門生滿洲六橋都尉三多言曾見有九朵者，明年當使尋覓之，如得其種，並植於庭，則合成兩美矣。

山中小樹頗槎枒，一夕飈輪載到家。倘使移栽能便活，蘇州亦復有瓊花。時余於山中覓小者一株，載還吳下植之，未知能活否。

輯自《瓊英小錄》卷末

羨閑主人小園落成，次銷英道人韻見示，時適有武林之行，即於舟窗和之，草草落筆，殊未推敲，惟方家是正

置身仕隱兩途間，天付優游歲月閑。小築園林聊寄興，全收風景不嫌慳。臨流瀟灑偏宜竹，疊石

嶙峋便當山。領略濠梁莊惠意，一亭知樂妙題顏。小亭顏曰「知樂」。

手攜佳客此娛嬉，正是橙黃橘綠時。此日蕭疏宜野服，昔年颯爽見英姿。閑雲飛倦仍歸岫，老樹

花開定滿枝。誦取一篇池上句，相從何減白公池。

輯自《浙江圖書館館藏名人手札選（二）》上冊

冬夜歡酒，醉後作，難免艸率，即乞子穆仁兄詩家訾而教之

歲云暮矣霜風緊，殘夜迢迢寒角枕。一杵鐘聲蝶夢催，短檠如豆青無影。男兒義氣原如霓，豈待

睊鷄始起舞。可歎雄心日漸銷，詩書滿腹終何補。廉吏可爲不可爲，浪説催科與撫字。碌碌因人年復

年，名場傀儡原兒戲。我本德清一腐儒，茫茫人海空踟躕。消磨歲月禿雙鬢，誰識高陽舊酒徒。君不

見千頃良田萬鍾粟，高官厚祿猶不足。錦爛韶光易夕陽，霎時玉石皆溝瀆。白髮翁，赤足禪，功名富貴

如雲烟。吁嗟乎，功名富貴如雲烟。杖頭尚有青銅錢，呼僮沽酒問青天。

壬午嘉平月十三日，曲園老人俞樾拜稿

輯自中國國家圖書館藏《清名人尺牘》稿本

叔海先生以詩見贈，次韻奉酬，卽希吟正

衰翁八十鬢如霜，余今年七十八，計閏則八十矣。慚愧先生屬望長。河海鬼難逃世運，無何有或是吾鄉。紛紜時局同流水，荏苒年華付電光。造物不須留此老，原詩云：『天爲吾徒留此老。』頹齡未足養虞庠。

磬圃叟初稿

叔海先生將之廣西，走筆作詩送之，卽正

桂府五千里，翩然一鶴飛。從容籌大局，辛苦著征衣。山險境多盜，年荒民苦饑。粵西雕迆地，待子轉生機。

奉和原韻，呈叔海先生正

爲看名山萬里行，世間豪興屬先生。千巖鳥道春無色，四野狐鳴夜有聲。嶺嶠浪游空載月，英雄垂老倦談兵。詩家自定千秋業，別有麒麟閣上名。

以上輯自《片玉碎金：近代名人手書詩札釋箋》

張文毅公，於余爲詞館前輩，素不相識。辛未秋，得讀此編，即用集中和
東坡岐亭韻敬題其後

公少登玉堂，青袍染柳汁。輶車半天下，銕網珊瑚濕。翔步到公卿，所志亦良得。何圖遘陽九，東
南事孔急。銅符既握虎，竹弓異射鴨。軍書赤羽馳，戎幄青油羃。百日守南昌，保全萬蒼赤。臣功不
自明，臣罪豈待白。但念寇未平，怒髮屢衝幘。激昂梁父吟，嗚咽新亭泣。後竟死王事，大節果無缺。
誰將此一編，示我吳下客。願言寫萬本，題曰冰溪集。

輯自北京大學圖書館藏《冰谿吟草》抄本

花農仁弟館丈以綠玻璃盆兩具見贈，賦詩寄謝，即正

壓倒歐公翡翠罍，爭傳內府製來精。光從太乙燃藜借，聲比羲和敲日輕。佳果宜盛紅玳瑁，荔枝有
名玳瑁紅者。名茶卻稱綠昌明。相從更有無塵子，佐以樱拂子一枚。頓使炎歊一掃清。

花農館丈升右庶子，寄詩奉賀

玉署冰銜一再加，又聞恩命出天家。夏涼正起初庚伏，〔六月十四日接電報，是日交初伏，甚涼。〕春好先開庶

子華。

溫諭纔聞三殿接，〔前數日召對稱旨。〕祥光行試八塼斜。容臺綸閣知非遠，次第佳音走電蛇。

花農仁弟以五色菊郵寄吳中，并媵以詩，不能悉和，率賦二絕句奉酬，即正

秋光又是一年新，寄到江南卽是春。看取繽紛開五色，兆君五色掌絲綸。

幾番玉露幾金風，都是丹青渲染功。卻笑頭銜君未備，絛冰一轉便成紅。

庚子正月，恭讀初六日上諭『端學術以正人心』，謹紀以詩

自從異說恣洸洋，識者深憂吾道亡。幸有詔書頒學校，遂教士習返康莊。詖邪距息人心正，經行

修明國祚昌。更願飛廉海隅戮，豈容簧鼓到膠庠。

許氏第二外曾孫女來，喜賦

已是吾家婦，豫定爲源寶婦。纔當厥月彌。生五十四日矣。柔荑舒小手，肥瓠潤豐肌。兒顏肥。良夜三秋望，生於九月十五。嘉名一字頤。小名頤。可容留老眼，看汝執笄時。

奉和花農仁弟館丈龍湫精舍原韻，卽正

昔日昌黎作令來，陽巖勝境自公開。若非使者持英蕩，誰爲名區掃蘚苔。築就精廬存古蹟，勒回生氣聚英才。龍公行雨時經過，不必龍臺亦是臺。

流珠噴玉偪人寒，九派飛流兩度看。自是胷中納雲夢，故能腕底走波瀾。運轉鳳翥龍蟠筆，壓倒羊腸虎首灘。膚使美名南海徧，蜉蝣擾擾莫相干。

尚有餘紙，再作一首

封付郵筒寄已堪，譬如臨別又長談。編詩未滿壬篇十，余所編第九卷詩曰「己辛篇」，第十卷則應以「壬」字起矣。銷夏剛交庚伏三。荏苒已過小暑節，衰闌未到大雲庵。大雲庵近滄浪亭，爲吳中勝地。余倦於游，久不往也。

閑來只自推窗望，詩自北來花自南。詩自北來謂諸君有詩見寄也。花自南來者，余向日本國心泉和尚乞彼地櫻花一株，因

大暑，未可致，先以松來，花則暫待也。

綠牡丹

今年，許星臺廉訪署中有牡丹一本，開花純綠，與葉同色，星臺賦詩紀之，吳下和者甚多。顧子山觀察得十六章。余度無以勝之，乃為禁體，詩中不得見『綠』字，而每句必用一『綠』字故典，不得以『青』、『碧』等字代。成詩四首。每首用子山之例，自注所援引。

引來幽步不嫌賒，驚見神仙降萼華。宮女巧呈雲髻樣，皇孫新試玉人車。芳春直欲爭平仲，名酒還如出廖家。寄語掃苔須著意，要分嬌影上窗紗。

錢起詩『香綠引幽步』。　《真誥》萼綠華。自云南山人女子。　杜牧之《阿房宮賦》『綠雲擾擾梳曉鬟也』。　蔡邕《獨斷》『綠車名曰皇孫車，天子有孫，乘之以從』。　沈佺期詩『芳春平仲綠，清夜子規啼』。　黃庭堅詩『王公權家荔枝綠，廖致平家綠荔枝』。據注皆酒名。　王禹偁詩『掃苔留嫩綠』。　楊萬里詩『芭蕉分綠上窗紗』。

葵甲蔥秧比總非，舞衫萱草認依稀。榮施漢代三公綬，秀奪唐時七品衣。肯與妖紅同爛漫，不勞接翠自芳菲。為君試掃南軒看，愛此檀欒一簇肥。

黃庭堅詩『蔥秧青青葵甲綠』。　溫庭筠詩『舞衫萱草綠』。　《漢書·百官公卿表》『高帝置

丞相綠綬」《續漢志》注云：「公加殊禮皆服之。」《唐書·馬周傳》「三品服紫，四五品朱，六七品綠，八九品青」。　韓退之詩「慢綠妖紅半不存」。　皇甫湜《枝江縣南亭記》「接翠裁綠」。東坡詩「歸掃南軒綠」。　白香山詩「一簇綠檀欒」。

陿畔春蕪掃乍開，最憐輕淺映樓臺。祿衣合作花王配，騄耳真從瑤圃來。官樣枝條何足擬，山中芳杜豈堪陪。　尚愁柳色分張去，切勿輕將黃竹栽。

白香山詩「厭綠栽黃竹」。　　　　陸放翁詩「平隄漸放春蕪綠」。　劉禹錫詩「淺黃輕綠映樓臺」。　《毛詩》《綠衣》，衛莊姜傷己也」，鄭箋云：「綠當爲祿。」　《列子·周穆王篇》「左綠耳」，《玉篇》作「騄耳」。《輟耕錄》云：「官綠卽枝條綠。」　謝朓詩「山中芳杜綠」。　溫庭筠詩「尚愁柳色分張綠」。

朝朝甘露自涵濡，一掬寒溪漫灌輸。宋國從來多美玉，梁家又見出明珠。鸚哥宿釀杯中小，螺子新痕筆底腴。　春草有情還解事，翻翻初葉展風蒲。

李賀詩「甘露洗空綠」。　李彌遜詩「何時延溪掬寒綠」。　《史記·范睢傳》周有砥砨，宋有結綠」。　《嶺表錄異》綠珠梁氏女。　張昱詩「畫閣小杯鸚武綠」。　《大業拾遺》煬帝宮女爭畫長蛾，司宮日給螺子黛五斛，號蛾子綠。　李白詩「春草如有情，山中尚含綠」。　放翁詩「風經蒲葉翻翻綠」。

長夏即事口占

繞屋扶疏樹轉濃，晝長無事頗從容。每扶磊砢天台杖，去看支離日本松。時日本僧心泉以松一株見贈，栽之曲園。窗下課孫娛老病，門前謝客託衰慵。閑來略悟金經理，掃卻虛空幛一重。《金剛經》未經六朝文人潤色，乃西土傳來之本文，惟有彼中愚僧羼入者，致失佛旨。余近為刪去之，頗覺藉然。

以上輯自臺灣省藏《俞曲園手札》

洗蕉老人以《綠萼梅》詩見示，亦成一律，趁韻而已，不足言詩，即請正句

春風爭唱比紅詩，誰向瓊林乞此枝。神女青琴原絕世，佳人翠袖自生姿。成仙應伴碧虛子，作畫先辭黃大癡。賴有色絲詞絕妙，分貽殘錦到丘遲。

輯自北京大學圖書館藏《同光名人手簡真蹟》

芝僧同年以《輯志四圖》見示，余既為題端，各賦四言一首，即用自題原韻

甌北叢考，比此不如。彼考據家，此傳信書。

勿泥字義，為瓴為甕。日飲亡何，大勝袁絲。

烟波好處，意興來時。歐公馬上，舟中勝之。

昭明選文，爰有選樓。此修志處，敬告後游。

楊性農同年重宴鹿鳴，賦五絕句索和，卽次原韻

莫惜山川兩地懸，文章作合有浙權。只慚雞鶴難相稱，敢附科名六六緣。 君以曾文正及君與余登鄉榜皆

三十六名，名次相同，謂非偶然。

傳來詩句小春天，老健知蒙造物憐。愛鼎堂前芝數本，與君麗藻鬭芊眠。 君家舊有移芝瑞，前年，愛鼎堂

前又產芝數本。

笙簧一曲奏官娥，迎到涪翁合號皤。白面秀眉眾年少，驚看老鳳尾娑婆〔一〕。

愧我真成雌甲辰，至今落拓白綸巾。迢迢一十三年後，未必猶存土木身。 余與君為進士同年，而領鄉薦以

甲辰，則遲君十二年矣。計重赴鹿鳴宴當在癸卯歲，自今年辛卯計，尚有十三年。衰老多病，恐不能待矣。

試向熙朝問昔賢，幾人重預鹿鳴筵。乾嘉多少知名士，名輩和君較後前。 余詢之會典館，重宴鹿鳴者，乾

隆以前無聞焉。乾隆朝二人，嘉慶朝十八人，道光朝三十九人，咸豐朝十三人，同治朝十一人，光緒元年至十一年二十六人。若阮文達、

湯文瑞、王懷祖先生、翁覃溪先生，皆與焉。

輯自《墨花吟館輯志四圖》

【校記】

〔一〕 婆，原文作『娑』，據韻例改。

和孫殿齡《春暮無聊，俗事蝟集，愁中有感，得六律，寄俞孝廉蔭甫仁弟》

光緒十有七年，歲在辛卯十月之望，曲園居士
輯自浙江省瑞安市博物館藏俞樾手書真蹟

不到中年不覺難，千愁一夕上眉端。飽嘗世味身將老，纔出歡場影已單。名士青衫容易濕，佳人翠袖本來寒。勸君莫問升沈事，且寫梅花獨自看。

造物於人總有情，如君已算不虛生。有親正要兒行樂，無弟何妨我喚兄。君感哲弟丹叔早逝，故及之。席上酒隨人自散，燈前詩與婦俱成。

要知萬事本如雲，但到艱難便解紛。有缺方能成世界，雖貧猶足傲封君。休嫌酒債尋常有，且博詩名到處聞。紅葉一樓書萬卷，此中況味勝微醺。

悠悠世態幻無形，蛾逐燈光蟻附腥。花事繁華多客到，戲場散後少人經。交情一任雲翻手，心境終如水在瓶。手抱雲和知己少，會須江上遇湘靈。

好向堂前進兒觥，不須辛苦感勞生。胷中傀儡何難化，眼底烟花總是情。妻子團圞皆雅集，文章氣焰勝浮榮。炎涼本是尋常事，我勸君家莫太明。

蠻觸輸贏未易爭，北窗高臥學淵明。讀書便覺耳清淨，作字能令心太平。於世無求真自在，隨人

相負或前生。憐予亦是工愁客，不學蟲鳴學鳳鳴。

和孫殿齡《贈蔭甫雨前茶，用東坡謝山谷雙井茶韻》

風味酒不如。衹慙鄉味負顧渚，安得歸尋碧浪湖。

無端飛到雙鯉魚，頓首頓首再致書。何以贈之珠琲瓃，令我欬吐皆成珠。從來佳茗清且腴，醰醰

和孫殿齡《早起無侶，補雲尚臥未起，枯坐移時。架上偶一繙閱，得〈柳

巖外編〉，擷閱數頁，見浙江郭店梁生遇薛素事，讀之令人不樂，有感

於心，即成短句，索巾山和之，定不笑爲癡人説夢也》

恨海茫茫豈易填，天公最不善爲天。他年我作氤氳使，世上應無未了緣。

欲把癡情訴玉皇，衹愁補過總無方。人生一世真如戲，纔到團圓又散場。

以上輯自孫殿齡《紅葉讀書樓詩草》

花農賢弟以尊慈蓮因室主人遺集屬題，謹成四律

記昔脩佳傳，曾深尹吉思。余曾爲撰家傳，今附刊集中。而今展遺集，又誦色絲詞。冰雪聰明性，蘐莖寄託資。西湖靈秀氣，未信在須眉。

一序從頭讀，方知有夙因。蓮花通佛性，明月悟前身。宦轍雖無定，靈臺總不塵。支持烽火際，豈止耐清貧。

隨園老居士，自挽有詩篇。集中有《自挽》詩。何意閨中秀，能游物外天。消除兒女態，了達去來緣。定已歸兜率，無勞訪易遷。

幸有佳兒在，遙知世澤長。轅門新挹客，講舍舊升堂。索我題詩句，期君自顯揚。崇公借魏國，有待在瀧岡。

輯自《蓮因室遺集》

農芝詩 和花農太史原韻

神芝何必出瓊田，原與君家舊有緣。瑞氣定應連北闕，使星當更耀南天。往年君京寓生芝，旋拜廣東學政之命。客中不礙桑三宿，芝生旅館桑樹上，故名農芝，取農桑同類，兼寓君號也。宮内猶存詩十聯。君奉敕書西苑楹聯數

十，勝楊學士十聯，詩遠甚矣。 此日都門傳盛事，娑羅古樹苗新縣。

繞過初伏喜涼歸，小試蕉衫髮未晞。已定美名登印史，更傳麗句繡弓衣。曾君和通侯爲刻農芝館小印，都

下和君詩者甚眾。錦堂瑞草猶存蕙，君家舊有並蒂蕙之瑞。玉署仙郎正對薇。不日延芳到芝苑，孔稚圭《謝靈運詹事表》有『延芳芝苑』句。 碧油紅斾倍光暉。

蓮芝詩 再次前韻

不聞荷葉唱田田，轉與芝童有夙緣。借得維摩十笏地，分來纓絡九星天。芝生於蓮花寺，君所假館也，故名蓮芝。 祥圖瑞史軒楹滿，武達文通步屧聯。坐客甚盛，有曾侯、黃吳兩鼎甲，故君詩有『武達文通』之句。看取光華生

五色，何殊狨錦與兜羅。 禪房曉至晚仍歸，此日來游趁旭晞。佳兆定容童子問，君攜三子同游。《歐陽公集》有《易童子問》。清香應上老僧衣。 叢叢玉立森如筍，豔豔金芽嫩似薇。 尚有蓮因遺澤在，君母夫人所居曰蓮因室。好憑寸草報春暉。

蕙芝詩 三次原韻

嘗聞蕙圃配芝田，今日真成翰墨緣。 避諱仍援海棠例，所謂蕙者，實皆九畹之秀也，以避太夫人諱，故改稱蕙。

計時剛在桂花天。小詩偶向花間誦，君移蕙數盆，置農芝之側，偶諷誦余詩『錦堂瑞草猶存蕙』之句，翌日而芝又生，故名蕙芝。佳句還從日下聯。君舊有《日邊酬唱集》。嘉瑞頻煩三度至，扶桑算是舊時縣，君舊有《國香三瑞詩》。騷人九畹抱香歸，見說瀼瀼露未晞。正擬續成三瑞詠，誰知香到九仙衣。好添集裏新珠玉，莫憶山中舊蕨薇。紅藥蒼苔何足詠，風流壓倒謝玄暉。

梅芝詩 和花農太史原韻

香風吹到粵王臺，帶得祥雲一片來。此日芝楠呈上瑞，昔時杞梓采瑰材。清高風格林和靖，典麗文章邢子才。謂金子才明經。佳氣天南傳日下，碧桃紅杏與同栽。使星三載照南天，聲望於今尚翕然。百輩孤寒皆拔擢，一邦名勝總流連。即看梅嶺留香在，已兆芝坊得氣先。老我頹唐無意興，且添吉語入新年。

花農仁弟館丈自市肆中購得先文穆公印章，出以示余，賦此題之

認取芝泥兩面紅，即從翰墨見清風。須知珍重魏公笏，不比尋常楚國弓。六字篆文雖剝落，百年世澤未磨礱。還君故物非無意，異日勳名與祖同。

花農仁弟館丈以自製蘇喜箋見寄，走筆賦答

傳到徐陵日下書，花箋百八付雙魚。集成玉局仙人句，數合牟尼佛座珠。莫發狂言聲慷慨，且開喜色笑軒渠。老夫四怨三愁在，對此眉頭暫展舒。

以上輯自《琴音三疊集》

花農太史與筱雲侍郎在都下以『池』字、『生』字韻更唱迭和，得詩如干首，錄以寄余，因次原韻各一首，贈花農，兼質侍郎

情來興往不差池，廿幅雲箋又見貽。諸詩以君自製五雲箋書之，適滿廿紙。始信日邊酬唱樂，還如湖上過從時。吟成白雪堪呈佛，望到青雲更有誰。莫怪詩筒高寸許，就中兼寄侍郎詩。

寂寞新年作麼生，三字本《傳燈錄》。嬾偕兒女戲明瓊。淋漓忽奉金壺墨，雋永如嘗玉糝羹。尚有心情到俞叟，俞叟，唐時異人，見《太平廣記》八十四，戲以自寓。可無詩句報徐卿。徐卿本杜詩，今借寓筱雲侍郎、花農太史。

遙知書到長安日，天上歸來蓮炬明。

筱雲侍郎以四絕句見贈，走筆奉和，即請正句

首夏清和四月初，春風猶到野人廬。怪他喜鵲隨函噪，中有徐陵一紙書。

去年都下正臨歧，余去年四月出京。遙望西山一拄頤。聞說侍郎能喜客，龍門清望滿京師。

自慚未得接風流，孤負春明一度游。幸有詩筒相往復，爲君屢上望京樓。

恩恩書札寄燕臺，尚帶西湖風月來。笑我右台仙館臥，山中門徑半蒿萊。

奉贈壽蘅同年前輩董大人，即用闈中原韻

文章從古屬離明，水有瀟湘嶽有衡。人喜中興羅將相，天留大老領科名。漢廷自重九卿長，浙士虛期三載成。來歲春風持玉尺，會看桃李鬪菁英。公拜命視學，旋以臺長還朝中，士論惜之，故預以春闈典試爲頌。

竟難言命管公明，且與論文陸士衡。薛燭卞和曾見賞，曹蜍李志不求名。自全散木安愚拙，倒挽狂瀾仗老成。閒公進呈錄前序有此意。三十年來人事異，白雲天半總英英。

壽蘅前輩讀余所作擬墨，見贈二律，次韻奉酬

東西浙水溯前游，此日相逢又九秋。已識瀛洲推老輩，[聞近科認啟單無在公前者矣。]更煩砥柱鎮中流。大千世界叨知己，[聞公有手書楹聯見贈，云『大千世界一知己』『八十老翁還著書』。楹聯尚未送至，公門生許觀察先為余言之。]八百孤寒拜塞脩。我輩雲泥都不計，一杯清茗共湖樓。

朝端封事幾篇書，[公有封事，言甚切。]物望爭歸陸敬輿。此去行開丞相閣，閒來還訪野人居。虛傳階下多書帶，[小樓書帶草甚多。]尚惜山中少洛如。[吳興山中有洛如花，郡有文士則生。今科湖郡獲售者少，公以為惜，故及之。]懸擬程文殊自愧，恐勞安處笑憑虛。

余擬作浙闈詩題第二首，奉懷壽蘅前輩也，公為賦七律一章，亦次韻酬之

不容濫附鹿鳴筵，[副榜無鹿鳴筵，余六十年前老副榜，不得叨重宴之榮。]懃愧蟾宮兩度仙。斤斧再煩修月戶，詩歌且和聚星篇。餘霞爛爛猶成綺，舊夢重重欲化烟。齒較於公三歲長，不知繼見是何年。

以上輯自《浙闈聚奎堂唱和詩》

題嚴緇生《孝婦詩》二章

得讀先生孝婦詩,老夫掩卷有餘思。吾家有婦如君婦,七十衰翁仗護持。

余年逾七十,老態龍鐘。二兒婦姚朝夕扶持調護,或足步君家孝婦後塵也。

孝婦從來後必興,況君世德更堪憑。來年看取蘭孫輩,泮水蟾宮連步登。

明年春夏間令孫輩應科試,秋間應恩科鄉試,聯捷無疑也。

輯自《墨花吟館病几續鈔》

題嚴緇生《天幸十日記》

十日杭州往復回,入城訪友出探梅。山人記得山中事,藜杖親扶到右台。

君於初六日訪余於右台仙館,手扶藜杖一枝,瘦勁可愛。余語君,宜覓兩枝見贈,一則短者,一則宜高過於頂。

誰料湖山笑傲時,故鄉擾擾似棼絲。先生正在孤山下,料得梅花也未知。

猜嫌盡釋豈非天,游記編成手自鐫。試讀歐公于役志,勝披韓子釋言篇。

小樓卜築傍湖漘,愧與彭庵一例論。從此西湖成六景,新添佳景是嚴墩。

湖上以林墓、蔣祠、薛廬、彭庵、俞樓爲新五景,同人欲益一景而未得也。今君有西湖救命墩之戲語,若果成之,則五景成六矣。

癸未四月,館年愚弟俞樾題於吳下之曲園。

輯自《墨花吟館文鈔》

和何紹基

長夏軒窗筆墨慵，偶拈險韻更忪忪。渾如戰敗籠東卒，驚與龍城飛將逢。
花紙瑤箋次第開，喜看好句又飛來。官書判罷吟箋出，始信詩家有別才。來書云：『近日公牘較多，判閱
甚冗。』
詩家新定法三章，也比葵丘禁曲防。笑我江黃諸小國，菁茅石璧要徐商。中丞擬用上、下、平韻作消夏
詩課。
迂拙慚無一技呈，嗜痂未免負深情。治經疏略真堪笑，不及當年觸觸生。
催詩驟雨似催逋，莫怪恩恩格律麤。輸與東洲老詞伯，詩家宗派自成圖。

辑自恩錫《承思堂詩集》

和任道鎔《秋日書懷，聊以卻病，得長句五十首》

無須蒿目望瀛寰，且與雲萍共往還。自比子綦隱南郭，人期安石起東山。白衣游戲頭銜貴，綠野
尊榮歲月閑。殊勝建牙開府日，朝朝衙鼓報當關。
遮莫霜華兩鬢侵，不妨姑與俗浮沈。尚存老杜憂時意，久絕公孫阿世心。自與朋儕共酬唱，擬憑

書卷送光陰。須知泉石逍遙日，轉比當年望更深。

已羨詩才淩鮑謝，更看書法得斯冰。

腰間拋卻黃金印，案上存留白木燈。鼎爇芸香聊辟蠹，坐揮

松柄偶驅蠅。此中亦有真經濟，莫道先生病未能。

昔年雷雨經綸手，今日烟霞供養身。世外鷺鷗相浹洽，體中龍虎自調馴。偶攜秋日新詩句，示我

春臺舊部人。消釋升沈無限意，兩忘謝笑與顏嚬。

和王補帆《癸酉福建文闈監臨卽事》

聖主臨軒親政年，覃敷聲教到南天。鸞翔鳳翥仙輜下，玉律金科幕府先。雲路飛騰看後輩，荊闈

辛苦感前緣。白門回首當年事，一樣風霜矮屋邊。君原詩云：「秋風回首白門天。」

萬緒千端細講求，要將杞梓貢皇州。珠投珊網能增價，魚到龍門敢混流。但覺儒冠都濟楚，更無

弊竇尚容留。節堂費盡經營意，一舉真看眾效收。君來書，臚舉五效：向來點名擁擠，封門甚遲，今未正已蔵事，效

一；士子向皆短衣，今則九千人無不著長衫，效二；士子入龍門後東西亂走，今則入號卽閉柵門，無一人在號口探望，效三；傳遞之

風，閩中最盛，今於闈訪獲積慣傳遞者十二人，放牌時親坐頭門，止許士子出，不許一人入，而傳遞以絕，效四；添注塗改，以少報多，豫

爲膽錄修改地步者一概貼出，而膽錄積弊清，效五。

手種梅花又幾株，講堂燈火夜深俱。君原詩云：「先植梅花闢講堂。」經年培植同蘭玉，一榜科名盛藻珠。

政體真能濟寬猛，頌聲定已徧賢愚。士心翕服羣疑釋，初筮張弧後說壼。閩闈積習相沿，君力爲整頓，始則羣情疑懼，後乃悅服。

吳中游客倦名場，敢以鷦明比鳳蹌。劇喜郵筒來茂苑，流傳詩句過錢唐。君書及詩皆高滋園都轉自杭州寄來。紫泥色豔飛吟管，君來書用闈中紫筆。白雪歌成索和章。遙想一箋入君手，雕弓束矢正登堂。計詩到日君正校武闈矣。

輯自王補帆《三山同聲集續編》

題《梅嶺課子圖》

由來世業在清門，一卷青編手澤存。留得范家遺硯在，不惟傳子又傳孫。

【校記】

〔一〕此詩原有二首，此爲其二。其一郎《春在堂詩編》卷十五《傅曉淵茂才以其先德江峯先生〈梅嶺課子圖〉屬題，率書一絕句》。

輯自《梅嶺課子圖題辭》

題涉趣園

日涉聊成趣，陶云君亦云。閒情寄松菊，佳話徧榆枌。拋卻紅塵累，招來翠谷雲。浣花最深處，一

棹擬從君。

黃烈婦 柏屏黃錦雯繼室

輯自光緒十八年刻本《趣園合集》卷三

甫幸鸞膠續斷緣，誰知數盡竟難延。
依依楊柳霏霏雪，自結褵來未一年。
痛哭靈牀已斷腸，茫茫泉路誓偕亡。
不須更覓陰諧鴗，一盞芙蓉絕命湯。
生平激烈志須酬，取義成仁不可留。
二十八年春夢短，誰知一死竟千秋。
姓氏非徒里乘存，烏頭綽楔拜皇恩。
他年下李墳前看，松柏青青滿墓門。

輯自《光緒寧海縣誌》卷十八

題《石鏡精舍圖》詩

巖巖石鏡山，童氏居其麓。正學方先生，曾此留遺躅。當日幾罹十族誅，至今猶寶一椽屋。滄桑四百年，衣冠仍舊族。先哲仰高山，故家重喬木。賢孫舊德守先疇，精舍數楹重卜築。幸值國朝郅治年，讀書真種今堪續。

輯自《光緒寧海縣誌》卷二十二

詠五畝園

拜石臺連碧藻軒，吳中五畝舊名園。後人來往桃花隖，底事惟知唐解元。

一自輪香義塾開，無邊善舉已全該。欲行九惠夷吾教，大費通窮振困財。

□□□□□□深，二十年來苦用心。今爲桑梓籌教養，堊廬獨坐自沈吟。

見說經營事事宜，尚虞經費久難支。不如先課蠶桑利，織就人間續命絲。

漢時長史有張公，曾築桑圃在此中。今日居然還舊觀，柔條沃君遍西東。

桑柘成陰利最殷，定知義舉遍榆枌。他時再過桃花隖，□□□□□□君。

輯自《五畝園小志題詠合刻》

《吟秋館詩存》題詞

我讀伏敔集，如讀蘇黃詩。瓊瑤戛奇響，松柏含古姿。及讀吟秋集，臭味無差池。蒼勁微不及，清俊則過之。東坡與子由，兄弟相爲師。君今亦何讓，伯仲真塤箎。連牀雖已矣，展卷宛在斯。我衰久失學，何敢贊一詞。

輯自《吟秋館詩存》

《淨土救生船詩注》題詞

西來大義演詩篇,豈是尋常文字緣。淨域難求超度筏,婆心爲設救生船。同游阿耨多羅地,自證虛靈不昧天。愧我鈍根難索解,老來猶是滯言詮。

丙申之冬十月既望,曲園居士俞樾再題於南山右台仙館之歸真室,時年七十有六。

輯自清光緒二十四年刻本《淨土救生船詩注》卷前

題許星臺方伯《雲棲展禊圖》

唐文宗開成元年,將以三月三日賜宴曲江,而以兩公主下嫁,有司供張事絲,改以十三日爲上巳。然則展禊之例,由來久矣。光緒十有三年,浙中年豐人和,閭閻安堵。於是許星臺方伯與僚友七人作雲棲之游,爲展禊之會。觴詠既洽,圖畫斯傳,鬚眉蒼古,衣冠脫略。有雲情鶴態之高,無佩玉鉤金之累,望之飄然如神仙中人矣。余因其地爲雲棲,而思蓮池當日曾與張伯起、王伯穀、趙凡夫、董思白、陳眉公、嚴天池等七人爲青林之會,有《青林高會圖》,今相距二百餘年,而諸公會於其地,人數適符,豈其後身歟? 然公等遭際盛時,近享湖山之樂,遠垂竹帛之名,勝伯起諸人遠甚。後之視今,其盛於今之視昔乎? 唐藝農觀察卽圖中人也,奇圖索題,因爲小引而係以詩,詩用觀察原韻。

猶憶今春過上巳，我攜兒女到蘭亭。劉龔村裹籃輿穩，滿載千巖萬壑青。
自笑江湖冗長翁，豈如公等興從容。五雲深處名賢七，大有當年林下風。
屈指睽違半載剛，吳山越水路偏長。瓢中流到新詩句，認得山人姓是唐。
宦游亦自有閑身，裙屐留連亦夙因。長得香山作花主，湖山管領四時春。

和唐藝農《翎枝唱和集》詩

裁箋正擬頌康強，傳到詩瓢識是唐。見說高冠飄翠羽，遙知綺席映霞觴。新延澤雁嗷嗷命，舊埽
天狼作作芒。君屢理軍務，未拜翎枝之賜。今以助賑得之，勸善也，亦適以酬庸矣。聞道三衢民待澤，飽公清德勝膏
梁。杭友書來，言君已奏補金衢嚴矣。

以上輯自《澹吾室詩鈔》

題《致憂圖》

蠻觸紛爭苦未休，耰鋤一變起戈矛。聖朝自悉民間隱，賢者常先天下憂。眼底瘡痍皆赤子，古來
盜賊起徐州。當時執卷沈吟意，擬共何人借箸籌。

輯自《朱氏重修遷浙支譜》卷八

題《授經圖》

佳兒犖犖乍趨庭，便解書囊自課經。老學庵中好風景，深房紙瓦一鐙青。
秋風喜聽鹿鳴三，此後因添蔗境甘。更比太丘家法好，將來卿長兩無慚。
繪取傳經一幅圖，丹山老鳳此攜雛。留貽畢竟青箱富，爲問金籯得似無。
西湖精舍共論文，平議粗疏未足云。竊願執經同講習，大桓君與小桓君。

侗翁先生和余《雙齒冢》詩，并以《七十自壽》詩二首見示。次韻奉酬，卽
以爲壽，并希正句

湖山十集皆曾讀，未識其人轉自嗤。君詩刻入《六名家詩抄》者爲橫山氏，余始誤以爲兩人也。矍鑠如君古稀
有，瓊瑤贈我此酬之。惜春綺語人爭和，憂國狂言世莫知。今日壯心淘汰盡，神仙自署屈無爲。
不忍池邊境最幽，蓮塘深處似羅浮。香山屛上傳新詠，鄭俠圖中寫舊憂。壇坫六家誰紹述，湖山
一老自優游。巋然便是靈光殿，莫問東瀛第一流。

題葉天寥戴笠遺像

笠屐蕭然自耐寒，空山便作首陽看。如何當代名流筆，只解紅閨弔小鸞。

輯自《小說月報》第九卷第七號

曲園老人夢中囈語

歷觀成敗與興衰，福有根苗禍有基。
不過循環一花甲，釀成天地一瘡痍。
無端橫議起平民，從此人間事事輕。
三五綱常收拾起，一齊都作自由人。
縵說平權喜自由，誰知從此又戈矛。
弱之肉是強之食，膏血成河滿地流。
英雄發奮起爲強，各畫封疆各設防。
道路不通商販絕，紛紛海客整歸裝。
大邦齊晉小邾滕，百里提封處處增。
郡縣窮時封建起，秦皇已廢又重興。
幾家玉帛幾兵戎，又見春秋戰國風。
太息百年無管仲，茫茫殺運幾時終。
觸鬥蠻爭年復年，天心仁愛亦垂憐。
六龍一出乾坤定，八百諸侯拜殿前。
人間從此又華胥，偃武修文樂有餘。
璧水橋門興墜緒，山巖屋壁讀遺書。
張弛從來道似弓，略將數語示兒童。
悠悠二百餘年事，都在衰翁一夢中。

輯自俞樾後人家藏抄本

唐張懿孫《楓橋夜泊》詩，膾炙人口，然第二句不甚可解，『江楓漁火』四字，文義不貫於下，『對愁眠』三字又似不貫，向以爲疑。檢《全唐詩》，『漁火』作『漁父』。因疑『江楓』二字應一轉作『楓江』，詩題一本作『夜泊楓江』，『楓江漁父』或卽其自謂也。因作一詩，以正其誤

有客寒山寺外過，閑將舊句一吟哦。楓江一轉與題合，漁火傳鈔作火訛。妙悟不從讎校得，佳章翻覺□瑕多。老夫小試研經技，欲起前賢問若何。

輯自俞潤民、陳煦著《德清俞氏》

失題

傳來庭誥六篇詩，五十年前手澤遺。白髮孤兒和淚讀，爲曾親見寫詩時。中經兵燹未遺亡，此後天教付汝藏。前後科名皆丙子，尚堪勉紹舊書香。

右付兒子祖綏者，原注、題志今皆從略。

輯自《暮年上娛——葉聖陶俞平伯通信集》

詞

水調歌頭

易笏山方伯佩紳自言前生爲唐六如，又前生爲支道林。中秋之夕，與眷屬同游虎邱，賦《水調歌頭》二闋，用東坡韻。次日以示余，余和之。

大有因緣在，楚地到吳天。上溯桃花仙館，二百有餘年。再溯千年以上，晉代高僧支遁，風骨鬭清寒。歷歷三生在，彈指刹那間。　對明月，思往事，夜忘眠。畢竟今生最好，才具擅方圓。管領三吳勝地，又值良辰美景，樂事賞心全。　應笑曲園叟，虛賦月嬋娟。

輯自《春在堂隨筆》卷九

憶京都

緇生同年以《憶京都詞》見示，皆爲飲饌而作。余於此事素未講求，近來只吃菜與豆腐、葷血之類，槩不沾脣，誦之亦不甚流涎也。惟每日必進小食點心，而大作不及焉。因補作二首，質之五世長者。　曲園居士。

憶京都，茶點最相宜。兩面茯苓攤作片，一團蘿蔔切成絲。不似此間惡作劇，滿口糖霜嚼復嚼。同

三六二八

俞樾詩文集

年陳仲泉觀察曾言，京都茯苓餅、蘿蔔餅最佳，南人不善製餡，但一口白糖供人咀嚼耳。

灼果，俗稱油灼檜，云杭人惡秦檜而作。宜是南製，而迥不及北製之美，何也？

憶京都，小食更精工。盤內切糕甜又軟，油中灼果脆而鬆。不似此間吃胡餅，零落殘牙殊怕硬。油

輯自《文藝襍志》一九一三年第二期。又見於《墨花吟館病几續鈔》，無序

釵頭鳳

春燈謎。春宵戲。閑情偶向閑中寄。消和息。渾無迹。絳紗親製，錦箋倫譯。密。密。密。

文心慧。詩心細。大家圍着燈兒睨。尋還覓。機猶窒。幾回凝想，點頭搖膝。得。得。得。

輯自《國藝》一九四〇年第一卷五、六期合刊

文

論

泰誓論〔一〕

嗚呼，盡信《書》不如無《書》。使後之君子疑武王不得爲聖人者，《書》之過也。夫以臣伐君，成湯以爲有慙德；牧野之役，武王之不幸也。此何如事而必以累文王哉？今乃曰：吾文考固將爲之，吾受命於文考者也。且夫文王豈有意於傾商哉？非特文王，雖武王，亦豈必欲取商哉？嚮使周師未出而紂先自斃，武王必不因其喪而伐之也。紂死而所立者賢，武王北面而事之，必不以失天下爲惜也。時哉勿可失，斯言也，何不仁之甚哉！范蠡勸句踐勿與吳平，張良勸高祖追擊項羽，羊祜、杜預之徒勸晉武早定江南，皆此意也。武王爲天下除暴亂，非爭天下也，何爲而有此？孟子曰：『王者之不作，未有疏於此時者也。』民之憔悴於虐政，未有甚於此時者也。雖有智慧，不如乘勢。雖有鎡基，不如待時。』夫孟子之言，特以勸當時之君，使知王政之可行而已矣。若以武王言之，則是幸紂之將亡而取之惟恐不速。雖以爲無利天下之心，吾不信也。

〔一〕《好文》此題為卷一第二篇。

君子論三〔一〕

嗚呼，才智之美也，而其終或不如庸眾人之得全。然則才智之名，君子所不受也。聖人之才，有所不能焉；聖人之智，有所不知焉。然而不為聖人累者，聖人未嘗受才智之名也。夫以聖人之才之智，猶不敢與天下爭才智之名，而吾以區區之才暴於天下，然而不敗者，未之有也。且夫吾既已受才智之名矣，則其所能者，人不以為才；其所知者，人不以為智；而其所不知不能，則人轉執之以為罪。故其始也，天下言才智者皆歸我，誠有可樂；及其終也，名之所在，責之所聚也，又甚可憂？世之君子乃顧一日之樂而忘終身之憂，不亦大可悲乎？天下之功，不可一朝而舉也；天下之名，不可一夕而收也。自古成功名於天下者，其始徘徊、遲鈍，為世所笑者數矣。彼惟不與天下爭才智之名，是故譽至而不喜，毀至而不懼；始雖為笑於天下，而終有成也。後之君子，有志於天下者多矣，有功於天下者何少也？吾見其謀之，而未見其為之；吾見其為之，而未見其成之。夫豈不能成？急於求成之故也。夫不知急於求成之必不能成。蓋已受才智之名而恥為天下笑也。是故才智之名，天下所同欲，得之難則失之亦難，得之易則失之亦易。彼以區區之才智暴於天下者，皆僥倖一旦之名者也。君子非不樂乎一旦而得才智之名也，憂夫得之朝而失之暮也。

辨

周赧王入秦獻地辨〔一〕

【校記】

〔一〕《好文》此題爲卷二第十二篇。

《綱目》於赧王五十九年書:『秦入寇,王入秦,盡獻其地,歸而卒。』以爲合《春秋》之書法。而不知入秦者,西周君也,非赧王也。以西周君爲赧王,其誤始於宋忠之注《史記》,而涑水因之,而紫陽又因之,遂成千古之謬。按,平王自豐鎬遷於王城,漢河南郡之河南縣也。敬王自王城遷於成周,漢河南郡之雒陽縣也。《公羊傳》曰:『王城者何?西周也。成周者何?東周也。』於是乎有東西周之名。考王封其弟於河,王即王城也,於是乎有西周君。至西周惠公復封其少子於鞏,而亦謂之東周,於是乎有東周君。然周天子自在成周也。赧王復自成周遷於王城,則依西周君以爲國,而國之大事遂一出於西周。其時,西周武公、惠公之長子也。秦昭襄五十一年,西周君背秦與諸侯約縱,秦遂使將軍摎攻西周,西周君自歸於秦,頓首受罪,盡入其邑三十六城,此西周君也,非赧王也。而赧王亦旋卒。《周本紀》所書『周君』,西周君是也。西周君固無恙,而爲秦人徙於𢠸狐,是時,無周天子,而尚有西周君在𢠸狐,東周君在鞏,至秦莊襄元年始滅。合周、秦兩紀觀之,事迹甚明,而宋忠於『周君王赧卒』注曰『謚

西周武公」，於是以西周君、王赧爲一人，而後人遂以入秦納土之事屬之赧王矣。噫，宋忠之注固謬也，後之作者乃徒講《春秋》之書法而不考《史記》之事實，何也？

【校記】

〔一〕《好文》此題爲卷二第十六篇。

九鼎辨〔一〕

秦取九鼎，著於《周本紀》；九鼎入秦，著於《秦本紀》。史公之辭，固甚明也。始皇二十六年，使人没於泗水，求集鼎，鼎不言九，非禹鼎也。禹鼎自在秦，至項羽屠咸陽，燒秦宮室，火三月不絶，則九鼎疑燬於羽矣。夫羽方收其寶器以東，而不取鼎，何也？曰：顏率言之矣。武王遷九鼎於洛邑，九九八十一萬人挽之，此雖虛言以拒齊，而齊卒爲之止，則鼎之難遷，亦實可見，而羽安能取之？《封禪書》云：『周之九鼎入于秦。』此書其實也。又云：『或曰宋太丘社亡，而鼎没於泗水彭城下。』此方士新垣平輩之妄説也。按，宋太丘社亡，《年表》載於周顯王之三十三年，則秦惠文王之二年也。後此二十年，爲惠文王之後九年，張儀欲伐韓，尚有『周自知不救，九鼎寶器必出』之言，安得已亡於周顯王之三十三年也？即如《漢書·郊祀志》之説，謂太丘社亡在顯王四十二年，則至惠文王後九年，亦已十有二年矣。且宋之社亡，何與於周鼎？而周鼎在洛邑，何緣而入泗水哉？此方士輩之妄説，非事實也。《郊祀志》又曰『周德衰，鼎遷于秦；秦德衰，宋之社亡，鼎乃淪伏而不見』，尤爲無據。當秦之世，豈

詩文輯錄

三六三三

復有宋也？故九鼎入秦，史公之實錄，九鼎沒泗，方士之空談。而周鼎之毀於項羽，亦猶秦金人之毀於董卓。至秦時所求之鼎，與漢時所出之鼎，均非禹鼎也。

【校記】

〔一〕《好文》此題爲卷二第十九篇。

西王母辨〔一〕

西王母見《山海經》、《汲冢周書》，而《史記》亦有穆王西巡狩見西王母之事。按，《爾雅》『觚竹、北戶、西王母、日下，謂之四荒』，是西王母固爲地名，而其地之所在，則迄無知之者。《漢書·西域傳》云『安息長老傳聞，條支有弱水、西王母，亦未嘗見也』，故漢世相承，皆以西王母爲女仙人。相如《大人賦》云：『吾乃今日見西王母，嵩然白首戴勝而穴處兮，亦幸有三足烏爲之使。』揚雄《甘泉賦》云：『想西王母欣然而上壽兮，屛玉女而卻虙妃。』至哀帝時，民間相傳行西王母籌，而王莽登之於《大誥》，曰：太皇太后配元生成，興我天下之符，遂獲西王母之應，則并以爲符命矣。《五行志》曰：哀帝建平四年夏，京師郡國民設祭張博具，歌舞祠西王母；又傳書曰：毋告百姓，佩此者不死。杜鄴以爲『西王母，婦人之稱，博弈，男子之事』云云，則又以爲災異矣。然其以西王母爲婦人，無異辭也。若《大宛傳》所謂『宛人斬其王母寡首，獻馬三千匹』，此自大宛之王名。母寡者，《陳湯傳》又作『母鼓』，與西王母初不相涉。世儒強作曉事，輒云『西王母，西方國名，漢時嘗得西王母之頭』，豈不謬哉！

【校記】

〔一〕 《好文》此題爲卷二第二十二篇。

泰山無字碑辨〔一〕

泰山無字碑,世傳秦始皇立。顧亭林《日知錄》曰:『此漢武帝所立也。《史記·秦始皇本紀》云「刻所立石」,是秦石有文字之證。《封禪書》云「令人上石,立之泰山巔」,不言刻石,是漢石無文字之證。』愚按,顧氏之說,似是而實非也。夫始皇既已刻石,不當復立此無字之碑,固無以知其必爲秦石。然謂漢石無字,豈其然哉?《後漢書·張純傳》云「上元封舊儀及刻石文」,此漢石有文字之一證也。應劭《漢官儀》云:『馬伯第登太山,見石二枚,其一是武帝時石,用五車載不能上,因置山下,號五車石。其一是紀號石,刻文記,紀功德,立壇上。』此漢石碑有文字之又一證也。然則此無字碑者,不知何代之物,而顧氏因《史記·封禪書》無刻石之文,遂斷以爲漢武所立,誤矣。

【校記】

〔一〕 《好文》此題爲卷二第二十三篇。

書後

書《家語》後〔一〕

按《家語》，叔梁紇生子孟皮，有足疾，乃娶於顏氏，生孔子。今崇聖祠祀肇聖王木金父至啟聖王叔梁公，凡五代，配位四人，伯魚與焉，而孟皮獨未之及。夫孟皮言行，雖無所考見，然既爲孔子之兄，宜亦祀典所不可廢者。孔子曰：『所求乎子以祀父，未能也。所求乎弟以事兄，未能也。』今以孔子爲帝王萬世之師，京師郡縣，莫不崇祀，上及其祖，下逮其孫，而獨闕其兄，得毋重傷至聖之心乎？又按《家語》，孔忠字子蔑，孔子兄子，蓋卽孟皮之子也。今崇祀大成殿東廡，其位在狄黑之下，公西蒧之上。夫孔忠言行，亦無所考見，然既爲孔子兄子，則子思子之從伯叔父也。子思爲四配之一，祭於殿上，而孔忠祭於廡，揆諸倫理，有未順焉。竊思顏路、曾皙，孔子弟子，宜從祀兩廡，而入崇聖祠者，避其子顏子、曾子也。孔忠於子思，雖非父子，然而《禮》曰：『兄弟之子，猶子也。』或亦當用此例，以安子思子乎？國家祀典，固非草茅下士所敢知，謹書此以質後之君子。嘗道光戊申秋七月。

【校記】

〔一〕《好文》此題爲卷二第二十五篇。

書《漢書·韓王信傳》後〔一〕

《史記·高帝紀》韓信説漢王曰：『項羽王諸將之有功者，而王獨居南鄭，是遷也。軍吏士卒皆山東之人，日夜跂而望歸，及其鋒而用之，可以有大功。天下已定，人皆自寧，不可復用。不如決策東鄉，爭權天下。』此數語，亦見《韓王信傳》，而《淮陰侯傳》初無是言也。故徐廣注其下曰：『韓王信，非淮陰侯信。』其辭甚明。至班固作《漢書》，誤以韓信爲淮陰侯，因增入蕭何追信事，而以此數語屬之淮陰侯矣。然於《韓王信傳》，乃從《史記》載此數語。師古遂疑之，曰：『《高紀》及《韓彭英盧列傳》皆稱斯説是楚王韓信之辭。』蓋不知班固《高帝紀》之誤，而反疑此傳所載，《史記》之原文遂成千古之謬。又按，班固於《高紀》則誤，而《韓彭英盧傳》仍祗載《史記》原文，未嘗誤增此數語也。師古之注則又誤矣。

嗚呼，古人讀書亦如此疏忽，何怪後人之鹵莽滅裂哉？

【校記】

〔一〕《好文》此題爲卷二第二十六篇。

書《古今人表》後〔一〕

〔一〕《呂覽》『堯得伯陽、續耳』，《尸子》、《韓非子》作『續牙』，《古今人表》作『續身』，此一人而三易其

名也。《韓非子》『桀有侯侈』，《呂覽》作『推侈』，《墨子》作『推哆』，賈誼書作『雖侈』，《古今人表》作『雅侈』，此一人而五易其名也。《莊子》『禽滑釐』，《墨子》作『駱滑釐』，《呂覽·當與篇》作『禽滑黧』，《尊師篇》又作『禽滑黎』，《列子》作『禽骨釐』，《古今人表》作『禽屈釐』，此一人而六易其名也。尤可笑者，《史記·功臣侯表》有『江陽侯蘇嘉』，而《文帝紀》作『江陵侯』，則移其封；徐廣注曰『蘇一作藉』，則變其姓。《漢書·侯表》作『蘇息』，則易其名。此一人者，姓名、封爵，舉莫可考焉。然猶曰其人固不經見也。若仲虺，爲湯左相，見於《尚書》，見於《春秋傳》，彰彰也；而《荀子》以爲『仲𧾷』矣，《大戴禮》以爲『仲隗』矣。若申棖，爲孔子弟子，見於《論語》，彰彰也；而《家語》以爲『申續』矣，《史記》以爲『申棠』矣，又或誤爲『申黨』矣。夫於古人之名且不得其真，而況其事哉？因覽《古今人表》，拉襍書之。

【校記】

〔一〕《好文》此題爲卷二第二十七篇。

書《漢書·蕭何傳》後〔一〕

《漢書·蕭何傳》：『子祿薨，高后封何夫人同爲酇侯，小子延爲筑陽侯。至孝文元年罷同，更封延爲酇侯。』愚按《史記·蕭何世家》：『孝惠二年，相國何卒。後嗣以罪失侯者，四世絕，天子輒復求何後，封續酇侯。』《史記》原文止此，未嘗有封何夫人之事也。又考《史記·功臣侯表》惠帝三年，哀侯

祿元年。高后二年，懿侯同元年。同，祿弟。孝文元年，同有罪，封何小子延元年。然則同乃祿之弟，史公之表甚明，而《漢書》乃以同爲蕭何之夫人，何哉？班固自别有所據。然史公生於西京，終當以《史記》爲正。

〔一〕《好文》此題爲卷二第二十八篇。

書杜牧《阿房宮賦》後〔一〕

阿房宮作於始皇三十五年，而未成，始皇崩，卽以作阿房宮之人復土酈山。至二世元年，酈山事畢，乃復作之，《年表》於是年書『十二月就阿房宮』。然二世二年李斯、馮去疾、馮劫尚有止阿房作者之請，是阿房宮尚未成。始皇自居咸陽宮，未嘗一日居阿房宮也。杜牧此賦乃夸言，而非實。

〔一〕《好文》此題爲卷二第二十九篇。

以上輯自《好學爲福齋文鈔》

啓

賀趙竹生同年啓 _{時趙新捐復舉人}〔一〕

茗水雪水，曹溪阮溪，烟波之夢雖通，蘭桂之芬欲歇。近聞足下，明月重脩，天香再染。凌雲未奏，九重知才子之名；仙桂仍開，兩度識嫦娥之面。其爲欣幸，有倍尋常。夫使足下初成苹鹿之詩，便展華騮之步，則雖官居冰署，俸給芸香，不過黃榜名高，紅箋字大已耳。而乃虹彩初騰，珠光暫閟，神仙簿上，且挂虛名，蘿桂山中，教尋舊夢，幾疑畫成鈍碧，煉出疑丹。而不知仙艾既吞，自有隨心之變化；神叢善博，何爭出手之輸贏。今果打鼓重回，著鞭更進，人詫飛來之將，自稱斥後之仙。昔孟守詩人，芳枝兩折，沈嵩名士，月府重游，並豔科名，以登歌詠。而僕尤願足下，既還故物，益淬新鋤，借回黃轉綠之機，鼓風舉雲搖之勢，來歲獻賢良之策，登雅麗之科，臚唱一聲，雲飛五色，公卿捧手，來問年華，天子頷頤，先知名氏，亦冬集書中之盛事，春明錄內之美談也。僕仙籍雖同茅許，後塵難步蓬萊，千里相思，一言遠寄，白也無敵，行看供奉乎翰林，赤之適齊，幸護風霜於裘馬。

【校記】

〔一〕《草鈔》此題爲卷一第十一篇。

序

留別章紫伯序〔一〕

於嚴辰肅月之天，爲去雁離鴻之曲，雖使黃繚絶俗，黑學觀空，不能使別淚斑斑，不與殘鐙共落，離魂束束，不隨澀漏俱消也。而況我輩鍾情，癡人相惜乎？章子紫伯，金天氣爽，秋水神情，紅牙籤羅四部之書，物無他嗜；綠珠盆用一斗之麴，事爲人多。於香姜。摹徐熙没骨之圖，畫能入聖；受林韞撥鐙之法，書亦如神。而如僕者，公叔專愚，仲宣通悅。連牆之謁，頻而通，曲室之談，袞袞可聽。休文作賦，每勞擊節於王筠；智海多書，更許借觀於劉焯。出其舊作，瓊杯玉斝之觀；示我新詩，紅粉碧雲之感。（時紫伯以歷科闈作見示，并以悼亡詩索序。）短衣射虎，消磨壯歲之心；長鋏歌魚，骯髒中年之氣。乃蒙紫伯一見欽遲，半年切琢。無如接芬錯芳者，友朋之樂也；豭膏棘軸者，游子之蹤也。蓬山風引，既咫尺而難親；木偶雨流，遂漂搖而不定。僕豈不欲續墜歡於既往，延新賞於方來？而客土危根，惟任鳥銜之便；輕塵弱草，有同魚沫之浮。僕亦不能自主耳。嗟乎，勞人草草，蹣蹀縶虎於奚年；大地茫茫，種米駕羊於何處。從此浮雲聽其南北，流水隨其東西。雖欲撫塵而游，豈可得哉？然而萍身如寄，原無不散之泡；絮果猶存，自有重團之雪。弦括雖分於此日，琴樽可合於他年。所冀六六之魚，頻有加餐之寄；庶幾同同之鳥，重逢接翼之飛。

汪樵鄰先生配巴孺人六十壽序〔一〕

六十謂之耆，壽者之徵可見；二五得其位，『家人』之卦乃成。請因設帨之期，并頌懸弧之慶。憶自乙巳歲來游新安，交紀交羣，誼深兩世；觀喬觀梓，秀萃一門。乃蒙樵鄰先生，元亮素心，嗣宗青眼，既許其長公訂交於杵臼，復命其仲子執贄於門墻。因得發其楹書，讀其壼史，而知曼齡絣福有自來也。今年春，予驅車北上，供職西清，而其次公瘦梅負笈忘勞，執經願學。黃金之臺已近，白雲之舍彌遙，因請於予曰：吾父今年五十有八而吾母則六十矣。時惟八月，欣添萱背之榮，願乞一言，藉壯槐眉之色。予聞之而無以辭也。夫壽人之曲，肇自房中，壽母之章，登於頌末，閫門稱慶，載籍有徵。然而義統於尊，乃見齊眉之福；辭取乎達，敢爲夸目之奢。請述其内助之有成，或無嫌外言之不入乎？蓋樵鄰先生，海陽著姓，越國名家，冠仙桂之五枝，騁神駒之千里。中帷廁牖，竭養志之誠；剋粥節羹，盡事先之孝。南面北面，何曾夫婦之儀；東頭西頭，陸機弟兄之屋。花木釀其和氣，芝蘭發其奇馨。稱鄉里善人，則以馬少游自命；遇子弟佳者，則以龍伯高相期。固已内行克敦，人倫無憾。而試問羊饋之禮，誰相助於歲時？雞鳴之詩，誰交箴於夙夜？則惟孺人贊焉。先生胷羅百氏，心醉六經，

以上輯自《草草廬駢體文鈔》

【校記】

〔一〕《草鈔》此題爲卷二第五篇。

於南金北毳之間，有左圖右史之樂。青一編而不釋，丹九轉而有成。稱童子之郎，膺茂才之舉，秋風試
院，一鶚之薦頻邀；春草池塘，五鳳之飛可待。而乃付功名於兒輩，作風月之主人。尾段歸來，自笑
阿婆乞相。頭銜換後，人呼國子先生。於是杖履寬閒，琴尊瀟灑。盤鈴傀儡，閒登游戲之場；臕鹿
膃羊，豪啓賓朋之宴。而試問下機勸學，誰爲樂羊之妻？舉案忘勞，誰是伯鸞之婦？則惟孺人勖焉。
夫翿翿者行之修，槃槃者才之裕，自來鹿車偕隱，龍具安貧，雖著清標，未徵碩畫。先生以華腴之族，習
貨殖之書，業從陶白傳來，錢自麻青飛至。陶士行竹頭木屑，都見經綸，樊君雲漆樹梓材，無非生計。
然而食逾百指，雖節縮而難供，奴累千頭，幾紛紜而莫算。而試問王濬沖入室，誰與共理牙籌？張
安世治家，誰與分稽手技？則惟孺人勤焉。昔王烈里居，宵人自化；韓康市隱，婦子皆知。惟德之
所入者深，故名之所歸者盛。先生財輕於篋，義重於山，惠有不居，施無不續。
必焚；都景興之錢，爲貧交而盡散。壺士歌其盛德，門童傳爲美談。秋色蒼涼，招蘆中人而語；春
風披拂，得柳下季之和。而試問元積留賓，誰實拔釵而助？王珪好客，誰實蒭豢以供？則惟孺人飲
焉。予主其家者七年，見其杖履風清，門庭春滿。佳兒繞膝，珠三樹而交森；快婿登堂，玉五珏而俱
潤。青廬迎婦，分調廚下之羹；黃襜弄孫，并舞堂前之綵。《洪範》所謂康强逢吉，《易林》所謂富壽
宜家。其先生與孺人之謂歟？茲當蘭玉稱觴之日，將屆藻珠造榜之天，長公浙水蜚聲，次公燕臺角
藝。詠霓裳於天上，伯氏與仲氏偕吹；攀丹桂於月中，南枝與北枝并放。從此科名草綠，及第花紅。
即蔗尾之愈佳，知棃眉之不老。余情殷介壽，迹阻登堂，因獻卮言，藉當觥酌。寫密葉重花之字，便如
記織登科；　續蘭陵菊社之詩，敬祝花開益壽。　先生有《蘭陵菊社詩》，梓行於時。

釋門人弟子

輯自《日損益齋駢儷文鈔》

釋

宋歐陽氏《孔宙碑陰題名跋》曰：「漢世公卿，多自教授，其親受業者爲弟子，轉相授受者爲門生。」此説也，在漢世實不盡然。《漢書·儒林傳》曰：「田王孫授施讎、孟喜、梁丘賀。」而《施讎傳》曰：「讎從田王孫受《易》，與孟喜、梁丘賀並爲門人。」是西京以親受業者爲門人，卽門生也，何必如歐陽氏之説乎？然以《論語》所書門人考之，則與弟子實有不同。《里仁》篇『子出。門人問曰：「何謂也？」』此説也，明矣。以此推之，《先進》篇『門人不敬子路』，亦子路之弟子也。以其爲子路之弟子，故子路得使之，明矣。以此推之，《先進》篇『門人不敬子路』，亦子路之弟子也。以其爲子路之弟子，故宜敬子路也。《論語》於親受業者謂之『門弟子』，《子罕》篇『謂門弟子』是也；弟子之弟子謂之門人，其諸猶吾觀《子罕》篇曰：『子疾病。子路使門人爲臣。子曰：「與其死於臣之手也，無寧死於二三子之手乎。」』二三子謂弟子也。『臣』與『二三子』分别言之，則門人非弟子也。其爲子路之弟子，故子路得乎？然以《論語》所書門人考之，則與弟子實有不同。《里仁》篇『子出。門人問曰：「何謂也？」』《正義》以爲曾子之弟子。《先進》篇『門人欲厚葬之』，《正義》以爲顏子之弟子。雖其説或未足據，然《正義》以爲曾子之弟子。《先進》篇『門人欲厚葬之』，《正義》以爲顏子之弟子。從田王孫受《易》，與孟喜、梁丘賀並爲門人。是西京以親受業者爲門人，卽門生也，何必如歐陽氏之説

【校記】

〔一〕《日鈔》此題爲卷四第三篇。

《春秋》之例，微者書人歟？至於漢世，弟子、門人已爲通稱。然去古未遠，故古誼猶未盡湮。《孔宙碑》稱『弟子』者十人，稱『門生』者四十三人。而《後漢書‧賈逵傳》曰：『皆拜逵所造〔二〕弟子及門生爲千乘王國郎』，是亦未始無區別也。歐陽氏之說殆未可以爲非乎？或曰『曾子有疾，謂門弟子』，此亦曾子之弟子而不曰門人，何也？曰：凡稱門人者，從夫子言之也。『子疾病。子路使門人爲臣』，上言『子』，故下言『門人』也。『門人欲厚葬之。子曰：不可』、『門人不敬子路。子曰：由也升堂矣，未入於室也。』下言『子』，故上言『門人』也。『曾子有疾』一章不及夫子，故得稱『門弟子』，如亦曰『門人』，則疑於曾子弟子之弟子也。此《論語》書法之審也。惟《子張》篇『子夏之門人』與書法不合，故吾嘗謂：《子張》、《堯曰》二篇，乃七十子之後學者所附益，與全書體例有異，卽『門人』二字，足以徵矣。

【校記】

〔一〕 造，原文作此。《後漢書‧賈逵傳》作『選』。

議

取士議〔一〕

夫古之學者，三年而通一經。今弟一場所試經義凡十有五經，以三年通一經計之，則已四十五年

矣。卽稍從經省，亦非十餘年不能通貫。其第二場所試子史論，爲子者十有五，爲史者兼《國語》、《國策》則十有七，而宋以後諸史皆卷帙煩多，學者欲博覽一周已需時日，若場中以此出題，則士子皆宜誦習，此豈可以歲月計哉？夫立法太難，則仍歸於苟簡而止。近世之論，謂從前分經試士，則其本經必皆熟讀，雖至白首，猶能背誦；自不分經以來，名爲兼習五經，實則一經不習。此雖激論，頗中時弊。況如黎庶昌之議，則士子所習將百倍於今，雖有兼人之力，猶或難之，中下之材，豈能辦此，仍不過剿襲陳言，敷衍了事而已。

今黎庶昌所議，亦有時務策二道。童子何知，而令儳言時務，此其有名無實亦可知矣。竊謂，以時務發問，惟殿試爲宜，蓋進禮部所取中之士而試之，固將量材而授以官，則許其指陳時務，極言無隱，宜也。若自童子試始，凡有考試，一概問以時務，或反非所宜矣。

【校記】

〔一〕 此文已見於《賓萌集》卷四。稿本中多二段，一在『其法太涉煩重，不可用也』句之後，一在『亦仿鄉會試之例，量爲簡省』句之後，輯存於此。

時事議〔一〕

同治元年，詔求直言。樾時客天津，自以無位于朝，不敢儳言得失，輒私議之：

一曰： 竊聞帝王之學，不在乎章句訓詁，而在乎察治亂之原，通古今之變，使他日推之政事，無所

扞格而已。我皇上誕登大寶，正在沖齡，皇太后慎簡儒臣，俾參講席，諸臣宜如何悉心啓沃，感發宸衷。然愚以經義淵深，聖言簡奧，一時未易敷陳；而古來聖君賢相，嘉言善行，無不載在史書。宜飭下大學士祁寯藻等，於『二十一史』及《通鑑綱目》中，擇其有關君德者，或節儉可師，或去讒而遠色，或重道而尊儒，或虛衷以受直言，或英斷以杜奸慝，如此之類，每日節錄一事，爲皇上婉轉指陳，務期通曉。一月後積至三十事，則訂爲一編，以便隨時觀覽。夫每日所講，止此一事，聖心英敏，領悟非難。而日積月累，至數年之久，則自漢唐以來，聖君賢相，嘉言善行，皇上無不熟悉於胷中，將來躬理萬幾，自然施錯咸宜，明見萬里矣。是亦高深之一助也。

二曰：伏讀《邸抄》，比來每因禁城重地，防範宜周，疊降綸音，申嚴門禁，誠思患預防之至計也。方今皇太后、皇王勤求治理，庶政清明，輦轂之間，何奸不戢？然竊惟嘉慶十八年滑縣滋事，竟有奸民潛伏內城，闌入宮掖。況現在東南一帶，逆焰尚張，而河南捻匪、山東教匪、陝西回匪，復乘機煽誘，未就肅清，皆距畿輔不甚相遠。然則防患未形，正非過計矣。夫時當白晝，尚易稽查，夜靜人稀，尤宜嚴密。愚以爲：乾清門內，每夜宜派近支親王一人輪流值宿，所有宿衛之人均歸統轄，更請頒發圖章一方，如有宜知會部院各衙門之事，卽鈐用御賜圖章，以昭鄭重。如此則內外無隔絕之虞，早晚有呼應之便，似於防範之道更爲周匝矣。

三曰：嘗聞畿輔重地，其勢不可以輕。雖在承平無事，猶必強榦弱枝，以臨萬國，況當多事之秋乎？今河南、山東、陝西等省，烽烟相望，直隸一帶，復有騎馬之賊，百十成羣，行旅相戒。甚至京城以外，卽有盜劫之案，而各州縣倉廥空虛，兵額缺乏，設有小警，何以支之？夫『綢繆戶牖』之詩，孔子歎

爲知道。畿輔地方，亦京師之户牖也，可不及早綢繆，以期有備無患乎？昔元魏時，任城王澄以京師兵力寡弱，請以滎陽、魯陽、恆農、河内等郡，選二三品親賢居之，配以重兵，爲深根固本之計。宋臣岳飛亦言：國家都汴，恃河北以爲固，宜憑據要衝，峙列重鎮，以固京師根本。此皆慮患之遠圖，保邦之要道也。愚以爲：宜就順天府所屬，相度情形，如東之通州、西之涿州、南之霸州、北之昌平縣等處，各設重兵，命大臣鎮守其地，以聯絡聲勢，拱護宸居，則邦畿有磐石之安，京邑有干城之寄矣。

四曰：伏見直隸所屬大名、順德、廣平，謂之南三府，其地東界山東，南界河南，地形至爲遼闊。現在河南、山東捻蹤徧地，設有不逞之徒與之勾結，旬日可至。是南三府者，直隸之門户也。近之論者，徒謂直隸所重，在乎天津海口。其實不然。海外各邦，業經賓服，未必卽有釁端。東南之賊，全恃虜掠裹脅爲長技，若彼航海遠來，則必聚數萬之衆，具數月之糧，冒風波不測之險，而行乎無糧可掠、無人可裹之地，舍其長而用其短，賊亦不敢出也。故現在情形，南三府重於海口。國家舊設鎮守大名、廣平、順德總兵官一員，又設分巡大順廣兵備道一員，皆駐劄大名府，此在承平之世已足爲重。而今當多故之秋，則鎮道之望猶輕，未足以當一面也。愚以爲：直督、提督宜暫時移駐大名府，就近調度，邊隅有警，卽可相機策應，使彼處人心知提標所在，必有重兵，良懦者免致張皇，奸黠者無從覬覦。南三府一律靜謐，則直隸全省皆安枕無虞，而京師之藩籬因之益固矣。

五曰：爵賞輕則主權無虞，而京師之藩籬因之益固矣。每報一勝仗，則保舉銜名，連篇累牘，花翎勇號，視等泛常，提鎮記名，比肩相望。朝廷意存宏獎，不忍拂其所求，凡所臚列而來，無不得請而去。昔人言，御將之道，譬如養鷹，饑則爲用，飽則颺去。今或偏

裨行伍，不數年而花翎矣、勇號矣、記名提鎮矣。意盈志滿，無復他求，勇銳之氣，安望其長如今日耶？

比來言官論列，亦知軍營保舉太優，然不過於文案、糧臺稍存限制，未敢議及戰功也。愚以爲：戰功

之中亦有分別，請飭下各路大員，務於激厲人材之中，膺鄭重名器之意，不特所以尊朝廷，且爲所保之

臣留其有餘，不致因無可復加流爲暮氣。至提鎮大員，職分綦崇，朝廷近因嚴樹森之請，停止文員保舉

藩臬。夫提鎮與督撫並行，其位豈在藩臬之下？如果有勝任提鎮者，該大臣等可以隨時密保，何得以

非常之任酬一日之勞？似宜援文員不准保舉藩臬之例，一概停止，庶名器不至冒濫，而人材亦愈振

興矣。

六曰：伏見用兵以來，朝廷命將出師，皆頒發欽差大臣關防，以重專征之任。又或特派幫辦軍務

一二員，以資襄贊，其仔肩亦甚重矣。乃近來提鎮武臣，亦多有授爲欽差大臣及命以幫辦者。夫國家

用人，文武本無歧視，況兔置雅化，一體同霑，趨赴武夫，原非不可以膺干城腹心之寄。然提鎮諸臣，或

起由行伍，或拔自偏裨，雖有搴旗斬將之勞，或無量敵慮勝之策。又且軍興日久，行間戰士習成驕惰，

求如向榮、張國樑之身當大任，終始一心者，豈可多得？比年來，如田興恕、田在田、黃栩諸人，其初亦

或克箸戰功，一經重任，恣尤立見，非惟不稱倚裨之意，甚或漸開跋扈之風。是故《周易》於武人，深以

志剛爲戒。然則駕馭羣材者，不可不稍爲裁抑矣。愚以爲：嗣後提鎮武臣中，非有如向榮、張國樑其

人者，請勿加以重任，不徒崇體制而一事權，亦正所以愛惜而保全之也。

七曰：伏見江蘇、浙江、福建、陝西、四川、廣東等省，皆設有滿洲駐防官兵，而以將軍、都統等官

領之。此在國初，自有深意，今則列祖列宗，深仁厚澤，浹洽人心，滿漢久已合爲一家，似不必更倚此爲

重矣。比來江、浙兩省同遭塗炭，滿洲營中被害尤甚。蓋駐防官兵多椿誠驍勇，且其家屬皆在城中，每出死力與賊相距，故賊尤恨之。夫以從龍勁旅，受天家豢養二百餘年，一旦淪於劫運，此忠義之士所爲深惜也。愚以江、浙兩省駐防存者無多，宜飭下該將軍等，招集流亡，查明現在實數，遴令來京，分撥各旗，妥爲安頓，以示體恤。江、浙駐防不必復設，將軍以下各官盡從裁撤，每年所省官俸兵糧，其數當亦不少。俟江浙平定後，即將此項錢糧，添置督撫標兵，則於東南兵力，仍復不輕，亦足威天下而制四夷矣。

八曰：我朝列聖相承，勤求民隱，間閻疾苦，無不蠲除。惟東南田賦之重，則自昔相沿，積重難返。推原其始，蓋由南宋時江浙間有官田、民田之分，民田納稅故輕，官田輸租故重；至明代，將官田之租攤入民田，而田賦之重，遂甲於他省。國家歲漕東南之粟以實倉儲，而江蘇之蘇、松二府，浙江之杭、嘉、湖三府幾及其半。漕糧定額，原不敢妄議更張，然愚竊謂：事有似迂緩而實切者。方今江、浙兩省，尚爲賊踞，設賊中有詭譎之徒，素知彼處賦重，巧借薄賦之名，陰爲市恩之計，播聞鄉曲，煽惑愚民，轉非美事矣。伏念現在南漕尚未能起運，若命部於舊額中量減十之二三，似于天庚儲積，在目前亦無所損益。而此五郡之民互相傳述恩綸，水深火熱之中，無不感戴皇仁，早圖歸正，將見民心固結，賊黨離披，或於規復機宜，未始無裨也。

九曰：我朝堂陛森嚴，京官除各部院堂官及科道〔二〕外，外官除督撫藩臬外，均不準專摺言事，所以杜僥越而靖紛紜，其制固甚善也。然竊謂：庶僚之中，有宜許其進言者，內則編檢，外則道府。既可以廣採納之途，亦可以寓考課之術，惟在示以限制，使無妨政體而已。考翰林之官，始於唐代。《唐

書·職官志》謂：翰林之職，本以文學備顧問，因得參謀議，納諫諍。然其時醫卜伎術之流，以至方士、浮屠，皆得待詔翰林，非盡文學之士也。今之編修、檢討，皆由庶吉士授職，士林欣羡，以爲榮遇；而謀議不參，諫諍不納；寮友過從，但以詩賦、楷法互相砥礪，兵農禮樂，都未講求，此豈國家儲材之本意耶〔三〕？愚以爲：凡事之上關君德，下繫民生，以及學術所宜辨明，典禮所宜釐訂者，翰林院官，除未留館之庶吉士外，其業經授職之編修、檢討，如果確有所見，宜皆准其繕寫封章，自赴宮門呈遞；惟不准其參劾保舉，以杜侵官之漸。如此，則翰苑諸臣，皆知上意所求不止在詩賦、楷法，必將留心時務，討論典章，以成有用之材。而即其所言，觀其所學，亦足知其人之賢否，不必專以詩賦、楷法之〔四〕工拙爲升降矣。若夫道則領數郡之事，府則領數縣之事，外官而至道府，其職任不爲不崇。漢時太守皆得自達朝廷，今則有督撫藩臬臨乎其上，古今異宜，非可一概而論。地方公事，自宜申詳司院，由督撫具奏，以符定制，若令其自行陳請，則意見各殊，事權不一，於公事轉多窒礙矣。然道府簡放後，例須謝恩，其由外官〔五〕升擢者，亦必進京引見。向來每蒙召見一次，天威咫尺，該員等心存敬畏，多未能盡其所懷。愚以爲：道府新任，均宜令其呈遞封章，指陳時事；而亦不準其參劾保舉，并不準其論列本省上司僚屬賢否，以爲市恩報怨之地。其有勤襲陳言，毫無實用者，密諭該省督撫，俟其到任後留心察看；如有議論詳明，通達治體者，卽於召對時再行詳悉垂詢，若其敷陳曉暢，氣度從容，卽是真才，可備大用。是亦觀人之一道也。《虞書》曰：『敷奏以言，明試以功。』雖堯舜之明，亦必以言先之〔六〕，若無敷奏之言，又何明試之有？愚謂：京官編檢，外官道府，宜許其進言者，正以此耳。

十曰：伏見貴州貢生黎庶昌條陳時事，有請廢制藝取士一條，已蒙飭交部議矣〔七〕。愚以爲：

制藝雖在所宜廢，而成法亦不可驟更。轉瞬明春卽當舉行會試，一旦[八]舍舊謀新，責人以素所不習，亦非所以順人心而服士論也。夫國家取士，原未嘗專以制藝，其第三場之策，本足以考取真才；乃士子所用心，試官所注目，止在頭場，經文已不甚講求，策問更視同贅設，此則奉行之不善，而非立法之未周也。今雖明降諭旨，令考官於第三場悉心衡校，不過習爲故事，陽奉陰違。宜卽舊制而變通之。明年癸亥科會試，請[九]飭令總裁官，照欽定額數加一倍擬中，卽將擬中之[一〇]第三場試卷先行進呈御覽，欽派大臣閱看，擇其根據經史、通達古今者取中如額，然後知會闈中照常出榜。若所進之卷不敷取中，奏請再行補進若干卷，并將總裁、同考各官交部議處，則衡校諸臣自然加意鄭重，而各舉子知科名得失以此爲定，亦不得不誦習經史，以求實學矣。會試如此，則鄉試士子於第三場自不敢如前草率，而各省主考官亦必仰承意旨，與會場一律認真。風氣所趨，日新月異，數年之後，天下士子將自厭制藝之空疏，從而廢之，自無異論。卽或不廢，而將第三場改作頭場，則制藝雖存，不過以今之經文視之，總以頭場爲重，而科舉所得，多閎通之士矣。

【校記】

[一]《春在堂隨筆》卷四有一則曰：『余嘗於舊書中見文字數篇，皆論列時事者，不知何人之作，其議多迂遠難行。惟有二事，似頗可採，今錄於此。』所錄二事，實與此篇第九、第十兩段大同小異。用作校本，簡稱『《隨筆》本』。

[二]科道，《隨筆》本互乙。

[三]耶，《隨筆》本作『乎』。

[四]之，《隨筆》本無。

〔五〕 其由外官，《隨筆》本作『由外任』。

〔六〕 『雖堯』至『先之』，《隨筆》本無。

〔七〕 『伏見』至『矣』《隨筆》本作『我朝因仍明制，以八股時文取士，康熙間曾議廢之，不久而復，誠未有以易之也』。

〔八〕 『轉瞬』至『一旦』，《隨筆》本作『若必』。

〔九〕 『明年』至『請』《隨筆》本作『請自明年會試始』。

〔一〇〕 之，《隨筆》本無。

以上出自中國科學院圖書館藏《春在堂詩文賸稿》

序跋

《羣經平議》序目

《羣經平議》三十五卷，德清俞樾譔。樾自爲序録曰：道光之元，樾始生焉。生六歲，而母氏姚太恭人授之《論語》、《孟子》及《禮記·大學》、《中庸》二篇。十歲，受業於戴貽仲先生，始習爲時文。十五歲，從先朝議君讀書常州，粗通羣經大義。其明年入縣學，又明年應鄉試，廁名副榜，於是婦力爲科舉之文。越七年而舉於鄉，又六年而成進士，入翰林則年已三十矣。自以家世單寒，獲在華選，惴惴惟

不稱職是懼，不皇它也。咸豐七年，自河南學政免官歸，因故里無家，僑寓吳下石琢堂前輩五柳園中。

當是時，粵賊據金陵已五年，東南數千里幾無完城，朝廷命重臣督師，四出討賊，才智之士，爭起言兵。

余自顧無所能，閉戶發憤，取童時所讀諸經復誦習之，於是始竊有譔述之志矣。家貧，不能具書，假於

人而讀焉，有所得，必錄之。治經之外，旁及諸子，妄有訂正，兩《平議》之作，蓋始此矣。其後江、浙皆

陷于賊，流離遷徙，靡有定居，《平議》兩書，卒未忍棄。同治建元之歲，由海道至天津，寓於津者三

載，而《羣經平議》三十五卷乃始告成。念少年精力爲舉業所耗，通籍後又居館職、習詩賦，至中歲

以後始退而孳經，所謂困而學之者，非歟？ 余幸生諸老先生之後，與聞緒論，粗識門戶。嘗試以爲，治經之道，大要有三，正

句讀，審字義，通古文假借，得此三者以治經，則思過半矣。 詩曰：『昔我有先正，其言明且清。』聖

人之言，豈有不明且清者哉？ 其詰籟爲病，由學者不達此三者故也。三者之中，通假借爲尤要。諸

老先生，惟高郵王氏父子發明故訓，是正文字至爲精審，所著《經義述聞》用漢儒『讀爲』、『讀曰』之

例者居半焉。或者病其改易經文，所謂焦明已翔乎寥廓，羅者猶視乎藪澤矣。余之此書，竊附王氏

《經義述聞》之後，雖學術淺薄，儻亦有一二言之幸中者乎？ 以其書成最早，故列所著書弟一，今錄

其目于左方。

第一卷：《周易》一；第二卷：《周易》二；第三卷：《尚書》一；第四卷：《尚書》二；

第五卷：《尚書》三；第六卷：《尚書》四；第七卷：《周書》；第八卷：《毛詩》一；第九

卷：《毛詩》二；第十卷：《毛詩》三；第十一卷：《毛詩》四；第十二卷：《周禮》一；第十

三卷；《周禮》二，第十四卷；《考工記世室重屋明堂考》；第十五卷；《儀禮》一，第十六卷；《儀禮》二，第十七卷；《大戴禮記》一，第十八卷；《大戴禮記》二，第十九卷；《小戴禮記》一，第二十卷；《小戴禮記》二，第二十一卷；《小戴禮記》三，第二十二卷；《春秋公羊傳》，第二十三卷；《春秋穀梁傳》，第二十四卷；《小戴禮記》四，第二十五卷；《春秋左傳》一，第二十六卷；《春秋左傳》二，第二十七卷；《春秋左傳》三，第二十八卷；《春秋外傳國語》一，第二十九卷；《春秋外傳國語》二，第三十卷；《論語》一，第三十一卷；《論語》二，第三十二卷；《孟子》一，第三十三卷；《孟子》二，第三十四卷；《論語》一，第三十五卷；《爾雅》二。

是書也成，藏之匧中，未出也。同治四年春，天津有張少巖汝霖者取其書第十四卷刻之，以此卷專論《考工記》世室、重屋、明堂制度，可單行也。壽陽相國見而好之，寓書曰：『歷代明堂之制，見于秦氏《五禮通考》，其中辨正舊注者不爲無功，要亦互有出入，未足以難鄭也。陳氏《五經異義疏證》，採輯近儒新説，又案而不斷，鮮所折衷。吾子據《隋書·宇文愷傳》訂正《考工記》一字之衍，遂使記文八十一字略無齟齬，且於鄭注之誤駁正無遺，三代世室、重屋、明堂相因之制燦然在目，而秦漢以來規模亦略具於斯，誠覃思精義，有功經傳者也。』閻夢巖農部汝弼亦好之，介相國而求焉，於是人始稍知有此書矣。是年夏，宋雪帆侍郎以使事至津，索觀《三禮平議》，謂余曰：『高郵王氏之學，固極精審，然多考訂于一字一句之間。若子之書，則有見其大者，殆將駕而上之乎？』因謀以《儀禮平議》二卷刻之京師，余旋南歸，未果也。 余既南歸，蔣薌泉撫部時爲吾浙方伯，雄才英略，獨冠當代，既已夷險發荒，

胥兩浙之民而袵席之，又將興起人文、作養士類，以副朝廷求治之意，知余有此書，力以梓刻自任。杭州劉笤堂太守以余書尚無定本，宜以時寫定，贈洋泉四十爲寫書費。太守故清貧，問其所自來，乃得之假貸者。余笑曰：『此亦君《循吏傳》中一事矣。』五年春，方伯出巨貲，鳩眾工，登全書於版，未竟厥功，遷廣東巡撫去。笤堂承公命，始終之，開雕於夏四月，越八月而書成。經理其事者爲丁松生丙，任校讎者爲高伯平均儒，皆與有力焉。嗟乎，本朝經術昌明，諸老先生說經之書浩如烟海，余此書又何足道，而諸巨公必欲刻而行之世，豈以其中固有一二言之幸中者乎？抑或以數十年來茲道衰息，將振而起之，而姑以余此書爲嚆矢乎？後之君子必有以辨之。

《諸子平議》序目

《諸子平議》三十五卷，德清俞樾譔。樾有《羣經平議》三十五卷，已自爲序錄矣，及《諸子平議》成，又序其端曰：聖人之道，具在於經，而周、秦、兩漢諸子之書，亦各有所得，雖以申、韓之刻薄，莊、列之怪誕，要各本其心之所獨得者而著之書，非如後人剿竊陳言、一倡百和者也。且其書往往可以考證經義，不必稱引其文，而古言古義，居然可見。故讀《莊子·人間世》篇曰『大枝折小枝泄』，『泄』卽『抴』戾字，謂牽引之也，而《詩·七月》篇『以伐遠揚，猗彼女桑』之義見矣。讀《賈子·君道》篇曰『文王有志爲臺，令匠規之』，而《詩·靈臺》篇『經始靈臺，經之營之』之義見矣。讀《管子·大匡》篇曰『臣祿齊國之政』，而知《尚書》今文家說『大麓』，古有此說。讀《董子春秋繁露·王道》篇曰『恩衛葆』，而知

《春秋左氏傳》『齊人來歸衛俘』字固不誤。讀《商子‧禁使》篇曰『騶虞以相監』，而知韓、魯《詩》說以『騶虞』爲掌鳥獸官，亦古義也。讀《楊子‧吾子》篇曰『如其智，如其智』，而知《論語》『如其仁，如其仁』非孔子之許管仲以仁矣。讀《楊子‧五百》篇曰『月未望則載魄于西』，而知僞孔傳解『哉生魄』之誤。讀《商子‧賞刑》篇曰『昔湯封於贊茅』，而知皇甫謐謂湯居穀熟之非。讀《呂氏春秋‧音律》篇曰『固天閉地陽氣且泄』，而知《月令》『以固而閉地氣沮泄』之文有奪誤也。讀《淮南子‧時則》篇曰『大禱祭于公社』，而知《月令》『大割祠于公社』，『割』乃『周』之叚字，『周』乃『禂』之叚字，禂祠卽禱祭也。凡此之類，皆秦火以前六經舊説，孤文隻字，尋繹無窮。烏呼，西漢經師之緒論已可寶貴，況又在其前歟？然諸子之書，文詞奥衍，且多古文叚借字，注家不能盡通，而儒者又屏置弗道，傳寫苟且，莫或訂正，顛倒錯亂，讀者難之。樾治經之暇，旁及諸子，不揣鄙陋，用《羣經平議》之例爲《諸子平議》，亦三十五卷，今錄其目於左方：

《管子平議》六卷，《晏子春秋平議》一卷、《老子平議》一卷、《墨子平議》三卷、《荀子平議》四卷、《列子平議》一卷、《莊子平議》三卷、《商子平議》一卷、《韓非子平議》一卷、《呂氏春秋平議》三卷、《董子春秋繁露平議》二卷、《賈子平議》二卷、《淮南内經平議》四卷、《楊子太玄經平議》一卷、《楊子法言平議》二卷。

是書也成，與《羣經平議》同置篋中，未出也，及《羣經平議》刻成，而此書亦遂不自祕，稍稍聞於人。諸君子聞有此書，乃謀醵錢而刻之，經始於強圉單閼之歲，至上章敦牂而始觀厥成，蓋非一日之功，亦非一人之力也。《詩》不云乎，『無德不醻』，輒仿漢人碑陰之例，書其名字焉：曰潘君霨字偉

如，曰李君鴻裔字眉生，曰吳君煦字曉帆，曰吳君雲字平齋，曰郭君德炎字日長，曰劉君佐禹字治卿，曰

沈君瑋寶字書森，曰陳君其元字子莊，曰馮君渭字少渠。烏呼，成書難，傳書不易，諸君子之刻此書，將

謂此書足以傳乎？抑愛樾而姑以徇其意乎？樾固不足以知之。

《弟一樓叢書》序目

余早衰多病，庚午之春，航海至閩中省視太淑人起居，太淑人年八十五，精神矍鑠，撫余而歎曰：

『兒何省瘦如此？』總坐著書，耗費心力耳，此後慎勿爾也。』余唯唯謹受命。其夏，於蘇厲大病，淹纏三

月餘乃愈，太淑人命家兒壬甫屬書申前誡。嗟乎，著述之事，其始將輟筆乎？然篋中叢殘舊稿尚頗不

乏，若遂焚如棄如，亦不免曹公雞肋之歎。於是竭炳燭之明，稍稍編緝，薈萃成書，凡三十卷，釐為九

種，而命之曰《弟一樓叢書》。弟一樓者，余年來主講杭州詁經精舍所廔樓名也，其地在孤山之麓，背山

臨流，西湖之勝，畢效於前，倘佯其上，此九種之書，雖不皆成於斯樓，大率皆於斯樓寫定者

也。夫人生皆寓也，豈獨茲樓之為吾寓哉？姑借勝地，以名吾書，列目如左：

弟一樓叢書之一：《易貫》五卷；弟一樓叢書之二：《玩易篇》一卷；弟一樓叢書之三：

《論語小言》一卷；弟一樓叢書之四：《春秋名字解詁補義》一卷；弟一樓叢書之五：《古書疑義

舉例》七卷；弟一樓叢書之六：《兒笘錄》四卷；弟一樓叢書之七：《讀書餘錄》二卷；弟一樓

叢書之八：《詁經精舍自課文》二卷；弟一樓叢書之九：《湖樓筆談》七卷。

是書也成，余行年五十有一矣，臣精消亡，學問荒落，不過就舊稿鈔撮成書，稍稍彌補其罅漏而已。

《禮》云『五十始衰』，又云『六十不親學』，乃歎前此未衰之年因循失學爲可惜也。而二三同志之友知

有此書，憫其成書之難，懼其久而仍歸於散失，乃釀錢而刻之。夫戒勿著書者，慈母拳拳之意也，而幸

其書之或傳者，又友朋見愛之深也。中心藏之，何日忘之，謹列其名字於簡端：曰李君朝斌字質堂，

曰吳君大廷字彤雲，曰顧君文彬字子山，曰沈君秉成字仲復，曰馮君渭字少渠，曰鍾君丙耀字桂溪。時

同治十年秋七月，俞樾記。

《易貫》序

孔子稱：聖人設卦觀象繫辭焉而明吉凶。夫卦象，不過陰陽奇偶而已。聖人於何觀之而各繫以

辭哉？曰：機之所觸，象卽呈焉，今日觀之如是，明日觀之，或未必如是矣。聖人之辭，亦姑就所見

者而繫之耳。然而『輿説輹』、『臀無膚』之類又一見再見，何也？曰：此聖人示人以端倪之可見者

也。引而申之，觸類而長之，則『輿説輹』、『臀無膚』又豈止此兩卦哉？其不必皆同者，機之所觸，無

一定也；其不妨偶同者，使人得由此而測之也。若并無此一二卦之偶同，則聖人之情不見於辭矣。

樾憂患餘生，粗知學《易》，隨其所得，筆之於書，一以貫之，請竢異日。俞樾記。

《玩易篇》序

《傳》曰：『君子所居而安者，《易》之序也；所樂而玩者，爻之辭也。』然則《易》也者，其君子之所玩乎？樾憂患餘生，蹉跎半百，韋編三絕，聊以自娛。若夫河洛之學，久失其傳，漢宋諸儒，各樹其幟，禮家聚訟，而《易》尤甚，以樾檮昧，固無聞焉。

《傳》曰：『君子所居而安者，《易》之序也；所樂而玩者，爻之辭也。』是故，君子居則觀其象而玩其辭，動則觀其變而玩其占。

《論語小言》序

昔孔子贊《易》，舉《中孚》『九二』等七爻而說之，又舉《咸》『九四』等十一爻而說之。叚藉經文，發揮意義，此其濫觴矣。漢韓嬰著《詩外傳》，襍引古語古事，證以《詩》詞，於經義不必盡合。班固稱：三家之《詩》，或取《春秋》，采襍說，咸非其本意。是古之經師固有此例，韓非子書有《解老》、《喻老》兩篇，引老氏之文，成一家之說，亦其流乎？呫畢之餘，偶有一得，輒引《論語》以證成之，詹詹小言，無當大道，至其體例，蓋有自來，先民有作，非曰侮聖。俞樾記。

《春秋名字解詁補義》序

本朝經術昌明，訓詁之學，超踰前代，而余尤服膺高郵王氏之書。其所箸《經義述聞》、《讀書雜志》，發明義理，是正文字，允足以通古今之言，成一家之學。《經義述聞》中刱《春秋名字解詁》二卷，於古人名字相應之義鉤深索隱，曲而能中，尤爲先儒所未及。然自唐以來，典籍櫥佚，古義不盡有徵。王氏所説，尋者大半，而千慮一失，亦或有之。余鑽斈旣久，妄有訂正，又篇末所列闕疑三十餘條，亦以己意補其數事，依原書之次錄之，題曰《春秋名字解詁補義》。俞樾記。

《古書疑義舉例》序

夫周、秦、兩漢至於今遠矣。執今人尋行數墨之文法，而以讀周、秦、兩漢之書，譬猶執山野之夫，而與言甘泉、建章之巨麗也。夫自大小篆而隸書、而真書，自竹簡而縑素、而紙，其爲變也屢矣。執今日傳刻之書，而以爲古人之真本，譬猶聞人言簞可食，歸而煮其簞也。嗟夫，此古書疑義所以日滋也歟？竊不自揆，刺取九經、諸子，爲《古書疑義舉例》七卷，使童蒙之子，習知其例，有所據依，或亦讀書之一助乎？若夫大雅君子，固無取乎此。俞樾記。

《兒筥錄》序

自秦漢以來，篆隸遞變，而古聖人刱造文字之精微，其存十一於千百者，實賴有漢許叔重氏《説文解字》一書。士生今日而欲因文見道，外是無繇矣。乃後世學者，舍實事而競空言，《説文》之學，廢而不講，雖以王厚齋之博洽，而猶懵然於孝弟之非一字，其它何譏焉？我朝經術昌明，士知由文字而通訓詁，由訓詁而通義理，於是家有浹長之書，人服郘里之學矣。然許君生東漢時，去聖久遠，於古人造字本意未必盡得，而傳至於今，則錯亂遺奪，亦所不免。善乎，顧亭林先生之言曰：『取其大而棄其小，擇其是而違其非，乃爲善學《説文》者。』斯通人之論也。余於是書，信而好之，蓋有年矣。然意所未安，則亦不敢苟同，妄有訂正，積久彖多，不自知其是不也。同治建元之歲，余因桑梓淪陷，浮海北來，寓居天津。是夏多疫，敝門不出，因寫爲四卷，名曰《兒筥錄》。俞樾記。

《湖樓筆談》序

余頻年主講西湖詁經精舍，精舍有樓三楹，可以攬全湖之勝，春秋佳日，輒徜徉其上。然其地距城遠，賓客罕至，或終日雨，則終日不見一人，無與談，談以筆，積久遂多，稍稍編次之，定爲七卷，弟一、弟二卷談經，弟三卷談《史記》，弟四卷談《漢書》，弟五卷談小學，弟六卷談詩文，弟七卷談褻事。雖詹詹

小言，或勝於羣居終日言不及義者乎？俞樾記。

《曲園襍纂》序

東南底定之後，吳中花月之勝，未減曩時，士大夫之宦成而歸及流寓於是者，各治第宅、啓園林，竹崦松臺，月汀星沼，極一時之盛矣。而余蟄於其間，亦有曲園之築，一勺之水，一卷石之山，猶棘林螢爤而與夫樿木龍燭也。然吾園旣小，不足以讌賓客、陳聲伎，則仍於其間仰屋梁而著書，溫故知新，間有所得，衷而錄之，得五十卷，每卷爲一種。嗟夫，吾之力不能大吾之園，而吾之園顧能成吾之書，吾負園，園不負吾也。書成，因名之曰《曲園襍纂》。俞樾記。

《艮宧易説》序

曲園之東北隅，築室曰艮宧，其地稍幽僻，無事則攜《周易》於其中讀之，有所得則筆之，是曰《艮宧易説》。然仍未離乎訓詁之學也。

《達齋諸經説》序

達齋者，亦曲園中齋名也。時於其中，蕭然獨坐，潛思經義，輒有所得，故《書説》、《詩説》、《春秋論》均以『達齋』題篇，非必皆得於此，而於此所得爲多矣。

《荀子詩説》序

按《經典釋文》，《毛詩》者，出自毛公。一云：子夏傳曾申，申傳魏人李克，克傳魯人孟仲子，孟仲子傳根牟子，根牟子傳趙人孫卿子，孫卿子傳魯人大毛公。是荀卿傳《詩》，實爲《毛詩》所自出。其《大略》篇云：『《國風》之好色也，《傳》曰：盈其欲而不愆其止，其誠可比於金石，其聲可内於宗廟。』所引《傳》文，必是根牟子以前相承之師説，實爲《毛詩》之先河。今讀《毛詩》而不知荀義，是數典忘祖也。故刺取《荀子》書中引《詩》者凡若干事，以存荀卿《詩》説焉。

《何劭公論語義》序

《後漢書》稱何劭公作《春秋公羊解詁》，又注《孝經》、《論語》，今《公羊解詁》存而《孝經》、《論

語》注無傳，惟虞世南《北堂書鈔》引何劭公曰：「君子儒將以明道，小人儒則矜其名」，此《論語注》之僅存者。武進劉氏逢祿於千載之後拾遺補闕，成《論語述何》一卷，然其實不過以《春秋》說《論語》，而於何注固無徵也。愚謂，何氏《公羊解詁》引《論語》文極多，是何氏《論語注》雖亡，而遺說固猶見於《公羊解詁》中，欲求何氏《論語》義，舍此何以哉？因刺取其文，以存何義。

《樂記異文考》序

《樂記》一篇，與《史記·樂書》文字頗有異同，余曾屬詁經精舍諸生作《樂記樂書異文箋》。因復考之《漢書·禮樂志》、《荀子·樂論》篇、《家語·辨樂》篇、《說苑·修文》篇，作《樂記異文考》一卷，示精舍諸生。至如『後』之與『后』，『粗』之與『麤』，傳寫或殊，無關文義，則從略焉。《樂記》篇目亦有異同，臧氏《拜經褍記》已具論之，故茲不及。

《邵易補原》序

邵子之《易》，雖非伏羲、文王、周公、孔子之《易》，然亦自成一家之學，其推原伏羲畫卦次弟，其意甚巧，故朱子亦頗信之。然太極、兩儀、四象、八卦之相生，《易》言之矣；八卦又生兩儀、四象，《易》所未言也。吾不知四、五兩畫將仍謂之兩儀、四象乎？抑謂之十六儀、三十二象乎？既不可爲之名，

則止是程子所謂加一倍法而已，一而二，二而四，四而〔八，八而〕十六，十六而三十二，三十二而六十四，六十四而一百二十八，一百二十八而二百五十六，自此以往，層出而不可窮，何以截三畫爲一卦，截六畫爲一卦，而六畫以後則止而不畫也？毛西河云：四五無名，三六無住法，雖邵子復生，無以解矣。然則爲邵學者當如何？曰：河出圖，洛出書，聖人則之，《易》所言也。邵子之學出於陳圖南，而陳圖南所傳有五十五點之《河圖》，四十五點之《洛書》，伏羲之《易》出於古之真圖書，邵子之《易》必出於陳圖南五十五點、四十五點之僞圖書。合五十五、四十五而成一百，此一百之數，可以爲邵《易》之太極，分之而五十者二，爲兩儀，又分之而二十五者四，爲四象，又分之而十二者八，爲八卦，而其中各有不能分者一焉。不能分則數窮矣，於是八卦定矣。八卦之數各十二，十二者，天之數也，亦可以爲太極，分之而六者二，爲兩儀，又分之而三者四，爲四象，又分之而一者八，爲八卦，而其中各有不能分者一焉。不能分則數窮矣，於是八八六十四卦定矣。三畫之卦之止於八也，六畫之卦之止於六十四也，皆有窮而不能復生者也，非可層累而上之至于千百萬億也。邵子不知此，故其說雖巧，而不免爲後儒所譏。愚爲邵《易》補其原，雖於伏羲、文王、周公、孔子之《易》爲罪人，而於邵子之《易》，則固足以爲功臣也。

《改吳》序

宋吳曾字虎臣，著《能改齋漫錄》，以類相從，考證頗爲詳明，然疏舛之處亦或不免。其齋名「能

改」，殆亦有未及改者乎？余姑爲改定焉。

《説項》序

宋項安世著《項氏家説》，乃其讀經史時條記所得、積以成編者也。余讀其書，偶有所得，輒復説之。

《正毛》序

宋毛居正作《六經正誤》，蓋就當時監本校正其誤，於經學不爲無功。然宋時小學久晦，毛氏之説亦不能無誤，故又從而正之。

《評袁》序

宋袁文字質甫，著《甕牖閑評》，其書久佚。國朝從《永樂大典》中輯爲八卷，經史詩文，皆有論辨。余尋繹之餘，偶有異同，輒復評之。

《通李》序

元李冶字仁卿，撰《古今黈》，於載籍疑義一一辨別，頗極精審。其以『黈』名書，蓋取塞聰專思之義。夫考論古今，不取其通而取其塞，何也？余讀其書，偶有所見，從而疏通之，是曰『通李』。

《議郎》序

明朗瑛仁寶作《七修類稿》，莆田周方叔《厄林》中曾摘其失，題曰『議郎』，然止記里鼓及嵇叔夜二事耳。余讀其書，亦有所摘，姑循其名，亦以『議郎』題篇。

《訂胡》序

青浦胡鳴玉著《訂譌襍錄》，余讀其書，有未合者，復訂正之。

《日知錄小箋》序

顧氏《日知錄》，體大物博，余未能涉其藩籬也。然自十九歲時始讀此書，即妄有箋識，積有數十條，補苴罅漏，不能成書，姑鈔撮爲一編，以皆小小者，故曰『小箋』。

《小繁露》序

世間極小之事、極俗之言而皆有所出，古曰在昔，昔曰先民，豈可忽哉？人特習焉而不察耳。余涉獵之餘，隨筆紀錄，成此一編，用《程氏演繁露》之意，題曰『小繁露』。

《韻雅》序

《廣韻》一書，爲韻學之祖，不特可以考見古音，而古言古義往往存焉。即近代方俗語言，亦或出於其中。余因刺取其不經見者，以類編纂，略如《爾雅》之例，名曰《韻雅》。雖然，少所見則多所怪，安知余所謂不經見者，博雅之士非所習見乎？又，刺取亦不無遺漏，誠無足觀，姑備遺忘云爾。

《小浮梅閑話》序

余曲園之中有曲池焉，曲池之中有小浮梅檻，僅容二人促膝。夏日，余與內子坐其中，因錄其閑話稍有依據者爲一編云。

《續五九枝譚》序

尤西堂有《五九枝譚》，余曾命精舍諸生續之，因亦作此。詞藻不及西堂，枝離膠葛，殆有過之矣。

《閩行日記》序

余舊時所作日記都已遺失，偶於敝簏中檢得一冊，則同治十一[一]年春間自杭至閩省視太夫人起居事，頗完具，因錄存之，豈足比歐公《于役志》乎？

【校記】

〔一〕 一，原本作『二』。據《春在堂日記》改。

《銀瓶徵》序

銀瓶者,岳忠武之女。相傳忠武之死,女抱銀瓶投井以殉者也。在宋時即見紀載,當非子虛。而杭人輒以張憲爲其夫,建張烈文侯祠,即塑銀瓶像以配之。余同年生永康應敏齋廉訪寓杭州,深以此事爲疢,屢爲余言之。余貽書楊石泉中丞及此事,又命詰經精舍諸生爲《岳王小女銀瓶考》,冀徵實事,以塞虛誣。因刺取諸生所考,粗加次第,成此篇,存《褷纂》中云。

《吳絳雪年譜》序

吳絳雪,以國色天才從容赴義,以全永康一邑民命,亦昭代一奇女子也。而事越百五六十年,志乘無考。道光二十三年,桐城吳康甫大令廷康爲永康丞,始諮訪故老,得其本末,屬海寧許辛木農部楣爲之傳,兼屬海鹽黃君憲清韻珊製《桃溪雪傳奇》以行於世,於是絳雪始不泯矣。傳奇中事實,多以意爲之,蓋院本體裁固如是,農部之傳,頗足徵信,而其年則弗詳。海鹽陳君其泰又考之絳雪遺詩,論定其年,表章之意,亦云至矣,然亦有不能無誤者。如謂絳雪卒於康熙十三年甲寅,年二十有四,則當生於順治八年辛卯,而顧謂生於順治九年壬辰,其誤一矣。其在秀水和《春閨》詩爲壬寅四月,有詩序可考,而謂和《春閨》詩之歲即移剡之歲,其誤二矣。其歸永其從秀水至嵊縣,渡錢唐江在三月,有詩句可證,

康詩云『六年浪迹浙西東』，自注云『寓居秀水凡三載，居剡邑又二年』，則是五年而非六年，與詩不合。陳君云：注紀其積實之歲月，詩舉其歷年也，然則何必作此參差之筆乎？余疑注中三載是四載之誤，蓋其居水甚久，故曰凡四載，其居嵊縣則不久，故曰又二年，合成六年，正與詩合。依此推排，則絳雪死年實二十有五。嗟乎，百年者壽之大齊，絳雪僅得其四之一。天既促之，人不宜更奪之也，故作《吳絳雪年譜》。

《隱書》序

《漢·藝文志》有《隱書》十八篇，隱語之有書，由來久矣。余雖無齊贅滑稽之辯，頗有秦客廋辭之意。文人游戲，賢於博弈，錄爲一編，以《千字文》爲次，先隱後解，貽好事者。

《老圓》序

余不通音律而頗喜讀曲，有每聞清歌輒喚奈何之意。偶讀清容居士《四絃秋》曲，因譜此以寫未盡之意，且爲更進一解焉。所惜於律未諧，聱牙不免，紅氍毹上未必便可排當，聊存諸《褉纂》，亦猶船山先生全書之後附《龍舟會》襍劇而已。

《俞樓襍纂》序

光緒戊寅之歲，門下諸君子爲余築樓於孤山之麓，名曰俞樓，彭雪琴侍郎又爲廊而大之，其事詳見余所撰《俞樓經始》。是樓倚山而面湖，六一泉在左，西泠橋在右，廣栽花木，小有泉石，屋雖不多，而布置殊勝。余以章句陋儒，竊據湖山勝地，顏滋赧矣。明年春，余與內子偕往，同住俞樓，句留四十餘日而返。是年夏，卽抱騎省之戚，福過災生，斯之謂歟？余亦意興頹唐，衰病交作，回憶春日湖樓風景，殊有一生幾屐之歎。因於《曲園襍纂》後又成《俞樓襍纂》五十卷，或藉著述流傳，使海內知有此樓，庶不負諸君子之雅意乎？余所著書，已二百五十卷，自《俞樓襍纂》成，恐此後亦將輟筆矣。

俞樾記。

《周易互體徵》序

《易》有互體，乃古法也。《春秋》莊二十二年《左傳》載陳侯之筮遇『觀』之『否』，曰『風爲天於土上山也』，注曰『自二至四有艮象，艮爲山』。是在孔子未贊《周易》之前已有互體之説，其可廢而不用乎？余觀爻象，多有取之互體者，因卽其明白可據者著於篇。

《八卦方位説》序

余舊時著《玩易篇》，有《八卦成列圖》，刻入《弟一樓叢書》，已推得震、兌、坎、離、艮、巽、乾、坤八卦之序矣。湖樓無事，又取而玩之，知八卦方位卽出於此，故復有是説。

《卦氣續考》序

余著《卦氣直日考》，已刻入《曲園襍纂》矣。湖樓靜坐，研究其義，則前考固有未盡者。蓋於四正卦分直四時，既不能正舊説之誤，而四正卦外六十卦之次弟，亦不能推闡其故，則仍覺其襍亂無章，未足見古人所取之精也。於是復有此説云。

《詩名物證古》序

自漢以來説《詩》者，言人人殊，未知誰得詩人之旨，或如見仁見知，各有合也。至於名物，宜有一定，而亦古今異説，何哉？余就朱子《集傳》中詮釋名物有異於古者，各以注疏舊説訂之。朱《傳》爲學者所宗，余亦不敢輒有辯論，然既列古今之異，則學者可以知所擇矣。《詩》之大義，概不之及，間及

訓詁，亦十之一二耳，蓋以名物爲主也。

《禮記鄭讀考》序

段氏玉裁作《周禮漢讀考》，於注中『讀爲』、『讀若』之義辨之詳矣。然鄭康成注《禮記》亦有『讀爲』、『讀若』之例，湖樓無事，偶一疏證，以存鄭學。

《禮記異文箋》序

《儀禮》之有古文、今文也，胡氏承珙爲作《儀禮古今文疏義》。《周禮》之有故書也，徐氏養原爲作《周禮故書考》。辨別異同，有功經學。然鄭康成注《禮記》，亦間存異文，前人未有考究者，輒作此箋，以補其闕。

《鄭君駁正三禮考》序

自來經師，往往墨守本經，不敢小有出入，惟鄭學宏通，故其注三《禮》，往往有駁正《禮經》之誤者。今具列之，略爲疏通，其義有未安，亦稍稍糾正。

《喪服私論》序

顧亭林先生極言唐人增改服制之非，譬之始皇狹小先工宮廷而作阿房之宮，其論正矣。然又曰：

今人三年之喪，有過於古人者三事，則父在爲母與婦爲舅姑皆與焉。夫聖人制禮之精意，非後人所能窺測，自唐以來，以意增益，誠未必當。然孔子云：『喪與其易也，寧戚。』《禮》又云：『有其舉之，莫敢廢也。』至今日，而父在爲母與婦爲舅姑之類，豈能降從古制哉？雖然，聖人制禮，譬則權焉，輕重適相準也。有所益於此則於彼見重者，於彼轉見輕矣。故歷代增改之後，回視舊制，若有未厭乎人情者，非古制之有未盡也，加乎此而未加乎彼，故不得其準也。愚謂，後世於古制既有加隆之處，必有當與之俱隆者。草茅伏處，無議禮之職，竊與湖樓諸子私論數事，備禮家采擇云爾。

《論語鄭義》序

鄭康成就《魯論》考之《齊》、《古》，爲《論語注》十卷，《論語》之學，宜以鄭爲主，孔安國傳真僞難明，未足深據。乃鄭注《論語》不傳，何晏《集解》所採外，散佚多矣。余讀《詩箋》、《禮注》，往往有及《論語》者，輒刺取之，以存鄭學。

《續論語駢枝》序

寶應劉端臨先生有《論語駢枝》一卷，雖止十數條，而皆精鑿不磨，學者重之。余湖樓無事，讀《論語》，有所得輒筆之於書，其體例與劉氏書相近，因題是名焉。

《論語古注擇從》序

自《論語集注》行而古注束高閣矣，然古注自有不可廢者。孔子云：『擇其善者而從之。』本此意以讀古注，是在信而好古者。

《孟子古注擇從》序

《孟子》趙邠卿注，在漢世傳注中稍爲疏略，然《孟子注》無有更古於趙者，欲治《孟子》，豈能束趙注而不觀也？今亦依《論語》之例，擇其善者而從之。

《孟子高氏學》序

漢儒《孟子注》，傳者惟趙氏，而趙氏之注在漢儒諸傳注中，若少劣焉。《隋書·經籍志》有漢鄭康成、劉熙注《孟子》，今皆不存，無以考見漢儒遺説。高誘《呂氏春秋序》自言嘗正《孟子》章句，誘於建安十年辟司空掾，而趙邠卿卒於建安六年，則誘於邠卿，固及見之，於趙氏《孟子注》後復爲正其章句，度必有異於趙氏者，而其書不傳，甚可惜也。高氏所注書，《呂氏春秋》最爲完備，《淮南子》十存八九，《戰國策》存者二三，余即於三注中刺取其有涉《孟子》義者，以存高氏之學。

《四書辨疑辨》序

《通志堂經解》有《四書辨疑》十五卷，無撰人姓名。據朱氏《經義考》，乃元人偓師陳天祥所撰。余讀其書而善之，意有未盡，復爲之説，冀以求是，非曰好辨。

其説不墨守紫陽，頗有辨正之功，蓋元儒中之矯矯者。

《羣經賸義》序

余經學鹵莽，然致力於此則數十年矣，故於經義每妄有論說，自《羣經平議》外，散見於《弟一樓叢書》及《曲園襍纂》、《俞樓襍纂》者，蓋不下數百事矣。此卷亦說經之文，初意尚有《續羣經平議》之作，今精力日衰，不復能成，因以此附刻《襍纂》中，題曰《羣經賸義》。

《讀漢碑》序

余從前曾有《讀漢碑》四十一則，已刻入《弟一樓叢書》七之二矣。湖樓無事，間一流覽，又復有得，而不能并入前刻之中。其時適有《俞樓襍纂》之刻，因錄爲一卷而附入焉。

《讀王氏稗疏》序

王船山先生長於史學，於山川形勢，古今成敗能歷歷言之，其議論亦反復詳盡，極文章之雄。至于說經，則有未盡精密者，所著《諸經稗疏》，《四庫全書》皆著錄。然讀注而不屑讀疏，執一經而不旁求之他經。其《詩稗疏》，喜攻朱《傳》，而自蹈於踳駁者往往有之。讀其書而爲辨正其誤，固後學者之事也。

《駢隸》序

班孟堅稱『大漢之文章，炳焉與三代同風』，然漢人之文存留至今者，不敵唐人十之一二，其失佚多矣。自宋歐陽氏著《集古錄》，於是士大夫爭言漢碑，碑之出土者日益眾，而著錄者亦日益精，又自成爲一家之學。然世之人則徒喜其分隸之工，而未必知其文章之美也。余每讀漢碑，歎其古拙之中沈博絕麗。湖樓無事，輒刺取其文，各以兩字相儷，譬猶閨閣鬪草、兒童聚沙，姑以爲戲而已。然亦可見古之人言必有物，隨手撮拾，無非翠羽明珠，異夫宋以後所謂文者也。

《讀隸輯詞》序

余既於漢隸中刺取其文爲《駢隸》一卷，又以其中形況之詞，或一字，或重言，或雙聲疊韻，皆古雅可喜，因隨所見而輯錄之，以爲修詞之助。

《廣雅釋詁疏證拾遺》序

王懷祖先生作《廣雅疏證》，其致力勤矣。然《廣雅》字義實有難曉者，王氏之書遺漏尚多，其以習

見而不及者固有之，而隱僻之義無可疏證姑從蓋闕者，亦十二三也。余從前著《廣雅疏證拾遺》，於《釋詁》四卷頗有補苴，餘則未及也。以未卒業，久藏篋中。今精力益衰，難乎爲繼，而前功可惜，又未忍棄之，因取舊稿，刻入《褔纂》中，題曰《廣雅釋詁疏證拾遺》。

《著書餘料》序

余從前讀書，每有所得，輒書片紙夾書中，以備著書時采取。杜詩云『山色供詩料』，余謂：賦詩必有料，著書亦必有料，此吾之書料也。年來著書二百餘卷，舊時書料，存者無多。今衰病積唐，不能再著書矣，留此尚奚待歟？因撮取錄爲一卷，附刻《俞樓褔纂》中，卽題曰《著書餘料》。

《廣楊園近鑑》序

《楊園先生集》有《近鑑》一卷，舉近世之事蹟以爲鑑戒，其意深矣。書不云乎，『無以水鑑，當以民鑑』。因亦書近事數十條，以警愚頑。楊園之書有惡而無善，專以示戒也。余則兼采善事數條，善惡兼收，勸懲並寓矣。因題曰《廣楊園近鑑》。

《壺東漫錄》序

徐花農孝廉製一茶壺見贈，形模古雅，字畫精工，署曰『曲園先生品六一泉之壺』。余頗喜之，時置案頭。偶檢敝篋，得數紙，皆舊時隨所得而錄存之者，不能成書，遂成廢紙。然亦雞肋，未忍竟棄也，稍加詮次，錄爲一卷，即題之曰《壺東漫錄》。曰『壺東』者，壺置我右，則我居壺東，猶『硯北』之例也。元人陸友仁有《硯北襍志》二卷，余此一卷書，固不足以擬之，亦聊以存良朋之嘉惠而已矣。

《五五》序

余流覽國朝諸家記載，有可喜、可愕、可感歎者，刺取其事，分爲五類，類各五事，得二十五事，因題曰《五五》。昔《昭明文選》錄《七發》、《七啓》、《七命》諸篇，題篇曰『七』，余用其例也。

《枕上三字訣》序

養生家之説，余未有聞焉，然嘗服膺孟子之言。人人之所以生者，氣也，孟子曰：『吾善養我浩然之氣。』此自養生之大旨矣。然所謂養氣者，豈必偃仰詘信若彭祖，煦噓呼吸如喬松哉？孟子言之矣，

曰『夫志，氣之帥也』，故欲養其氣，先持其志。何謂志？子夏曰：『在心爲志。』然則養氣仍在養心而已。孟子曰：『養心莫善於寡欲。』余早謝榮利，於世味一無所好，似於養心之旨爲近。然年來從事鉛槧，亦不能無耗心神。臧穀、亡羊，其歸一也。程子《視箴》曰：『心兮本虛，應物無迹。』又曰：『制之於外，以安其內。』夫在內者，無形之物，雖欲致養，用力無由。而在外者，則耳目鼻口，及乎四體，皆有形之物，吾得而制之者也。制其外斯可以養其內，此殆養生之捷徑乎？余嘗有三字訣，雖不足言養生，然當長宵不寐，行此三字，自入黑甜。是則延年卻病固未易言，以爲安神閨房之一助，庶乎可矣。因名之曰《枕上三字訣》。

《九宮衍數》序

先舅氏姚平泉先生嘗示樾《衍疇》一卷，大旨謂《洪範》『九疇』本乎《洛書》，自一至九，《洛書》數也，因而重之，自一至九九，又因而推衍之爲九九八十一圖。五居中宮，土也，木、火、金、水四者，土皆能生之，皆能克之。又欲易二、七爲金數，四、九爲火數，以合方位。且謂樾曰：『吾此書粗具大略，老不能成矣。子其爲我成之。』然自先舅氏之没，至今二十年，樾雖嘗研求其理，卒亦不能成書也。因念少時爲先舅氏所愛，有天才之歎，以季女妻之，卽姚夫人也。今夫人亦先我而長逝矣，追惟疇曩，彌增悽悼，因存其圖於《俞樓襍纂》中，聊以副先舅氏之遺意焉。惟世所傳戴九履一之圖，乃太一行九宮之法，非《洛書》也，於《洪範》更無涉，故易其名曰《九宮衍數》云。

俞樾詩文集
三六八四

《一笑》序

《新唐書·藝文志》『小說家類』有邯鄲淳《笑林》三卷、何自然《笑林》三卷，又有《會昌解頤》四卷，今其書不傳，不知所載何事，大率供人噴飯者也。《太平廣記》所載如『癡壻弔喪』、『爭鬭囓鼻』，皆出《笑林》，未知卽此諸家之書否。夫古人著書，期於明道，若止以供一笑而已，又何足傳？乃讀釋氏之書，有所謂《百喻經》者，意存諷勸，而詞涉詼諧，如『造樓』、『磨刀』、『賣香』、『賭餅』之類，皆可采入《笑林》，然則撫掌啓顏之錄，其卽發矇振瞶之資乎？余流覽古書，知古文章家自有此一體。而霄漢故人，半歸黃壤，余亦衰病，興會索然，不復能爲康駢之《劇談》矣。因憶曩時少年，與朋輩譙聚談諧，間作軒渠大噱，旁若無人，迄今思之，如在目前。清夜不寐，追憶舊聞，得十餘事，錄爲一卷，卽題之曰《一笑》。《莊子》不云乎，『人上壽百歲，中壽八十，下壽六十，其中開口而笑者，一月之中，不過四五日而已』。余近者朝歎暮唶，愁環無端，求有此四五日而不可得，故於《褉纂》中存此一卷，排積慘而求暫歡，莞爾之餘，彌復喟然矣。

跋浮梅艪

花農爲吾造小舟成，擬襲用余吳下曲池中小浮梅之名，又擬名以俞舫，余因合而名之曰『小浮梅

俞』。蓋『俞』之本義，《說文》云『舟也』，猶曰『小浮梅舟』云爾。嗟乎，人生斯世，養空而浮，當知我亦一俞也，勿曰俞必屬我也。

《右台仙館筆記》序

余自己卯夏姚夫人卒，精神意興，日就闌衰，著述之事，殆將輟筆矣。其年冬，葬夫人於錢唐之右台山，余亦自營生壙於其左，旋於其旁買得隙地一區，築屋三間，竹籬環之，雜蒔花木，顏之曰右台仙館。余至湖上，或居俞樓，或居斯館，謝絕冠蓋，暱就松楸，人外之游，其在斯乎？余吳下有曲園，即有《曲園襍纂》五十卷，湖上有俞樓，即有《俞樓襍纂》五十卷，右台仙館，安得無書？而精力衰頹，不能復有撰述，乃以所著筆記歸之。筆記者，襍記平時所見所聞，蓋《搜神》《述異》之類，不足則又徵之於人。嗟乎，不古訓之是式，而惟怪之欲聞。余之志荒矣，此其所以爲右台仙館之書歟？曲園居士自記。

《茶香室叢鈔》序

茶香室者，內子姚夫人所居室名也。余既葬夫人於右台山，自營生壙於其左，又於山中築右台仙館，即署此三字於臥室中。余每至杭州，或居湖樓，或居山館，其在山館，輒以茶香室爲寢處之所。因

思夫人曩時每流覽書籍，遇有罕見罕聞之事，必以小紙錄存之，積至六七十事，然書不多，不能時有采獲，且其所謂罕見罕聞者，或實亦人所習見習聞焉，久之意倦，又久則拉襪摧燒之矣。余自夫人之亡，逾二年長子隕焉，其明年又有次女繡孫之變，骨肉凋零，老懷索寞，宿疴時作，精力益衰，不能復事著述。而塊然獨處，又不能不以書籍自娛，偶踵夫人故智，遇罕見罕聞之事，亦以小紙錄出之，積歲餘，得千有餘事，不忍焚棄，編纂成書。嗟乎，余腹中之笥無以遠過乎夫人，安知吾所謂罕見罕聞者，博雅之士不習見之而習聞之乎？書成，名之曰《茶香室叢鈔》，謂是吾之書可也，謂是夫人之遺書亦可也。

光緒癸未端五日，曲園居士書。

《茶香室經說》序

余於學無所得，四十年來鑽研經義，所得亦極麤觕。然生平譔述，究以說經者爲多。《羣經平議》外，散見於《第一樓叢書》及曲園、俞樓兩《襍纂》者，蓋又不下數百條矣。至《茶香室叢鈔》《續鈔》、《三鈔》，意在網羅舊聞逸事，間及經義，不足言治經也。惟自主講浙江詁經精舍，已逾二十載，評閱課卷及與門下士往復講論，每有觸發，隨筆記錄，積久遂多。去年夏，右骽生瘍，精力益衰，故秋間不至西湖，於吳下寓廬閉門養疾，遂將所記錄諸條又益以二百餘事，編纂成書，釐爲十六卷。因此書之成，適在《茶香室三鈔》成書之後，故卽名之曰《茶香室經說》，不知今之所說，其稍勝於前乎？抑或精神不及曩時，疏舛更甚也？余說經諸書，王益吾祭酒刻《皇清經解續編》，采輯幾及大半，此書則成於《續

編》既定之後，不及補入，將來有刻《皇清經解三編》者，安知不又從隗始乎？國朝經術昌明，巨儒輩

出，余願以此書爲後來者前馬也。　光緒十有四年春二月，曲園居士書。

《經課續編》序

余舊有《詁經精舍自課文》二卷，刻入《第一樓叢書》，嗣後久不復作。近者見獵心喜，偶一爲之，

積久遂多，然祕之篋中，不以示人。會詁經監院有選刻《七集》之事，余爲選定如干篇，因發篋取觀之，

一知半解，教學相長，亦不忍自棄，即於吳下校付剞劂，名之曰《經課續編》，聊以示同學諸君，未知以爲

何如也。　甲午秋，曲園俞樾記。

《九九銷夏錄》序

壬辰夏日，余在吳下，杜門不出，惟以書籍自娛。漁獵所得則錄之，意有所觸亦錄之，雖白鳥營營，

勿顧也。　秋初編纂，遂成二十四卷，不足言著書，聊以遣日而已，故題曰《九九銷夏錄》。曰九九者，以

夏至後亦有九九之俗語也。　八九老人曲園居士書。

《太上感應篇纘義》序

　　《宋·藝文志》有《太上感應篇》一卷，其大旨言天道福善禍淫，與《抱朴子》所述《玉鈐經》、《易內戒》諸書相近，蓋亦古籍之幸存者也。夫『餘慶』、『餘殃』之說著於《周易》，天人相應之理備於《春秋》，此篇雖道家之書，而實不悖乎儒家之旨。董仲舒曰：『天人相與之際，甚可畏也。』後世儒者不信此說，《洪範五行傳》且斥爲荒誕，於是篇乎何有？故自宋以來，雖流傳不絕，不過間巷細民共相誦習，而士大夫輒鄙薄之，其注釋諸家，亦多淺陋邱里之言，無當大雅。惟國朝定宇先生，以經師碩儒而注此書，徵引淵博，文字雅馴。然余猶惜其多用駢詞，有乖注體，且原文明白易曉，初不待注而明，惟宜附以經義，證以秦漢古書，使人知其與儒書表裏，不敢鄙夷，自然敬信奉行，於身心有益。余於惠氏，無能爲役，一知半解，掇拾其所未備，所已及者則從略焉。因非注體，故援宋杜道堅《文子纘義》之例，題曰《太上感應篇纘義》，卷帙緐重，釐爲上下二卷，用自修省，以爲息黥補劓之方，樂善不倦之君子，儻有取乎？同治十有一年十有二月，德清俞樾。

《袖中書》序

　　《漢書·陳遵傳》稱，遵性善書，與人尺牘，主皆藏去以爲榮，可知古人於友朋筆札，遇佳者亦甚寶

貴，非槬拉褋摧燒之焚如棄如也。余自通籍後，與海內賢士大夫縞紵往來，執訊之書，深藏篋笥，戢戢如束筍。庚辛之亂，付之劫灰，意甚惜焉。中興以來，承諸師友不棄衰庸，時時存問，又積成一巨册，或情意殷拳，或議論剴切，即單詞片語，亦往往有言外之意，尋味無窮。杜少陵不云乎『來書語絶妙，遠客驚深眷』，若任其散佚，供鼠蠹之一飽，非所以酬嘉藻、重芳訊也。於是手錄如干首，以所得先後編次，或一人而數書，則并錄之，寫定後釐爲二卷，取古詩『置書懷袖中，三歲字不滅』之義，題曰《袖中書》。俞樾記。

《東瀛詩記》序

壬午之秋，余養疴吳下，有日本國人岸田國華，以其國人所著詩集百數十家，請余選定。初意欲以衰疾辭，既而思之，海內外習俗雖異，文字則同，余謬以虛名流播海外，遂得假鉛槧之事，與東瀛諸君子結文字因緣，未始非暮年之一樂也。因受而不辭，自秋徂春，凡五閱月，選得詩五千餘首，釐爲四十卷，又補遺四卷，是爲《東瀛詩選》。余每讀一集，略記其出處大概、學問源流，附於姓名之下，而凡佳句之未入選者，亦或摘錄焉。《東瀛詩選》由彼國自行刊布，此則寫爲二卷，刻入余所著《春在堂全書》中，題曰《東瀛詩記》。其中雖不無溢美之辭，然善善從長，《春秋》之義也，全書凡五百餘人，見於此記者止一百五十人，蓋無所記者固略之矣。

光緒九年夏六月，曲園居士俞樾記。

《東海投桃集》序

光緒十六年嘉平二日，余七十生辰也，是日至象寶山送王康侯女壻之葬，不觴一客，亦不受一詩一文之贈，雖親串中如許星叔尚書，交游中如汪柳門侍郎，門下士中往來至密如徐花農太史，皆謝不受，亦可謂絕人太甚矣。不圖日本有舊隸門下之井上陳子德，爲我徧徵詩文，余固不知也。至明年八月，由李伯行星使寄至姑蘇。余不禁啞然而笑曰：在本國則卻之，在彼國則受之，其謂我何？雖然，余七十生辰固在去年也，而東國詩文之來則在今年，是可例之尋常投贈，而不必以壽言論矣。自惟卅載，虛名流布海外，承東瀛諸君子不我遐棄，雕鏤朽木，刻畫無鹽，其雅意亦何可負哉？因編次其詩文爲一卷，題曰《東海投桃集》，以識諸君愛我之情，亦見中外同文之盛。惟勝君海舟所作和歌未經譯出，不能編入，未免遺珠。又中東詩律文律小異，不諧於中華之讀者，略易一二字，曩選東瀛詩即用此例，想不罪我專輒也。至名位崇卑，年齒長幼，概所未詳，隨取隨錄，漫無次序，當更在所諒矣。光緒十七年九月，曲園俞樾。

《曲園墨戲》序

古人之字，卽古人之畫，日之爲☉，月之爲☽，星之爲∴，其尤肖者矣。倉頡見禿人伏禾中，因而製

『禿』字，此即畫即字之明證。孔子曰：視犬之字如畫狗也，此即字即畫之明證。自字與畫分，而其義不明矣；自畫與字分，而其道不尊矣。余素不習畫，然字則童而習之，以至於今，閑居無事，拈弄筆墨，時出新意，頗有合乎古人字畫合一之旨，集爲一編，題曰《墨戲》。庚寅四月，曲園居士書於春在堂南軒。

《西湖勝游圖》序

余前有《勝游圖》，已刻入《三要》矣，今又有此圖，因附刻於後。

《瓊英小錄》序

癸巳仲春二十有六日，鎮青中丞訪我於西湖寓樓，劉景韓方伯繼至，兩賓一主，促膝草堂。中丞問方伯：『瓊花開未？』對曰：『纔開數朵。』余愾然問：『瓊花安在？』方伯曰：『即在署中。』余曰：『吾歲歲至杭，不知杭有瓊花也。』客去，余入內言之孫女慶曾，曰：『瓊花罕見，何不乞取其一二朵乎？』余因以小詩乞之方伯。越二日，瓊花至，視之，聚八仙也。是日余自湖樓遷於山館，山中聚八仙盛開，山館前後即有二株，折以相比，實無大異。前人於瓊花、聚八仙辨論甚詳，然亦不過花瓣有大小厚薄，葉有光有毛及有子無子之異而已，聚八仙與瓊花，蓋同類也。因以詩報方伯，其末云：『此花

開傍行中書，固宜膺受瓊花號。在山則名聚八仙，伴我山中成九老。』方伯復余書云：『山中之花，得近高人，存其本色，其開傍行中書者，得毋染於習俗，欺世而盜名乎？』讀之爲一笑。時適行詁經精舍望課，卽以《杭州瓊花歌》命諸生作之。已而，丁君松生攜明人楊端《瓊花譜》見示，則知瓊花九朵，而聚八仙八朵，是大有區別矣。松生因杭有瓊花，知之者鮮，欲重刻楊譜，且附刻余詩。余曰：『若然，余當更作一詩。』而在杭筆墨叢淆，賓朋襍沓，未遑也。既還吳下，校閱詁經卷，《瓊花歌》作者寥寥，亦無佳者。余因自爲長歌，凡八百六十八言，論瓊花有古今之不同，而推究奇偶、陰陽、牝牡之理，以明有子無子之故。嗟乎，古之瓊花，不可見矣，今之瓊花，則聚八仙是也。孔子曰：『善人不可見，得見有恆者斯可矣。』余於瓊花亦云。鎮青中丞偶然問及，啓發余心，遂成斯論，殆亦花神有以陰相之乎？因鏤版以行於世，又繪古今瓊花兩圖附其後，題曰《瓊英小錄》。余詩云：『楊州瓊花不可見，對此敢謂非瓊英。』茲錄所以名也。異時松生見之，或刊附楊譜後，或編入其所刻《武林叢書》中，是亦香國之美談、武林之故事矣。曲園居士記，時年七十有三。

《春在堂全書錄要》序

余自兒戲之時卽有著述之志，九歲時翦紙爲書册之形，自爲書而自注之。然則余之不知妄作，蓋天性然矣。及自河南罷官歸，遂一以著書爲事。都凡刻以行世者，二百五十卷，自蘇杭之近以及閩粵黔蜀之遠，皆有余書，雖海外，行賈亦有以之往售者。然余書惟兩《平議》各三十五卷，此外則皆零星小

種，而曲園、俞樓兩《襍纂》，每卷各自爲書，於是名目益緐。世有未見《全書》而願知其目者，余亦不能悉舉以告也。因倣《四庫全書提要》之例，每種各撮舉大意，或節錄原序，成此一編。不敢襲《提要》之名。古樂工進曲必錄其要者曰『錄要』，因亦以『錄要』名之。叢殘著述，無當大雅，姑自比於瞍賦矇誦而已。

《春在堂全書校勘記》跋

昔司馬溫公作《資治通鑑》，同時能讀一過者，惟王勝之一人。余所著《春在堂全書》，何足比《通鑑》，然《通鑑》止二百九十四卷，而春在堂書已三百二十八卷矣。其書既無足觀，而卷帙又緐重，故雖流布人間，旁及海外，能如王勝之之全讀一過者，幾人哉？矓客乃能讀之，且爲校讐其誤，此又過王勝之遠矣。余爲刻附《全書》之後，非但正余書之誤，亦以酬其厚意也。惟《全書》中誤字似尚不止此，海內外諸君子有能繼矓客而作《校勘續記》者乎？是又余所深望者也。光緒十一年夏六月，曲園叟記。

《新定牙牌數》序

世有《牙牌數》一書，不知所自始，署曰『岳慶山樵著』，亦不知何許人也。依法占之，時有驗者。

長夏無事，偶於唐詩中采取七言絕句一百二十五首以代之。其旨遠，其辭文觸類旁通，當更有奇驗

乎？《老學庵筆記》載：射洪白崖陸使君祠，以杜詩爲籤，有人乞得『全家隱鹿門』一篇。夫杜詩可

以爲籤，則以唐詩占牙牌數，無不可矣。　光緒九年夏六月，曲園居士識於吳中春在堂。

以上均出自《春在堂全書》

《經說》跋

右《經說》一卷，乃樾爲童子讀經時所作，某時未知治經也。治經貴有家法，此卷龐襍，固不足存，

故箸《經訓弼載》未嘗攙入。然以弆藏既久，不忍竟棄，因錄而存之集中云。俞樾記。

輯自中國科學院圖書館藏《春在堂詩文賸稿》

《春在堂襍文》(二卷本)序

余往年編次《賓萌集》，其《襍篇》一卷，皆襍文也，王補帆同年爲廣東方伯時已爲刻以問世矣。然

其時編葺亦間有遺漏，而比年以來，又歲有所作。今年夏，命人寫錄之，得如干首，大半皆苟且醻應之

交，或摹擬以爲古，或炳烺以爲工，體格卑下，殆不可以入集，姑錄而存之爾。吳下有潘氏昆弟，曰祖

謙，字濟之，曰祖均，字和甫，乃相國文恭公之孫，昔曾從余學詩賦者也，請以此編付之剞劂。嗟乎！

昌黎有言，大懸大好，小懸小好。庸詎知吾之所懸非世之所好者乎？刻成，校勘一過，漫書數語於簡端，亦聊以識兩生拳拳之意而已。　辛未八月，俞樾記。

《奏定文廟祀典記》跋

右《奏定文廟祀典記》一篇，不記書於何年，殆猶在庚申亂前也。時余寓經史巷石氏五柳園，兵燹之後，不知流轉何處。子義世講乃於故紙簏中得之，奇矣。子義爲文恭公曾孫，少年好學，乃克紹其家聲者。余此冊固不足存，然亦幸其得所歸矣。題首缺四字，爲補書，與舊蹟殊不類。光緒丙申仲冬月，曲園俞樾書，時年七十有六。別一冊，字體小異，亦同時書也。并記。

輯自《春在堂襍文》(二卷本)卷前

《春在堂稿本》題識

島田君惠顧寓廬，索余舊箸各書稿本。余筆墨草率，舊稿本皆無足觀，除兩《平議》稿已做劉蛻文冢之例埋之右台山，此外各種，隨作隨刊。既刊則稿本皆拉襍摧燒，不自收拾，竟無存者。小孫竭半日之力，搜尋敝篋，僅得此四卷，聊以報命。嗟乎，《論語》代薪，《太玄》覆醬，而余此零星殘稿，乃得流播

輯自《曲園篆書五種》

鄰邦，傳觀藝苑，物之有幸有不幸若此。乙巳冬至前一日，曲園呵凍書。

輯自日本國會圖書館藏《春在堂全書稿本》之《春在堂尺牘五》冊扉頁

《薈蕞編》自序

國朝二百餘年來，人才特盛。其大者見於金匱石室之書，次者散見於名家碑傳之文。道光間，嘉興錢衎石先生有《國朝徵獻錄》一書，亂後散佚。而平江李次青廉訪乃有《先正事略》之作。近者湘陰李黼堂方伯又有《耆獻類徵》之作，搜羅宏富，誠著述之盛心也。雖然，子夏不云乎，『賢者識其大者，不賢者識其小者』。愚以爲，諸巨公之磊落軒天地者不患無傳，惟匹夫匹婦，一節之奇，往往淹沒不著，誠私人悼之。流覽諸家文集，隨手摘錄，積久遂多，不忍遂棄，篋而藏之。昔唐鄭虔采輯異聞，成書四十卷，名曰《薈蕞》，言多小碎之事，如草之小而多也。輒襲其名，題之簡端云。光緒七年實沈月，曲園居士書。

《重編七俠五義》序

往年，潘鄭盦尚書奉諱家居，與余吳下寓廬相距甚近，時相過從。偶與言及，今人學問遠不如昔，

輯自《筆記小説大觀》該種卷前

無論所作詩文，即院本傳奇、平話小説凡出於近時者，皆不如乾嘉以前所出者遠甚。尚書云，有《三俠五義》一書，雖近時所出，而頗可觀。余攜歸閲之，笑曰：此《龍圖公案》耳，何足辱鄭盦之一盼乎？及閲至終篇，見其事蹟新奇，筆意酣恣，描寫既細入豪芒，點染又曲中筋節，正如柳麻子説《武松打店》，初到店中無人，驀地一吼，店中空缸空甓皆甕甕有聲。閑中著色，精神百倍，如此筆墨，方許作平話小説，如此平話小説，方算得天地間另是一種筆墨，乃歎鄭盦尚書欣賞之不虛也。惟其第一回敘述狸貓換太子事，殊涉不經，白家老嫗之譚，未足入黃車使者之錄。余因爲別撰第一回，援據史傳，訂正俗説，改頭換面，耳目一新。又其書每回題『俠義傳卷幾』，而首葉大書『三俠五義』四字，遂共呼此書爲『三俠五義』。余不知所載三俠者何人。書中所載南俠、北俠、丁氏雙俠、小俠艾虎，則已得五俠矣，而黑妖狐智化者，小俠之師也，小諸葛沈仲元者，第一百回中盛稱其從游戲中生出俠義來，然則此二人非俠而何？即將柳青、陸彬、魯英等概置不理，而已得七俠矣。因改題《七俠五義》，以副其實，至顏查散爲後半部書中之主，而以查散二字爲名，殊不可能，此人在後半部竟是包孝蕭替人，非如牛驢子、苦頭兒、麴先生、米先生諸人，呼牛呼馬，無關輕重也。余疑查散二字乃容敏之訛，容爲古文慎字，以容敏爲名，取慎言敏行之義。簫管中郎，衣冠優孟，本無依據，何憚更張？奮筆便改，不必如聖歎之改《水滸傳》，處處託之古本也。惟其中方言俚字，連篇累牘，頗多疑誤，無可考正，則姑聽之，讀者自能意會耳。光緒己丑七月既望，曲園居士俞樾譔。

《孔子家語綱目》弁言

儒者誦法孔子，童而習之，白首不渝，其一生德業、文章、功名、富貴皆從此出。乃或問：以孔子事跡則纚纚言之者，十無四五也。更問以某歲有某事、某事在某歲，則愕眙而相對已矣。雖然，孔子行事，散見於《論語》、《家語》、《左》、《國》、子史諸書，紛綸錯襍，未有統紀，其不知也固宜。遷《史·孔子世家》稍能綜輯，而考證或疏，疑誤滋甚，嗣後雖另有編次，大抵皆沿史舛，而亦或舛於史，求其條貫井井，使尼父生平瞭如指掌，則空谷足音也。愚甚歉焉。鉛槧之暇，取諸書研味參訂，僭擬紫陽修史例，彙次成帙，名曰《孔子家語綱目》，匪敢附於闕里功臣，蓋欲使誦法孔子者假此以爲津梁耳。孟子曰：『頌其詩，讀其書，不知其人可乎？是以論其世也。』此戔戔之意也，但憾採擇多遺，鑑裁無當，則指其謬而刪定之，所望於後之君子。德清蔭甫俞樾謹識。

《經義塾鈔》序

光緒二十七年七月，天子降明詔，廢時文，改用《四書》義、《五經》義。承學之士有以體格爲問者，余曰：《四書》義，《五經》義，皆經義也，實卽經論也。《昌黎集》有《省試顏子不貳過論》，是卽唐人之

經義。《四庫全書》「總集類」有《經義模範》一卷，所錄張才叔、姚孝寧、吳師孟、張孝祥等經義十六篇，今宜頒示士林，以爲程式，而博采宋人文集以裨益之。至元人經義，有破題、接題、小講諸名目，是乃八股之濫觴，今可不用也。余耄而廢學，不復談經，偶成經義十六篇，是不足言模範。憶往年曾作《課孫草》二十篇，爲金陵坊間所刻，風行於時，今時文廢則《課孫草》可燒矣。而吾孫亦已由鼎甲入翰林，則典掌文衡，未始非意中事，經義一道亦宜研求，姑鈔存家塾，仍以課吾孫而已。曲園叟自記。

輯自光緒間刻本《經義塾鈔》卷前

《惠耆錄》序

樾以樗櫟之散材，桑榆之暮景，頹唐野老，已八秩有三齡，僥倖鄉闈，竟一周乎六甲。名場舊夢，久醒蕉鹿，病榻勞生，難言蔗境。猥以年例，濫被恩施，疆臣恭進封章，聖主特頒明詔，重赴承筐之嘉宴，仍還載筆之清班。宵雅三章，使白頭有能聽幾回之感；翰林再入，在青史亦不能數見之奇。非敢侈爲美談，竊願播之家乘。官書具在，私輯成編，因上諭有『以惠耆儒』語，故題曰《惠耆錄》，列目如左：綸音第一，紳稟第二，縣詳第三，撫疏第四，咨文第五，呈稿第六，詩紀第七，考略第八。光緒二十有九歲在癸卯春王正月，俞樾謹記。

輯自光緒間刻本《惠耆錄》卷前

《曲園老人經濟備考》序

士人尚志爲先，志士守身爲本。功名立，斯云不朽，賢俊出，爲濟時艱。拯時須反經常，通經貴致實用，作用要在素位，責己各無盡程。身名泰而窮達咸宜，功德立而文章乃貴，華實自然共貫，本末慎毋倒焉。

輯自《曲園老人經濟備考》卷前

《硯緣集錄》序

夫錦裙闈淡，猶存魯望之文；玉枕荒唐，竟入陳思之夢。而況事關翰墨，非徒兒女銷魂；物閱滄桑，便與鼎鐘並古乎？則有眉子硯者，乃明才媛葉小鸞舊物也。小鸞上界寒簧，前生松德，偶然墮世，便露聰明；未及于歸，已空色相。玉人化去，難留頰刻之花；璧友傳來，尚認彎環之月。想其爪花拭後，鬢棗梳餘，喜烏玉之新磨，翻紫雲之舊製。殷紅浮碧，自鐫鳳咮之銘；斜月橫雲，戲仿蛾眉之樣。以視吳夫人之玉櫛，張靜婉之金梭，雅俗不侔，風流更遠矣。人天隔絕，空招倩女之魂；文字因緣，屢見名流之集。佛雲同年，得之袁浦，譜入文房，鸜眼玲瓏，盛以紫方之館；龍鬚濡染，試從金屑之賤。然其初得也，不過謂靜女之彤，有光竹素；香姜之瓦，足壓琳琅。尚未知紅絲磨洗之時，即已

兆墨綬經臨之地也。未幾而牛刀小試，鳧舃高翔，竟攜笠澤之書，去飲吳江之水，蓋卽小鸞故里焉。訪疏香之舊閣，尚有蒼苔；訂午夢之遺書，猶留殘墨。乃喟然曰：一官如寄，片石有緣，是安可以不識乎？於是摹從眉匠，付之手民，采薇錄先輩之詩，簪花仿夫人之格。傳其軼事，謝自然眞已成仙；訪彼荒煙，隨淸娛端宜有誌。卽深情之縣邈，知爲政之風流，此集足千古矣。嗟乎，世上三災之石，半委泥沙；宮中十眉之圖，徒留粉黛。而一拳之不泐，竟萬鎰之同珍。余忝附石交，得觀拓本，眉娘之經猶在，大可留題；硯神之記旣成，竟容作序。此日敘《玉臺新詠》，雖非左太沖之《三都》；他年作靑史美譚，是亦趙淸獻之一□。咸豐戊午六月，德淸年愚弟俞樾拜序於金閶寓舍。

輯自淸咸豐間刻本《硯緣集錄》書前

《怡雲館詩鈔》題記

承示大集，格律淸超，詞旨哀艶，實兼唐宋之長。而《詠古》諸篇則又逼眞選體，至寄鄭、張二君八十韻及《齋中襍詠》，又復神似香山，可謂無美不具矣。于鄗見異同之處，妄有獻疑，謬垬直諒之友，實無一是者，不足當大方家一笑也。甲子夏四月俞樾記。

輯自民國七年石印本《吳興徐氏遺稿》

《同治上海縣志》敘錄

古者二十五家爲閭，而閭必有史，《禮記》所謂閭史，書而藏之是也。然則推而上之，其必有記載之史可知矣。《周官·外史》『掌四方之志』，鄭君謂是魯《春秋》、晉《乘》、楚《檮杌》之比。此卽後世郡縣志之權輿。使其書尚有存者，吾知其必高出《山海經》、《越絕書》之上，而惜乎後世之不獲見也。考之《漢書》，何竝爲潁川太守，『見紀潁川，名次黃霸』；又《董賢傳》稱王閎爲牧守，所至見紀。然則漢時郡國皆有記注，而今亦無傳者，文獻之無徵，固夫子所深喟也。自唐以來，總志莫古於唐《元和郡縣志》，州郡志莫古於宋《長安志》及《吳郡圖經續記》。其始惟詳載四至、八到、山川、鎮戍而已。自《太平寰宇記》，錄及人物，並載藝文，南渡新定《九域志》，又增名勝。其後，若《嘉泰會稽》、《寶慶四明》、《景定建康》之作，條例愈繁。蓋雖一邑之志，而全史體裁具焉，是故修志難也。《上海縣志》，始於郭經，一修於鄭洛書，再修於顏洪範，三修於國朝史彩，四修於李文燿，五修於范廷烺，六修於李林松。今郭志已佚，此外各志，雖有得有失，然彙而觀之，前事具在，欲稽邑故者，安能舍此而他求哉？今備載歷次修志姓名，并錄其序，以存其崖略云。

（中略）

右所錄，舊志梗概具矣。自李農部林松修志之後，邑人陸慶循作《嘉慶縣志修例》，於李志頗有訾議，邑中多傳其書，而李氏之書久已刊行，亦無有創議改爲者。至咸豐間，劉方伯郇膏時知上海縣，以

志乘無徵爲憾，於戎馬倥傯中延聘寶山蔣劍人廣文敦復，取舊志校讎。蔣適得鄭志，此志之佚，康熙間修志已不及見，而蔣得之，遂考核異同，作沿革、官司、選舉諸表，并人物、名宦傳。而方伯升任去，因輟不修。至同治五年，距李農部成書之歲五十三年矣。中間三更兵燹，邑士大夫懼故老之淪亡，遺文之散佚，歲月愈遠，而事跡寖無可考也，乃環請於今巡道應公寶時。公喜曰：此吾志也。於是始有修志之議矣。

是年秋七月，設局於也是園。公又以爲，眾人分纂，體例或未能劃一，乃屬其同年生俞樾以主纂之任。樾方主講蘇州紫陽書院，禮辭，不獲命，乃於其年十月至局。已而仍還蘇州。明年正月又至局，至五月又至局，則分纂之稿均已告成矣。時經費尚未有所出，每月局中所需，皆取之巡道署。因議停局，而以其稿俾樾攜還蘇州。其明年，樾又主講浙江詁經精舍，仍攜志稿以往。自六年七月，至七年四月，計十閱月，乃始將志稿統覽一周。樾性愚直，既受觀察之屬，不敢苟同於人，雖見聞淺陋，無所裨益，然其中更定體例、刪併條目、移易次第、斟酌字句者，所在多有，蓋既竭吾才，不自知其有當否也。

同治七年歲在著雍執徐夏四月，賜進士出身，誥授朝議大夫、前翰林院編修、國史館協修、提督河南學政加五級德清俞樾謹記。

輯自同治十年刻本《同治上海縣志》卷末

《白雲山人詩草》序

讀蘇子由《上韓太尉書》，知千古奇文皆以好游得之。士有讀數十年書而足跡不出里閈，無名山大

川以發其胷中之奇，無魁士名人以與之上下，其議論，寒蟬獨鳴，枯螢乾死，甚無謂也。白雲山人，浙東奇士，庚午孟冬，手詩一册，示我于湖樓。且道，將由浙西，放棹江南，覽金陵之形勝，探維揚之佳麗，然後驅車而北，登泰山，觀日出，至闕里，謁夫子廟堂，乃始稅駕乎京師。噫，山人之詩，其自此日進矣。因書此于其簡端，爲它日符驗焉。　德清俞樾。

輯自清同治刻本《白雲山人詩草》書前

《四書評本》後序

先祖南莊府君手批《四書》，樾自幼卽見之，未能讀也。今年春，至閩中省視太恭人起居，於壬甫兄福寧郡齋復見此書。伏而讀之，然後歎吾南莊府君之學之精，而致力於四子書者久而且深也。是編本爲初學設，不務旁徵博引，但就正文注文逐章逐節逐句逐字一一研求，每下一語，使聖賢立言本旨軒豁呈露，前後語意，無不融洽分明，雖人所忽略處亦爲拈出，老輩人讀書，無一字放過如此。以此讀書，書理自明，以此行文，文津自細。淺求之，則爲八股家指南鍼，深求之，則聖賢之道不外是矣。顧其書朱墨襍糅，皆蠅頭細字，或書於上下方，或書於旁側，或卽書於字句中。且在閩久，閩地卑濕，書籍易蠹，其殘闕不可讀者亦往往有之，猝難經理。因謹置行匧，攜歸於吳下厲廬，手自編纂，稍以意聯貫，使成片段，以小字雙行書於每節之後，其或有及注文者則節錄注文，而亦以小字雙行書其下，視正文下一格示別也，注不全錄，從省也。編纂旣定，而後是書乃可得而讀。時恩竹樵方伯署

蘇撫，應敏齋廉訪署蘇藩，杜小舫觀察署蘇臬，三君見而好之，謂是書不可不刻，乃付諸剞劂，以嘉惠

後學。嗟乎，南莊府君之歿，至今七十五年，此一編也，手澤雖存，幾及百年之久矣。卒藉三君之力

以傳於世，使府君一生心血不至泯滅，爲之子孫者何如感幸邪？舊有先朝議君跋語，敬錄於

前，并附朝議君所譔《南莊府君家傳》，使讀是書者有以知府君之爲人也。同治十一年六月孫樾

謹記。

輯自同治刻本《四書評本》卷前

《庸閑老人自敘》序

去歲，楊石泉中丞屬余校定《沈端愙年譜》。見其爲縣令，無日不以教養爲事，慨然相見，古之循

吏。及觀其策臺灣事，洞中機宜，又歎長於吏治者未有不長於兵事。蓋雖有常變安危之異，而以實心

實力處之則一也。乃今讀子莊太守《庸閑老人自敘》，則視端愙殆有過之。端愙所治，止臨潁一小邑

耳。子莊歷宰南匯、青浦、新陽、上海，皆江南劇縣，政事殷繁，他人所日不暇給者，獨能處之裕如，以教

以養，著有成績。端愙之策臺灣，不過於亂後略籌經久之方耳。子莊處戎馬倥傯之際，籌餉治兵，支持

東南大局，是二者皆視端愙爲尤難矣。端愙當雍正初年，遭逢憲皇帝，以同知起家，不數年至都憲，卓

然爲一代理學名臣。方今皇上躬理萬機，下明詔，求人材，如子莊者，固宜膺特達之知，佐中興之運，致

位卿相，敭歷封疆。此一編也，特其小試者而已。天之將降大任於是乎在，庸云乎哉？閑云乎哉？

《吳郡歲華紀麗》序

嘗讀韓諤《歲華紀麗》一書,於一歲四時十二月,自元日至除夕,風物故事,備載無遺。不獨足以考見古今風俗之殊,而且使詞藻之家得以點綴歲華,搜求古典,誠紀載中不可少之書也。元和袁君春巢,仿韓氏之例,為《吳郡歲華紀麗》,述歲時而以興地為主,殆宗懍《荊楚歲時紀》之流亞乎?余自中州罷歸,即寓吳中,然杜門謝交游,罕與都人士相接問,以吳中故事不知也。得此編而讀之,亦問俗之一助,君之惠我多矣。 同治十有二年歲在癸酉夏六月,德清俞樾識於吳下寓廬春在堂。

輯自清刻本《吳郡歲華紀麗》卷前

《冬日百詠》序

徐花農茂才工詩文,能篆隸,且長於繪事,乃西湖詁經精舍高才生也。今歲冬,余偶以《冬日襍詠》命題,花農得七言絕句一百首,蒐羅故事,排日成章,余詫為奇絕。且謂:詳加注釋,便可刻一小集,專行於世。今花農過我吳下寓齋春在草堂,則已一一箋注,哀然成書,讀之可當韓諤《歲華紀麗》矣。

輯自光緒刻本《庸閑老人自敍》卷前

同治十二年三月初吉,德清俞樾拜跋。

徐固武林望族，花農尤其佳子弟，卽此一編，知其爲學之日益也。甲戌嘉平，俞樾記。

輯自《香海盦叢書》該種卷前

《可自怡齋試帖》序

昔顧亭林作詩，自注出處，爲毛西河所譏。袁隨園作《詩話》，采用其說。余謂：西河之意，在攻

擊勝己者，隨園論詩，專取抒寫性靈，不在運用故實，兩君所言，非篤論也。元遺山惜李義山詩無牋注，

漁洋山人亦有『一篇《錦瑟》解人難』之句，然則詩安可不注哉？雖然，詩猶可無注，詩而至試帖，則尤

不可以無注。試帖之作，仿於梁元帝《賦得蘭澤多芳草》詩，取《古詩》一句爲題，作者之妙，全在運用

故實以闡發題意，近乎陸士衡所謂『會意尚巧，遣言貴妍』者，非可如『清晨登隴首，羌無故實』者也。

苟不明其所用之事，卽無以得其會意遣言之妙。余故曰：詩可無注，試帖詩不可無注也。元和顧子

山觀察工爲試帖詩，所著《可自怡齋試帖》，馮林一前輩曾爲序而行之。其字句之工穩，意思之深秀，無

剗刻之跡，無襞積之痕，題意自軒豁呈露，而又首尾渾成，八十字如牟尼一串，信乎於此道三折肱者。

然其原本無注，讀者猶以爲憾。比年來，君奉命觀察甬東，政通人和，居多暇日，乃出舊稿，與其友許君

穎叔、石君叔平、沈君紉齋細加牋釋，一字一句，徵引所出，使人誦其詩觀其注，無不迎刃而解，雖戳金

雕玉之辭，曳繡裁霞之作，亦如白太傅詩，老嫗領悟矣，豈非藝林一快事哉？余旣歎君詩律之細，又服

君腹笥之饒，杜詩韓筆，無一字無來歷，俾腹儉如余者，不至以《南華》未讀掩卷而沈吟。君之旣我多

矣，因勸刻此詩，并刻此注，輒爲序其簡端，用示讀君詩者，無執西河之說以獻疑也。同治十三年臘月

德清俞樾。

《綠竹詞》序

詞莫盛於宋，元曲興而詞學稍衰，有明一代，非無作者，而不盡合律，毛公所謂徒歌曰謠者也。至

我朝萬紅友《詞律》出，而填詞家始知有律。然榛蕪初闢，疏漏猶多。道光間，吳門有戈順卿先生，又從

萬氏之後，密益加密，於是陰平、陽平及入聲，去聲之辨細入豪芒。詞之道尊，而填詞亦愈難矣。張嘯

峯、朱紫鶴兩先生，皆及交於戈順卿先生者，故其爲詞，謹守紀律，具有師法。嘯峯所作曰《綠雪館詞

鈔》，紫鶴所作曰《萬竹樓詞選》，兩家之詞，皆以律勝，而搜奇叩寂之思，曳繡裁霞之筆，則又自成馨逸，

不爲律圃者也。余於兩先生皆未之識，而故友徐誠庵大令屢爲余言嘯峯。今年至滬上，劉庸齋先生招

飲，則嘯峯與焉。次日，承其過訪樸學齋，以《綠雪》、《萬竹》兩家合選本屬爲之序，且贈以《買陂塘》一

闋，有云：『欣遂願，有下里巴詞，一序求玄晏。』嗟乎，余之於詞疏矣，雖亦有所作，皆徒歌曰謠者也，

奚足爲兩先生之玄晏哉？重違來意，輒書數語於其簡端。將因嘯峯，質之紫鶴，而又惜誠庵之已作故

人，不獲與之一唱三歎也。光緒紀元之歲先立夏三日，德清俞樾撰。

《綠雪館詞鈔》題詞

謹守紀律，具有師法。又云：

綠雪館詞以律勝，而搜奇叩寂之思，曳繡裁霞之筆，則又自成馨逸，不爲律囿者也。德清俞樾。

輯自清光緒元年刻本《綠雪館詞鈔》書前

《和陶詩》序

王君叔任既刻其《竹林草堂詩鈔》，又以《和陶詩》四卷見示。夫陶公以高曠之懷，夷猶之致，發之爲歌，不事安排，不務雕琢，而讀之自使人油然情爲之移，穆然意爲之遠。以東坡之高才，追步其韻，朱考亭猶謂其畢竟費力。然則陶詩豈易和歟？雖然，人苟智次與陶近，則其詩境亦必與陶近。王君精於醫而隱於下位，不戚戚於貧賤，有淵明之風焉，以陶和陶，宜其不求工而工矣。其《讀山海經》諸篇，繼武古人而自出新意，非徒陶云亦云者。雖淵明復生，亦當在奇文欣賞之例。世有知琴中賀若者，自必愛讀其詩，不待鄙人之贅言也。光緒二年春正月，德清俞樾識於吳中春在堂。

出處失記

《刺疗捷法》序

治疗之法，向無專書。南渡時有《救急仙方》，皆載瘍醫之術，所論疗瘡甚詳，惜原本與作者姓名並佚，天祿秘鈔，不可得而窺也。無專書遂無專家，鄉曲逆旅之人，倉卒肉壞，未及延醫，每不治，即有能治之者，未得竅要。雖有明堂秘傳，安能扶危於頃刻間哉？吳門張君蓉亭游於浙，得鈔本於慈谿應氏，繼於他處得刻本二種，參考異同，原其本，皆按經循絡，遂刪繁就簡，合爲一書。前舉要言，各穴繪以總圖，治法編成歌訣，附以膏方，名曰《治疗捷法》。王君緘三患指疗，蓉亭爲之治病若失，索其書，亦不秘。王君以之療人輒效，繼增以《考正穴法》，願付手民，以廣其傳，而求序於余。余向不精岐黃之術，嘗讀《素問》諸書，間有疑義，輒爲通其說。顧以舊史，退居田里，生逢聖世，無補堯舜施濟之功，往往滋媿。此書一出，使黃童白叟悉免顛連，擬之《救急仙方》，斯真無媿，非特余所深幸，古人亦無湮没之憾矣。是爲序。光緒丙子春仲，德清俞樾。

辑自清光緒五年刻本《刺疗捷法》書前

元刊本《茅山志》跋

劉君泖生，好學不倦，手寫書不下數十種。余索觀之，出示此册，雨窗無事，展讀一過，輒記其卷

末。光緒二年春二月，曲園居士俞樾書於吳中春在堂。

《直齋書錄解題》有《茅山志》一卷，嘉祐元年句容令陳倩修。而此書卷首自序止言有紹興廿年曾孚仲、傅子昂所修山記四卷，不及嘉祐志，殆未見耶？抑嘉祐舊志已爲紹興修志時并入邪？樾又書。

《北游潭影集》序

花農孝廉計偕入都，途中得詩如干首，出都後又追敘都中文酒讌游，補作如干首，合之得五十二首，錄寄曲園。余讀其途中詩，每於童時侍其先德游歷所及之處流連不置，油然仁孝之思。《安車》、《危車》二章，尤徵涉世之學，讀其補作都中詩，又見其文名之盛，傾動公卿。唐人詩所謂『坐中瓊玉潤，名下苣蘭馨』，君之謂矣。徐氏本武林望族，王謝家風，至今未墜。君其勉之，他日繼文敬、文穆兩公而起。《卷阿》矢音，柏梁聯句，此一編，特其發軔也夫。　光緒二年閏五月五日，曲園居士俞樾。

《紫薇花館文稿》序

余自幼喜爲駢儷之文，中歲研經，遂輟不作，然見有工是體者，未嘗不欣賞之也。王君夢薇以未僚

需次吾浙，詩才清絕，余嘗歎爲衙官中之屈，宋。今又見示此編，則駢體文居其半，筆意幽秀，詞藻古豔，如六朝及初唐人手筆，宋以後人不能辦也。至論古諸作，卓然有見，不詭于正，足徵學養之深。君年少志盛，所造固未可量，而卽此一編，亦自足傳矣。余年未六十，江淹才盡，三復斯文，慨焉大息。光緒三年季秋月朔，曲園居士俞樾書于西湖精舍。

輯自清光緒刻本《紫薇花館文稿》書前

《醉盦硯銘》序

古人槃盂几杖，無不有銘，以自警也。後世不復有此意，且尋常什物，亦無可銘。吾人於日用之物其必宜有銘，且銘之而宜者，其惟硯乎？《東坡集》中多硯銘，皆詼謔有奇致，余喜誦之。醉盦王子示余硯銘一册，命意雋永，用筆峭峭，可與東坡諸銘並傳矣。昌黎云：『若使乘醉逞雄怪，造化何以當鐫鑱。』今以醉盦勒銘，斯真乘醉而逞雄怪矣。爲硯一喜，爲硯一驚。己卯春日，曲園居士俞樾。

輯自《嘯園叢書》該種卷前

《梅華溪居士縮本唐碑》跋

錢梅溪居士縮臨唐碑，刻石揚州，亂後，江小雲觀察得其殘石，歸之詁經精舍，凡唐碑四十種，爲石

七十有六，題首三，跋尾八，共八十有七，頗淩亂無序。余依年號次弟之，梅小巖中丞出金成其事，梁敬

叔觀察董其役，時光緒五年閏三月，俞樾記。

出處失記

《問禮盦論書管窺》序

吳康甫先生篤嗜金石，至老不衰。其所輯彝器、古甎圖錄，余既爲序而行之矣，今又示余《金石文

字釋言》一卷，則皆自述其生平得力之處，多古人所未發者。昔輪扁之論斲輪也，曰：『不徐不疾，得

之於手而應之於心。口不能言，有數存焉。臣不能以喻臣之子，臣之子亦不能受之於臣。』今觀先生此

書，則凡古人所不能言者，具言之矣。使承學者由此而致力焉，亦何異先生之執其手而導之書哉？顧

其文卽敘述於蕉隱楊君之文中，余謂宜別出爲一卷，使自成先生之書，而以楊君之文爲序，以冠其端。

又，《釋言》之名，本乎《爾雅》，非此體例。昌黎有《釋言》一篇，亦非其倫也。今爲改題《論書精語》，卽

授門下王子夢薇釐訂之，知先生必以爲韙焉。　光緒五年十一月，曲園俞樾力疾書。

輯自光緒七年刻本《問禮盦讀書管窺》卷前

《西湖櫂歌》序

竹垞先生《鴛湖櫂歌》至今膾炙人口。余門下士王子夢薇繼之為《鴛湖櫂歌》，余詩所謂『烟波鴛胭湖邊路，傳唱王郎絕妙詞』者也。獨念西湖山水甲天下，視彼兩處，殆有過之，何寂寂無櫂歌作邪？

余假館湖上十有三年矣，每擬續《西湖百詠》，因循未果，自以為愧。光緒庚辰之秋，夢薇攜其友陳君子宣所作《西湖櫂歌》一百首，示我於俞樓。余讀之，以花紅雲白之辭，寫晴好雨奇之態，洵所謂『新詩寒玉韻，曠思孤雲秋』者，泬泬乎移我情矣。異日者，衆叟編郎，更相傳唱，豈獨與夢薇之作異同工？即竹垞先生有知，亦必喜君之善歌而能繼其聲矣。其九十七章云『六一泉旁築小樓，湖山嘯傲付名流』，即謂俞樓也。偶然小築，遂得與葛嶺、蘇堤、岳墳、于墓同入名人歌詠，抑何幸與？時立冬前一日，曲園居士俞樾書於右台仙館。

《翁覃溪評注元遺山王漁洋論詩絕句手稿》跋

此卷無書撰人姓名，傳為覃溪先生筆。故人蘭坡中丞所藏，其嗣君小坡孝廉出以示余。余觀之，真覃溪筆也，非獨書法相近，其論詩大旨亦吻合。又以先生《復初齋文集》證之，如云『迪功少負儁才，

惜空同專以模仿爲能事，以其能事，覘其良友，故所造僅僅如此
説。又云『邊仲子詩稿，漁洋以紅筆圈點，或改一二字，此句「疏雨欲沾衣」，實是「疏」字，漁洋改「林」
字，爲非』，則集中《跋邊仲子詩》固有此説。是爲先生筆無疑矣。又，先生嘗作《元遺山年譜》，而此論
刻《遺山集》，云『以拙撰年譜坿入』，亦其明證也。光緒辛巳歲仲春月，曲園俞樾記。
卷中所載同時之人如紀曉嵐、陸耳山，皆甚著，惟李南磵稍晦。先生集中有《李南磵墓表》，云『諱
文藻，字素伯，號南磵，山東益都人』。樾又記。

辑自北京大學圖書館藏本

《蘇海餘波》序

今年春，李黼堂中丞用東坡《石鼓詩》均爲余作《書家歌》，而余亦用此韻作《福壽甌歌》二詩和者
頗多，徐花農館丈彙而刻之，是曰《名山福壽編》。然刻成之後又有繼作者，且有非此二題而亦用此韻
者。花農又彙而刻之，是曰《蘇海餘波》。惟余今年因得龍游徐偃王廟韓文公斷碑，曾使詁經精舍諸生
用此均紀之，佳作頗多，他日當刻入《詁經五集》中。然則蘇海之餘波，或又爲韓潮之先路乎？光緒七
年歲在辛巳降婁月无妄六三爻直日，曲園居士書于俞樓。

辑自《香海盦叢書》該種卷前

《知我軒西廂試帖》序

昔尤西堂老人少年時戲作『怎禁他臨去秋波那一轉』制義，其後流傳宮禁，受知世祖，有『真才子』之褒，至今以爲佳話。夫文人游戲，何所不可？《西廂》曲文，既可爲八股文，何不可爲五言八韻詩乎？徐君子佩，余同年生也，以縣令官浙中。嘗示余《西廂試帖》四十首，蓋其舊作也。余讀之，其措語甚工而持律甚細，洵試帖中老斲輪矣。試帖始於唐人，至本朝而作者林立，突過前賢，實可於宋詞、元曲之外別樹一幟。館閣諸公，月必有課，同館詩鈔，每歲刊刻。使君而珥筆其間，與之角聲律之長，亦何慊焉？乃至今猶浮沈簿書中，聽鼓應官，不知老之將至，徒以此游戲之作膾炙人口，亦可喟矣。顧念西堂當日，以鄉貢除永平推官，且坐事降調，偃蹇半生，而暮年膺博學宏詞之徵，入翰林，修《明史》，以老乞歸，即家授侍講，何其前沈而後揚歟！君雖年逾周甲，而精神仍如壯盛時，異日安知不如西堂老人故事，翩然而起乎？即以此一編爲之兆矣。 光緒七年太歲在辛巳夏六月，年愚弟俞樾拜序。

輯自光緒刻本《知我軒西廂試帖》卷前

『文泉』題記

孤山之上有此大池，《西湖志》不載，蓋知者尟矣，不可無以張之。因其下有趙人張奇逢所書『斯文

在茲」四字，因名之曰『文泉』。辛巳九月俞樾記。

輯自上海圖書館藏盛宣懷檔案〇九三七六四—二号

《鄂不齋詩》評

余自主西湖詁經講席，歲至杭，與觀察藝農唐公相善也。今年三月，同人集余右台仙館，觀察公子韡之孝廉亦在坐。時適於僧舍壞垣得殘甎，有『福壽』二字，汪柳門侍讀、徐花農庶常以歸之仙館。余用東坡《石鼓詩》均作歌紀之，一時和者頗多。而韡之一篇，湧思雷出，華藻雲飛，近乎昌黎所謂『龍文百斛鼎，筆力可獨扛』者。余甚壯之。及余還吳下，韡之以詩一册介花農寄示，則此詩在焉。其外古作則格律老成，意義深厚，有選樓遺韻。近作則清麗芊緜，誦之使人意消。間爲小詞，亦抑揚有致，信於此中三折肱矣。楚固多才，韡之尤其杞梓乎？？楚騷人有唐勒，爲靈均高弟，而其遺文不見於後世。韡之年少而擅美才，異日和聲鳴盛，必將大顯於時，不僅爲今之唐勒而已。册中有《嶽麓懷古》，詩云『徘徊香草地，激揚風騷旨』可以品題此册﹔又云『晞髮赫曦臺，濯足洞庭水』，則其抱負可以想見矣。光緒辛巳歲嘉平月，曲園居士書。

輯自光緒刻本《鄂不齋叢書》

《青衫舊跡卷》跋

余夙聞椒堂先生有《青衫舊跡》長卷，道光來名人多有題詠，然未之見也。今年夏，其從孫竹石觀察出以見示。余奉而歎曰：雖無老成，尚有典型，斯之謂乎？宋葉夢得《石林燕語》云：王禹玉作龐穎公神道碑，其家送潤筆，金帛外參以古書名畫三十種。杜荀鶴及第時試卷亦是一種。蓋杜荀鶴試卷至宋猶存也。可見，名人試卷，傳之數百年後，古人原與古書名畫并視。然杜荀鶴不過唐代一詩人耳，若先生之經術、文章、德業，視杜荀鶴何啻倍蓰？此卷之流傳後世，其寶貴更當何如也！余生也晚，不及見先生，而今年二月間校刻先君子時文，其中數篇有先生評語，先君子自注其下云：朱椒堂師評。然則先君子固嘗游先生之門矣。余雖不才，竊附再傳弟子之列。因敬書數語於後。光緒八年俞樾記。

《紫薇花館經説》序

王子夢薇肄業詁經精舍，長于經學、小學，讀此册，乃知其得于庭訓者深也。本朝正學昌明，士大夫多以經學傳家，江蘇如元和惠氏、武進莊氏，其尤著也。王伯申先生《經義述聞》時時稱述其父懷祖

先生之說，而以己見坿益之。夢薇此册，意亦近之矣。余衰且病，不復有志于學，夢薇年壯而致力甚

勤，天又奪其官，殆將昌其學乎？夢薇勉之，余望之。光緒癸未二月既望，曲園叟書于俞樓。

輯自光緒間刻本《紫薇花館經說》書前

《東瀛詩選》序

日本之與我中土，同文字也，由來久矣。在唐宋之世，彼都人士已有游歷中邦，挂名史策如粟田、仲滿、滕木吉其人者，況至今日而輶軒之使交乎中外，更非唐宋時之隔絕不通者可比乎？余曩者曾見其國人物茂卿之《論語徵》、安井仲平之《管子纂詁》，讀而善之，嗣後東國諸君子不我遐棄，每至江浙者，必訪我于吳中春在堂，或湖上俞樓，遂有以其國人所撰詩百數十家請余選定者。余衰且病，未足以任此，然假此與海外諸君子結文字之緣，未始非衰年之一樂也。其國文運，肇於天貞，盛於元保，而天貞間之詩不可得而見，所見者自元和、寬永始，在中國則前明萬曆，天啓時也。自是至於今，垂三百年，人材輩出，詩學日盛，其始猶沿襲宋季之派，其後物徂徠出，提唱古學，慨然以復古為教，遂使家有滄溟之集，人抱弇州之書，詞藻高翔，風骨嚴重，幾與有明七子並轡齊驅。傳之既久，而梁星巖、大窪天民諸君出，則又變而抒寫性靈，流連景物，不屑以摹擬為工，而清新俊逸，各擅所長，殊使人讀之有愈唱愈高之歎。余就其有專集者選得四千餘篇，釐為四十卷，又就諸家選本中選得五百餘篇，為補遺四卷，東國之詩，亦略備於此矣。余每讀唐人詩集，如徐凝有《送日本使》詩，方干有《送人之日本》詩，錢起、劉禹

錫、韋莊輩皆有《送日本僧》詩，蓋習俗雖異，情性自通，風雅之事，固無嫌乎竟外之交。乃余謬以虛名傳播海外，遂得越國而謀，僭操選政，雖所選者未必悉當，然此集也，在彼國實爲總集之大者，必且家置一編，以備誦習。而余得列名於其簡端，安知五百年後墨水之濱不倣西湖故事，爲我更築俞樓乎？興到狂言，想諸君子必爲發一大噱也。大清光緒九年歲在癸未夏六月，曲園居士俞樾撰。

輯自光緒間刻本《東瀛詩選》書前

《湖北詩徵傳略》序

　　孔子編詩，採列國之風者十有五，而楚獨無風。説者謂：二《南》多江漢汝墳之詩，實卽楚詩也。其後，本《三百篇》旨而能別開一局，以寓忠君愛國之思者，厥惟《楚辭》。然則，楚之詩歌，實冠《三百篇》首而繼《三百篇》後，爲千古詩教津筏，尤非他國之風謠所得比者。魏晉以降，騷人名作，踵接代興。乃世異法殊，士夫布衣，往往工於詩，而未必盡傳於世，卽傳矣，亦未必廣而久，不獨於楚爲然，而楚實爲詩之淵藪也。丁君星海，以楚北名宿，既喟鄉里先達輩有可傳之作而至湮沒散佚，且恐後之學者有數典忘祖之誚，因就大湖以北各郡縣之以詩名者，上溯旁搜，先敘其生平，復論其品格，歷五寒暑而成是書，題曰《湖北詩徵傳略》，而郵寄屬序。受而讀之，不啻復覯二《南》、《九歌》之風，卽《三百篇》之宗緒，亦隱然猶存於世，其視我浙胡文學之《甬上耆舊集》、沈季友之《檇李詩繫》僅徵一隅之詩、以闡揚爲志者，分上下牀矣。謹贅數語，以誌欽

三七二〇

佩云。

光緒九年癸未夏，德清俞樾力疾書于吳寓曲園。

輯自光緒間刻本《湖北詩徵傳略》書前

《傅紅寫翠室賸稿》序

往歲，有鄖子梅仙者介王子夢薇來見余於詁經精舍。其年甚少，而其才則甚美，所作詩古文詞，皆斐然可觀。問其人，則楚人也，問其所爲，則不恥小官而吏隱於吾浙者也。嗟乎，天生是才，不使以文學顯，致身青雲，而使之浮沉於簿尉間，天之待斯人不已薄歟？雖然，古之名人魁士，哦松射鴨，落拓一官，而以詩文鳴後世者，亦往往有之，吾儕當論其才不才，不當論其遇不遇也。嗣後，余至西湖，歲必一再見。俄而經歲不見，問之，則曰死矣。嗟乎，天既厄其遇，而又奪其年，使其詩與文不得大有所成就以顯於後，并身後之名亦在可必不可必之間，則信乎天之待斯人之薄也！梅仙詩文雖多，而未能成家，其將卒之數年，又專心於九數之學，於詩文不甚措意。然其卒也，抱所著文稿數册，請其師江君秋珊定之，文士名心，至死不衰，固如是夫。今年春，夢薇醵資於同人，刻其詩文及詞爲一册，而索序於余。余既歎梅仙之死，而又嘉夢薇之不死其友也，百世而下，傳此一册書，則天能厄其遇、奪其年，而卒不能没其名，亦可慰梅仙於地下矣。

光緒十年春三月，曲園居士俞樾書於俞樓。

輯自光緒十年刻本《傅紅寫翠室賸稿》書前

《西湖百詠》序

王子夢薇曾著《鶯脰湖櫂歌》一百首，釣游舊地，託之歌詠，余贈夢薇詩所謂『烟波鶯脰湖邊路，傳唱王郎絕妙詞』者也。及以失職，留滯武林，時放浪於六橋三竺間，遂又有《西湖百詠》，自宋楊公濟始剏爲之，自後作者數家，然其詩不盡傳。余自主講詁經精舍，每春秋佳日必至西湖，亦思續爲百詠，以紀山水之勝，而衰病侵尋，因循未果。今讀夢薇詩，余可不作矣。此詩一出，三十里湖光山色中，園郎弋窆又無不傳唱王郎絕妙之詞，未始非粧點湖山之一助也。光緒甲申夏五月，曲園弁書。

輯自清光緒刻本《西湖百詠》書前

《花信平章》序

余於今年春命詁經精舍諸君作《二十四花信》詩。夢薇以花信雖自古相傳，而未能悉當，乃以意更定而賦之。余評其卷曰：《花信》詩平章允當，頗堪刊一小集單行。夢薇卽寫付剞劂氏，顏之曰《花信平章》，用余説也。然夢薇又以爲花信有二説，余於春時命題則是就一春而言也，若梁元帝《纂要》所載，則有就一歲言者，惟所列各花亦有未當。因亦以意更定，各繫以贊，合前詩而并刻之，分爲上下卷，

乞序於余。余是日適爲人書楹聯，有一聯曰：『評花品月春秋筆，鑿石疏淫宰相才。』卽以此言爲此集引喤可乎？甲申嘉平月立春前一日，曲園居士書。

輯自清光緒刻本《紫薇花館襪纂》此種書前

《精選縮印經藝淵海》序

客有彙六籍於同編，都五經爲一集，顏之曰《經藝淵海》。夫淵則竇深無際，見把注之靡窮；海則浩淼何邊，形波瀾之至闊。斯固文章能事，藝苑大觀也。既審其名，請言其旨。夫《易》以卜筮，贏火斯逃；《詩》始萌芽，魯儒首出。《書》傳故博士，聿先壞壁之弦歌；《禮》演高堂生，爰啓曲臺之記載。若《春秋三傳》，皆並列諸學官，而《公》、《穀》兩家，後乃亞于盲史。凡此五常之垂教，實爲千古之至文。經義原本于一理，致用者宜；文體必變於百年，適時者貴。在李唐以上，多述訓詁；趙宋已來，半皆章句。依經著論，則《洪範》一志始於劉更生；取經命題，則自靖一篇散于呂獻可。由茲而降，制亦繁矣。蓋自石渠延英，帝乃臨軒而發策；金門待詔，士知讀書以榮身。設九經之專科，祕書建省；通一經而賜第，正字名官。煥乎稽古之光，蔚矣登科之記。於以觀累朝之崇尚，而如舉業之依歸焉。我國家表章典籍，栽植人文，政本悉秉之詩書，文體載之於功令。是故雲漢昭回于天上，而鸞鳳爲章；菁莪秀育于泮中，而鴛鴦競繡。家家荆山之玉，字字元水之珍，罔不鈎索乎典墳，以寫其擇言之精博；綱羅乎書史，以覘其素蘊之宏通。究陸氏之《釋文》，異同顯列；劉敞之小傳，論議何深。聚眾長于一

類，斯說經之粹詣矣。以是言文于《易》則龍開虎閫，河洛之精徵也；言文于《書》則皋拜夔颺，松雲之祝也；言文于《詩》之比興，則蟲魚艸木，無非瓊簡之鐫華也；言文于《春秋》之論斷，則褒貶美惡，何殊彤管之秉衡也；言文于《禮》之規繩，則吉嘉賓軍，亦入錦囊之妙選也。凡經言之大要，悉包括乎此編。譬諸登九仞之淵，非層梯無以致顛□；翔三重之海，舍寶筏無以度波濤。乃知所編之製也，將以鳴盛世之右文，播藝林之佳話。學古有獲，視諸前脩，多文爲富，貽諸來者。駕針徐度，誠爲津逮之要書，雁墉高標，預卜經生之佳兆。光緒十有一年歲次乙酉孟春，曲園老人俞樾序。

輯自清光緒十四年石印本《經藝淵海》卷前

《月令動植小箋》序

古人言，《爾雅》注蟲魚，定非磊落人。然又云：一物不知，儒者之恥。何也？孔子教門人學《詩》，亦云『多識於鳥獸草木之名』，豈得謂聖教不磊落哉？《六經》中，鳥獸草木之名莫夥於《詩》，其次則《禮記·月令》一篇，然未有踵陸璣之例作《月令草木鳥獸蟲魚疏》者，何哉？今年春，王子夢薇過我春在堂，手一卷見示，曰《月令動植小箋》，余歎曰：實獲我心矣。時孫兒坒雲將應禮部試，率率老夫，與之俱往，行色怱怱，未遑卒讀。讀其第三條說鴻雁者，竊有一說。夫『鴻雁』之名，見於《夏小正》，見於《周雅》，而《說文》『鴻』篆說解乃以爲鴻鵠，不以爲鴻雁，何也？竊謂，鴻鵠卽鴻雁也。《本草》有雁有鵠，時珍鳥，一類而有大小者，小者謂之雁，大者謂之鴻鵠，合大小而言之，則曰鴻雁。此二

曰：鴰大於雁，羽毛白澤，其翔極高而善步，其皮毛可爲服飾，謂之天鵝絨。然則鴻鵠即天鵝也。古人於物之大者皆以天名之，天鵞猶言大鵞也。《爾雅》云：『舒雁，鵞。』然則鵞、雁同類，大鵞猶言大雁也。毛公說《詩》『大日鴻，小日雁』，其說自不可易，但以《詩》止言『鴻雁』，故《傳》亦止言『鴻』，若曰『大曰鴻鵠，小曰雁』，則《毛傳》與許《說文》均通矣。《月令》兩言『鴻雁』，而《呂覽》、《淮南》皆作『候雁』。『候』與『鴻』，一聲之轉也，鴻之轉爲候，乃胡工切轉爲胡遘切也；鴻鵠又轉爲『黃鵠』，亦一聲之轉，鴻之轉爲黃，乃胡工切轉爲胡光切也。不然，鵠色固白，即有黃者，非其常也，胡不言其常而言其異者乎？ 附書卷端，用資啓發，即以爲序。 光緒十二年春正月，曲園居士。

《紫薇花館詞稿》序

余往年在詁經精舍，曾以《冬日襪詠》命題，徐花農太史蒐羅故實，排日成詩一百首，名曰《冬日百詠》，傳誦一時，爲之紙貴。今年又以《春光好》詞命題，夢薇用花農之例，成詞一百一闋，名曰《春光百一詞》。美哉，異曲同工矣。乃花農春風得意，今且翱翔於玉堂金馬間；而夢薇則雪虐風欺，令人有一寒至此之歎，又何也？ 姑吟余舊句，曰『花落春仍在』，慰夢薇，兼質花農。光緒丙戌三月，曲園居士書於京都潘家河沿寓舍。

《思誠堂集》序

《思誠堂文集》六卷，國朝張經笙先生所撰。議論正大，筆意權奇，雖間有繁辭，微累骨力，然黃梨洲《南雷文定》往往類此，不害其為傳作也。《道術》一篇，足救元明儒者空言心性之失。《考古文尚書》、《辨春秋胡傳》，於諸經文義亦有所見。《宋中興論》，雖不免襲前人之舊說，而《明靖難論》則規畫周詳，言之鑿鑿，直是陳同甫一流人矣。先生之歿，距今不過數十年，而竟無知其姓氏者。暴方子官其地巡檢司，乃搜訪而得之，然則空山老屋，梟朽蟫斷之中，零珠碎玉，淹沒而不彰者，可勝道哉！光緒十有二年秋八月，曲園居士俞樾書。

輯自光緒十三年刻本《思誠堂集》卷前

《紉佩偋館文鈔》序

筱峯趙君，以浙東名下士，為諸侯老賓客，閱歷世故，有經世之志。觀其上曾文正公書，深明大畧，居然陳同甫一流人。其代趙宮贊，汪方伯諸君請募勇收復鎮江，雖大帥不能奪其議，亦可見傾側擾攘之中有裨大局者不少也。間有《瑣言脞錄》，或議主表章，或事關懲勸，用意皆不苟，用筆亦華而不縟、博而不枝。嗟乎，君雖浮湛幕府，不克展其驥足，而傳此一卷書，亦何必非名山不朽之業乎？其生平

所主，如勒少仲河帥、杜筱舫方伯，皆我故人也，不數年來，墓草宿矣，不及攜君此集與共商定之。而鄙人轉得弁言於其簡端，殊令我游九原而流連於隨武子矣。光緒十有二年時維九月，曲園居士德清俞樾拜書。

輯自光緒十三年木活字印本《紉佩儔館文鈔》卷前

《小睡足寮詩錄》序

太湖東西兩山之勝甲於吳會，余有同年之孫暴方子官其地，屢招余作西山游，未果也。然流覽其圖經，宅阻蟠幽，實乾坤之靈囿，意其中必有如王右軍所稱林澤逎上之士，而余未之見。今乃見之於秦君散之。其人須眉秀爽，風骨清寒，雖爲貧而仕，宦游吾浙，浮沈簿尉間，然瑤林瓊樹，望而知爲風塵外物。今年春，始見余於湖樓，年已六十矣，以詩四卷見質。蓋散之於丹青篆刻無所不精，而尤長於詩。其爲詩，無妃青儷白之俗態，亦無瑉肝琢腎之苦調，而夷猶淡宕，有清氣旋繞於其筆端，讀之恍如莫釐縹緲七十二峯，濃青淺碧，從行墨間撲人眉宇。其五言如『波搖孤塔動，雲抱一峯沈』、『病葉黏霜墮，孤螢背月飛』，七言如『蒼涼兵火黃花少，惆悵西風白髮多』、『霜近人家將刈稻，日斜村巷忽聞雞』等句，皆可入長吉囊中。而其《丁丑襍感》八首，憂時感事，又居然浣花翁之一鱗半甲矣。余雖未及游西山，而得讀山中人之詩，詩如其人，人如其境，亦不啻游西山。率書數語，副散之拳拳之意，并以報方子也。

丁亥季春，曲園居士俞樾。

輯自光緒十三年刻本《小睡足寮詩錄》卷前

《墨池賡和》序

花農太史，優游木天，端居多暇，朋簪所聚，暢詠遂多。往年有《日邊酬唱》之刻，余既爲序其端矣。自去歲以來，又與徐小雲侍郎詩筒往復，積久益多，遂合而刻之，題曰《墨池賡和》，又寄乞弁言。曰墨池者，識緣起也。先是，花農得莊古香先生所書楹帖，其句云『思隨泉湧詩頻和，墨帶池香帖細臨』，倡和之作，由此權輿，故題斯名也。余惟金有段氏之《二妙》，明有錢氏之《三華》，藝林傳誦，以爲美談。侍郎與花農，並係出東海，同官日下，唱妍酬麗，興往情來，方之古人，殆有過之。余山中老矣，獲覿斯盛，惜金壺殘汁，久已乾枯，未足以揄揚君等筆精墨妙也。光緒十有三年孟夏之月，曲園居士俞樾書於右台仙館茶香室。

《槐廬叢書》序

吳縣朱君懋之，性喜書籍，插架甚富，嘗以所刊《行素堂目覩書錄》十卷見示。余讀而歎曰：夥矣哉，君所見之書乎！已而，君出其所藏，擇其尤雅者刻以行世，命之曰《槐廬叢書》，而問序於余。夫叢書之名，古人未有，《笠澤叢書》止一家之文集耳，非今所謂叢書也。然自左禹圭以下，彙刻之書，日增

月盛。國朝顧千里有言，遺聞軼事，叢殘璅屑，惟彙而刻之，然後各書之勢常處於聚。儲藏之家，但收

一書即有數十書之獲，其搜求也較便，其流布也較易，然則叢書之爲益大矣。惟南宋以來刻書者每喜

任意芟薙，而古書面目轉失其真。本朝諸家所刻書則無此病，大率訪求善本而精刻之，一字不易，此其

超越乎前代者也。朱君既富收藏，又精鑒別，所刻叢書盡善，可知此書一出，吾知其不脛而走矣。光緒

十三年孟夏之月，曲園居士俞樾書。

輯自清光緒間刻本《槐廬叢書》書前

《經學叢書》序

國朝文治武功超踰前代，而於經學尤駕宋元而上之，直與兩漢淵源相接。而儀徵阮氏所定

《皇清經解》實集大成。文達至今，又五十餘年，說經之書，愈出愈盛。同治初，余嘗與戴子高茂

才商定《續刻皇清經解目錄》，戊辰夏，見曾文正公於金陵節署，出以相質。公曰：天假吾年，必

成子志。已而文正薨，此事不果，余因刻其目錄於《春在堂隨筆》以俟來者。至光緒乙酉，王益吾

祭酒視學江蘇，乃始有《續編皇清經解》之舉。而吳中朱君懋之又有《經學叢書》之刻。朱君喜藏

書，又喜刻書，曾刻所藏書之海內罕見者爲《槐廬叢書》，余既爲之序矣。又以《經學叢書》乞序，

則皆說經之書也。方今聖天子親理萬幾，右文稽古，士生其時者爭自磨厲，以赴功名之路，要必

以經學爲本務。然則朱君此書，於國家明經取士之方，學者通經致用之學，豈小補哉？光緒十

三年孟夏之月，曲園居士俞樾書。

輯自清光緒刻本《孫詒讓朱氏經學叢書初編》卷前

《有明名賢遺翰》序

自古尺牘之傳，有以文章傳者，有以書法傳者，有不以文章不以書法而以其人傳者。此集《明賢遺翰》二卷，本望雲樓謝氏藏本，每篇有張叔未先生標題，自于忠肅以下凡數十人，皆磊落軒天地，或論時事，或論學問，而楊忠愍手蹟，則又兼有詩文。至字體，則真行草皆備。數百年來，氣韻如新，蓋其人足重，其文章，其書法亦無不與俱重。上虞裴君惠舟得之，不忍自祕，摹刻以行於世，洵藝苑一巨觀哉！

朱存理《鐵網珊瑚》載貞溪諸名勝詞翰，皆元人筆札，方回、王逢諸人皆卓然有聞，然視此卷中人遠不及矣。然則此卷之傳世而行遠，豈特如《貞溪詞翰》已哉？光緒丁亥夏，曲園俞樾書於吳中春在堂，時年六十有七。

輯自光緒十三年刻本《有明名賢遺翰》卷前

《武川寇難詩草》序

余嘗讀元人周霆震所撰《石初集》、郭鈺所撰《靜思集》，□至正中兵戈饑饉，轉□流離之狀，未嘗

不欵曰：此所謂君子作歌，維以告哀者□。咸豐之季，粵賊驛騷徧海內，吾浙終受其毒，金華所屬有武義縣者，亦巖□也，自咸豐十一年七月失□，至同治二年正月收復，綿歷二十月之久，人民之辛苦蓋臨為已甚矣。其邑人何君慎明經，為七言詩六十首以紀之，殆與《石初》諸集異曲而同工乎？後之讀者，勿徒賞其詞句之工，而追尋夫禍亂之由，以深思夫銷弭之術，庶有得以詩人告哀之義也夫？丁亥六月，曲園俞樾。

《趙忠節公湖防記》序

輯自《太平天國叢書十三種》該種卷前

　　趙忠節公，親受業於先大夫之門，而道光甲辰，余與同舉於鄉，幼相習也。公後以死守郡城卒，完大節，聖朝軫恤，天語褒嘉，贈巡撫之銜，予忠節之諡，史館立傳，故里建祠，公自此千古矣。自王公大臣以逮海內士大夫，知與不知，僉曰：是殆合張睢陽，文信國為一人者。而其兩年中動心忍性，九死一生，有冬日抱冰、夏日握火之誠，有赤不奪丹、石不奪堅之志，有一龍一蛇，一日五化之謀，則言者未必知，知亦未必詳也。宋君蕉午，舊與同事，於危城城陷後流離轉徙，僅以身免。今以閒曹需次吳會，追惟疇曩，如在目前。爰於聽鼓之暇濡筆而記之，簡而不遺，繁而不亂，據實而書，平情而論，無徇私之見，無溢美之詞，使海內仰望其人者皆有以得其大略，而鄉曲之間於公微有不滿者亦曉然於不得已之苦衷而無復異議。上以補國史之缺，下以存志乘之公，是誠不可不作之書也。書既成，問序於余。余

之言，何足爲公重？而追念公平日周旋之雅，又歎蕉午之能以文字報知己也，故僭序其端。公之名千古，蕉午是編亦千古矣。光緒丁亥秋七月曲園居士俞樾書。

出處失記

《雲圃秋吟》序

歲云秋矣，落木蕭蕭，洗蕉老人於是有《落葉詩》四章，寄託遙深，詞句秀逸，如初寫《黃庭》，恰到好處，可與漁洋山人《秋柳詩》並推絕唱。笏山方伯見而和之，余亦從而和之，流播吳下，傳誦浙中，屬和者數十家。唱妍酬麗，極一時之盛矣，老人彙而刻之，曰《雲圃秋吟》，雲圃者，其家園名也。余惟宋玉《九辯》第三章爲千古賦落葉者之祖，嗣是漢武帝有落葉哀蟬之曲，梁豫章王有《悲落葉詩》，秋士悲秋，固其常也。然屈大夫『秋菊』『落英』之句，說者謂此『落』字當訓始。落有始義，雅訓固然，而揆之大《易》成始成終之旨，則落與始事本相因，若循環然，落於此正所以生於彼，一轉瞬間，春日載陽，句者苗而萌者達，洗蕉老人殆又將賦新綠之詩乎？余一和《白雪》，再和《陽春》也。丁亥小春曲園居士書於春在堂。

出處失記

三七三二

《古詩賞析》序

余嘗謂，字至晉而盛，亦至晉而衰，以其籀篆之古意盡失也；詩至唐而盛，亦至唐而衰，以其風雅頌之古音盡失也。學者欲由晉而上窺籀篆之古意，不可不觀漢隸；欲由唐而上尋風雅頌之古音，安可不讀漢魏六朝詩哉？吳縣張君玉穀，字蔭嘉，蓋嘗游於歸愚尚書之門。尚書撰《國朝詩別裁》，張君讐校之力居多，意其人必一詩人也，而求之《蘇州府志》，無所見。乃今年冬，有以張君所選《古詩賞析》見示者，於漢魏六朝之詩博收約取而存其精，又詳加箋注以求其意趣之所在。嗚呼，是真善讀古詩者矣。居今日而欲由唐而上尋風雅頌之古音，舍此曷以哉？惟其論古音，必以毛西河《通韻》爲主，未免繁而無當。蓋其時古音之學未甚著明也。乾嘉以來，古音之學大顯，則此亦不足爲是書之得失，存而不論可矣。　光緒十有三年冬十有一月，曲園居士俞樾書。

輯自民國十四年印本《古詩賞析》書前

《六法金鍼》跋

金保三先生，吳人也，工書畫。道光間，陶文毅公撫吳，曾以其畫冊進呈乙覽，士林榮之。其配陸蘭生女史亦工書。今年，先生七十有八矣，尚能仿趙文敏青綠工細之作。此十六幅，尤臻神品，因付石

印，以廣其傳。光緒丁亥仲冬月，俞樾題。

輯自清光緒石印本《六法金鍼》書前俞氏手書『六法金鍼』題籤後

瞿學使德配傅夫人分書《孝經》跋

瞿子玖先生視學吾浙，以經義教多士，士林翕然稱之，咸謂阮文達後一人也。戊子初夏，歲科兩試皆畢，還于省城。余時在西湖寓樓，承以德配傅夫人分書《孝經》見示。字皆大寸許，蟠屈騰踔，有縱橫自然之妙。昔歐公跋房璘妻高氏所書《唐安公美政頌》云：『筆畫遒麗，不類婦人所書。』余於夫人書亦云。夫人爲青餘同年女公子，知其得於家學者深也。獨念阮文達視學此邦，流風遺韻，至今不衰，其繼配孔夫人亦嫺吟詠、工翰墨，而不聞有遺蹟之流傳。余今者得接先生之言論風采，又獲覩夫人之妙墨，視當日詁經主講之孫淵如、王西莊兩先生，自謂勝之矣。先生宜刻此書，傳於浙中，亦藝林一佳話也。光緒十四年夏四月，曲園居士俞樾書於吳中春在堂。

輯自手蹟

《梅邊笛譜》序

海昌蔣氏藏書甲於浙右，生沐先生精讎校，所刻《別下齋叢書》，學者珍之。其嗣君澤山孝廉從余

游，恂恂儒雅，善守父書，未嘗不歎先生之有子也。乃今又得讀先生女公子翰香女史之詞。女史為先生第十六女，所居別下齋畔有老梅一株，因號梅邊女史，所著詞即題曰《梅邊笛譜》。辭旨深長，音節淒惋，論者以其鄉徐湘蘋夫人比之，洵無愧色，蓋其耳濡目染得於家學者深矣。夫余第二女子歸武林許氏者亦能詩詞，其年較翰香女史更短二齡，將卒，自焚其稿，身後僅遺詩詞數十首，刻《慧福樓幸草》，附余全卷以行。今讀《梅邊笛譜》，觸余舊痛，不禁衰淚之沾襟也。光緒戊子端午前一日，曲園叟俞樾書。

輯自光緒十五年刻本《梅邊笛譜》卷前

《月隱先生遺像》跋

先生諱淵，字開美，號月隱，前明崇禎癸酉舉人。上疏劾周延儒，請留劉忠介，忤旨停試。明年，遭緹騎逮問獄，未竟，京城陷，乃南歸。弘光建國，詣南都，自請就獄，有『劉某忠臣，祝某義士』之旨。未幾明亡，先生聞變自經死。國朝乾隆四十一年，奉旨祀忠義祠。此其二十八歲時所繪小像，危坐鼓琴，衣冠嫻雅，而望之正氣凜然不可犯，洵足使頑廉而懦立矣。先君子《印雪軒集》有《祝義士行》，即為先生作。余不敢復贊一詞，敬書大略，以告觀者。光緒十有四年夏五月，德清俞樾敬觀并識於春在堂之南軒。

輯自民國六年刻本《重訂祝子遺書》書前

《經策通纂》序

宋時以策論取士，而永嘉學者遂有八面鋒之作，或云陳君舉，或云葉正則，不知其爲誰也。余讀其書，雅不謂然，謂無補於實學而徒便乎勦說，作者可以不作，學者可以不讀。乃淳熙中以其無所不該，令就試者人持一冊，以爲風檐一日之助，是以勦說雷同教天下士也，烏乎可哉？若王伯厚先生之《玉海》則不然。其書亦爲詞科而作，蓋宋自紹聖間始置宏詞科，至紹興而定爲博學宏詞科，南宋人材，多出於此。伯厚先生著此書以備詞科之用，故臚列條目，皆煌煌鉅典，采錄故實，亦多吉祥善事，與他類書體例迥殊，以其書爲詞科作也。然徵引繁富，考據詳明，遂爲古今不可少之書，非夫八面鋒所可同日語矣。近者滬上諸君子有《經策通纂》之作，欲得余一言以弁其首。余笑曰：是殆八面鋒以流乎？謝弗作也。未幾而其稿本出，余得而見之，書分前後二集，前集依經編次，始《周易》，終《説文》，如《易》則取李氏《集解》，《書》則取孫氏《後案》，頗爲有見。而備錄原書，不加刪節，則其體裁亦無可議。後集分甲乙諸編，甲經乙史，皆綱舉目張，條分縷晰，自經史子集、百家傳記，咸采摭焉，亦可謂包括古今、網羅宇宙者矣。是其書雖未敢謂竟與《玉海》抗衡，然實《玉海》之宗派，而非永嘉八面鋒比也。此書也成，上可備名卿大夫之討論，下可供文人學士之考索，豈特爲舉場經策之資哉？余向以八面鋒例之，失此書矣。或曰：然則此書也，真可備風檐一日之用乎？余曰：不然。風檐一日之用，必如八面鋒而後可，此書卷帙煩重，檢尋非易，風檐寸晷，有望洋一歎而已，安得用之？夫用之者在一日，而

讀之者在平時。抱樸子以書爲學者之山淵，吾願學者平時采伐漁獵於其中，勿徒以供一日之用也。光緒戊子夏五月，曲園居士俞樾書於春在堂。

輯自清光緒二十六年石印本《經策通纂》卷前

《玉獅堂傳奇》總序

潛翁陳君，負幹濟之才，筮仕吾浙，浮沈下僚，溫溫無所試。乃以聲律自娛，所著傳奇五種，曰《仙緣記》、曰《蜀錦袍》、曰《燕子樓》、曰《海虬記》、曰《梅喜緣》。雖詞曲小道，而於世道人心皆有關係，可歌可泣，卓然可傳。余尤喜其《蜀錦》、《海虬》二種，音節蒼涼，情詞宛轉，視尤西堂《黑白衛》等四種、吳石渠《綠牡丹》等四種，可以頡頏其間矣。乾隆四十六年，巡鹽御史伊公伊齡阿奉敕於揚州設局，修改曲劇，四年而事竣，從事局中者，有淮北分司張輔，經歷查建珮、大使湯維鏡諸人。使君生其時，與其役，得以釐正音節之得失、考訂事蹟之異同，豈出張、查諸人下哉？何至一官落托，徒以引商刻羽、一倡三歎自鳴其得意也。然詞曲之工，則人所共賞矣。陽春白雪，必有知音，勿如陳子昂之碎琴於市上也。光緒戊子長夏，曲園居士俞樾序。

輯自《玉獅堂傳奇》卷前

《皇朝五經彙解》序

我國家正教昌明，鉅儒輩出，經學之盛，直接漢唐。《學海堂經解》之刻，實集大成。近又得王益吾祭酒之《續編》，國朝諸家之説，采擷無遺矣。然篇帙繁富，記誦爲難，檢尋亦復不易。每思略倣阮文達《經郛》之意，依經編次，集成一書；而精力衰積，未能卒業。今年夏，有以抉經心室主人所輯《五經彙解》見示者，自《周易》至《小戴禮記》，凡二百七十卷，所采書，凡一百四十一家，二百八十七種。舉經文而具列諸説於下，如『乾，元亨利貞』，先出此五字，又分出「乾」字、「元」字、「亨」字、「利」字、「貞」字，即此一條，可見其蒐羅之富、詮釋之詳矣。主人原稿曰『羣經彙解』，非止《五經》，因文逾億萬，寫定需時，故先以《五經》行世。國家頒列《十三經》於學官，而鄉、會試取士則以《五經》，然則《五經彙解》，尤士林所不可不讀之書也。每歎近世士尚苟簡，不以通經爲志，惟以速記爲工，顧氏《日知錄》已言其時士子於《喪服》諸篇刪去不讀，赴速邀時，良可浩歎。主人所輯，則《禮記》中凶禮諸篇亦逐條采錄，無所遺漏，然則此書也，其學者治經之鍇鑰，而非徒場屋中漁獵之資乎？余是以因《五經彙解》之既有成書，而尤望羣經之接踵而出也。　光緒十有四年太歲在著雍困敦，夏六月中伏日庚子，曲園居士俞樾書於吳中春在堂。

《盤字唱和集》敘

明代李西涯與吳匏庵用『斑』、『般』韻更唱迭和，各五首，一時有『攙奪蘇家行市』之戲。夫疊韻而僅止五首，是亦未爲多也。余從前與恩竹樵方伯唱和，『人』字韻疊至十四，『腴』字韻疊至十五，後復與徐花農太史用『堪』字韻疊至十九首，自謂多矣。今鼇峯先生示我馴克曹君所徵《盤字唱和集》，作者九十有九人，而詩至五百餘首，盛乎哉！蘇家行市，真爲諸君所奪矣。諸君中有疊至二三十首者，而先生之詩獨多，精神淵著，卽此可見，人服其多才，我卜其多壽也。光緒十四年戊子臘日，年愚弟俞樾。

輯自清末抄本《盤字唱和集》書前

《牧山樓詩鈔》序

余往年曾選東國之詩，而未始得見牧山先生之詩。及戊子歲，余在右台仙館，有以先生八十初度詩見示者，有云：『伏勝傳經吾豈敢，陶潛愛酒或同之。』想見其風趣之高。因和其韻，卽以爲壽。其明年，遂承先生以朱漆酒杯一具相贈，余報以詩，所謂『因我曾歌百年曲，勞君遠贈一杯春』是也。并知《牧山樓詩集》卽將刊刻行世耳。踰大臺手定全詩，先生真神仙中人哉！余齒小十齡，身隔萬里，乃辱

先生不棄，許附姓名於大集之後，因書數語，以識神交，其詩雖未得讀，讀其自壽之詩，詩格可想矣。大

清光緒十五年歲在己丑立夏之日，曲園俞樾書於吳中春在堂。

輯自日本明治鉛印本《牧山樓遺稿》該種卷前

《金剛經直解》序

余於佛法，未有得也。惟《金剛般若波羅蜜經》，則信受奉持亦既有年，於無上甚深微妙之旨略有

所得。曾爲《金剛經注》兩卷，海內外諸善知識頗不鄙棄，刻入《春在堂全書》，行世久矣。然余注此

經，在發明卽住卽降伏之義，以求合經文所謂『無實無虛』者，而於章句訓詁未及詳也。夫訓詁不詳，則

凡金剛般若波羅蜜與阿耨多羅三藐三菩提，學者皆不知爲何等語；而章句之不明，則又何以誦此經

乎？往年，禾中有刻王巨川氏《金剛經句解》者，余喜而序之，凡以便初學也。乃今又得《金剛直解》

一書，此書爲純陽子降箕所作。夫仙佛同源，理本一貫。我朝世宗憲皇帝以張紫陽《悟真外篇》歸入

《釋藏》，然則純陽子之解《金剛經》，亦何異石頭和尚之作《參同契》乎？其書於章句訓詁甚詳，受持

讀誦者可以渙然冰釋，怡然理順，洵《金經》善本也。惲子季文，校付剞劂，用意深矣。《經》云：『是

經有不可思議功德。』吾知季文既刻此經，持戒修福，無量無邊，上以爲太夫人壽，下則身其康彊，子孫

逢吉，皆於此券之也。光緒十有五年己丑九秋朔日，曲園居士俞樾。

輯自清光緒二十三年刻本《金剛經直解》書前

《柳營謠》序

國初平一海內，以從龍勁旅分駐各行省，是曰駐防。大者統以將軍，其次爲都統，又次之爲城守尉。吾浙杭州，乃東南一大都會也。於是有鎮浙將軍，有鎮浙副都統，皆駐杭州，開軍府，立滿營。度杭城西偏以爲城，其周九里，其門有五，規模閎遠矣。二百數十年來，功名之隆盛，人物之丰昌，流風遺俗之敦厚，故家世族之久長，不可勝計。而紀載缺如，無以垂示於後。中間又經兵燹，一營俱燼。亂定之後，乃調集乍浦、福州、荆州、德州、青州、四川六處駐防重建新營，輶復舊額。入其城者，但見衙署之鼎新，廛舍之草創，欲問其故事，而遺老盡矣。乃有菌溪協戎之哲嗣曰三多六橋者，著《柳營謠》一百首，凡有涉掌故者，重以詩記之。上紀乾隆中高廟南巡之盛，下逮咸豐間傑果毅、瑞忠壯兩公死事之烈，而凡杜仙仙之墳、鳳氏、皇氏之井、勾曲外史之廬、臨水夫人之廟，以至九月演礮、春分鬆鞍。雲鬟月鬢，湘公府之閨裝；留月賓花，榮部郎之吟館。事無巨細，一經點染，皆詩料也，即皆故事也，可以傳矣。余春秋佳日必至西湖，由錢塘門入城，必取道滿營。如得此一編，於輿中讀之，望將軍之大樹，觀故家之喬木，其可慨然而賦乎？光緒十六年歲在上章攝提格仲春之月，曲園居士俞樾，時年七十。

輯自清光緒十六年石印本《可園詩稿外集》該種卷前

《繭廬詩集》序

余頻年主講龍湖書院，院中故有小課，余春秋課以經解，冬夏課以詩賦。於是得一士焉，曰崔懷瑾，説經頗有心思，詩賦亦斐然可觀。嘗出其所作古今體詩見示。詩不拘一體，或豪放，或娟秀，即游戲之作，亦有經術存焉。余甚賞之。瞿子玖學士來視浙學，簡高才生二十人，肄業詁經精舍，懷瑾與其選，所學益進。已而，學士去浙，精舍第一樓燬於火，懷瑾亦以事不果來，寓書於余，深爲悵惘。雖然，懷瑾治經已得門徑，豈必精舍乃可從事經哉？即所學而更精之，必能卓然自成一家之學。夫詩，猶其餘事也。光緒庚寅二月曲園居士俞樾書，時年七十。

《西磧雪鴻》序

王子夢薇示余《西磧雪鴻》一卷，皆其舊作也。余讀其《探桂日記》，點染生動，豔而不俗，置之尤西堂《褉組》中，幾不辨楮葉。又讀其《天平觀楓記》，奇情恣肆，體物瀏亮，西堂老人又瞠乎後矣。西堂當日以微官罷歸，遭際清時，受知聖祖，天語褒嘉，士林歆美。而夢薇自失職後窮而且病，憔悴如此，才使然歟？命使然歟？時使然歟？至《古柏山房聯句百韻》，則與王苕卿、葉菊裳同作，語既精闢，

韻亦奇險，直可躋韓孟之藩籬，詎止奪蘇家之行市乎？彼二君者，登玉堂、直樞廷、高步天衢，干青雲而直上，而夢薇一官已矣，才命不齊，可歎也夫。然夢薇雖失志於仕途，頗有聞於藝苑，方今天子親理萬機，富於春秋，異日或踵康熙、乾隆之故事，開博學鴻詞之大科，夢薇安知不繼西堂而起乎？姑妄言之，聊且快意，亦足發夢薇病中一噱也。庚寅三月，曲園居士書於俞樓，時年七十。

輯自《紫薇花館外集》該種卷前

《同亭宴傳奇》序

神仙富貴，二者難兼。兼而有之，惟幔亭一宴。清歌妙舞，鳳脯麟肝，饜飫偏乎雲仍，音響傳於後世。余從前作《廣樂志論》，有云：『仿幔亭之例，定縱嶺之期，召異代之兒孫，聚同時之父老。霓旌虹旆，備天上之威儀；霞褥雲裀，見仙家之富麗。』蓋心豔之矣。今得潛老為作傳奇，使仙跡靈蹤表襮於天下，不亦美乎？尤妙者，借秦皇求仙，作石壁之返照，使人知祖龍之力可以滅六雄，不可以致羣仙。滄海之舟未回，驪山之家已就，函谷一炬，阿房成灰。其子若孫，曾不得為咸陽之布衣，何如武夷君之子孫，猶得與山中盛會也。讀此一過，殊令人輕軒冕、傲王侯，有超然高舉之思矣。庚寅初夏，曲園俞樾序於右台仙館。

輯自《玉獅堂傳奇》該種卷前

《錯姻緣傳奇》序

蒲留仙《聊齋誌異》『姊妹易嫁』一節，相傳實有其事。潛翁吏隱西湖，雅善度曲，乃取其事，譜成傳奇，名曰《錯姻緣》。余讀而歎曰：此一事，有可以警世者二。夫婦人女子，初無巨眼，欲其於貧賤中識英雄，良非易易。買臣之妻，既嫁之後尚以不耐貧賤，下堂求去，況張氏長女尚未于歸乎？然以一念之差，成終身之誤，鳳詒鸞章，讓之小妹，晨鐘暮鼓，了此餘生，清夜自思，能不悽然淚下？是可為婦人鑒者一。至於男子，當食貧居賤，與其妻牛衣對泣，孰不曰『苟富貴無相忘』？乃一朝得志，便有貴易交、富易妻之意，秋風紈扇，無故棄捐，讀『上山采蘼蕪，下山逢故夫』之句，能勿為之酸鼻哉？若毛生者，偶萌此念，尚無此事，似亦無足深咎。然已黃榜勾消，青雲蹭蹬，使非神明示夢，有不潦倒一生乎？是可為男子鑒者一。潛翁此作，不獨詞曲精工，用意亦復深厚，異日紅氍毹上小作排當，聚而觀者，丈夫女子咸有所警醒，夫夫婦婦，家室和平，則於聖世雎麟雅化，或亦有小補也夫。庚寅初夏，曲園居士俞樾序。

《一得集》序

唐時有《西域治疾方》一卷，乃西域仙人所傳，見《藝文志》。余《小蓬萊謠》有云：『鍊就金丹一粟黃，不堪大眾共分嘗。待邀西域仙人到，備說人間治疾方。』即謂此也。夫道家，龍虎鉛汞，徒託空談，桐柏真人以大還丹命張老沿門喚賣，究竟何人白日昇天而去？不如王俁《單方》，救人疾苦，不失為菩薩心腸也。心禪和尚隱於浮屠而精於醫，其論醫諸條，無不入微，非精研軒岐之書不能道隻字。所附諸案，尤見運用靈機，不拘死法。和於此道三折肱矣。庚寅初夏，余住右台仙館，和尚見訪，并出此一編乞序。余雖不知醫，而素知和尚之精於醫，輒書數語於其簡端，使知扁鵲、倉公固有隱於方外者，勿徒求之市井懸壺之輩也。曲園居士俞樾。

輯自清光緒十六年刻本《一得集》書前

《勝蓮花室詩鈔》序

仲泉陳君，余甲辰同年也。君官直隸時，余子紹萊以同知需次北河，有同官之誼，得以年家子拜君牀下。余時亦寓津沽，杜門息轍，相見轉稀。及君以觀察使改官江蘇，余亦南還，寓居吳中，因與時相

過從。一日，君至余齋，適許信臣先生在坐，及君去，信翁語余曰：此君通達治體，良監司也。君初至吳，亦溫溫無所試，然其識見、其議論，往往高人一籌。每遇一事，眾論紛紜未定，君必有獨得之見，談言微中，聞者解頤。蓋君既練習世故而又善談名理，故不必有極論危言，而揮塵清談，悉中肯綮。未幾，奉檄攝常鎮通海道，駐節京口，其地旗漢同城，華洋互市，最號難治。君持大體，達輿情，處之裕如，不勞而理。及受代還，以積勞成風痺之疾，語余曰：余病喙矣。余曰：君起居雖憊，神明未衰，猶可為國家宣力也。然君竟倦於簿參，引疾歸里，嗣後亦間歲一來，余有見不見。及戊子歲八月既望，余訪君於其壻家。是歲為鄉試之年，各省闈題電傳吳下，已得大半。君與余歷論之，娓娓不倦，若初無病者。然不意此一別也，未十日而君之訃聞也。君嗜佛，通內典，聞君臨歿，意氣灑然，必有解脫於去來之際者矣。今年秋，君之長子子啓世講以君所著《勝蓮花室詩鈔》見示。余讀其詩，不襲積以為古，不馳騁以為豪，而夷猶淡蕩，自寫性靈，展誦一過，如重與君晤語於隱囊茗盌之間。而第五卷《東槎紀游草》則皆從潘偉如中丞於海外之作，奇情奇景，詩亦因之而奇，尤全集中別開生面者。而誦古人文章，貴得江山之助，況得海山之助者乎？余謂，君之詩，讀者自知之，不必以鄙言為重。而誦其詩者必欲知其人，余為君四十餘歲之老同年，雖不足以知君，然容有得其大概者，故拉襍書其簡端，為後世讀君詩者告。聞君佳城卽在錢唐右台山之原，而余所營生壙相距不一尺，異時歸臥松楸，明月清風之夕，與君相遇於墓門石上，以此序相質，君或許爲知言乎？光緒庚寅孟秋月，同歲生德清俞樾拜序。

《觺湖文鈔》序

士人以文章應科舉，則擢高科必有高文也固宜，然有高文而不擢高科，正大有人在。乃知文運之盛衰，有關國運，並關世運，豈淺尠哉？余罷官歸里，主講詁經書院，日與杭人士論文講藝，頗自爲娛。辛卯春初，崧中丞主課，詁經暨輪桌道課，得詹某卷，三試三冠軍。杭之詹某，向無文名，交相怪詫。及襲方伯招飲，席間縱談及此，始知詹卷乃方伯西賓左君紹臣所作也。隔日，余謁方伯於西湖孤山之麓，乞代邀紹臣。偕來，因暢談永日，始知紹臣於經學、史學確有根柢，尤邃於金石之學，故文章精采，光照海內。紹臣曩在金陵，名噪文壇，早爲李小湖、薛慰農兩前輩所亟賞，鍾山、惜陰兩院，屢試獲雋，真文章自有真價值也。紹臣之文，不徒逞才華，而有淳實氣。昔紫陽謂眉山父子少淳實氣，然則文章豈易事哉？紹臣於詩，其傑作竟非晚唐人能及，惜不得久聚晤。紹臣行將去浙矣，余囑將文詩梓行，俾薄海內外知中原文運未衰耳。　德清曲園俞樾誌於西湖孤山之俞樓。

《齒錄》序

凡士之應鄉、會試而中式者，合是科中式之士，以年齒爲次，錄其姓名，彙爲一編，是曰《齒錄》，此世所謂『齒錄』者也。今年夏，何君桂笙以《齒錄》見示，則異是。何君年四十有八，落一齒，落一葉落》詞紀之。嗣後，每落一齒，或用西法補一齒，輒記以詞。先後得詞十二闋，彙而刻之，名之曰《齒錄》，異乎世所謂『齒錄』者也。昔白香山有《落齒》辭，韓昌黎有《齒落》詩，不過偶一見之歌詠，未有如君之積而成帙者也。齒雖落，而含咀英華、噴墨成文，乃益妍妙。齒負君，君不負齒矣。以此壽之名山，《易林》所謂『金齒鐵牙』無以逾此。讀此錄者，當知聘齡彭齒，不朽千秋，勿與世所謂『齒錄』者同類而視之也。光緒十有七年歲在辛卯端午後二日，曲園居士俞樾書，時年七十有一。

辑自光緒十九年刻本《齒錄》卷前

《禹貢因》序

學者爭言治經，然能讀諸經注疏者鮮矣，非獨讀古注疏者鮮，能讀宋以後諸儒傳注者亦鮮矣，即如《尚書》之有蔡傳，明白敷暢，便於誦習者也。然《禹貢傳》中博引《爾雅》、《説文》、《山海經》、《漢書·地理志》、酈道元《水經注》、《輿地記》、《寰宇記》、《楚地記》諸書，又襍引唐薛元鼎使吐蕃、宋邢恕奏

下熙河造船諸事以證成其說，類皆文詞蔓衍，字句聱牙，三家村夫子口張而不能噓，舌橋而不能下矣，尚能正其音讀以授童蒙哉？溧陽沈清渠先生於是有《禹貢因》之作。先生為道光元年舉人，官安徽績谿訓導。憫學者於《禹貢》一書童而習之，而竟無家塾通行便讀之本，乃取舊注，芟薙之、潤色之，字句不多，而《禹貢》中大義約而能賅。謂之『因』者，蓋皆先儒舊說，不自下一說也。烏乎，先生誘掖後進之心可謂至矣。余幼時讀《禹貢》，不讀蔡傳而讀任釣臺先生《尚書約注》，乃先祖南莊府君所手鈔也。先生此書與任氏《約注》大略相同。任氏《約注》得其族孫筱沅中丞刻以行世，余已為之序矣，而先生此書，其文孫劍芙明府校付剞劂，亦問序於余。明府宰歸安，有政聲，蓋能世其家學者，異日蒙先生之遺澤，如漢平當故事，以經明《禹貢》位至台袞，即可以此編決之矣。光緒十有八年歲在元黓執徐鶉火之月，曲園俞樾書。

輯自光緒十八年刻本《禹貢因》卷前

《冶梅彔譜》序

《易·大傳》曰：『易有太極。』禮曰：『禮必本於太一。』太極即太一也。《老子》曰：『一生二，二生三，三生萬物。』《列子》曰：『一變而為七，七變而為九，乃復變而為一。』老子以生成之數言，列子以生數言，其本於一，則一也。《淮南子》曰：『一也者，萬物之本也。』又曰：『能知一則無二，不知一則無一之能知也。大哉，一乎！』許氏《說文》曰：『惟初太始，道立於一。造分天

地，化成萬物。』然則伏羲畫卦始於一，倉頡造字亦始於一，引而上之，則讀若囟矣。孰非此一字乎？夫卦即字也。離卦即『火』字，坎卦即『水』字也。而字即畫也，日即象日之形，月即象月之形也。知卦之即字，字之即畫，則畫繪之事亦從伏羲一畫來矣。王君冶梅，神於畫者也，其言曰：畫家先以一畫立法，爲萬象之根本。烏乎，此自來畫家所未見及者也。余不能畫，而亦知畫理，故爲引而申之，以發明其義。近有蜀僧執竹禪遺我《畫家三昧》一冊，其畫人物亦從一筆始，與王君所見或亦有合乎？光緒十有八年歲在元黓執徐鶉火月，曲園俞樾書。

輯自清光緒間刻本《冶梅稞譜》卷前

《式古堂目錄》序

國朝經學，超越前代，集大成者則有阮氏學海堂之書。自阮氏以後，又幾及百年，作者輩出，於是王益吾祭酒又踵阮氏而緝爲一鉅篇，刻之南菁書院。於是，言本朝經學者歎觀止矣。然其書卷帙繁重，檢尋非易。學海之書已有編目錄者，南菁之書，烏可獨無？尤子蔭孫因有《式古堂目錄》之作。式古堂者，西湖詁經精舍新築之堂也，蔭孫之書，成於精舍，故以名焉。方今天子，右文稽古，海內學者，無不崇尚經術，南菁之書，不脛而走，吾知蔭孫此書亦必與之俱行矣。光緒壬辰臘月，曲園居士書。

輯自光緒十九年石印本《式古堂目錄》卷前

《趣園合集》序

沈君炳然字春岫，余同縣人也，隱於簿書而好風雅，嗜翰墨。家有園林之勝，余偶書『涉趣』二字贈之，遂以名其園，而卽以園名名其集。集中諸作，雖或不盡可傳，然不役役於名利之中，而超超於塵埃之外，所謂巋然不淬者也。其人可嘉，其集亦不可薄矣。壬辰冬日，曲園俞樾。

輯自光緒十八年刻本《趣園合集》卷前

《純飛館詞》序

往者歲在己丑，皇帝始親大政，詔舉慶科。花農之從弟曰珂字仲可者舉於鄉，花農喜之，爲賦《西堂得桂詩》四章。而是科花農奉命典山右之試，試畢，以《晉闈選士圖》索題，余爲題七言古詩一首，其末云：『更幸高門世澤留，好將嘉話播杭州。請看選士晉闈日，正是西堂得桂秋。』爲花農喜，亦爲仲可喜也。而余於仲可未一見。今年春，於門下門生滿洲六橋都尉詞稿中，見其多與仲可倡和之作，乃知仲可固工於詞者，而亦未得一讀也。是年夏，余在吳中寓廬，六橋以仲可所作《純飛館詞》寄示，余始得而讀之。清麗芊綿，詞家正軌也。昔人譏東坡先生以詩爲詞，余生平所爲詞，亦詩而已矣。然讀人絕妙好詞，時有每聞清歌輒喚奈何之意。嘗序花農《玉可詞》，謂其有清新閑婉之長，無詭蕩污淫之失。

今於仲可詞亦云。仲可之於玉可,二可者,洵伯仲矣。惜花農正視學粤東,未得與共讀之也。光緒癸巳四月,曲園俞樾。

辑自光緒刻本《純飛館詞》卷前

《卑議》書後〔一〕

嘗讀《後漢書·王符仲長統傳》所載《潛夫論》、《昌言》諸篇,輒歎誦不置,以爲唐宋以後無此作也。不圖今日乃得之於宋子燕生。蓋燕生所爲《卑議》,實《潛夫論》《昌言》之流亞也。其意義閎深,而文氣樸茂,異時史家采輯,登之國史,亦可謂『寧固根柢,革易時弊』者矣。惟《變通篇》三十七章,鄙意以爲宜緩出之。其造端閎大者,固未必即能見之施行;瑣屑諸端,不知者且謂妨於政體。而嫁娶停旌之説,尤不免見嫉于禮法之士〔二〕。竊謂君子之論,論其大綱而已。孔子『富之』、『教之』兩言,千古不易。三代以上,聖人治天下以此,即漢唐以來,凡治天下亦以此。然何以富之、何以教之,則孔子不言也。一國有一國之富、教,不能通於他國;一時有一時之富、教,不能概於他時。至孟子屑屑然論之,即如『方里而井,井九百畝』,此或可施於七十里之滕耳,齊梁大國,能用之乎?而況後世乎?《易》曰『窮則變,變則通』,不變固不能通,而變之實難,是以君子慎言之也〔三〕。癸巳長夏〔四〕,曲園俞樾。

【校記】

〔一〕 宋恕《六齋卑議》書前亦有此(以下簡稱『《六》本』),題作『光緒癸巳十有九年俞曲園師書後』。

〔二〕『而嫁娶』至『之士』,《六》本無。

〔三〕『也』下,《六》本多『燕生屬序其端,余謝不敏,竊書其後云爾』。

〔四〕『癸巳長夏』,《六》本無。

《雙清閣袖中詩本》序

輯自《宋恕師友手札》上册

朱脩庭觀察,余鄉人也。往年,趙忠節同年以團練守湖郡,君亦在其軍中。嘗與忠節乘扁舟,闌入賊營,歌嘯而返,賊出不意,睊眙不敢發,其意氣之盛,可想見矣。後又從張靖達、李香嚴方伯於徐州,曾文正見而奇之,有『不凡』之目。同時爲曾文正所賞者,皆擁節旄、開幕府,而君以一官需次吳下,久之始以監司候闕,然君亦不以屑意也。吳中有虎阜、香溪之勝,而先後仕此者,如恩竹儒、許星臺兩方伯,皆雅嗜文墨,提唱風騷。任筱沅中丞自東撫謝事歸,亦寓居鐵瓶巷,以詞翰爲後進領袖。而諸名士裙屐風流,又極一時之盛。君與之游,酣嬉淋漓,春之朝,秋之夕,無一游之不懽,憨憨之泉,清奇古怪之柏,無一奇之不賞。此唱而彼和,前于而後喁,每一韻或至七八疊而未已,此其意氣,亦豈減於曩者扁舟寇墨時乎?今年夏,君以《雙清閣袖中詩本》兩卷見示,蓋皆近年吳下所作。從前舊作,兵燹後已無存者,故以香山語自名其集。不余鄙棄,乞弁言焉。余杜門謝客,諸君讌游,皆不參預,而諸君之詩則往往得讀之。

竊謂,山林枯槁之士,無友朋樽俎之歡,而高牙大纛中人,則又有簿領之勞,趁文

酒之樂。惟君隱於監司，適當其可，其品概固不夷而不惠，其名位亦不卑而不高，然則天之位置詩人者，其莫善於斯乎？使君異日者陳臬開藩，隆隆日上，追念舊游，必以余爲知言。至其詩之兼有昌黎、香山、玉谿生之長，則筱沉中丞序中已具言之，余固可不贅矣。光緒十九年歲在昭陽太芒落季夏之月，曲園居士俞樾書，時年七十有三。

輯自清光緒十九年刻本《雙清閣袖中詩本》書前

《瓊英小錄附錄》序

余撰《瓊英小錄》成，丁君松生見而喜曰：吾杭舊有瓊花街，今得此錄，庶瓊街餘馥猶未泯乎？余因詢其顛末。越月，以所錄一册來。余讀之，乃知瓊花街卽瓊花園也，因附錄於後。

輯自《先考松生府君年譜》卷四

《盟梅山館詩集》序

余門下諸君，以花農太史爲擘。余與之交二十餘年，其先德若洲先生及其母鄭太夫人之詩，余皆得而序之矣。乃又因花農而得交於族弟菊農，蓋菊農亦徐氏之白眉也。初爲京朝官，從事農曹，後以五馬宦游山左，張勤果公治河，深倚重焉。今已莅涉監司，行見大展其用矣。癸巳初冬，余臥病吳下，

菊農以書來，並以尊甫漱珊先生《盟梅山館詩集》見示。先生幼負異姿，十一歲時賦《春草碧色》詩，

有『一碧情無限，魂銷萬里春』二語，爲諸老輩所擊節。旋以名諸生參合肥李傅相軍事，楊、蘇兩郡

克復，敘功，加五品銜，賜戴花翎。使先生從此投筆而起，則方面之寄，指日可待。乃退而優游於苕

蓿一檠，其旨趣之高如此，宜其詩清新俊逸，令人一唱三歎有餘味也。自古詩人，如唐之白香山、宋

之陸放翁，皆享大年。先生詩境與白、陸相近，壽必同之。聞其先德於同治十三年重游泮水，士林豔

稱之。吾知十數年後，先生亦必重游泮水，所謂『詩繼隨園傳韻事，年高絳縣重家鄉』。先生昔以壽

其親者，菊農又可次其韻以壽先生，而花農亦必有詩爲先生侑一觴也。光緒十九年十二月望，曲園

俞樾。

《甲午大吉詩編》序

輯自《語溪徐氏三世遺詩》該種卷前

光緒二十年，歲陽在甲，歲陰在午，恭逢皇太后六旬萬壽之慶，鈞鈴明，延嘉生，乾亨坤慶，均禧於

九垓，所謂『祥源應節啓，福緒逐年新』者，於今歲見之矣。許君子社，出武林之華族，爲文壇之耆宿，於

正月元旦，展魚子之箋，試麟角之筆，得七言絕句一首，以『甲午大吉』四字冠每句之首，而以『新』、

『賓』、『春』三字爲韻。吉人之詞，與物爲春。一時丁松生徵君，修甫、和甫孝廉，楊春浦外翰諸吟侶屬

而和者數十人，得詩百數十首，鈎心鬪角，因難見巧，可謂極才人之能事矣。昔人有以『金石絲竹匏土

革木」八字冠首，以『溪』、『西』、『雞』、『齊』、『嗁』五字爲韻，成七律一首者，咸以爲難，然運十有三字於五十六字之中，雖難猶易也。今運七字於二十八字之中，其窘愈甚。諸君子左宜右有，層出不窮，吉祥喜事，何其盛耶！鄙人老矣，江淹才盡，竟不能勉效施顰，良用愧恧。惟念普天同慶之年，有此元吉勿違之兆，《易》云『吉事有祥』，豈獨文字之祥乎哉？吾知祥圖瑞史中必以此詩爲嚆引矣。上巳後一日，曲園俞樾書，時年七十四。

輯自清光緒二十年刻本《甲午大吉詩編》書前

《三十六春聲》序

今年元旦，許君子社成《甲午大吉》七言截句一首，而楊君春浦和其詩至三十六首，富矣哉，吉人之詞乎！余惟今科甲午會試，皇上命題曰『大哉孔子』，則『甲午大』三字已信而有徵矣。其第三題曰『慶以地』。慶者，吉也，然則『甲午大吉』，即『甲午大慶』乎？諸君子得風氣之先，即可卜今年吾浙科名之盛。余願以三十六宮春爲楊君福壽期頤之兆，而又願楊君分以與門下諸君，同作瀛洲佳話也。

光緒二十年春三月，曲園居士俞樾書於右台仙館，時年七十四。

輯自清光緒二十年刻本《三十六春聲》書前

《孫花翁墓徵》序

甲午春日，余在西湖寓樓。泛舟裏湖，見湖壖有古墓，以鐵錮之，賦一詩曰：『古墓竟誰氏，墳前石几留。何年鑄頑鐵，錮此土饅頭。』後丁君松生見詩，乃告余曰：此宋人孫花翁墓也，以《抱山堂詞》爲證。因作《孫花翁墓紀》一篇，松生爲刻之墓前。而春岫張君又廣收事實，著《孫花翁墓徵》一卷。嗟乎，孫墓之晦而復顯，殆亦非偶然乎？然余詩二十字，實緣起也，因書其事於簡編。

輯自《先考松生府君年譜》卷四

《雙清堂撫臨石刻》序

漢隸下啓鍾、王、唐賢無不由之，皆嚴重有法度。北魏諸碑，別開一派，書法險怪，字體詭異，實非正宗。近世士大夫喜學北碑，有劍拔弩張之態，無正笏垂紳之度。嗟乎，書法雖細，可以驗人品、覘世風焉，其可忽乎哉？甲午春，景韓中丞過訪湖上寓樓，與言書法，偶及此意，未竟其說。次日，中丞以平時臨摹刻石諸種見示，即書此以質之。學者由中丞之書入晉人之室而窺漢隸家法，書法其從此日上乎？雖然，以中丞之才之學，辭浙水，蒞中州，所以轉移風會者，獨書法云乎哉？曲園居士俞樾記，時年七十四。

輯自《雙清堂撫臨石刻》書前

《杏林承露圖》跋

嘉禾胡君村恬,得祕方,製肺露,治嗽疾如神,因繪《杏林承露圖》以紀之。道咸間,江浙諸名士題詠殆徧。兵燹後,爲梁溪蔡君心梅所得,得其圖,兼得其方,從此其圖傳,其方亦傳,洵非偶然也。心梅爲余門下士瞿客大令族兄,余因得與之交,故知其詳,爲紀其事。光緒甲午季春,曲園俞樾書於右台仙館。

輯自《傅斯年圖書館善本古籍題跋輯錄》

《呼嵩集》序

光緒二十年,恭逢皇太后六旬萬壽。貴州臬使唐藝農廉訪奉來京祝嘏之命,而令子韡之觀察,亦以臺南太守被省符入京師,蹕路點綴景物。於是南橋北梓,合頌臺萊,拜前拜後,焜燿朝列。古人有父子並乘軒軺及同列朝會,詔以屏風隔坐者,不足方斯榮寵矣。明年春,觀察道出吳下,示我詩一卷,皆紀恩作也。余以山林枯槁,獲聞雅頌和聲。燦爛星雲,見金闕呼嵩之盛;吉祥文字,卽銀河洗甲之徵。歡喜奉持,謹識其後。曲園居士俞樾題。

輯自光緒刻本《鄂不齋叢書》該種卷前

《兩罍軒校漢碑錄》跋

金石之學，足正經史譌闕。平齋手謀此藁，不及校訂成書，遽歸道山，良足惋惜。窗齋中丞身任校勘，色翰紛披，坿加眉語，不愧金石契也。老朽獲讀遺箸，藉資研索，謂爲解經之助，亦無不可。平齋有知，其亦引我爲知己否耶？光緒廿有弍年四月，曲園居士俞樾拜讀。

輯自中國國家圖書館藏《兩罍軒校漢碑》

《徙南詩錄》序

徙南煉師，甘肅靜寧州人。工琴能詩，初習儒家言，以文受知於許仙屏學使，齮於庠，時推爲一黌之俊。年二十，忽棄家入道，冠黃冠，履草屨，穿雲踏月，去來無迹。於虖，賢者之不可測有如是哉！然爲徙南者，豈有不自得於中者，遁而爲此耶？抑亦了然於生死之路，迫然於塵壒之表，世間一切富貴利達，舉不足以動其心歟？迹其生平，一琴一劍，徧歷燕、趙、齊、魯、吳、越、蜀、豫之域，東極遼南，入於海，豪游半生，抑亦壯矣。乙未春，由閩來，居靈隱寺，余始與相識。既出其詩請序，復以爲道士愛名者之所爲，心焉薄之。及偶一披覽，覺奇氣鬱勃，如雷奔濤立，震蕩天地，而清微窈眇，則又若冷風飄空，孤月在水，翛然灑然，渺乎其不可捕捉也。蓋得性情之真，山川之助，而嶄然爲徙南一方外人詩也。

余惟人事叢襍，無暇執筆，未幾而徒南留別之章繼至，因慨嘆爲書以貽之。時光緒乙未孟秋朔日，曲園
俞樾題。

輯自中國科學院圖書館藏《徙南詩錄》鈔本卷前

《淨土救生船詩注》序

自世尊憫念群生，隨機施化，於一切法中求其至直捷至圓頓者，莫如念佛求生淨土。乃爲長老舍
利弗說西方有世界名極樂，有佛號阿彌陀，因詳述其中種種，依正莊嚴，勸誘眾生，發願往生彼土，由是
淨土之說興焉。晉太元時，高僧慧遠結社廬山，與慧永、慧持等十八人同修淨土之業。而劉遺民爲
著《發願文》，王喬之等復爲《念佛三昧詩》，自是淨土之學與禪宗並重，信從益眾。然諸賢《念佛三昧
詩》至今尚有流傳，余嘗讀其一二，不過云『至哉之念，主心西極』，而於佛說淨土法門，未能明白指示
也。四明有沙門梵琦，著《懷淨土詩》七十七首，其中有云：『釋迦設教在娑婆，無奈眾生濁惡何。欲
向涅槃開祕藏，須從淨土指彌陀。』庶幾指破迷津，高登覺岸矣。然其詩亦惟是泛言大意，切指工夫。
乃今讀澹雲上人《淨土救生船》，自爲詩而自爲注詩，凡四十八篇，每篇七言四句，而每篇之注，多或數
千字，少亦數百字。發明三觀圓修之義，提唱事理一心之旨。推而至於執佛從心現，不信西方有佛，執
佛西來，不信自心顯現，二端皆爲邪見，正顯事理圓通，可謂深切著明，至詳至盡。而其歸本在信、願、
行三門，使人知所入手。又諄諄於持戒之得、犯戒之失，勸孝戒淫，尤爲切摯。循此以求淨域，真可以

一葦杭之矣。余本鈍根，於西來大義一無所得，惟嘗注《金剛經》二卷，闡發即住即降伏之旨，頗與他解有殊。上人見而善之，以是詩索序，敬爲誦晉支道林詩，云『維謂冥津渡，一悟可以航』，願與一切眾生沈淪五濁者同登此大願船也。

光緒二十有二年太歲在柔兆涒灘夏六月，德清曲園居士俞樾撰。

輯自清光緒二十四年刻本《淨土救生船詩注》卷前

『一盂厂』跋

仲容孝廉得古盂，以名其居曰『一盂盦』。蓋以古無『庵』字，故借『盦』爲之耳。然盂從皿，盦亦從皿，盦亦器名耳，周有交剌盦。然則盂、盦連文，義或未安矣。自宋以來，士大夫喜以庵自號，近世學者專孳許學，不作俗書，遇『庵』字，率書作『盦』，或書作『闇』，然實皆非也。余謂：庵即《説文》『广』字，因厂爲屋也，讀若儼。後人因『广』不成字，故又從奄聲作『庵』耳。其讀作烏含切者，古今語音之微有侈斂也。仲容屬余題榜，因即作此『广』字，未知以爲然否。光緒丙申夏，曲園居士俞樾并識。

輯自浙江省博物館藏俞樾篆書『一盂厂』橫披卷後

元槧《大戴禮記》跋

元至正甲午，劉貞刻於嘉興路儒學。孔巽軒未見此真本，致誤劉貞爲劉貞庭。得此考正之，大快。

屺懷其寶之。光緒丙申樾記。

輯自中國國家圖書館藏元刊本《大戴禮記》

《皇朝經世文三編》序

愚往歲嘗序上海葛君子源所輯《皇朝經世文續編》矣。以其翔瞻淵博,能媲美賀氏、饒氏之書以行世,於學術治術所裨匪淺。而孰知不數寒暑即見中日之役,割地償費,幾類行成,移步換形,局勢又變,時至今日,苟有尚恃三家之書以講求富彊者,是何異之燕南轅而之吳北轍也?夫治國之道,猶治病哉,愈七年之疾者,必求三年之艾,假使不先計而預蓄之,則因循終身而不可得,病亦迄不能愈,良可慨也。淞南香隱蒿目時囏,於是有《皇朝經世文三編》之輯,書凡八十卷,爲文八百餘首,郵藁見眎,問序於愚。受而讀之,當代名公卿奏議爲多,下逮射、策、敍、論、文、檄駢著以及格致測筭之鴻槼鉅制,或筆銳干將、墨含醇醲,或摛詞古雅、呈義淵懿,或慷慨以奮陳,或紆迴而譬喻,大郡忠誠奮發,推闡淋漓,總其綱維,終不外開原節流、富國彊兵之四大端。文校三家所輯爲少,而詳覈顯豁處又視三家之書爲優。愚衰朽侵尋,蠖伏湖陰,用世之心久已不復梦見。儻吾鄉中有欲騁其才智,力思補捄,挽狂瀾於既倒,維中華之全局者,試寢饋乎是編,即視爲三年之艾也可。一旦徵醫人至,斧柯在握,定見應手霍然。跂予俟之矣。光緒丁酉二月,曲園俞樾書於西子湖上之娛廎。

輯自清光緒二十七年石印本《皇朝經世文三編》卷前

《匏園詩集》序

余自同治七年戊辰主詁經精舍講席，於今三十年矣，中間掇科名而登仕版與富著述而壽名山者，不乏其人。雨生肄業於精舍，頗能通許、鄭之學，月課試題與余見合者，嘗十八九。而詩又其所好。余來湖上，恆於春秋佳日，歲或一再至，問字者絡繹於道。門下如花農、夢薇輩，於談經之暇常以詩歌相酬答，邇又得雨生，而年又未壯，其造就何可量哉！余老矣，三十年爲一世，我今七十有七歲，溯自戊辰來，數適如之。此中天時人事，蓋凡幾變，而雨生乃能樂此不疲，使余歌詠湖山，不虞岑寂，暮年歲月，藉此以消遣，豈文字果有夙緣歟？光緒二十三年丁酉三月，曲園老人俞樾識於西湖右台仙館。

輯自《匏園詩集》卷前

《同戒錄》序

淨慈寺建於吳越時，名慧目永明院，宋紹興中始有『淨慈』之名，厥後興廢不常。國朝康熙四十六年，發帑重修，聖祖親書『淨慈寺』額，遂爲南山一大刹。庚申、辛酉之亂，寺燬於兵，兵亂既定，迄有大德主持其寺，粗闢榛蕪，而修復猶未逮也。雪舟和尚自聖因寺移錫於茲，禪誦之外，兼通六法，賢士大

夫無不樂從之游。彭剛直公首出千金，助土木之費，於是善信景從，檀施雲集。比年以來，觀音殿、天王殿、禪堂、齋堂以及方丈山門，次第落成，而和尚行年六十矣。爰擇十月十五日，遵依佛祖遺範，傳授三壇大戒，蓋不以一己之壽爲壽，而欲使普天之下一切優婆塞、優婆夷同登華藏法門，共入毘盧性海，其爲壽也大矣！余適在湖上，躬遇其盛，歡喜讚歎，僭書其端。曲園居士俞樾，時年七十有七。

《明周端孝先生血疏題跋》序

明周忠介公罹璫禍而死，崇禎之初，已蒙昭雪。而忠介之子端孝先生以公之死，倪文煥、毛一鷺實成之，刺血上疏，請報父讎而伸國法。烈皇爲之感動。其血疏原本，有鼎湖勸進語，姚文毅公以爲嫌，乃貼黃也，凡一十三行，一百四十四字，今藏南昌萬氏。萬砥莊觀察出以示余，題曰『周端孝先生血疏貼黃題跋長卷』。余按，貼黃本唐制，唐時降敕，有所更改，以紙貼之，謂之貼黃。蓋敕書用黃紙，貼者亦黃紙也。宋代沿襲其名，凡臣僚奏狀劄子，意有未盡，揭其要處，以黃紙別書於後，亦謂之貼黃，已與唐制異矣。明崇禎元年三月，命內閣爲貼黃之式，即令本官自撮疏中大要，不過百字，黏附牘尾，以便省覽，則又與宋制異。蓋宋制貼黃乃於疏外別開條件，或一疏而多至十數條，《司馬溫公》、《蘇文忠公》

端孝因改書之。原本刺指血，改本刺舌血也，改本進而原本存，遂得流傳人間。所謂血疏，實非全疏，乃貼黃也，

《集》中皆有之，明制貼黃則撥取疏中要語而已。且宋貼黃用黃紙，明貼黃用白紙，名實亦似不符，蓋沿襲之久而浸失其初意也。端孝此書，蓋遵崇禎新制，然既云血疏，似不必再云貼黃，貼黃卽疏也。而諸賢題跋亦有稱血疏貼黃者，從眾而稱之，偶未檢耳。砥莊觀察謀於余，擬壽之棃棗，使海內皆得見之、表章忠孝，風示來茲，其意甚盛。余請竟題『周端孝先生血疏』，以從簡易，蓋在後人稱之則曰『疏』，而讀其文則自知爲『貼黃』也。其原疏及端孝自識語列之卷首，此下題跋分爲兩卷，前十有五則爲上卷，以後皆爲下卷。陳蓉曙太守藏有端孝像，潘譜琴庶常所藏吳郡名賢像中亦有其像，并摹刻卷端，使人讀其文想見其人，忠孝之心自油然而生矣。觀察此舉，其大有功於人心世道者歟？光緒二十四年戊戌季春月，德清俞樾謹序。

輯自清光緒二十四年刻本《明周端孝先生血疏題跋》書前

《東華錄詳節》序

王充氏有言：知古不知今，謂之陸沈；知今不知古，謂之聾瞽。明古今學術當竝重也。近世士夫，研究經籍，著書充棟，而以政治掌故茫如也。曩在湖樓講學，弟子有問予所以致用之學基址安在者，予應之曰：史學。更問何代最要者，予更應之曰：本朝。顧本朝史記，有王先謙氏《東華錄》，而聖謨廟策則有累朝聖訓，典章制度則有《皇朝三通》，武功邊事則有《武功紀盛》、《聖武記》、《中西紀事》、湘淮豫霆各軍記，名臣言行則有《滿漢名臣傳》、《先正事略》等書，卷帙浩繁，學子驟難徧讀，則莫

如專力於《東華錄》爲便。昔與平先生步青評騭王氏《東華錄》，平先生欲補正其漏略，予欲刪其繁重，以便學者，平先生亦謂。然今平先生已歸道山，補正之作，成書百餘卷；而予所謂刪繁者則徒成虛想，老嬾侵尋，久廢著作，此事已置度外矣。昨有客扣門，出書丐序，啓帙讀之，首署《東華錄詳節》，不禁喜而躍，欣夙願之得償也。去歲，湯蟄僊大令輯《三通考輯要》，其書提要削繁，有益考古。今得此書，與之並行，學子得討今古，庶可免陸沈、聾瞽之誚乎？是爲序。光緒二十四年三月，曲園舊史俞樾。

輯自清光緒二十六年石印本《東華錄詳節》書前

《尺雲樓詞》題辭

同叔先生，今之草窗、竹屋也，久游吳苑，歸老寶山，以詞見示，率題其端。光緒丁酉初秋，曲園居士俞樾記。

輯自光緒刻本《尺雲樓詞鈔》卷前

《澹如軒詩鈔》序

陽湖惲季文內翰，乃吾同年前輦惲次山中丞第五子。自幼具儁才，父母奇愛之。年九歲，母戴太

三七六六

夫人始命爲詩。時中丞方官湘藩，一日，何子貞、楊海琴兩先生偕至，季文出見，子貞先生知其能詩也，試使爲之，即時成五言絕句一首，兩先生皆驚歎。自是，季文益喜爲詩矣。無何，中丞罷歸，旋歸道山。中丞故廉吏，身後家益落。季文溺苦於學，有聲庠序間，以拔萃貢成均。入都應朝考，又報罷，入貲爲內閣中書，非其志也。乞假南旋，家居奉母。時海内多故，時局一新，季文既不得志於有司，又憂時感事，意有所觸，一發之於詩，其詩遂日益多。乃裒集其甲子至今詩爲八卷，將付之剞劂，而問序於余。余嘗序季文試帖詩矣，讀其試帖，無異古今體詩，然則其古今體詩陶鑄唐宋，自成一家，其高出尋常妃青儷白者萬萬，固不待問也。余衰病頹唐，學業荒落，何足序季文之詩？姑力疾書此數行以復季文，并請質之戴夫人洗蕉老人以爲何如也？

光緒戊戌重陽節，曲園居士俞樾書。

輯自《澹如軒詩》卷前

題《倦游集》

時局不恆，游蹤亦因之不定，讀君《倦游集》，爲之三太息。東坡詩云：『浮雲世事變，孤月此心明。』老夫之志也。包孝肅詩云：『秀榦終成棟，精銅不作鉤。』願爲君勉之。戊戌初冬，曲園居士。

輯自《可園詩鈔》該種卷前

《緗芸館詩鈔》序

余第二女歸錢唐許氏，生二子、六女。長女之雯，字修梅，幼而慧，其大母奇愛之，寢食與俱。余每

過許氏，修梅必先出見，語譹謰謱可喜也。吾次女早卒，子女分散，余詩所謂『呢喃一隊梁間燕，母死巢傾

四處飛』也。其長子及二、六兩女育於吾家，次子及四、五兩女依其二伯父至雲南，其次女依其姑之適

廖氏者居京師，而修梅則依其四叔父居山東。四叔父卒，其父子原已官京師，因亦至京師。及笄，適福

建王氏，壻名孝亮，字詠蓼。王故閩右族，其舅迪臣卒，姑楊氏殉之。詠蓼幼孤，育於伯叔父，貧而能安，體弱，不

能致力舉業，遂以微秩候闕浙江，然有樸茂美意，且能文，亦佳士也。修梅從之居杭，伉儷甚

相得。余一歲兩至西湖，每招之來湖樓山館，晨夕依依，不異垂髫相見時也。初本豐腴，及吾次女亡，

修梅以過哀失寐數旬，遂有羸疾。嫁十年不孕，今歲忽孕，及期竟卒，年三十一。嗚呼，以此女天性和

平，氣質厚重，宜爲壽徵，而止於此，何哉！修梅幼時讀蘅塘退士所選《唐詩三百首》未半卽能吟詠，年

益長，詩益進。子原謂余曰：此女詩有包蘊，非尋常脂粉語也。既卒而詠蓼鈔其詩寄余。初修梅自

名所居曰『湘筠』，余謂：湘妃淚竹非佳典也，汝好書籍，何不易以緗芸。今題《緗芸館詩鈔》，從余言

也。因付之剞劂，率書數行，以存其詩，卽以存其人。謂之詩序可，謂之小傳亦可。己亥暮春曲園老

人書。

《古今楹聯彙刻》跋

楹聯古無有也，自宋以來，稍稍有見，自明以來乃盛行。近來文人好奇，喜集碑帖字爲之，余所識，如何子貞太史、高伯足大令，皆集有成書，極裁雲蔚月之巧。然集帖爲聯則有之，集聯爲帖則未之有。吳君石潛，工篆刻，尤精於雙鉤，所鉤摹，無不酷肖，見有名人楹聯真蹟，必多方借鉤，用西法縮小而石印之。積十餘年，得十二册，自方正學、李東陽以下，凡數十百家，皆可玩之几席間，是真化聯爲帖者也。雖由西法之妙，然非君之鉤摹，則丁真永草、鍾肥胡瘦盡失其真，安能成此鉅觀乎？楊升庵言：君謨小字，愈小愈妙；曼卿大字，愈大愈奇。今以曼卿之大字，化爲君謨之小字，可謂奇奇妙妙矣。

光緒庚子歲正月，曲園俞樾，時年八十。

辑自清光緒三十二年刻本《古今楹聯彙刻小傳》卷前

《讀史兵略續編》序

古今運會，遷變無常，盛衰興廢之機與人事之措施相感召。每歷一代，其世界之草昧與氣象之文明，必視承流開化者敷布若何，而後人事默爲之應。蓋人事者，所以操縱時宜，得人者昌，失人者亡，中天之治，四岳、十二牧雍容揖讓，喜起明良，蔚成勳華之治。雖以揖讓合德而導揚休美，仍不能不重人

才。迨湯、武征誅，而南巢之用兵，牧野之誓戰，始講攻守之法。故商、周開國，後世尚論者以爲從阪泉、涿鹿取法而來，雖似以暴易仁，而其平治天下，奠安百姓之心，則堯、舜、湯、武先後同揆，誠以運會所遇既然，自不能再守唐、虞腐局也。自是而後，讓德日漓，非用武之利威天下，故自春秋、戰國歷炎漢、魏、晉、六朝、唐、宋、五代、元、明以至今日，凡王者承統，皆以兵革之利威天下，此非故事黷武，不得已之苦衷也。然而禦侮干城，操縱雖在一人，而師濟則在眾職。自古來，名臣名將，翼虎從龍，或以智謀顯，或以勇略聞，史册所書，浩如烟海。後之讀書稽古者，往往神游心領，想見運籌制勝之方，不覺身在局中，觀其決策，披覽之餘，不能盡得其要領。近日談兵家欲以古人之方略證今人之事功，考據典章，殊嫌散漫。或謂兵法汗牛充棟，《漢書・藝文志》所載兵書五十三家，圖四十三卷，分權謀、形勢、陰陽、技巧八門。張良、韓信亦合纂兵法五十三家，任弘編兵書四種。元豐中，以《六弢》、《孫子》、《吳子》、《司馬法》、《黃石公三略》、《尉繚子》、《李衛公問對》爲兵要七書，其專集，如《魏無忌十一篇》、《登壇必究》、《五壘圖》、《青囊括》、《太公陰謀》、《三軍水鑑》、《兵家月令》、《佐國玄機》、《兵家正史紀要新編》等，皆取精用宏，大可供好學深思之助，何必褻取史書所載，反致駁而不純哉？不知專事一家者學業之精審也，廣搜眾說者識見之宏通也，所不足者，史傳所詳兵略並無專本。今國家外交、內治，兵事亟須講求，士子養氣讀書，雖未必皆投筆從戎，若者善於防邊，若者善於靖內，甚至風簷對策、振筆談兵，歷稽古，討論經濟，安不忘危，輒述往古將才若者善於防邊，若者善於靖內，甚至風簷對策、振筆談兵，歷歷如數家珍，以自矜其淹博，一物不知，引以爲恥，亦士人好名之病有以致之也。益陽胡文忠公向有《讀史兵略》一書，皆取古人之節義忠貞，嫺於經略者，自春秋以至有明，與績學之儒節錄若干卷，經始

於咸丰九年，十年冬，全書告成，在武昌官署先刻十二卷，一時四海風行，不脛而走。其自宋至明，凡十卷，尚未刊行而文忠已沒於王事。獨山莫友芝孝廉，時在分輯之列，守缺抱殘，手鈔未刊之十冊，詳校而編分之。今友人覓得原編稿本，排印成書，問序於余。余按，《前編自敘》云：　天下之治常肇於憂勤，而其亂也皆由於逸樂，公以一代名臣大儒，懇摯忠勤，以天下為己任，其所識拔者皆名世之選，則是書之成，其興頑砭鈍，望天下有治而無亂，所以勵憂勤而戒逸樂，用意之深，非徒發潛闡幽，以編輯供後學之餖飣者。吾知續集一出，更將如景星慶雲，先覩為快。而後之學者，咸得師法，而導聰明，作忠義，其益豈淺鮮哉？　光緒二十有六年庚子花朝後三日，德清俞樾序。

輯自清光緒二十六年鉛印本《讀史兵略續編》卷前

《待軒集》序

余寓吳下久，及見石梅孫先生，領其言論風采，猶想見乾嘉老輩之流風餘韻。今先生往矣，而又得讀其小阮問壺之詩。君自少以詩鳴里社間，及壯又宦游於吾浙，於是往來吳越，凡名山勝蹟以及遺聞軼事，無不紀之以詩，積久益多，都凡二千餘首，釐為二十四集，可謂富矣。夫山川能說，古人所貴，《兩京》《三都》，不厭敷陳。讀君詩者，一方景物，一時事實，皆備於是，非徒風雅之林，抑亦考鏡之具。異日者，國家舉行古昔采詩故事，命輶軒使者采訪風謠，以上於朝廷，君詩必為其所甄錄矣。君名其總集曰待軒，信乎其可待也。光緒二十六年歲在庚子春三月，曲園居

士俞樾書於春在堂之西齋，時年八十。

輯自光緒三十年刻本《待輶集》卷前

《兵書廿一種》序

夫班子善斲，不能以鉛刀攻堅；造父善御，不能以朽索制逸。弧矢之威，干戈之用，亦帝王治國之斧斤，取衆之鞭箠哉。然而，國之強在兵，兵之利在教。昔尼父曰：『以不教民戰，是謂棄之。』子輿氏亦嘗有言：『以不教民戰，是謂殃民。殃民者，不容於堯舜之世。』是則兵之不能不教也明矣。知兵之不能不教，於是諸子百家爭起立言而兵書作。爲攷兵書，始於太公之《六韜》、《三略》，其繼起者爲孫、吳二子，自是以後，代有其人，漢則有公孫弘之《握奇經》、唐則有李筌之《太白陰經》，宋則有許洞之《虎鈐經》、曾公亮之《武經總要》，明則有唐順之之《武編》、戚繼光之《紀效新書》及《練兵實紀》。

觀其整步伐，籌攻守，碩畫奇猷，皆足爲後世法。而後之人，讀其書若有不滿於意者，非謂其計策之未善，以前後之時殊而古今之勢異也。蓋自車戰廢，火器興，而天下之時勢一變；海禁開，邊事急，而天下之時勢又一變。使猷沾沾於古法，規行矩步，而自以爲知兵，竊恐所習非所用，所用非所習，遇小敵猶可，設有大敵當前，其不喪師而辱國也蓋寡矣。

觀近時馬江、平壤以及津沽諸役，大抵皆□此弊，而世之談時務者第曰：船政不可不修，礮臺不可不築。吾不知斃敵而殲寇者船乎？礮乎？抑別有所恃乎？如僅恃船與礮也，則船質自不得不堅，礮位自不能不固；如不僅恃船與礮也，雖有船質之堅，

礮位之固，而此外無長策，將何恃而不恐？《兵法》云：『知彼知己，百戰百勝。』又云：『取人之長，

乃能制人之命。』又云：『用兵之道，治於事先；破敵之機，決於臨事。先時治，故兵精；臨事決，故

士卒倚其必勝而勇鬥。』烏虖，盡之矣！夫至今日而論治兵之道，莫善於袁、張二公，而其治兵之所以

善，大率仿效西法。顧仿效西法而不能盡其技，與盡其技而不能盡入而知，則兵何以自強，而國家何以

久安而長治？此《兵書廿一種》之所由作歟？其書蓋譯各國兵政之書，集爲成編，使天下人得窺全豹

而無毫髮之遺憾。治兵之道，首重訓練，於是作《體操法》、《打靶法》。兵所據以自固者，礮也，於是作

《溝壘圖説》、《營壘從新》。兵所取自衛者，器械也，鎗礮也，於是作《軍械圖説》、《雷火圖説》、《快鎗

圖説》、《礮臺圖説》。至若統兵者爲武弁，武弁各有職司，非其人不足以任事，於是作《武弁職司》。不

知地理，不足以用兵，於是作《地勢學》、《行軍測繪》、《修路説略》、《浮橋工程》、《行軍造橋圖説》。行

軍之道不一，稍有疏虞，即慮僨事，於是作《行軍帳棚》、《行軍電報》、《行軍偵探要法》。既行軍矣，而

兵不知戰，何以折衝，何以禦侮，且何以敵愾？於是作《步馬礮隊戰法三隊合戰法輯要》、《護隊集

要》。總之，此書有美畢臻，無善不錄，使將帥以是啓導，士卒以是講求，凡從戎者皆深諳學術，咸知韜

略，庶軍政可期一變而有起色，而寇患亦且以是靖。爲此，尤艸茅下士所馨香以祝之者也。是爲敍。

光緒癸卯春三月，德清俞樾譔并書。

輯自《兵書廿一種》卷前

《皇朝四書彙解》序

錢唐凌君陛卿著有《五經彙解》，余已爲序而行之矣。今年夏，《四書彙解》成，又問序於余。按，『四書』之名，始於宋儒，宋錢時有《融堂四書管見》十三卷，所謂『四書』者，《論語》、《孝經》、《大學》、《中庸》，則猶非今之『四書』。自朱注出而『四書』定，其次序，先《大學》，次《論語》，次《孟子》，次《中庸》。至明代命題，以作者先後次之，遂移《中庸》於《孟子》之前。坊間刻本又以《大學》、《中庸》篇葉無多，合而一之，又移《中庸》於《論語》之前，與宋本異。然明桑拱陽所撰《四書則》一書，以《大學》、《中庸》、《論語》、《孟子》爲次，已如今本矣。明洪武三年，始設科舉，第一場以『四書五經』命題，本朝因之，國初修《明史》，於《藝文志》別立『四書』一門。乾隆間修《四庫全書》，『五經總義』後繼以『四書』類，然則《五經彙解》後誠不可無《四書彙解》之作矣。其書仍如前書體例，逐章逐句羅列諸說，而所採則加詳焉。其《凡例》云：《大學》、《中庸》取前刻《禮記》中所采輯外，更采近人著述，如德清俞氏《群經賸義》、《茶香室經說》、《消夏錄》、《經課續編》之類，皆前刻所未及。以此觀之，卽余一家之說已增多矣，其他可知也。天子方下明詔，廢時文，改用『四書五經』義，士之從事於此者，宜如何考求實義，鎔鑄偉詞？豈可仍奉兔園冊子爲枕中祕書哉？此書一出，必當風行於時，承學之士，家置一編，而異時國家重開四庫館，亦必收入『四書』類無疑矣。 光緒二十有九年歲在癸卯夏閏五月朔，德清俞樾書於吳下春在堂，時年八十有三。

《廣小圃詠》序

東坡《小圃詠》止有五首耳,花農以《洞仙歌》詠園中草木,得三十二首,富矣。詞意工麗,考證詳明,坡仙見之,亦當歎賞,竟可單行於世。其末附歌行數首,亦儼然蘇詩,君其東坡後身乎?光緒甲辰驚蟄前一日,曲園居士俞樾記,時年八十有四。

輯自光緒間刻本《徐氏一家詞》該種卷前

《西湖三祠名賢考畧》序

西湖六一泉,舊有三祠焉,曰正氣,曰先覺,曰遺愛。國朝嘉慶間改建於金沙港,道光間又奉而祀之於詁經精舍,至今循之。謹案,國家祀典,自各行省以至於各郡縣,咸建有昭忠祠、鄉賢祠、名宦祠。正氣即昭忠也,先覺即鄉賢也,遺愛即名宦也,異其名以示官私之別,其實一也。詁經精舍剏始於阮文達公,咸豐間又鼎而新之,規制頗宏。為堂者三,其前堂奉許、鄭二先生,以示諸生楷式;中則奉前撫部阮文達、富海帆帥仙舟,前學使朱文正、羅蘿村、吳晴舫,前山長王蘭泉、孫淵如諸公;其後虛焉。奉三祠栗主於斯堂,若節春秋,虔其祀事,俾諸生景仰前型,以資興起,意甚善也。余於同治戊辰承乏詁經講席,言於撫部,於正氣祠增入江西署安義縣知縣周公祖語,於先覺祠增入道光庚子科舉人馬公

晉蕃。自是以後，時有增加，至光緒二十九年，而故嚴州府知府戴公又入祀遺愛祠，允哉斯舉乎！公

諱槃，字澗鄰，江蘇丹徒人，道光癸卯科舉人。仕浙，以知縣起家，歷守溫州、嚴州，以道員補用。清介

自守，所至有聲，既歿而浙人思之，於是搢紳先生詢謀僉同，言於臺司，而成斯舉。公有令子曰啓文，字

子開，亦以觀察使官吾浙，入祠之日隨其後，俯而拜，仰而觀，見三祠栗主森立如林，其中磊落軒天地者

固人所共知，而名位稍晦、事迹無聞者亦往往有焉。前人屢有采輯，迄無成書，雖俎豆不祧，而載籍失

考，非一大憾乎？乃博采羣書，搜求事實，成《三祠名賢考畧》三卷，都凡正氣祠一百三十二人，先覺祠

一百七十八人，遺愛祠六十七人。嗚乎，備矣！雖文殘獻缺，亦有僅存爵里者，十不及一，網羅放失，

可謂勤矣。書成，問序於余。余謂：是有二善焉。《詩》不云乎『有斐君子，終不可諼兮？』述往事，

諗來者，示勿諼之義也，其善一也。《詩》又云，『孝子不匱，永錫爾類』，因先德之入祠遺愛，而偏及遺

愛諸公，又推及正氣、先覺諸公，示錫類之仁也，其善二也。余自戊戌冬謝去講席，詁經之事，不復預

聞，然三十一年詁經老山長也。又念先兄壬甫亦道光癸卯舉人，與公爲同歲生，子開觀察執世講之誼

與我周旋，故樂觀其成，而僭爲之序。至於體例之善，考訂之詳，讀是書者自知之，不待余言爆白也。

光緒三十年歲在甲辰五月，德清俞樾譔。

輯自清光緒三十年刻本《西湖三祠名賢考畧序》書前

《張制軍年譜》序

夫古今所至難得者，才也。然有其才而無其時，才不見；有其時而無其遇，才仍不見。是故萬載一期，有生之通涂，千載一遇，賢智之嘉會。遇之不能無欣，喪之何能無慨。吾觀中興名臣，輪困鬱盤，幹宇宙於患難之中，彰功名於顛沛之際，羣才奮興，亦云偉矣。於時龍興虎嘯，雲敘風冽，流濕就燥，同聲同氣，天子振策於上，萬物交作於下，孰謂其非時，孰謂其不遇哉？顧其間有不可知者，彼其負經世之才爲中書，遭時遇君亦皆同，而獨其所以爲一身之遇合者不同，則吾不得不爲銅山張公悲矣。公以孝廉起家爲中書，外任郡守，被知於王文恪、林文忠。道光庚戌，一歲三遷，至雲南巡撫、雲貴總督，咸豐初，調撫湖南，督湖廣，既又撫山東，督雲貴。同治初元，復以爲貴州巡撫，督辦軍務，三朝倚畀，逾於尋常。以公才地之高，遭遇有爲之時，使得與曾、左諸公共事一方，其所成就，豈復可量？乃自出總師干之日，迄削平大難之時，馳驅南北二十年，所至政績、戰績卓著，而大功皆不出於其手，豈非遇合不偶使至此哉？夫舉大事，必有可與共事之人，勠力一心，互爲擔負，然後事易舉、功易致。否則，孑然孤立，冒嫉者梗沮之，讒夫齮齕之，則雖管仲、樂毅，亦不克竟其志業，而況其艱難又百倍於此者乎？吾觀公自督鄂後所遇者，多非可與共事之人，於是一蹶於山東，再蹶於雲貴，天下粗定，公猶竭蹶邊徼，乞餉乞援，百無一應，卒至讒人高張，諸吏議去，是可悲也已。嗟乎，人有其才，有其時，有其遇，亦可以無憾矣。而不得志同道合者與共事，其蹉跎猶若是，矧在有道無時，有時無君。是故，成敗不可以論

人，得失各安於所命。今者，中興大業，彪炳史策，論功較德，垂諭千禩。人固莫不知曰曾文正手平髮逆，以奠定東南也，而孰知爲公力挽而出？左文襄、胡文忠、羅忠節、江忠烈、塔忠武、李忠武、王壯武、劉武慎，皆名臣也，而孰知皆爲公所薦拔？湘軍水師，髮匪所賴以裁定者也，而孰知皆自公始創之？滇回平於岑襄勤，黔苗平於曾文誠，又孰知襄勤、文誠亦皆爲公所擢用？推原功始，則公之開中興之業，豈淺尠哉？吾生公後十數年，凡公所遭，皆親識之。曩見湘、黔紳民籲建立專祠，并國史舘立傳，未嘗不歡，公功德在民，終垂不朽，然其詳猶未得知也。今閩縣林贊虞尚書爲譜其事寔，而公孫申甫太守以此勾敘，益得攷始末、知梗概。烏乎，遠矣！公殆古人所謂『耿介自持，獨立不懼』者矣。夫公能爲天下得舉事之人，而不能爲舉事之人，此亦勢之無如何者。獨怪當時曾、胡、左諸公，皆深契公而以爲人傑，相與寓書，則以公爲林文忠公一流人物，大勛必集於公手，冀公總綰兵柄以討賊，又欲舉公入蜀，入皖、入鄂、入閩，知滇事誠難措手，乃皆未嘗一爲聲援，豈其運命爲之不可以轉圜於萬一耶？公生平當官接物，無一毫自私自利之見，常爲人所不肯爲，任人所不敢任，而其難尤在入滇、黔後。滇、黔當咸、同之季，回、苗糜爛遍全省，人皆莫可措手。公則以飢軍支柱其間者歷十稔，艱難辛苦萬狀，而卒保昆明、貴陽兩危城，以爲後來者憑藉成功之基。且力拒法主教胡縛理，拯免田興恕死罪，以保全國體，而抵抗外勢伸長。提倡回教經文，以化導回眾，而銷弭殺劫，使厥功尤偉，厥德尤宏，皆隱而不彰。吾懼後世讀是篇者以爲公治滇、黔無足述，是以既悲其遇合之蹇、勳績之隱，而又卽其智力孤危，天下莫之寔，爲表著一二，弁諸卷首。至於公之豐功偉業，嘉言懿行，則海内所共知，而斯譜備載之矣，無俟吾贅述也。　光緒三十一年五月　日，

德清後學俞樾序。

輯自民國印本《張惠肅公年譜》

《滄江全集》序

乙巳之夏，有自韓國執訊而與余書者，則金君于霖也。書意殷拳，推許甚厚，余感其意，賦詩二章贈之。是歲九月，君來見我於春在堂，面貌清癯，鬚髯修美，望而知爲有道之士。出其所著詩文見示。

余讀其文，有清剛之氣，而曲折疏爽，無不盡之意，無不達之詞，殆合曾南豐、王半山兩家而一之者。詩則格律嚴整，唐音也，句調清新，宋派也。吾於東國詩文，亦嘗略窺一二，如君者，殆東人之超羣絕倫者乎？君自言於本國雖有纂修之職，區區雞肋，固不足戀已，棄家挈眷而來，將於吳中卜一壥而居焉。

余承君雅意，不以疏遠而外之，因亦不敢自外，輒以數言效朋友忠告之義。謂：君以異邦之人，航海遠來，衣冠不同，言語不通，寄居吳市，蹤跡孤危，似乎可慮。與其居蘇，不如居滬，滬上多貴國之人，旅居於此，有羣居之樂，無孤立之憂，所謂因不失其親也。君頗韙其言，異時遵黃浦而問焉，其有先生之寓廬乎？昔明代有陳芹者，詩人也。本安南國人，避黎民之亂，卜居秦淮邀月步，一時名士皆從之游，著有《陳子野集》，朱竹垞《靜志居詩話》詳載其出處。君以東國儒官，爲中華旅客，頗與之同。吾知君之詩文必與《陳子野集》而并傳矣。大清光緒三十一年秋九月，曲園居士俞樾力疾書，時年八十有五。

輯自清宣統三年鉛印本《滄江稿》書前

《近詩兼》跋

吾湖韓蓬廬先生所選國初諸老之詩，凡三十六册，世間未見刻本。此乃抄本，今爲島田君所得，輒題數語而歸之。曲園八十五叟俞樾。

輯自湖北省圖書館藏《近詩兼》

《錦霞閣詩集》序

余門下士徐花農以詩名，其女公子亦能詩。花農嘗手其稿眎余，中有與女士包者香聯吟諸作，蓋異曲同工者。余灑然異之，詢花農，知者香固丹徒才女，名聞江左有年矣。歲壬辰，朱子芙鏡奉其師王夢薇手書過謁右台。夢薇，余弟子行也，尹公端人，其取友必佳士。因留榻山中，與共昕夕。時余方輯東瀛詩，夜燈談藝，取海內騷壇品題之，次及閨秀，知者香卽其淑配。玉台韓孟，宮鳴商應，余爲慶得偶。越數年，芙鏡蕙庭湯夫人卒，傳志出余手，文字之交日益深。余因出孫女慶曾遺稿，屬芙鏡歸遺者香，將以觀其題詠。不匝月詩來，發函誦之，覺情詞婉妙，楚楚有絃外音，引亦工麗無匹，卽收入外集中。迨庚子年，余八十生辰，中外諸知交贈言滿壁。芙鏡夫婦聯句三十四韻爲壽，詞旨茂美，如江上晚霞，時現金色。余生平遭際之奇，著述之夥，聲名之洋溢，一一包舉，

綺思瓊想，駸駸乎壓倒元白矣。然後嘆名下無虛。曩見滬上吟社，者香有《秋信》詩，傳誦一時，猶為偶見一斑。九面匡廬，或更有進，因索其全藁觀之。芙鏡勞勞，宦轍未暇也。今年冬十月，芙鏡入都，迁道見過，袖出《錦霞閣》一編，乞余點定。余披吟一過，覺清麗之中獨饒逸氣，至《登覽》、《詠古》、《讀史》諸篇，精思約旨，風格不凡。其尤警拔者，則枕胙經史，揮斥百家，或老師宿儒終身有未解，而釵笄人得之，洵為奇觀。爰序而歸之，並囑芙鏡：余年紀逝邁，久不供文字役，今之弁言，乘興揮毫，殊不自檢，顧藏之篋衍，少逮緩之，勿輕示人也。

光緒三十有二年孟冬月，八十六叟曲園俞樾書於春在堂。

辑自宣統二年刻本《錦霞閣詩集》卷前

《鑑湖櫂歌》序

漢武帝《秋風詞》曰：『簫鼓鳴兮發櫂歌。』而班孟堅《西都賦》亦云：『櫂女謳。』此櫂歌之權輿也。近時惟竹垞先生《鴛湖櫂歌》膾炙人口。吾黨有王夢薇繼之為《鴛湖櫂歌》，而陳君子宣復有《西湖櫂歌》之作，余皆序而行之。乃今年秋，子宣從事越中，又寄示我《鑑湖櫂歌》一百首。鑑湖之勝，所謂『千岩競秀，萬壑爭流』，故與西湖相伯仲，而子宣之歌，模範山水，嘲弄風月，亦與《西湖櫂歌》異曲同工。子宣將合而刻之，而問序於余。余衰且病，游興闌珊，詩興亦闌珊。往年花農為余造一舟於六橋花柳間，余名之曰小浮梅俞。今年船壞，夢薇輩謀重葺之，余力辭焉。蓋余年來雖歲至西湖，往往於

右台仙館閉關獨坐，不復容與徘徊於柳汀花淑之間矣。欲如諸君子之臨清流而賦詩，長歌短歌，更唱迭和，其可得耶？寒蜒冷澀，良用自歎，亦姑借君此編爲成連先生之移我情焉可矣。曲園居士俞樾書。

輯自《鑑湖櫂歌》卷前

《彪蒙語錄》序

往年，張香濤制軍視學四川，著《輶軒語》，風行海內。今羨瓠王子又有《彪蒙語錄》之作。一則旌節軺軒，皋比絳帳；一則據案愚儒，課童子村書而已。其地位不同，其體例亦有異，然其嘉惠後學則一也。余讀竟，爲唱版橋道情曰：『到不如蓬門僻巷，教幾箇小小蒙童。』王子定爲一笑。曲園書。

《素行室經說》序

余自戊辰之歲，始主詁經講席。其時大亂初平，人材輩出，而又風氣純一，異論未興。士之治經者皆知謹守家法，於典章制度、聲音訓詁實有所得，彬彬乎極一時之盛，歷來典浙試、視浙學者，咸有取焉。楊生雲成，其後來之秀也。余每見其說經之文，不囿於俗見，不戾於古訓，不爲剿襲雷同之說，不

輯自清光緒刻本《紫薇花館襖纂》此種書前

爲詭異悠謬之談，未嘗不許爲精舍高材生。今果受知於學使季和徐公，以優行貢成均，是可爲窮經學古者勸。雲成猶不敢自信，刻其所著《素行室經說》以就正於有道君子。余深嘉其志。嗟乎，比年以來，時事變遷，士皆喜新而厭故，此道殆將衰息，安得如雲成者數輩出而張吾軍哉？余爲雲成勉，更爲精舍諸子望也。曲園俞樾書。

輯自《素行室經說》卷前

《韻海大全》序

夫文辭爲人聲之精，音節必天籟之合。故《白雲》、《黃竹》，咳唾皆工；皤鬢蒼鬌，歌謠悉協。迨四聲之昭晰，辨自齊梁；或百韻之琳琅，創從元白。武臣亦知競病，文士每關尖叉。會意諧聲，兼示蟲雕之巧；屬辭比事，不嫌獺祭之煩。此韻本之遞興，亦詩懷之一助也。茲有仁壽室主人，招集名流，襄成雅事，偶因舊本，別出新裁。土飯塵羹，則芟其蕪襍；謝華啓秀，則萃其精英。集千腋之裘，因心作則；攬百年之帶，觸手成芬。數典爭奇，豈止珠船之一；選辭得偶，何難玉合之雙。運偹月之斤，既玲瓏而散彩；揮凌雲之筆，亦繚繞以成章。由是紅杏詞人，青蓮學士，倘賦棋而對客，將刻燭以邀朋。但購一編，常摩挲而不倦；如披萬卷，已搜括而靡遺。右有左宜，更廣先生之腹笥；遙唫俯唱，頓開豪士之胷襟。能不秘爲鴻寶，傳及雞林也哉？曲園俞樾序。

輯自清光緒間石印本《韻海大全》書前

《杭防營志》序

余門下士王子夢薇，罷官後僑寓武林，卜居花市，其地卽在滿營迎紫門之外。地既密邇，而夢薇又工繪事，精琴理，日以文酒燕游，與營中學士大夫相交際。又有世襲輕車都尉六橋三多者，執贄於其門下，其人年少多才，風雅好事，熟於掌故，助之采輯。久之，乃成《杭防營志》四卷。其書約而又要，詳而不蕪，自城垣、衙署、坊巷以及職官、科第、人物、藝文，皆依郡縣志書之例。雖多取材於愷庭、澐巖兩家之書，然體例秩然，有條不紊，足以存八旗之典故，備滿營之稽考。

輯自中國國家圖書館藏王廷鼎《杭防營志》稿本書前

《墨花吟館憶京都詞》序

唐時有謝良輔、鮑防諸人，同作《憶長安詞》，不過每月爲一首，味同嚼蠟，又各作《狀江南詞》，詞意較勝，豈吳中風物有勝秦中乎？老友嚴緇生同年示我《憶京都詞》二十首，乍展其裒，以爲卽唐人之《憶長安》，但正其名曰京都，以別於秦耳。及觀其序、讀其詞，乃知爲飲饌而作。其前十章專憶京都，後十章兼及他處，而其意旨則大率褒北而貶南，與唐人之作《憶長安》兼作《狀江南》者，用意稍別。余不知味，且居京師日淺，詞中風味，未得領略者甚多，深以爲愧。魏文帝有云：『五世長者知飲食。』君

之謂矣。雖然，君豈徒飲食之人哉？亦猶蔚宗香方、蘇廙湯法，其意有存於酸鹹之外者也。曲園居士
俞樾。

輯自光緒刻本《憶京都詞》卷首

《詩夢鐘聲》序

昔《鮑明遠集》中有數詩、有建除詩，而《北史·崔光傳》又有所謂八音詩、十二次詩者，文人游戲，
自古有之，而朱子亦嘗作十二辰詩，則大賢亦或爲之矣。李憲之方伯陳梟吳會，兼攝藩條，時和政平，
嘯歌閒作。與其僚友及邦之賢士大夫爲詩酒之會，喜以二題之絕不相類者合作一聯，又以二字之絕
□□類者分置一聯中，而又用竟陵王故事，刻燭□詩，限以晷刻，蓋因難見巧，以速爲工，索偶搜述，極
文字之娛矣。余以脾病，自戊寅以來，盍簪雅集皆謝不赴，□□□□□□□預斯會也。今方伯開藩江
右，將去姑蘇，諸君子乃謀聚而刻之，而先錄以示余。余按，劉彥和《文心雕龍·麗辭》篇云：『言對爲
美，貴在精巧，事對取先，務在允當。』□觀此編，或則言對，或則事對，以二題爲一聯，所謂事對也，既
允當如此；以二字爲一聯，所謂言對也，又精巧如彼，雖劉彥和見之，亦必許爲玉潤雙流矣。余以才
盡之江淹，不能從諸君子之後，而反得喤引於其先。憶少陵詩有云：『更得清新否，遙知對屬忙。』請
爲諸君子誦之。又香山詩云：『寸截金爲句，雙雕玉作聯。』即以評斯集可也。曲園居士俞樾書。

輯自清光緒刻本《詩夢鐘聲》卷首

《快雪堂褚臨樂毅論》跋

《舊唐書·褚遂良傳》太宗嘗出御府金帛，購求王羲之書迹，天下爭齎古書，詣闕以獻，當時莫能辨其真僞。遂良備論所出，一無舛誤。此帖有『奉敕審定』語，蓋即其一也。而世遂指爲褚臨本。豈有臨摹古人書，并己所審定語而亦摹入者乎？余舊有此説，讀西圃前輩跋語，實獲我心，因附數語於後，質之伯欽仁兄。曲園俞樾。

《虞氏易言》跋

張氏治《易》，專主虞氏，參以鄭、荀而又博采孟氏、京氏、費氏諸家之遺説，蓋其於《易》學甚深。而此《易言》二卷，則其自爲一家之學者也。文辭高簡，意味深長，頗不易曉。惟其説『一握爲笑』，用鄭義『夫三爲屋』，《離》九四『爲世子不孝之刑』，亦與鄭義合。其《革》卦『己日爲孚』，以『文王元年太歲在己』爲説，雖鄭無此義，然推文王元年爲己未，則固鄭學也。然則此《易言》二卷，其用鄭氏《易》者邪？惜藁本不全，未知其有完書否。然上卷固完善而《乾》、《坤》缺焉。然則終於《鼎》卦，或別有説，其言曰：『《離》，常也』，《鼎》，非常也；《離》，利貞，正也』，《鼎》，元亨，非正也，權也。』則固以下

經之《鼎》配上經之《離》，上經終《離》，下經終《鼎》，或亦一義歟？樾。

輯自中國國家圖書館藏張惠言《虞氏易言》

《古文關鍵》跋

光緒二十有四年，天子深念時文取士之弊，下明詔，廢時文，改以策論取士，甚盛舉也。於是縫掖之士無不思學為古文，而苦於不得其塗徑，則爭取《東萊博議》為之一空。夫《博議》之作，在東萊先生固為諸生課試而作也，學者熟讀此書，則其為文必能曲盡事理，反覆詳明，而筆力之馳騁、局陣之變化，亦自斐然可觀矣。然《博議》有注釋本，而無評論本，宋本於篇目下間有標揭主意者，亦近陋略，初學讀之，仍恐不得其從入之門，則讀《東萊博議》者必宜兼讀東萊先生《古文關鍵》矣。先生論文極細，凡文中精神命脈，悉用筆抹出，其用字得力處，則或以點識之，而段落所在則鈎乙其旁，以醒讀者之目。學者循是以求，古文關鍵可坐而得矣。是書舊有崑山徐氏刊本，今竹石觀察又畀江蘇書局重刻以行世，余喜其便於初學而足以副功令之所求也，謹書數語於後。

德清俞樾。

據德清博物館藏原稿

舊搨《佛遺教經》跋

《佛遺教經》，舊見數本，皆非似右軍真筆，或唐宋間名手所舊摹者？此本沉厚堅勁，信右軍之跡無疑。俞樾。

《小蓬萊仙館傳奇》跋

傳奇例有下場詩，茲則缺焉。古醓欲爲補之，而余有趙孟頫蔭之意，意在速成，援清容居士《九種曲》例，謂可不作，乃止。摹印既成，又書數語於後，勿使古醓之負諸責也。曲園居士文書。

輯自《傅惜華藏古典戲曲珍本叢刊》第一〇六冊影印清光緒二十六年庚子上海藻文書局石印本《小蓬萊仙館傳奇》卷末

雲華堂記

三代之興，大司徒以比閭族黨之制教其所治民，而維之以相保、相愛、相葬、相救、相賙、相賓之義。

當是時也，養生送死，人得所欲，而無纖芥之憾。古制既壞，民始不均，道塗餓殍，視若秦越，於是鄉黨

有力者或師其意而爲之。雖然，立願過奢，則勢有莫周，好名過甚，則實非易副。創舉之始，經制量

度，百費苦心，一慮偶疏，訾議者即隨其後。故利之施也，古博而今約；功之遂也，古易而今難。愚者

笑之，君子韙焉。雲華堂，在慈谿縣城南三里許，太平橋之南岸，邑中諸君子創集善舉所建也。先是，

道光二十八年間，葉君霽峯、王君簡侯建議置義山，掩骼骴。而葉君霽峯首先以資及地施，王君梅齋，

胡君行遠，行周昆仲又從而左右之。於是假鄭君小谷之別墅，名之曰雲華堂，諸君子朝夕計議，於此集

焉。咸豐十年，粵匪犯境，屋燬於火，葉、鄭兩君又先後卒。王君簡侯，冀復舊圖，百計營度，不遺餘力。

而鄭君小谷之哲嗣省吾與從子雄海，亦以堂之故址來歸之，乃甫謀重建斯堂。時相助爲理者，有魏君

雲浦、馮君鱸鄉、張君月亭、洪君芾南、楊君次湖、秦君梅仙等，與簡侯從子棻園；而始終其事者，則楊

君小苑之力爲多。鳩工於同治八年冬，及九年夏告成。堂建樓七間，奉唐呂洞賓真人像於其中。蓋集

事之始，釀錢爲會二：曰同善，曰同人，禮神飲福，厥風近古，此枌榆結社之遺也。堂左右兩廡各五間，

左設本縣節孝已旌者木主，祀之，所以揚清而表烈也；右廡設本堂董事已故者木主，祀之，所以報本而酬庸也。堂之善舉凡六。曰請旌節孝，每逢大比之年，采邑之節孝，具册申省，以聞於朝，而十一郡之彙册咨部者，亦自堂中出資助之。曰掩埋，逐歲以冬至節始，清明節終，日雇夫巡視山曲，檢枯骨，具棺以葬。曰育嬰，有寄養、貼養二法，擇乳婦，付嬰於其家而給以養資爲寄養；以本嬰付本婦而給以養資爲貼養。審擇所宜，各得其當，嬰以獲全。其次曰施棺，曰施藥，曰惜字，亦皆井如秩如，有條不紊。諸君子積銖累寸，蓄田治產，買義山九區，義田二千餘畝，而經費裕如。會計經畫，主其事者曰堂正，堂正一人；城鄉耆碩，襄其事者曰柱首，柱首十六人；葉、王、胡、鄭五君之後，各擇一人曰首事，首事五人。惟物力猶艱，瘠瘼之餘，百廢未舉，諸君子竟能條治規矩，行古誼於鄉黨之中，以補守令經政所未及，抑何盛歟！余主講杭之詁經精舍，門弟子馮夢香，慈谿人也。諸君子因夢香而乞文於余，故據夢香所言，敍次其顛末，而爲之記。

重建關帝廟記（節略）

惟聖清興，天剖靈符，百神率職，有司奉祀，咸秩無紊。咸豐中，以關帝靈應尤著，制詔禮官，晉之中祀。于是廟制與句龍、棄、孔子侔盛比尊，牲牢舞溢，靡不登進，用昭上儀，薄海內外，是式是遵。吳縣飲馬橋，故有關帝廟，權輿于明洪武十二年。國朝康熙三十六年，繕完葺之，乾隆六年，增建後閣，至

三十八年，又擴舊制，闢左右門，樹前垣焉。雕蔓鏤桷，焜燿中衢，兒童走卒，厥角其下，父老謳吟，稱述靈貺。相傳，順治之初，大兵南下，順刃者生，蘇刃者死，懍懍黔首，驂躓奔觸，乞命于神。總兵官土國寶入自盤門，至于橋下，恍忽見有英姿颯爽乘馬翰如。乃共羅拜，不儌一人，惠我無疆，斯之謂歟？咸豐十年，粵賊之亂，燬于兵火。疆宇既復，廟貌未葺。吳縣知縣，唐君翰題，明允篤信，克寬克仁。下車未期，百廢具舉。乃尋遺址，瞻顧咨嗟，懼上無以稱詔書崇極大神之義，下無以慰吳民之心，爰屬其耆老而謀焉。庀材鳩工，有加于昔，若節春秋，齋戒奉祀，神歆其祭，民受其福。于時，德清俞樾薄游于吳，聿觀厥成，樂爲之記，因述本末，刊嘉石焉。

輯自《民國吳縣志》卷二二

贊

筬珊先生小像贊

其德則優，內行孔修。其才則邁，天機自調。今觀遺集，美如瓊瑤。今觀遺像，肅如圖球。哲人往矣，先澤長留。君子有子，召杜之儔。既厚其本，必豐其條。永守家學，播之風謠。

同治十有二年歲在癸酉夏閏六月，德清同年生賓萌俞樾述贊。

輯自《綠蕉館詩鈔》書前

安常公像贊

不踏名場，惟母之侍。年垂四十，依然孺子。孝乎惟孝，無間鄉里。微疾告終，僉曰仙矣。

孔皋公像贊

徐氏一門，咸長於禮。公承家學，在《戴記》。官止院判，淡於榮利。修竹滿庭，新荷盈沚。嘯詠其中，翛然自喜。

永之公像贊

蘭溪夫子，卓然人師。立朝諤諤，居鄉怡怡。客無貴賤，必送之畿。謙謙君子，百世之思。

克敬公像贊

元亡不仕，大節彰彰。慕山水之勝，始遷於杭。築室江干，以求我名堂。愛惜物命，雖蚳蝝而不

傷。烏乎，此徐氏之所以昌歟？

德輿公像贊

尋僧蕭寺，禮佛蒲團。其身雖隱，其澤甚寬。遠客拜賜，窮簷騰歡。徐氏斗斛，著名江干。

孟班公像贊

公以德行聞，而藝事亦其所蘊。手寫佛經，人疑文敏。書法雲林，蕭然高迥，其斯為古之逸民歟？千載而下，為之引領。

樸庵公像贊

一蟬之微，曰有生意。每歲放生，以億萬計。偶弄華墨，聊以為戲。烟雲塗抹，布滿山寺。貴游求之，曰毋忽乃公事。

西山公像贊

《説文》之學，至明而絕。公精訓詁，兼通假藉。南閣功臣，自茲輩出。一琴泠然，德壽舊物。故宮草青，空江月白。一彈再鼓，湘靈欲活。

見槐公像贊

刺血寫經，以報親恩。血痕殷然，國初猶存。撫恤孤嫠，母命是敦。積累盛德，光啓高門。篆隸小技，亦垂仍昆。

思槐公像贊

以書生而知兵，不干世以求名。惟原本其所學，以教迪乎後生。言訓詁則馬、鄭，講理學則朱、程。使明季之空疏，掃陋習而一更。積一生之純懿，成累世之光榮。拜熙朝之休命，實肇始乎先生。

新甫公像贊

焚故人券，惟義是尚。贖鄰婢死，當仁不讓。幕府交辟，素志彌抗。兒時有言，蓬山頂上。於何驗之，子孫卿相。

翼鄰公像贊

錢江義渡，實自公始，至今猶存。我來杭州，食徐公稻，猶公之恩。性喜施予，不談人過。其言溫溫，勝國遺民。一衿終老，福垂後昆。

以上輯自《誦芬詠烈後編》

艮盦七十有四小像贊

先生之品，閑漚野鶴。先生之詞，明珠美玉。行年七十有四而精神滿腹，竹杖椶鞵，山椒水曲，吾不知爲舊使君也，而以爲今之艸窗、竹屋。

輯自《眉綠樓詞》書前

張巳山先生小像贊

其兒則瘠，其才則豐。其服則野，其文則工。其子孫微矣，其集方且傳世而垂無窮。嗚呼，游包山者尚知有此翁。俞樾題。

輯自光緒十三年刻本《思誠堂集》書前

《文瀾歸書圖》贊

文瀾藏書，因亂而失。失而復歸，伊誰之力？惟兩丁君，是搜是輯。既營傑閣，仍羅細帙。乃爲斯圖，俾後有述。

輯自《文瀾閣志》附錄

竹儒方伯大人遺像題詞

其氣可以雄萬夫而凌九州。其才可以任棟梁而軼驊騮。其忠孝之至性，則又可以泣夫婦之愚而感鬼神之幽。烏乎！斯人也，吾方冀其濟時艱而建壯猷也，而今已矣。騎箕尾兮不返，留遺像兮千

秋。曲園俞樾謹題。

固始趙公像贊

二城斗大，萬寇環之。城頭危坐，儼如生時。夫忠婦烈，甘死如飴。千載而下，式此英姿。光緒丁酉初冬，德清俞樾謹題。

輯自《格致彙編》一八九〇年第一卷

輯自清光緒石印本《固始趙公遺墨》書前

傳

顧孝廉家傳

君諱紹申，字尹甫，別字輔周。其先吳丞相雍，世爲吳人。父春芳，山西遼州直隸州知州，母蔣，皆早卒。生母陳，撫之以成人。生有至性，事其兄吉甫，推甘讓肥，友愛無間。族姻有所干求，罔弗應，鄉里稱焉。弱冠入元和學，即研求經義，於《易》、《書》兩經致力尤深。輯先儒之說，手錄成帙，曰《易書叢說》。又嘗謂，本朝《康熙字典》乃小學之淵藪，因博采經史及諸子百家言，附益於每字之下，曰《字

典叢釋》。所爲文，根柢深厚，有先正典型。光緒二年舉於鄉，六年十一月庚辰，以疾殂謝，年四十有五，未竟所學，人皆惜之。君凡三娶，陶、丁皆先君卒，無子；又繼娶王，生子一，熾慶。女子子三。舊史氏俞樾曰：君之領鄉薦也，與余兄子祖綏爲同年生，而族孫振基又君之甥也，受業於其門，故知君爲詳。以君之學，充其所至，其可量歟？天不假年，中壽而隕，惜哉。聞君臨終猶能爲四言箴，以勖其猶子。烏乎，可謂賢矣！

輯自清光緒二十九年刻本《江蘇蘇州重修唯亭顧氏家譜》卷六

王節婦傳（節略）

王永祥妻陳氏，寧海人。道光二年，未于歸而永祥病，因倉卒成禮。至則謹事其夫，侍湯藥，不解衣帶。竟不起。陳截髮殉葬，又以舅姑在堂，重傷其意。雖私室之內涕泗汍瀾，而一入寢門，則愉色婉容溫如也。尋姑病，刲臂肉寸許，和羹進，病竟愈。舅姑皆以壽終。陳生平不苟言笑，不飲酒茹葷，不衣錦。咸豐十一年旌，光緒二年卒，年八十。王氏長老高其行，乃議以夫弟之子嘉賓、用賓並爲其後。

輯自《民國合州府志》卷一二九

八股文

文學子游

有列文學之首者，聖道南矣。夫惟子游爲孔門文學之冠，而南方文學遂甲天下，子游洵人傑哉！

且自唐虞以後，文明日啓矣，然古帝王皆建都於北，故其化必自北而南。舜歌南風，禹作南音，皆若爲南方開其風氣焉。及周之興，而《周南》、《召南》遂爲風始，然行於江漢之間而未被於吳越之壤。及天生孔子，爲萬世文學之祖，而南方有子游氏，乃應運而興。子游者，南人也。夫南人，在後世則文學之邦，在上古則蠻荒之域也。夏王少子受封，不過黿鼉之同渚。海濱石室，難尋呂望之居；山下荒阡，莫拜巫咸之家。過遺墟而憑弔，未足增圖籍之光。姬氏弟昆偕往，竟難端冕以傳家。訪避世之高人，空傳莫格；溯通吳之鼻祖，僅有狐庸。登志乘而不光，未足壯山川之色。卓哉子游，其南人之領袖乎！夫孔門四科，以文學居終。何謂文？不合六書者非文。何謂學？不出六經者非學。尼山所定，必無非聖之書。而文學一科，以子游居首。其名爲偃，偃即狄之假；其字爲游，游與旒相通。宰樹猶存，勿誤魯人之説。蓋子游固南人也。登胥臺而眺望，烟火萬家矣。夫差微服，親迎至聖之來。而投澹臺之璧，至今尚以名湖；停端木之驂，當日應煩假館。子游得追隨其際，從容談笑，定不嫌吳語之難通也。異時君子題碑，借重春秋之筆，安知不由其代請乎？陳良以楚產，而願爲聖人之徒；

子游以吳人，而親奉聖人之教。望吳閶而觀匹練，吾知牛斗之墟，更有此光芒萬丈也。所惜者，山川明媚，盡奪其慹愚喬野之真，風雲月露，日啓其新，而狎客詞臣，漬染於淫哇之習，是亦振興文教者所宜防耳。然而藍縷啓山，其功烏可没哉。泛笠澤而游觀，烟波萬頃矣。大禹藏書，尚在毛公之室。而百歲延陵之叟，咸推老輩風流；一編越絶之書，遠寄孔門討論。子游更秀出其間，磊落英多，夫誰謂南風之不競也？當年太宰何人，驚耳多能之聖，安知不由其傳述乎？鄭國有兩子游，而不能起咸林之積弱；吳國有一子游，而遂足開吳會之先聲。坐吳客而論專車，吾知東南之美，固不徒竹箭一端也。所慮者，風會大開，遠及乎交趾雕題之地，山海梯航，無遠勿屆，而蠻書蕃志，別呈詭異之觀，是尤主持文運者所宜爭耳。然而南離垂象，其效固可覩矣。更有子夏在，吾學派之分南北，蓋自此始乎？

子曰放於利而行 兩章

言利者不知禮，聖人所深嫉也。夫怨由利生，欲免怨，宜崇讓，而欲崇讓，舍禮何以哉？凡事類然，爲國尤甚。昔春秋之世，一爭利之世也。其始也，鷄豚之必察，積而久之，封豕長蛇矣。其始也，錐刀之必競，積而充之，大弓寶玉矣。聖人有憂焉，爰作《春秋》一經，準周公之禮典，遏萬世之亂源。是故安上治民，莫善於禮。古聖人知禮之可以治人也，本陽禮教讓、陰禮教親之文以垂爲典則，上而朝廷，下而州里，皆有矩矱之一定而不能違。後之人見利之可以私己也，挾何以利家、何以利國之説以自

便身圖，智者計取，勇者力爭，皆極谿壑之無窮而不能滿。是其行也，何所放乎利而已矣。夫子警之曰：『放於利而行，多怨。』夫怨之所歸，惟讓可以弭之。一夫攘臂，其勢幾難與爭鋒，及與登三揖三讓之階，不覺頓消其意氣。而讓之為用，惟禮可以節之。一意委蛇，其弊且流於積弱，必與講先聖先王之制，自然羣就我範圍。夫子又為有國者告焉，曰：『能以禮讓為國乎？何有？不能以禮讓為國，如禮何？』竊嘗推而論之。建國之規，莫大於封建，封建者，先王使天下之諸侯各享其利也。規千里之壤以為王畿，大國則百里、次國，小國則五十里、三十里，犬牙相錯，而各有分土以貽子孫。於是有朝聘之文，於是有盟會之制，於是有享宴之典，於是有慶弔之儀，而禮讓行矣。其弱小之依恃以存者，既不至今日割五城、明日割十城，浸成豆剖瓜分之局；其強大之幅隕素廣者，亦不至爭城以戰殺人盈城、爭地以戰殺人盈野，大逞囊括席捲之風。不言利，利無窮焉。自封建廢，而郡縣之吏各存一官傳舍之心。國計不問，民生不問，惟以利之一事上下交征。萬取千焉，千取百焉，而異族之有挾而求者，轉得襲執我朝廷之利柄，而閭閻之膏血將枯矣。有付之無如何一歎而已矣。經國之法，莫善於井田，井田者，先王使天下之小民各保其利者也。畫九百畝之田以為一井，其中百畝為公田，其外各以百畝為私田，龍鱗原隰，而各有溝涂以為經界。於是有通力合作之功，於是有守望相助之義，於是有歲時伏臘之歡，於是有飲射讀灋之事，而禮讓行矣。其春而耕也，里胥坐左塾，鄰長坐右塾；其秋而斂也，此有不稼穡，彼有不斂穧，更有以廣其任恤睦婣之意。不言利，利莫大焉。自井田廢，而隴畝之間皆成萬里康莊之路。不自甘其食，不自美其服，惟於利之所存舟車輻湊。竭澤而漁焉，焚山而田焉，而貪夫之無孔不入者，遂將窮竭我山海之利源，而天地之菁華告盡矣。亦付之無如何一歎而

已矣。如禮何？如禮何？

輯自《申報》光緒二十四年閏三月十六日

其他

書家碑

書家者，德清俞樾藏其所箸書之橐也。乃《羣經平議》卅五卷，《諸子平議》卅五卷，《弟弐樓叢書》卅卷，《曲園襍纂》五十卷，《俞樓襍纂》五十卷，《賓萌集》五卷、《外集》四卷、《襍文》十弐卷，《詩編》九卷，《詞錄》三卷，《尺牘》四卷，《楹聯》弐卷，《隨筆》八卷，《四書文》弐卷，《太上感應篇纘義》二卷，《褒中書》弐卷，《游藝錄》六卷，《右台仙館筆記》十六卷，《菩在堂全書錄要》弐卷。書成，鏤版以行之，聚其橐而薶之，銘曰：

古有鏴蜕之文冢，今有俞樾之書冢。烏乎，後世詩禮之儒無發斯冢。

輯自《曲園篆書五種》

積錢以與子孫，子孫未必能用；積書以與子孫，子孫未必能讀；惟積德以與子孫，子孫或得而

食之。《易》曰：食舊德。

凡事須從根本上做起，根本茂則枝葉自然茂盛。

躬自厚而薄責於人，此以立身行己言也；若施與出納之際，躬自薄而厚於人，則遠怨矣。

子孫切忌奢侈，務宜儉省，在場面應酬，四季袍褂，自不可少，至於家常衣服，雖布何傷？婦女尤

宜戒之，若貪圖好看，競逐時妝，敗我儒素之風，我所不喜。

飲饌尤宜清淡，若肥醲之物，古人謂之腐腸之藥，非徒無益，而反有損。勿信世人食補之說，須知

我輩究是膏粱之體，非區區飲饌所能補也。至於殺生，尤所當戒，吾家無故不殺生，宜世世守之。與其

買禽鳥以放生，不如終年不殺雞鴨之為勝也。臘月二日，吾之生日，淨竈一日，亦宜世世遵守。一日淨

竈，卽一日戒殺，雖止一日，然使吾子孫能至百家，卽百日矣，能至三四百家，卽一年矣。吾區區之意，

願衍而廣之，以至無窮。

子孫自宜各有正業，卽或家計從容，閑居無事，則栽植花木亦足怡情。至於葉子之戲，樗蒲之局，

自幼卽宜戒之，骰子骨牌之類，勿令兒童入手。吾著有《曲園三要》，至今悔之，願子孫勿效之也。若夫

流浪烟花、沾染惡疾，則非吾子孫矣。

讀書人往往不善治生，吾子孫如有錢財，只宜擇親友中忠厚殷實之家存放其處，取其微息以為生計，萬不可開設店鋪。即使善於經營，年年獲利三倍，然自我傳子、自子傳孫，必有閉歇之一日，則虧負人者不少矣，不虧負不至閉歇也。經官涉訟，貽累無窮，勢必七折八折，甚至三折四折以還人家，而仰面求人，辱己甚矣。若存放取息，幸而存放之家隆隆日上，則我坐享其利，豈不大妙？即其家不幸倒敗，券在我手，猶可執以取債，無論七折八折，至於三折四折，亦必薄有所得，使其竟一無所有，雖欲一折而不能，則我付之一笑，慨然出券而歸之，彼必長揖以謝我。較之開店閉歇，仰面求人，孰得孰失乎？

吾家自南莊公以來，世守儒書，然至今日，國家既崇尚西學，則我子孫讀書之外，自宜兼習西人語言文字，苟有能精通聲、光、化、電之學者，亦佳子弟也。然外國奇衺之說，切不可從，如有不肖子孫口唱平權自由之妄論，身蹈革命流血之亂黨，則宜屏而逐之，勿玷我曲園支派。

人家無論大小，男有男之事，女有女之事，明而動，晦而休，男女內外，各盡其事，此乃興旺人家氣象。若晦而不休，三更半夜，高張燈火，言無益之言，事無益之事，及至平旦，則黑甜一枕，正在夢中，賓客到門，謝而不見，或餽贈禮物，或投送書函，皆無從答覆，甚至日高三丈，庭院寂寥，案上則燈火獨存，廚下則炊烟未起。此等人家，吾不知其後如何矣。

火燭盜賊，皆居家者所不可不防也。防火燭則不點洋油為第一要義，防盜賊則嚴謹門戶而已。夜間緊要處門戶皆宜落鎖，不可遺忘，然鎖後鑰匙必須放在手邊，且必有一定之處，容易檢得。若漫不經心，隨手安放，設夜間有緊急之事，求匙不得，其患有不可言者，是又不可不知也。

凡用一物，用畢仍歸原處，此是壽相，讀書寫字亦然。讀書畢仍歸原架，弟幾袠弟幾冊，均勿錯亂。

寫字畢，則筆加筆帽，硯加硯蓋，勿草草一擲而起，如此者決其必壽。

吾生平一無所長，惟所著書垂五百卷，頗有發前人所未發、正前人之錯誤者，於遺經不爲無功，敝帚千金，竊自珍惜。子孫有顯達者，務必將吾《全書》重刻一版，以流傳於世，并將堅潔之紙印十數部，俾吾書不泯於世。從前花農爲吾造曲園書藏，惜其書不全，西湖上亦可再鑿一書藏也。書宜用鐵匣貯之，鋼以鐵汁，庶不壞敗。

游宦所至，遇有名山勝境，鑿石而納之其中，題其外曰『曲園全書藏』，庶數百年後有好古者發而出之，

輯自上海圖書館藏手蹟影印本

尺牘

與李少荃伯相

入冬來，想鼎衡望重，裘帶風清，定如所頌。并聞畿疆坐鎮之餘，又塵念顛連，兼籌豫晉，一夫一婦，不獲其所，則阿衡所深恥，己飢己溺，如是其急，蓋禹稷之用心，勳望益隆，而仁施亦益遠矣。樾奉母寓吳，粗叨平順。今年又刻成《曲園襍纂》五十卷，郵筒不便，未克寄求大教。然零星撰著，實亦無足觀也。年內更擬續刻詩文等八卷，合前所刻，成二百卷。童子聚沙，市儈買菜，可笑可笑。

輯自日本國會圖書館藏《春在堂全書稿本》

與蕭毅伯李少荃同年前輩〔一〕

再有瀆者，樾所著《羣經平議》三十六卷已算粗成。惟犬馬之齒，才四十有五，窮愁之歲月方長，則著述之癡心未已。伏思中興以來，名臣名將，指不勝屈，其卓卓者固已宣付史館，昭示來茲矣；而其遺聞軼事爲史官所不及載者，亦必可驚可喜，超出尋常。樾舊史氏也，頗思采輯成書，而跧伏草茅，苦無聞見。幕府倘有紀錄，能惠寄一二，則尤幸矣。謹附及。

【校記】

〔一〕 此文收入《春在堂尺牘》卷一，稿本多一段，輯存於此。

又與玉泉

『寺工』二字，未見所出。積古齋所摹建昭雁足鐙，文云『建昭三年考工輔爲内者造』，其『考』字極分明。尊處所藏之漢鐙，恐亦是『考』字而筆迹小異耳。樾未見其文，未敢臆斷。若果是『寺』字，當別有說。《後漢書·光武紀》注引《風俗通》曰：『寺，司也。』是『寺』與『司』古音相近而義通。《釋名·釋宫室》曰：『寺，嗣也。』『嗣』與『司』古亦通用。然則寺工者，司工也。散氏銅盤銘有『嗣工』之文，『嗣』乃籀文『辭』字。辭工亦司工也。此叚事爲司，彼叚辭爲司，皆古文叚借字耳。司工卽司空，拙著

《羣經平議》詳言之。《漢書‧百官公卿表》注引臣瓚曰：「冬官爲考工，主作器械也。」然則建昭鐙作「考工」，此鐙作「司工」，其義得通。漢人以《考工記》補《冬官》，即此意矣。率書所見，老夫以爲何如？

與應敏齋

局中諸友述彼教事，太涉鋪張，宜爲爵相所不喜。承示，將來動筆時，以數語了之。然此數語亦必有附麗之處。鄙意：西人墳墓即附冢墓一門之後，其教堂由武帝廟、書院改造者，即於本條附見之，未識尊意如何。抑槭更有欲白者：去年若不立分纂之名，槪作採訪，譬如治庖然，雞鴨魚肉，一一買來，聽庖人之自爲割烹，雖庖人不善治庖，尚可一奏其技。今既立分纂之名矣，所分纂者，人人自以爲定本，譬如市樓中見成之菜，整盌盛來，雖有易牙，不能取而改作之，況不善治庖者乎？故推閣下之意，以爲彼所具者皆料也，删之改之無不可也；而在局中諸友之意，則未必然矣。即如稿本，尚有數册迄未交來，云尚須增添，又云此數册可無須動筆。然則由蘇寫定之說，不過閣下云云耳。雖勉強爲之，必且嘖有煩言矣。而此番爵相所批之牘，又因有所避忌，不便宣布，則與局中立異者，止槭一人之私見，不幾身爲怨府乎？槭承閣下雅愛，而與上海人，自來未受其一絲一粟之惠，即爲怨府，亦復何害？然此書也，成要使人人歡欣歌舞方佳，若人人蹙額，如仲尼之嘗昌歜，不幾有負閣下一番美意乎？揮汗寫布，幸有以教我。

與李筱泉中丞

日來兩得手書，兒曹瑣事，屢瀆清神，感甚感甚。雨生中丞聞四月二十二日出都，輪船早赴袁江迎候矣。吳江滋事首犯已膏齊斧，聞其供詞，不值一笑，迹類風顛，然或者故為悠謬之談，以自掩其實，使聞者無從根究其端倪，誅求其黨與，亦未可知。夫未兆易謀而除惡務盡，固不宜張大其事，驚擾里閭，亦不得因其安言而即以妄聽之，高明以為然否？樾獨坐湖樓，無所聊賴，昨日乘籃輿直至雲樓，清游竟日，頗得小佳趣，輒以奉聞。吳曉帆方伯已回武林，請告知王清如觀察，可作借書之一癡矣。

以上輯自華東師範大學圖書館藏《俞曲園手稿四種》

聯語

應母朱太夫人七十有八壽聯

潘玉泉觀察譔聯句見示，余為易下兩句。

眉壽祝千齡，錦繡華堂，才過花朝慶生日；
口碑聽萬戶，笙歌麴部，好將寒食補元宵。

【按】此聯在《應母朱太夫人七十有八壽聯》之後。

湯敏齋太常輓聯

代許信臣撫部作，撫部乃文端門下士，官京師時，晨夕過從，甚相洽也。

昔日侍文端，清言娓娓，樽酒歡然，白首更誰談往事；
暮年失良友，老淚潸潸，人琴亡矣，青箱猶幸付佳兒。

【按】此聯在《湯敏齋太常輓聯》之後。

失題 代杜筱舫觀察

祠宇舊鄉賢，自有清風到桑梓；
園林多勝事，敢宜初日看芙蕖。

【按】此聯在《楊母丁淑人輓聯》之後，據詞意似爲建築園林之題聯。

失題

小築三楹，看淺碧垣墻、淡紅池沼，

相逢一笑，有袖中詩本、襟上酒痕。

【按】此聯失題，在《楊母丁淑人輓聯》之後，據詞意當爲建築題聯。

自書墓道聯

且喜離鄉無百里；

敢期此後有千秋。

附

錄

附錄一　序跋

《好學爲福齋詩鈔》序

孫殿齡

夫豫章七年而始荓，不病其遲；駃驥七日而能馳，豈嫌其速。物固有是，人亦宜然。士或莫齒而成名，或英年而蜚譽。一則秋高老圃，徵韓魏國之精神；一則春占梅華，見王沂公之倜儻。使謂人雖早慧，器必晚成，苟非頭白之年，難語汗青之業，是老聃可以著《道德》之經，而子游不當在文學之列矣。昔劉義慶爲晉《世說》，特標死悟之名，權德輿爲唐名臣，自攜祖研，自訂童蒙之集。偏讀父書，而況名高鄉賦，望重經師，如吾友俞蔭甫者乎！君以卓犖之才，重以深沉之學，鐙盞四聲，久得名于綺歲；崑山片玉，佇對策於彤廷。兩度月宮，名氏在登科之記；五年雲海，賢豪都負笈而從。士盡推袁，人爭衡李。而余叨一年之長，謬作人兄；證千古之心，幸逢我友。交如公瑾，與酒同醇；坐有超宗，不衣而暖。每見其觀書如月，下筆有神，宋風謝雪之詞，蘇海韓潮之氣。訂鄭、孔之得失，不愧『經神』；校遷固之異同，可稱『漢聖』。洵由天授，豈盡人功？至於詩，則尤獨得風流，自成馨逸。以眉山之議論，而行以香山之渾成；以玉谿之才華，而佐以玉川之奇詭。予大江南北，不乏知交，舊雨往來，非無酬唱，然如君者，歎觀止矣。君猶謂少作未成，盛名難副，深自謙挹，未許流傳。不知美玉良

金，久縣定價；；春蘭秋鞠，各擅一時。豈必登耆舊之書，而後入文苑之傳哉？且予所以取而梓之者，又自有説。自惟駑鈍，愧學妃稀，得君一字之奇，勝我十年之學。出則攜之巾衍，入則秘之枕函。非僅如東坡讀書，百回不厭；抑且若子猷愛竹，一日難無。此數年來，君司牛耳之盟，來開講舍；我幸犀首之暇，歸臥鄉山。距無十里之遙，頻有八行之寄。或停盃相詒，便呼擔子而來；或潑墨未乾，已附飛奴而至。每見谷雲筆札，如親何晏神仙。而明年春，君將泛孝廉之船，赴公車之署。無論玉堂一人，長安之日愈遙；蕩節重來，使者之星難駐。就使珠投未遇，璞獻仍還，而搏沙之聚散何常，流水之東西莫定，每念及此，能勿悵然。惟取君之詩，斯陶斯詠，永夕永朝；誦春草之一言，不必惠連入夢；探秋菊之五字，還如子由聯床。藉遣牢愁，兼資切琢，乃予之善自爲謀，非君之所得而吝也。若謂私相標榜，有名士畫餅之譏；早擅聲名，亦正夫懷璧之罪。以予論之，又不然矣。夫良賈深藏之説，特老氏之私言；後生無聞之羞，乃宣尼所切戒。吾儕不乘方剛之力，預爲不朽之謀，乃以名山未定之書，俟之臣精既消之後，豈不晚哉？至於悠悠之論，亦或貿貿然來。罵宋玉爲老兵，呼王爽爲小子，宋聾難語，蜀犬易驚。昔惟文士相輕，今并小兒解事，彼哉彼哉，何足算也！予因君有欿然不足之意，故書此于簡端。此日風雨懷人，藉消三歲三秋之感；他年文章報國，佇訂一官一集之編。道光二十九年冬月，愚兄孫殿齡拜序。

出自《好學爲福齋詩鈔》卷前

《草草廬駢體文鈔》序

孫殿齡

夫蔚宗史筆，亦著駢辭；昭明《選》樓，多收儷體。然則論文者，固不得奉韓、柳爲正宗，薄徐、庾爲俳調矣。爰逮我朝，人握蚳珠，家藏麟角，竊於近代而得兩家焉。一則海立雲垂，雷輥電耆。大刀快斧，蘇家作論之才；燒屋漏船，吳子用兵之法。此小倉山房之文也。一則吹竹求音，拈花得諦。清高深穩，韋偃畫馬之工；披郤導窾，庖丁解牛之技。此有正味齋之文也。然而萬言立就，或失之豪；一字求安，轉傷於氣。雖前修之難議，若遺憾之微留。何哉？吾友德清俞蔭甫孝廉，甫逾終，賈之年，已擅機雲之譽，趨鯉庭而受《詩》學，坐馬帳而號經師，固已藻匠爭推，芸香共被。予交君最久，知君最深。自乙巳之秋，君泛孝廉之客，因得流連酒座，往返詩筒。舊雨不來，呼趾離而入夢；新詩甫就，印杓窊而傳牋。齡石之書百函，文通之筆五色，蓋眾體皆工，非一斑之可盡。而予尤欣賞其四六文者，以其薰香摘豔之中，別饒流水行雲之趣。周秦兩漢，魏晉六朝，齊入洪爐，別開生面。其氣之盛，則小倉山房也；其筆之妙，則有正味齋也。譬猶名山大川之巨麗，而又助以幽深；美人名士之風流，而又參以豪俠。上下今古，出入鬼神，雖未到乎古人，已獨高乎流輩。君猶謙爲少作，未許傳鈔，予固知大雅之才，別有名山之業。然而佛門三昧，從初地脩成；仙鼎九還，自疑丹錬就。何況汲來井水，都識耆卿；畫向屏風，盡知白傳。奚必埋奇書於破盎、藏真本於葫蘆哉？因付諸梓，以廣其傳，貢此一言，弁其全帙。此日從蘇源明之請，且成薈蕞之篇；他年刻權德輿之文，存作童蒙之

集。道光二十八年歲在戊申，愚兄孫殿齡拜序。

出自《草草廬駢體文鈔》卷前

《好學爲福齋文鈔》序

孫殿齡

予友俞蔭甫孝廉，自幼卽喜爲古文辭，論古人得失，皆中理解。弱冠之歲，積文逾寸，今手錄以示予，則僅四十餘首。予深惜其芟薙之過嚴。君憮然曰：『吾猶以爲多也。夫古文不易爲，亦不必爲也。唐以詩賦取士，則士皆從事於詩賦；宋以策論取士，則士皆從事於策論。今國家以制義取士，則士亦從事於此可矣，何以古文爲？且夫生今之世而必爲古之文，妄也；生今之世，爲今之人，必取古人已往之事而論之，尤妄也。此雖其才其學實有以逮乎古人，識者猶無取焉，況乎議論無據，游談不根如予者哉？予之古文，又何以多存之爲？然而不忍自棄者，徒以束髮讀書，卽有志於此，今雖勞而無成，而其中如《韓信論》諸篇，皆嘗見賞於先君子者，小子何敢忘焉？此所以錄而存之也，非敢以爲能也。』蓋君之自言者如此。予不足以知君之文，而觀君之言，其文可知也。且觀君之爲人，雍容閑雅，其文又可知也。因刻君駢體文，而并以此編付諸梓。道光二十八年歲在著雍涒灘仲冬之月，愚兄孫殿齡拜序。

出自《好學爲福齋文鈔》卷前

《賓萌外集》跋

杜文瀾

望。

《賓萌外集》四卷，德清俞蔭甫太史所撰駢儷文也。太史天才亮拔，慧業英奇，早掇巍科，久標清劉公幹時有逸氣，陸平原雅擅文名，當其組織萬言，雕鏤千古，舉凡述德表忠之製、抒情敘舊之篇，莫不妙奏鏗訇，蔚成藻麗。若夫典司著作，儤直承明，凌雲侍從之班，近日神仙之望。玉堂給札，書從鳳味唧來；金殿掄材，墨向螭頭蘸飽。景福受釐之際，平叔詠康；太和陪位之期，敬輿聽樂。如館閣進呈諸賦，颮颮乎鳴盛之音焉！泊乎持衡東洛，擁傳中州，敷經訓而衍師傳，議祭禮而推聖澤，特升子產，蹻遷、林二友之間；增衧孟皮，列路、皙兩賢之上。重華古殿，宜招靈甫同龕；元聖崇祠，合進伯禽配食。如廟庭從祀諸篇，秩秩乎維世之教焉！然而羊祜位顯，猶戀角巾；馬援宦成，更思款段。雖賞嵩高之勝，恆吟茗雪之清。既而霜急鴻飛，風高鶚轉，掌禹錫以難題被議，潘安仁以易退去官。數載倦游，今茲主講。分齋授藝，士奉胡瑗；廣學培英，人尊趙德。持羣經之正議，黑白忘懷；定諸子之公評，丹黃適性。洵所謂升沈不槪其心，出處不渝其志者矣。文瀾誼聯維梓，交締漸蘭，爰因跋尾之篇，用博伸眉之笑。八分手簡，永珍遠道深情；什襲牙籤，待述名山盛業。秀水杜文瀾。

出自《賓萌外集》卷末

《春在堂全書錄要》序

徐　琪

吾師曲園先生，著作等身，曾文正公題其簡端，曰『德清俞蔭甫所著書』，用孔�軒例也。而海內則稱之曰《春在堂全書》，以先生所居名之也。凡《羣經平議》三十五卷、《諸子平議》三十五卷、《第一樓叢書》三十卷、《曲園襍纂》五十卷、《俞樓襍纂》五十卷，此外詩文之類又五十卷。卷帙既富，名目又繁，承學之士爲之望洋向若而歎。先生乃手定《春在堂全書錄要》一卷，每種各撮舉大略，以便學人尋討。海內或有未見先生《全書》者，得讀此編，亦庶乎嘗鼎一臠而知其旨矣。光緒五年十二月，門下士徐琪謹記於西湖寓樓。

出自《春在堂全書錄要》卷前

《俞樓詩記》序

徐　琪

旣築俞樓之三年，余方自春明乞假歸，與吳子叔和徘徊後圃，以西爽亭至樓，地尚寥廓，不可無亭檻以暎帶之。叔和欣然樂任，乃自六一泉之海月門築一方亭，以亭外爲東坡庵，取吾師曲園先生『山上吟庵伴老坡』句，名曰『伴坡』。出亭，隨山勢高下製爲長廊，上可尾石徑登山，下可臨瓢池而釣，花木掩靄，一望無際。廊迤而西，復自西而北，再自北而西，路凡三折，以陸放翁有『清吹時聞曲曲廊』句題曰

『曲曲廊』，蓋園爲小曲園，此又園中之至曲者也。出廊而北，建一高閣，背墻面山，可望見吳山及湖光一角。其閣前有松，今春有神降焉，詳見《俞樓四異》詩，因用謝惠連『松惟靈木』語題曰『靈松閣』。左有吾師退省山人畫梅刻石，其右爲短廊，廊内有山人七律詩刻，出廊不數武爲舫齋，與閣俱面東。庭前有竹石參差，蒼翠交潤，以西湖古蹟事實孤山舊有小蓬萊，適當其地，且與退省庵之小瀛洲遙相望也，遂名曰『小蓬萊』。其左有先生《韓碑書後》石刻，右則屬於西爽亭之舊廊矣。出亭而左，尚有隙地，余乃墨石爲臺，其高尋丈，廣可一筵，喜其平而露也，名曰『暴書臺』。其下當山之骨，石壁天然，余曾夢爲先生守書之鶴，乃題石曰『鶴守岩』。自臺啓小扉而北，於石壁上得『斯文在茲』四大字，旁署『趙人張奇逢題』。考張爲國初守杭郡者，余前年築樓至此，時藤蘿滿壁，僅見一『文』字，今歲復至，則四字畢見，距太守官杭時政二百三十年，物之顯晦，固有時耶？乃謀於同門，復於此築亭，以文在石上也，名曰『文石亭』。余謂先生於右台山築書家，而茲山闢，然天殆欲爲先生更設一書家耶？讀同坐亭上，商略鑿石爲藏，内先生全書於中，名曰『曲園書藏』。與右台并一佳話，而張之刻石亦不虛矣。自亭而北，於山巔得一池，冬夏不涸。吾聞天目有湖，在山之巔，先生德清之金鵝山頂亦有池，此殆發源於天目也，金鵝者乎？以其在文石亭上也，名曰『文泉』。自文泉循舊路而歸，至暴書臺足，別有一洞，人而左旋，可至李適叟之小磐谷，此亦余爲新築者，載《李谷記》。側而右旋，可俯窺鶴守岩。若循石徑而下，則達於伴坡亭西之廊矣。是役也，經營於三月，成於七月。比秋深，先生來湖上，門下諸人觴於小蓬萊，先生命余爲後記，余因循未果。先生爰就題榜處各賦一詩，名曰《俞樓詩記》。既成，余裒而刻之，思與《全書》彙送入山。然不可無序，并不可無記，因撮述大致，謂之後記可也，謂之《詩記》

之序言亦可也。光緒七年十二月既望門下士徐琪謹識。

出自嘉惠堂刻本《俞樓詩記》卷前

《春在堂全書校勘記》代序

蔡啓盛

啓盛今年始得《春在堂全書》，先讀《詩編》，見船篷字作『蓬』，疑別有所據。後見鳧、鼉諸文，皆無四點，乃悟手民多誤。夫子事煩，不及再校，而弟子亦無任其勞者，故全書誤字，正復不少。因隨讀隨記，固有本非誤字，啓盛少見而多怪者，然亦有塙見爲誤者，不敢遽定，謹一并錄呈。伏念《全書》皆夫子手訂，不同於門人故吏所能窺測，雖如啓盛之得附親炙之末，尚不敢遽定，則後世篤信好學者，非但不敢謂之淹博精貫非常人所能窺測，它日展轉翻刻，後人見而有疑，必取此本校之。校之而同，又以夫子其誤，甚且據爲典故而循用之矣。夫子實事求是，雅不如楊用修輩大言欺世，則念及貽誤後人，必有愀然不安者。況待校於後人，尤不若躬親之爲得也。合詳《全書》，談經者過半，疑似更難辨別，隨見隨記，再求諍誨。

余《全書》，承臞客校正，因爲刻《校勘記》一卷，并刻其來書，以識緣始，卽以代序。乙酉長夏，曲園叟記。

出自《春在堂全書校勘記》卷前

俞曲園先生《病中囈語》跋

陳寅恪

曲園先生《病中囈語》不載集中，近頗傳於世。或疑以爲僞，或驚以爲奇。疑以爲僞者固非，驚以爲奇者亦未爲得也。天下之致蹟者莫過於人事，疑若不以前知。然人事有初中後三際借用摩尼教語，猶物狀有線面體諸形。其演嬗先後之間，即不爲確定之因果，亦必生相互之關係。故以觀空者以觀時，天下人事之變，遂無一不爲當然而非當然。既爲當然，則因有可以前知之理也。此詩之作，在舊朝德宗景帝庚子辛丑之歲，蓋今日神州之世局，三十年前已成定而不可移易。當時中智之士莫不惴惴然睹大禍之將屆，況先生爲一代儒林宗碩，湛思而通識之人，值其氣機觸會，探演微隱以示來者，宜所多言，復何奇之有焉！

嘗與平伯言：『吾徒今日處身於不夷不惠之間，託命於非驢非馬之國，其所遭遇，在此詩第貳第陸首之間，至第柒首所言，則邈不可期，未能留命以相待，亦姑誦之玩之，譬諸遙望海上神山，雖不可即，但知來日尚有此一境者，未始不可以少紓憂生之念。然而其用心苦矣。』《鍾離意別傳》見《後漢書·列傳》叁壹《鍾離意傳》章懷注所引略云：『意爲魯相，發孔子教授堂下牀首所懸甕中素書，文曰：後世修吾書董仲舒。』所言記葄名字，失之太鑿，不必可信。而此詩末首曰：『略將數語示兒曹。』然則今日平伯之錄之詮之者，似亦爲當時所預知。此殆所謂人事之當然而非偶然者歟？戊辰三月義寧陳寅恪敬識。

出自陳寅恪《寒柳堂集》

附錄二 春在堂輓言

先達眷懷故里，首數我公。於今重過烏巾，庇厦孤寒安仰放；
特恩列入儒林，足光邑乘。太息未臨丹旐，式廬親舊倍低徊。

德清同鄉公輓

經師尊漢學，直接王高郵一派，道咸而後有傳人。
祀典重鄉賢，合與徐南陔先生，伯仲之間分片席；

德清後學公輓

舊事溯雲萍，想此鄉猶是枌榆，自故里移家，史埭曾經棲卅載；
前蹤賸鴻雪，儻異日再修志乘，賴高人遺跡，鼎湖何幸附千秋。

臨平同鄉公輓

文苑忝齊名，愧我不堪仙籍注；
薦章同報罷，輸君自有祖燈傳。

碩德幾人存，湖山載酒，風月談詩，九十年來，天以清閒留著作；

王闓運

名園無恙在，肝膽憐才，齒牙獎士，一千里外，我爲耆舊痛凋零。

饒應祺

實至名歸，合文苑儒林爲一；
漢支宋派，繼新安高密而三。

陳泗

老成典型，又弱一个；
文章經術，獨有千秋。

劉炳照

碩望東南推一老；
斯文中外屬何人。

洪恩波

吳越之間一耆舊；
嘉道以來此學人。

方還

舊學中原成絕業；
曲園兩字早千秋。

蔣煒祖

獻策誇萬千言，壽我新詩傳海內；

著書多五百卷，知公舊學重儒林。

才名遠播，千秋著述豈無功。

詩筆如神，一語生平真不愧；

盛名滿天下，爲我臨池染翰，一聯遺墨足千秋。

私淑積平生，惟公經術文章，四海橫流垂正軌；

名山傳著作，表千秋流風餘韻，知吾公長在人間。

吳苑隕星辰，恰今朝送歲迎春，與司命同歸天上；

獨立蒼茫，前不見古人，後不見來者，噫！誰將西歸。

先生著述，既傳於小柳，又傳於兒山，吁！吾道東矣；

我是五科後輩，曾傳衣鉢到賢孫。

公爲三世詞臣，早有文章驚海內；

王元瑞

錢儀鳳

朱祖懋

孫亮貴

李維翰

通家侍生孫家鼐

儒林上壽毛朱萬；
海國高名李白蘇。

通家晚生張之洞

天之未喪斯文，等身著述；
世與我而相遺，歸去來辭。

通家晚生準良

居今行古任定祖；
解經不窮戴侍中。

準　良

著述等身，多世共尊魯殿靈光，何期大野傷麟，驚傳絶筆；
湖山終古，在我亦有杭州舊約，他日墳前下馬，瞻拜遺廬。

後學世善

靈光巋矣，瓊樓玉宇高寒。想君身斫鱠蓬池，傳硯有人，生死西湖於願足；
華表歸歟，流水落花春去。賸仙骨墜龍藥店，著書到老，始終東野以詩鳴。

後學林孝恂

平議書成，世無不知先生者；
少微星隕，天之將喪斯文歟！

後學伍輝裕

壽考作人，聲華蓋代；
孫曾繼志，著述等身。

卓哉先生，竟以經師老；
嗟乎後學，其如天下何！　　　　　　　　　　　　　　　　　　　　後學伊立勳

萬餘卷巨手文章，金石繼昌黎，當代斯文，天應未喪；
五十年賞心絲竹，蒼生懷謝傅，不遺一老，吾誰與歸。　　　　　　　後學張羅澄

儒術正衰微，一夢東堂，猶及清時良有幸；
師資久寥落，重游南國，欲談古義更無從。　　　　　　　　　　　　後學李前晉

湖山無恙倘重來，知我公化鶴魂歸，總難忘康節行窩，司空生壙；
文字有靈足千古，想多士登龍尸祝，信不負少陵詩史，通德經師。　後學江瀚

以巨筆，題先大夫畫冊；
以長途，贈予小子詩篇。　　　　　　　　　　　　　　　　　　　　後學卓孝復

論享壽，長郭令公一齡；　　鯉簡相往還，謬荷至交曾許我，
論著書，繼阮文達千古。　　鴻名徧中外，允推此老是傳人。　　　　後學程錫煥

讀公一卷遺書，公真不朽；
贈我七言佳句，我更難忘。

　　　　　　後學鄒王賓

樸學老名山，許鄭諸賢皆尚友；
儒林標信史，顧黃而後此傳人。

　　　　　　館晚生陳啓泰

拼命著書，五百卷不朽文章。與中興戰伐諸名臣同承帝眷；
熱心垂教，八十載長辭壇席。正舉世擴張新學界痛失師宗。

　　　　　　館晚生田庚

國史總尊儒，何須疑大海狂瀾，讀五百卷遺書，後無來者；
門孫應許我，迺祗膡木天閑話，謂廿三科前輩，猶及見之。

　　　　　　館晚生潘浩

一代大師，異域梯航稱弟子；
千秋遺著，中原壇坫祀先生。

　　　　　　館再晚羅長裿

奪回星斗一枝筆；
留得文章千古春。

　　　　　　鄉晚生周慶瑩

經學名家，詞章名家，秦漢隸體更名家，溯國朝二百餘年，抗手殆無人，是宜文苑儒林，合爲一傳；

山林福分，科第福分，祖孫文衡俱福分，享高壽八十六歲，歸真復奚憾，即論生榮歿感，自有千秋。

鄉晚生胡調元

悟八十六年人間游戲，長吟成絕筆，彌留詩句了塵緣。

合四百萬言海內流傳，大義闡羣經，不愧名山垂盛業；

鄉晚生楊元勛

才福兩能全，始知牛斗宮中，畢竟玄枵勝磨蝎；

德言雙不朽，爲問麒麟殿上，幾人青史永垂鴻。

鄉晚生周穌鼎

袁簡齋爲文章伯，亦身負重名。以先生平議羣經，出其緒餘，著述且踰卅六種；

顧亭林乃天下才，而齒僅中壽。惟我公將登大耋，同茲物望，春秋更越廿三年。

鄉晚生管衡

有隨園復有曲園，學問文章，昭代才名相輝映；

是經師亦是人師，泰山北斗，故鄉碩望將安歸。

鄉晚生周思績

不事矜張，不樹門戶，讀春在堂全書，方知名漢學，實宋學；

海內仰止，海外流傳，攝白太傅小影，何愧左文正，右文忠。

鄉再晚周以藩

碩學冠當時，溯錢嘉興、朱秀水以還，兩浙經師，先後大名垂國史；

鉅公多折節，自曾湘鄉、李合肥而後，三吳使者，表章儒術達宸聰。

鄉再晚金彭年

海內外人仰大師，新説慨橫流，賴有遺書詔稽古；

浙東西里聯通德，輕材愧私淑，更無便座聽談經。

鄉再晚葉重光

嗚呼，先生竟仙去矣！終教渾渾無涯，頌其詩，讀其書，未見其人，獨愴然兮淚下，予將私淑；

噫嘻，大道其孰從乎？自此滔滔皆是，衷異服，習異言，更宗異教，如不絕之心傳，我誰與歸。

鄉再晚葉清芬

君不見，落形氣之中，此緣利役，彼爲名牽，大地盡蜉蝣，秉受天才，疇克稱海內文章、名山著述；

人誰信，值交通而後，甲學皮毛，乙工形色，中流存砥柱，維持國粹，猶足動儒林景仰、當道推崇。

鄉再晚張鵬翔

仁人用心，利益甚溥。　祇因振淮海災黎，書筆掃雲烟，千軸楹聯珍拱璧；

賢哲品題，聲價自倍。　猶憶妥先人窀穸，墓銘光泉壤，一方碑碣壽名山。

鄉再晚沈冠英

廿三載身受深恩，湖防樹壘，歇浦巡艖，靮掌效馳驅，差幸乂安答高厚；

八六齡壽逾大耋，名著千秋，堂羅四代，靈光忽傾圮，痛教瞻仰失儀型。

鄉再晚張楚南

砥柱中流，賴一老慭遺，天使斯文傳後死；
陶廬冰井，重千秋攸託，我懷題句哭先生。

愚姪金武祥

方丈接蓬瀛，天風引回，博得名山真事業；
空中聞鸞鶴，司命今醉，邀歸平地老神仙。

世弟徐賡陛

慨父執寥寥，朝野幾人，靈光巋然。何意留春在堂，神歸右台館；
數平生拳拳，忠孝大節，著書餘事。亦既遠追深寧叟，近邁小倉翁。

世姪盛宣懷

東洛衡文，西湖主講，著四百餘卷春在堂全書。後學景從碩望咸欽韓吏部；
鹿鳴重宴，鳳詔優褒，溯二十三科館選錄前輩。詞流晚進遺型慟失魯靈光。

世姪秦綬章

早年雅擅詞章，中歲博通經史，閱世八十六齡，瞬逢公壽九旬，紅綾重啖；
先皇特賞聰明，今上盛稱著述，成書五百餘卷，詔入儒林一傳，青史有光。

世姪汪鳴鑾

風雪感殘年，履霜堅冰，共盼陽和回大地；
江湖唯一老，火傳薪盡，長留事業在名山。

世姪沈玉麒　沈能虎

笑乘福壽輿，詠歌歸兜率陀天。前無古人，後無來者；
名列儒林傳，著作藏瑯環福地。生爲師表，逝爲仙靈。

再向吳中感耆舊；
頓教海內失儒宗。

廿四史、十三經，合道學、儒林、文苑；
九五福、一日壽，兼康寧、好德、考終。

薪盡火已傳，與先子鶴背同歸，雁過長空，影沈寒水；
花落春仍在，有賢孫鳳毛繼起，蟬聯翰苑，業守名山。

在儒林爲自成一家，耄期不忘勤，令後學聞風興起；
裁名刺寫辭行二字，仙游良足樂，問先生何日歸來。

與先代締知交，評經翼史，天語同褒，兩氏著書留世澤；
微斯人其安仰，橫議危言，士風不古，三吳質學失心傳。

世姪羅肇輝　羅肇焞

世姪任錫汾

世姪易順鼎

世姪易順豫　易順鼎

世姪羅道源

世姪陸樹藩

與先大夫論交最久，長辭簪紱，商訂叢殘，出處正相同，著述自娛，共羨欽褒榮稽古；

看新世界異說橫行，經訓無聞，典型幾墜，修明方有待，靈光忽圮，睠懷時局更傷心。

世姪　陸樹聲

韶車視學，講席傳經，八十壽重宴鹿鳴，佳話祖孫同翰苑；

西湖鍾靈，東瀛奉教，五百卷遺文鴻富，大名史傳冠儒林。

世姪　戴啓文

當吾世，此儒林丈人，昔年春燕蕭閑，幸追陪眉壽衣冠，及見十六科前輩；

有公孫，亦承明後起，今日史官宣付，應寫定手編丹墨，待呈五百卷傳書。

世姪　張預

憂國逾賈誼萬言，曠典殊恩，乘老尚邀宣室詔；

傳家勝康成一著，特科上第，名孫欲掩小同文。

世姪　嚴震

漢唐後，訓詁詞章，明師有幾？惟德清一席，實開通德門衢，二千年文字飄零，存斯人，儼同天球河圖貴；

吳越間，里居姓氏，荒裔皆知。奈春在堂空，偏值迎春時節，十萬戶香烟繚繞，與司命，醉駕雲車風馬歸。

嚴震

西湖楊柳萬千株，從何縮住高踪，爲斯世保存國粹；
左海荔支三百顆，記得別來情緒，讀遺書悵賦仙遊。

世姪唐贊袞

筆之削之撰述之，著作等身，奚啻恆河沙數。賴闡揚箋注，議析羣經。即今歐化東漸，繼推文學大
家，流傳海外；
仙歟佛歟才子歟？琴書撒手，僅逾一刹那時。溯疇昔釣游，里鄰通德。此後俞樓西望，髣髴風流
老輩，尚在人間。

世姪陳德溙

道以立德，文以立言，廿四科蕊榜秋風，檢往歲題名，曾與先人同齒錄；
甲部課經，乙部課史，三十載杏壇時雨，悔昔年負笈，未登門籍倍心儀。

世姪瞿大樁

殫心平議，大著長存，課孫至詞館同官，國史真堪稱異數；
留片辭行，文星遽隕，先君是泮宮舊友，仙山應共話前因。

世姪鍾選青

溯早年落魄江湖，來依仁宇，提挈有逾戚族，裁成不棄庸愚，廿餘載心力其瘁乎？慟絕涓埃猶未報；
記暑序侍談几席，拜別慈顏，自知暮景難延，竊原春暉常在，七閱月音容竟渺矣，瞻言山斗可勝悲。

世姪胡祖蔭

講席寄菱溪，卅三年化雨春風，鄉土同延安定祀；

叢書傳笠澤，五百卷珠林玉海，寰瀛共仰樂天名。

世姪岳麟書　王紹燕　卞祖菜

五百卷書藏流芬，風行寰中域外，溯鹿苹再賦，頻藻重賡，更儒林列傳褒榮，人皆望若昇仙，漫數詞

曹今第二；

三十年禮堂問難，義兼父執師資，記渤海同舟，湖樓撰杖，又吳巷德鄰近接，天不憗遺一老，咸悲國

士世無雙。

世如姪鄭文焯

古調唯公廣陵散；

大觀奪我魯靈光。

世晚馬瑞熙

西湖有先生著書之樓，它日應題鄭通德；

東塾謂國朝經師多壽，吾鄉頓失魯靈光。

世再姪朱祖謀

帝眷榮哀，儒林列傳；

師承授受，拼命著書。

世再姪陳瑜

俯仰即古今，再假十有四年，便是期頤，天胡此靳；
文章傳中外，請讀五百餘卷，不朽盛業，公尚如生。

斗南耆宿，幸接溫顏，龍馬景神姿，橐筆曾圖白太傅；
海內文章，早驚絕學，蜉蝣紛異派，傳燈誰繼鄭康成。

於越為儒林淵藪，昭代三百年，南雷開先，德清居後；
吾吳多流寓耆英，傳書數十種，賓萌學術，倉叟文章。

平議十三經，保國粹千秋，讀書種子；
名世五百卷，占本朝一席，祭酒先生。

易簣自題詩，一笑掀髯真解脫；
修文剛祀竈，萬家司命盡前驅。

昌漢學以著羣經，花落春在；
過吳苑而懷先哲，室邇人遐。

世再姪　錢人龍

世再姪　陶洙

世再姪　顧祖慶

世再姪　王鳳喬

世再姪　宋景章

世再姪　徐振南

籛鏗史佚，重返仙曹，祇今聖譯誰宣？九萬里學海瀾狂，待平蛟鱷橫；

亞雨歐風，新開運會，差幸斯文未喪。五百卷名山業盛，長爭日月光。

世再姪汪廷沐

紅葉感飄搖，登樓聽一夕秋聲，留將文字因緣，最傷心老屋滄桑，先人車笠；

青衫悲落寞，橐筆愧廿年浪迹，贏得風塵涕淚，忍回憶杜陵廣廈，白傅長裘。

世再姪孫祖恩　孫祖蔭

壇坫許追隨，感往日商量舊學、唱和新詩，文字交深睢渙派；

道山賦歸去，溯平生樂育英才、維持名教，儒林論定經人師。

世再姪邢傳經

稱大儒，合中外無異辭，數廿四科館閣英才，俯首視之皆後輩；

治樸學，如乾嘉諸老宿，歷卅三載滄桑世變，接蹤起者更何人。

世再姪史敬脩

佛壽仙才，追朱檢討，傳列儒林，鼎名與吳山并峙；

漢箋宋理，後王文成，學專經訓，宗派共浙水長流。

世再姪章鑑

耆碩壯熙朝，殿圮靈光，域外寰中同一哭；

編摩娛晚景，堂留春在，儒林文苑各千秋。

世再姪潘榮光

甲辰老同年，與鹿鳴宴，我愧知己；

庚戌名太史，入儒林傳，公是傳人。

年愚弟沈偉田

守乾嘉學派一線之傳，無黨無偏，真讀書人齊俯首；

違杖履音容兩月而近，安仰安放，擬私諡者定何辭？

年家子繆荃孫

八十年塵海因緣，吳郡棲遲，忽驚絕筆辭行，鶴馭三霄公駕返；

五百卷名山著作，韓門瞻仰，最感大文為敍，雞林一集我詩傳。

年家子何乃瑩

雪意早梅天，翛然閬苑仙遊，異國爭傳名著作；

笛聲明月夜，卓爾俞樓人在，故鄉應戀好湖山。

何乃瑩

經學世無雙，看秀衍孫枝，上苑探花，克承先德；

詞垣名第一，更芳流史冊，儒林列傳，允著遺型。

何乃瑩

一代碩師，幾欲軼嘉定、高郵而上，方祝耄期健鑠，齊算喬松，忽傳夢兆嗟蛇，讀兩平議遺書，樸學

銷沉同墜淚；

三八三八

孤露更吞聲。

卅年私淑，愧未列趙商、張逸之班，況復父執彫零，半悲宿草，又痛神游化鶴，檢三大憂手墨，餘生

有古大儒風，留萬言書在；
修年家子禮，恨一面緣慳。

手書臨絕，一何琅琅，遺恨掃粃糠，顧命諄諄期後死；
異喙息爭，煥乎郁郁，名止留玉笥，斯文炭炭賴先生。

名山平議，注子注經，海內稱著作大家，不數徐南陔文豪、胡東樵貢指；
父執齊年，同庚同榜，膝下聽琴樽舊事，猶記龍門訂古禮、虎阜弔遺賢。

本期儒臣多壽，徵洪北江之言，至今瀛海門墻，問安如傾富相；
兩間正氣象神，繼韓昌黎而作，此後湖山俎豆，易名合謚文公。

享八旬餘壽，再賡小雅鹿鳴詩，距重宴恩榮，祇差三歲；
著數百卷書，宣付國史儒林傳，溯故鄉耆舊，未有二人。

年家子孫詒讓

年家子何剛德

年家子陳光淞

年家子應德閎

年家子張宗儒

年家子沈平章

年誼屬通家，溯先輩知交，記曾載酒論文，應許湖山君作主；

宦鄉驚噩耗，慨老成凋謝，猶幸遺經傳德，更教蘭桂世流芬。

年家子傅岊孫

公本傳人，有五百卷遺書，纔見名山真事業；

世敦交誼，數十一科通籍，更無前輩舊風流。

年再姪樊恭煦

清秘老神仙，數海內翰林，靈光一人，爲念琴歌侍坐，典謁周年，猶見末科最後輩；

東南大耆宿，算閏餘歲月，上壽九秩，不堪望壁輓詞，青山讖語，難忘遺誄到重闈。

年再姪陸鍾琦

過鄭公通德之門，自慙館閣後生，室家窺見才三局；

續國史儒林之傳，爲數同光老輩，著述閎深第一人。

年再姪周樹模

厝火積薪，危言早著大憂論；

生天成佛，撒手猶吟留別詩。

年再姪譚啓瑞

紹微言，申大義，說經鏗鏗，斯文六百之交，兩漢先秦留正脈；

放淫詞，拒邪說，窮年矻矻，私淑三千未逮，泰山梁木有餘悲。

年再姪爽良

是越中耆宿，倡吳會儒宗，學派邁扶風，福且逾焉。試從今古相衡，絳帳曲園，卓著應推二平議，

以海內經師，爲熙朝人瑞，才望似香山，壽尤過也。此後湖隄訪勝，俞樓白社，崇祠合拜兩先生。
年再姪蘇品仁

絕學二千年，叢書五百卷，郵通漢宋，經師人師，天語幾褒嘉，恩遇永垂柱下史；
年再姪陸懋勳

重赴鹿鳴宴，再傳鸞掖班，望炳華彝，名世壽世，達觀悟生死，靈爽常存春在堂。
年再姪蔣炳章

有耆年碩德，矜式儒林，海內數傳人，惟公駕覃谿，惜抱而上；
年再姪胡玉瀛

以經濟文章，激揚後進，吳中留教澤，令我思竹汀、蘭坡之風。
年再姪萬銘璋

國家人瑞，中外儒宗，壽逾八十年，方期重宴瓊林，誰料參苓難補救；

綜貫羣言，嘉惠後學，書成五百卷，何意遽歸蓬島，堪傷梁木早興歌。
年再姪汪沐懋

九天忽訝文星隕；

四海爭傳魯殿亡。

攄名士高懷，訣別裁詩，秀老一編皆絕調；

得雅人深致，辭行作字，退翁三嘆有遺音。

人堪千古；

天靳百年。

當道咸世變亟，經學驟衰時，著書繼乾嘉老師，一髮千鈞，功與中興諸將埒；

際今上下明詔，尊崇先聖日，全歸夢孔子來告，任重道遠，其如後死責維艱。

年再姪方象堃

先生久爲薄海文獻所崇，本經世才，著傳世書，猶恨未掃秕糠，萬言疏，終埋藏右台山下；

賤名曾與賢孫譜錄同列，以年家子，行通家禮，竊幸重周花甲，一篇序，得刊入實萌集中。

年再姪曹元弼

介真如石，和亦同塵，鄉評多懿行嘉言，高密式舊廬，愧未爲北海鄭公，通德里特垂坊表；

文欲起衰，詩能見道，私淑在羣經平議，胥臺傳噩耗，竊願步南州徐穉，右台山瞻拜瀧岡。

年再姪劉炳青

袁錢唐而後，避名山哲海儒宗，杖履辭人春永在；

王高郵以外，樹樸學經師鉅子，文章載道議能平。

年再姪陳宗元

邀睿賞，則曰殫心著述；　博師譽，則曰拼命著書；　文學莫與京，豈徒春在詩篇，爭誦殿前五字；

志寓公，厥惟吳下客星；　傳耆舊，厥惟越中鄉月；　英靈長不泯，爲想神歸故國，常依湖上一樓。

年再姪陸積昌

年再姪彭泰士

俞樾詩文集

三八四二

福澤孰堪侔，既喜克家有子、繩武有孫，尤欽八十年來聲教宏孚，非徒明聖湖濱廣裁多士；

大名應不朽，無論譽并文忠、圖聯文正，即此五百卷中書香具在，誰謂右台仙館遽失主人。

年再姪吳熙

衣鉢祖庭□，論三世交，可以例蘇立歐門、鄭依馬帳；〔一〕

文章後死責，秉特書法，應不數浙西盧邵、江左惠王。

年再姪惲毓嘉

【校記】

〔一〕 上聯較下聯少一字，依句例補於首句中。

許鄭功臣，多登上壽；

中東學者，痛失先生。

年再姪胡濬

吳閶竟隕少微星，環球萬里，婦孺知名，八十年鉛槧相隨，垂老抱遺經，玉軸連雲人去也；

絕筆猶傳留別句，一角孤山，樓臺如畫，三百樹梅花放早，招魂酹樽酒，風騷無主我凄然。

年再姪江峯青

立德立言，未有立功，功在著述；

非色非空，而亦非佛，佛說因緣。

年再姪杜德輿

春在著羣書，中外知名，所學果彰儒林傳；
歲闌了塵事，人天贈別，此身還作大羅仙。

　　　　　　　　　　　　　　　　　　　　　　　　年再晚汪駿孫

五十年宦海抽身，小隱吳中，合洛社、香山，一代耆英推老輩；
四百卷遺書壽世，聞名海外，數儒林、文苑，千秋史册此傳人。

　　　　　　　　　　　　　　　　　　　　　　　　門下士陸潤庠

四十年身侍門墻，誼屬師生，恩侔父子，溯飲食教誨，以至家計支持。自游庠，遂通籍，迨抽簪，悉
繞慈懷念慮。最傷心前度書來，未及月餘，竟以此緘絕筆。何日見公，何日報公，祇蕭寺清齋，盡情
一哭；

五百卷手編著述，上窮經訓，下采稗官，與詩古文辭，俱爲後人津逮。況賢孫，登高第，秉星軺，足
怡晚福期頤。忽驀地立春夜半，驚看電掣，果然夢奠當楹。而今已矣，而今休矣，待儒林列傳，從祀
千秋。

　　　　　　　　　　　　　　　　　　　　　　　　門下士徐琪

卅六年講舍從游，憶客春兩見，問家事數言，可憐師弟情深，吳下尚思承面命；
二千里潯江聞訃，過誕降兼旬，先歲除七日，從此門墻望斷，天涯空自切心喪。

　　　　　　　　　　　　　　　　　　　　　　　　門下士魯鵬

數行儒林傳，磨盡英雄，以鄉先主持明聖湖壇坫終身。經生大年，惜未獲春秋決嶽，尚書治河。問

葆存國粹，并時後死幾人，與誰距詖息豪，既哭其私亦天下；

一代文學家，此爲領袖，即島國摹取春在堂巾衫小影。賤子無狀，且曾偕小阮論交，文孫把臂。乃

荏苒去冬，始詣先生一見，勉我移山填海，重感逝者益自傷。

門下士湯壽潛

底柱；

名滿中外，學貫古今，爲易象、春秋、禮樂、詩書、訓故述，大義廣延，萬世流傳，賴師法相承，獨留

福裕孫曾，家傳甲第，歷道光、咸豐、同治、光緒，著作富，耆英翼贊，四朝文教，知明德之後，必有達

人。〔一〕

【校記】

〔一〕『歷』下，原本有『代』字，據句例刪。

千秋著作早藏山，蔚矣儒林，數五福箕疇，國史何人能合傳；

一笑吟哦方輟筆，飄然杖履，下九天笙鶴，先生有道自登仙。

門下士林頤山　馮一梅

門下士陳豪

異學煽中原，慨亞雨歐風，吾黨何堪喪一老；

人師負時望，合儒林文苑，先生自足壽千秋。

門下士丁立誠　丁立中

詞館靈光，一老歸然，繼起簪花游閬苑；
禮堂舊士，二毛斑矣，重來宿草感雲亭。

門下士葉昌熾

二十紀輩推人表經師盛業，闢龍門遺教，寰區存國粹；
東西球共仰泰山北斗榘言，絕麟筆傳來，雪夜切心喪。

門下士三多

人去俞樓空，問故鄉風月湖山，有誰作主；
薪傳馬帳絕，論蓋世文章經濟，無愧名師。

門下士尤先甲

為老翰林，為名師宿，五百卷著作等身。　正當居傍衡門，長願校讎承愛日；
是父執友，是國耆臣，四十年薰陶提耳。　此後橋過吳苑，不堪惆悵泣春風。

門下士潘祖謙

先皇褒許聰明，特有寫作俱佳之諭；
太傅推重著述，永傳經子平議諸書。

門下士潘祖頤

師鄭康成，不著形迹；
比王文簡，更多發明。

門下士于齕

薄植荷栽培，附公門桃李行，今成朽木；
名山藏著作，在中興將相後，別是傳人。

世仰魯靈光，何期月犯少微，自輓驚聞元亮句；
官仍周太史，空賸書藏委宛，傳經難假伏生年。

三十年師教，粗識微言，漢宋兩家尊道統；
五百卷遺書，遽聞絕筆，去來同月在春前。

非混翱郊島之儔，幸列韓門稱弟子；
繼閻顧王錢而後，榮登國史傳儒林。

與先子分攀貢樹，復同歲生。迨閱七十年駐世小神仙，丈人行止此一老；
留鼎甲以待孫枝，爲前路導。況傳數百卷名山大著作，薄海內曾有幾家。

極大儒晚境之亨，爲才子文章吐氣；
自小倉先生以後，惟我師福慧兼全。

門下士吳俊卿

門下士王紹中

門下士童寶善

門下士寶鎮三

門下士吳受福

門下士翁有成

五百卷行狀具存，試看翰苑簪毫，中州解組，見至性忠主孝親，推素心仁民愛物，固應巍科食報，有

慈孫克紹家聲。況說輯叢鈔，文編襃纂，經持平議，集撰賓萌，天語煌煌，襃其著述。正想鹿鳴筵散，重

宴瓊林，那堪國史邊登，絕學四朝延一線；

二十年堂春易過，猶憶湖樓立雪，山館坐風，敩先芬贈碑作傳，勵後進賜題圖，爲問精舍修詞，除

眉叔誰知我契。迨更衣越旬，聽鼓吳閶，奉檄燕臺，分苻婁水，手書懇懇，勗以循良。方期白首門生，常

陪杖履，豈料靈牀慟哭，遲來三日渺千秋。

門下士傅振海

科第有傳人，名山有傳作，能使乾嘉諸老，絕學中興，從著述論功，當與湘鄉、合肥平分片席；

上以慟吾道，下以哭吾私，側聞象譯通才，廢書太息，況門牆親炙，曾坐東吳、西浙兩處玄亭。

門下士宋文蔚

憶精舍從游，親炙名賢緒論，九章研算術，至今一藝感師恩。

合寰球各國，共推當代靈光，列傳炳儒林，自有千秋垂史筆；

門下士趙秉良

學派證源流，公得毋高密後身，繼東漢大儒，重以經神作師表；

課文親選錄，我猶是韓門弟子，惜西湖小住，未隨函丈侍春風。

山高水長，海外豔稱曲園叟；

門下士陳蒙

春來人去，堂前怯誦落花詩。

天亡碩果，斷一線斯文，當代奉宗師，卽海外英豪，咸仰若泰山、北斗；
帝獎耆儒，擔千秋道統，殫心傳絕學，論中興功業，鼎足乎湘鄉、合肥。

門下士錢衡璋

哭母未已，又哭吾師，請業卅餘年，推愛先公視猶子；
憂國獨深，重憂斯世，問天一搔首，擔持大道更何人。

門下士惲炳孫　惲秀孫

全書中有自述詩，臨終時有自喜詩，合觀二百三首，何須更贊半詞。憶癸酉始從游，旣經師，且人師，善擇我師逾卅載；
生於臘月將小寒，卒於臘月已立春，雖云八十六齡，亦可再增一歲。逢丁未而仙去，曰歿世，實出世，名稱後世足千秋。

惲炳孫

境界變滄桑，末路逢天收國粹；
門墻廁桃李，殘年無地覓春風。

門下士楊譽龍

使節秉大梁，退老經師，合海內知名士，輩出先生門下；

門下士陳祖昭

德星賁吳會，仰瞻春在，決後來著作家，咸奉儒林丈人。

門下士朱綏華

數十載教育功深，先賴以繼，後賴以開，著述采千秋，宇宙共欽君子範；
半生來心懷利濟，救人之危，周人之急，臨終微一笑，蓬萊驚見歲星明。

門下士毛顯林

帝眷舊儒臣，重宴鹿鳴，特許祖孫，一時同列詞林選；
天生大手筆，潤色鴻業，無論中外，眾口爭推著作家。

門下士錢國祥

漢儒經學，宋儒理學，書詒平議，直將道統火傳薪，溯百年東浙名流，春在堂文分戴席；
先皇恩獎，今皇恩榮，世誦清芬，更喜孫枝花探杏，薦一勺西湖明水，右台山館仰程門。

門下士蔣清瑞

方古大儒，在康成、叔重之間，手筆共推真學問；
閔予小子，于南海、長沙而後，心喪又愴舊門墻。

門下士許涯祥

罷中州使節而歸，稱老山長，復舊史官，祇緣仙佛多情，暮景更難離骨肉；
在隨園先生之上，守古師儒，卻女弟子，轉為滄桑慨世，大年不願享期頤。

許涯祥

善誘極循循，博我文，約我禮，五十而無聞焉，雖後生亦何足畏；

大名真鼎鼎，學不厭，教不倦，九京如可作也，微夫子其誰與歸。

門下士鄒寶德

廿載坐春風，詎今朝春信纔來，春在堂前春不在；

一身膺道統，痛此日道山遽返，道傳圖上道誰傳。

門下士曹樹培

充棟成書，棲巖養性，年將九十，神明不衰。未覺近黃昏，夕陽猶自好，私期轅固被徵，吾道稍行庶

有日；

茶香室雅，春在堂空，名列三千，教誨如昨。太息先生去，蕭條赤縣空，從此王符著論，中心相賞更

何人。

門下士宋衡

及門幾卅載，垂愛特深，躬承諄誨。知吾師遠宗高密，近宗高郵，一代儒林，名譽長留國史；

清望播五洲，彌留抱痛，心喪感懷。憶平日詩愛香山，文愛眉山，千秋著述，手澤蔚成家風。

門下士壽錫恭

太山其頹乎，梁木其壞乎，哲人其萎乎，倚杖而歌，如怨如慕；

過去不可得，未來不可得，現在不可得，取筏為喻，非佛非心。

門下士何光國

附錄二　春在堂輓言

三八五一

師掌詁經，弟掌崇文，時局黯難言，忍向湖濱追往事；

世崇新學，國崇大祀，疑義多待質，難從地下起先生。

門下士翁燾

國史傳儒林，舊學恐從此絕響；

門墻羅卿士，小子亦勉步後塵。

門下士年再姪鄒壽祺

積悲滿懷，逝矣安及；

微言圮絕，來者曷聞。

門下士年姻如再姪章鈺

名山自足千秋，視鐘鼎尤榮，歷史幸存真國粹；

寰海正當廿紀，恨粃糠未掃，憂時更有老門生。

門下士姻姪潘鴻

新特託朱陳，爲推三世交情，許忝公門作桃李；

贊詞等游夏，但有一灑沉灝，誓承遺訓掃粃糠。

門下士姻世姪沈衛

等閑箸作亦千秋，風雨名山，海內羣稱大手筆；

親炙門生同一哭，瓣香私淑，天涯猶有斷腸人。

門孫詹德浩

管領西湖卅載，爲經師，爲人師，道統文章，歿而不朽；

慘淡南極一星，卽是仙，卽是佛，富貴壽考，生有自來。

門孫王搏　王綬　王元　王祺

箸述在名山，文正一言垂百世；

表忠有公論，曲園十字足千秋。

去年海上生還，推食解衣，使眷屬重圓，此德此恩，欲報未能公已逝；

前月書來郵局，發函伸紙，恍音言如覿，而今而後，斯人不作我何依。

門孫袁梁

門孫徐驤

竹簡傳千萬餘言，讀先生平議諸書，料洙泗有靈，好學應稱回也庶；

桐枝蔭百八十輩，撫臨終遺詩數紙，悵燕吳異地，聞歌莫怪賜何遲。

旅京四川門下再晚學生公輓

伊洛以東，淮漢以北，惟康成一人，夢讖遽徵，四海儒林失山斗；

六藝之術，九家之言，在中壘七略，箸書不朽，千年古學照神州。

門下再晚學生姚弼憲　范天杰　鄭言　程文煥　曾維藩　孫爾康

海內風雲悲黯淡；

中原文獻歎銷沈。

門下再晚學生張名振

集乾嘉絶學之成，五百卷流布人間，識者早推漢高密；
後曾彭諸公而去，第一樓空臨湖畔，巋然猶見魯靈光。

門下再晚學生康映奎

五百卷箸作，琅琅苦心，成半世遺書，卓絶艱難，傳經原不輸劉向；
八十年因緣，了了揮淚，讀臨終詩草，雍容閑暇，易簀何嘗愧曾參。

門下再晚學生沈樹槐

自足千秋，想我公據席談經，在言子游、胡安定里中，別有薪傳貽後學；
從茲萬古，看他日升堂釋奠，於顧亭林、王船山座下，又添木主祀先生。

門下再晚學生何爾烜　胡爲楷　鄔俊卿

賦詩含笑而終，是仙乎聖乎與世推求。論大節，若愛君，同於袁安流涕；
若事親，同於老萊孺慕；若出處，同於元亮孤貞。自乾嘉二百餘年，遺此文獻風徽。祇留得壇坫湖山，鶴唳猿哀，何言杖
履春長在；

箸書等身非喻，令學人才人一齊頫首。綜鉅觀，其紀載，有浚儀之洽聞；
其辨説，有左海之宏富；其讚詠，有甌北之給敏。沿江河十數行省，知道者儒姓名。況下承師門桃李，雲停雪冷，不改馨
香壙尚生。

門下再晚學生蕭端潔

識公名二十年，仰德里風徽，捧席思從仲遠後；

列文孫弟子籍，撰禮堂志記，遺書願助小同編。

　　　　門下再晚學生張紹言　龔道耕

了諸相因緣，無人我眾生壽者；
爲羣經羽翼，曰詩書易禮春秋。

　　　　門下再晚學生李在瀛

五百卷大放厥辭，是天脫將相羈縻，俾先生并力文章，傳如子厚；
八十年達觀若夢，此日證修羅因果，讀臨終留別詩草，神似蒙莊。

　　　　門下再晚學生朱壽朋

正學衍河汾，一時門下崇私謚；
名山壽吳越，千載儒林號大師。

　　　　門下再晚學生李文熙

考浙西百餘年箸作之林，前有隨園，後有曲園。人望之若神仙，孰爲繼起；
當中國億兆人文明所係，此宗新學，彼宗舊學。天不憖遺一老，世寧無憂。

　　　　門下再晚學生饒際雲

五百卷鉅製傳芬，念半世抱膝箸書，宛然列坐談經，從容奪席；
十餘章新詩話別，想臨終撚鬚弄筆，仿佛行歌曳杖，逍遙於門。

　　　　門下再晚學生徐冕

先生爲聖學干城，藉竹簡流傳，早合文苑儒林，遙遙抗手；

我輩是公門桴櫟，叨桐枝覆蔭，願將德行道藝，拳拳服膺。

門下再晚學生汪金相

漢宋儒，不設成心。自後人別户分門，遂教穿鑿空虛，轉相詬病。得先生平議諸書，組織烹調，早爲中流標砥柱；

新舊學，宜嚴界限。奈當路揚湯止沸，致令支離詭譎，漸潰隄防。願我公英靈再降，維持呵護，下與濁世掃粃糠。

門下再晚學生華宗智

曲園與湘綺、霞舉同時，劇憐乾嘉學派，晦塞將湮，南北宗師，彫零幾盡，江河日下，更誰堪一貫傳薪，余生未爲遲，望孔氏門墻，猶幸私淑稱弟子；

俞樓介岳墳、蘇墓之側，從此純臣碩儒，雙峯并峙，美人名士，千載齊芬，觸詠流連，到處足三篇懷古，文章豈不貴，問中朝軒冕，有無佳話豔湖山。

門下再晚學生張光溥

斯道方深墜地憂，賴先生獨任仔肩，遺卷流傳堪不朽；

此公竟以名山老，問卿相競言破格，盈廷錄用究何人。

門下再晚學生顏楷

極人間快事，生無懊惱，死無憂虞，八十年言笑歸天，遍與留題成訣別；

爲海內文宗，名在詞章，功在筆述，五百卷菑畬飼我，允憑私淑廣薪傳。

門下再晚學生向名顯

生則極榮，殁所無愧；
公能自達，我獨弗哀。

門下再晚學生李承烈

夙陪世末，幸比大年，論交誼已將百載；
譽滿華夷，學通今古，在本朝能有幾人。

姻愚弟沈琮寶

重登鹿鳴賓筵，允矣靈光，更有門生三代盛；
看盡長安棊局，翛然大去，祇留文字五洲傳。

姻愚弟常鼎

才兼天地之謂人，即今薪盡火傳，世推絕學；
歲過龍蛇猶有讖，太息花落春在，我哭先生。

姻愚姪陳夔龍

爲一代經師，五百卷義闡古今，南國重瞻阮太傅；
是四朝人瑞，八十載名傳中外，東瀛亦識白香山。

姻愚姪鄭興長

文教佐中興，拚命箸書，曾師相括以片語；
客星沉歲暮，辭行留刺，莊蒙叟遜此達觀。

　　　　　　　　　　　　　　　　　　姻愚姪賀良樸

見公已十數年，回首前塵，萬頃湖光縈夢載；
遺書都五百卷，殫心箸述，九重天語沛恩綸。

　　　　　　　　　　　　　　　　　　年愚姪李濱

箸書滿家，讀平議諸篇，一代名儒垂典則；
纘服行事，有貽謀克善，千秋佳話播瀛寰。

　　　　　　　　　　　　　　　　　　姻愚姪程蘇祥

斯文將喪，一老不遺，舊學淵源誰付託；
吾道何之，萬方同慨，餘生憂患耐消磨。

　　　　　　　　　　　　　　　　　　姻愚姪王仁東

德望重環球，藏書會列中經秘；
私衷深感瑑，史筆曾鐫有道碑。

　　　　　　　　　　　　　　　　　　姻愚姪李超瓊

覆育廿三年，懷抱提撕，恩逾三黨；
痛訣十二月，仰號俯泣，感戴二天。

　　　　　　　　　　　　　　　　　　姻愚姪姚祖順

時世競新猷，讀三嘆遺編，一派心傳留浙水；
儒林開生面，荷四朝知遇，千秋祀典附儒林。

　　　　　　　　　　　　　姻愚姪彭濟昌偕弟潤昌　浚昌　汝昌

有五百卷箸述可傳，爲後學闡發微言，足令名山生色；
藉第一樓才人之筆，代先君表揚勛業，贏得片石長留。

　　　　　　　　　　　　　　　　姻愚姪魏敏修

曾毅勇拼命兩言，比之合肥李伯相間，可謂二老同時，算真是中興夷望；
彭剛直文學五友，存者湘鄉王孝廉外，惟公一人無恙，獨不期先讖龍蛇。

　　　　　　　　　　　　　　姻愚姪衛光澧

演迪斯文，共傳吳苑春常在；
流詠太素，悵望右台雲護深。

　　　　　　　　　　姻再姪王敬銘

文衡早歲，經箋壯年，仰盛名者有自。況復重游泮水，再赴鹿鳴。四世慶承歡，蘭桂喜覘科鼎甲；
澤被鄉間，誼敦戚好，登上壽也固宜。不圖大地春回，老人星隕。千秋傳箸述，斗山瞻遍泰西東。

　　　　　　　　　　姻再姪勞勤餘　勞勤德

煌煌天語，特表耆儒，春在早名堂，更過倉山八旬壽；
莽莽潮流，堪悲後學，師傳誰并代，猶存湘綺一樓高。

　　　　　　　　姻再姪胡嗣芬　胡嗣瑗

受聖主四朝恩遇，祖孫繼美，中外傾心。允矣眾望咸孚，箸述等身。數兩浙東西，當世羣推大

手筆；

爲中興一代名儒，壇坫卅年，湖山千古。報道先生歸去，蔦羅失附。合大江南北，同聲齊哭老

人星。

姻再姪徐延烈　徐延齡　徐延慶

祖庭溯四世淵源，通德門高，更喜新姻附蘿蔦；

經術是千秋師表，靈光殿巍，忽驚噩夢兆龍蛇。

姻再姪郭曾炘　郭曾程

馬帳仰經神，教育英才，萬派朝宗星宿海；

鴻泥悲舊跡，愴懷先世，三年同學硯貽樓。

姻再姪孫馨　孫信

一代斗山韓吏部；

四朝文鑑邵堯夫。

姻再姪沈鈞儒　沈保儒　沈愷儒

舉賢書，早吾祖五年；　官京師，與吾祖同時。天不憖遺，吾祖同行還有幾；

讀箸述，仰先生實學；　登俞樓，豔先生清福。名垂後世，先生雖逝卻如存。

姻再姪姚寶煦

謝東山忝附葭莩，戚里沐光榮。寫作俱佳，早錫綸音降帝眷；

韓北斗夙優經術，文章推弁冕。簡編猶在，不徒吳會仰人師。

是古今箸作之林，木壞山頹，從此斯文天竟喪；

爲中外儒宗所繫，風微人往，惟茲有道史無慙。

當時儕輩半勛臣，青史書名，箸述聲華堅帶礪；

廿載尊親同大父，丹顏莫駐，文章道德失模型。

高年享大名，生平自命隨園上；

流風箸遺墨，海內羣悲魯殿頹。

五百卷文字，藏滿人間。　生平箸述聰明，曾邀聖主先王喜；

八十年精神，仍完凈土。　此後名山詞館，依舊雲昆祖德延。集《留別》《自喜》詩字。

平仲儉，宏景隱，舉世獨醒，別有千古；

商賢壽，史遷文，箸書萬卷，自成一家。

姻再姪姚丙生

姻再姪汪洵

姻再姪彭見紳　彭見綏

姻再姪鄧承昀

姻再姪楊焜

姻再姪楊杰

古學就荒，幸有傳書藏石室；
大雅不作，空從遺墨溯靈光。

姻再姪李國瑜

昔聞長者言，湯盤孔鼎有述作；
高謝人間世，吳山越水共淒清。

姻再姪周文鳳

述學壽無疆，一代風型尊杞梓；
登堂春不在，六親雪涕徧葭莩。

姻再姪王圻俊

箸述壽名山，題圖作序。幾何時，化鶴難尋，同是衰年先我去；
光榮分戚里，濟困扶危。但此日，慈雲已失，齊聲悲慟善人亡。

內弟姚鉞

客游若前夢，溯弱歲梁園詠雪、崇海觀濤。歷六七年江海浮蹤，入蓮幕，叨蒙獎薦。更以郵筒問訊，珍藥頻頒。翰墨尚留藏，凡手札詩章，詞意每憐衰叟疾；
祖德裕後昆，聽賢孫閬苑探花、錦城持節。享五十載林泉清福，箸羣書，中外流傳。再教鶴算添籌，鹿鳴重宴。文名垂宇宙，比韓蘇歐柳，壽齡還羨我公長。

表弟稽兆鈴

熙朝人瑞，華夏經師。曩時匏繫一官，春在堂中，吳下廿年頻賜教；
東海風淒，南天星隕。引領梓鄉千里，耆英會上，歲前十日兩歸真。

表弟蔡鏡瑩

自髫齡依膝下，蒙飲食教誨，息息相關，視同骨肉，人所共知，可謂四十年如一日。吁！有造於吾，太覺受恩深重；
爲饍色入病中，致道德文章，悠悠竟没，頓失音容，天乎莫問，但留五百卷在千秋。噫！起衰之世，尤當思痛久長。〔一〕

【校記】

〔一〕『在』下，原本有『表』字，據句例删。

內姪姚祖詒

巵言厖襍，異説紛騰，當今歧路交趨。微先生文章道德，絶學誰綿？世以大儒稱，不僅靈光尊魯殿；
數代通家，累重戚誼，此後高山安仰？合海內藝苑儒林，同聲一哭。我爲天下惜，豈徒往事感湖樓。

姨甥周元瑞

爲熙朝鍾毓在湖山，福壽高，才德大，乾嘉宗派，五百卷足千秋。不獨風行海外，人望攸歸，曾邀帝闕褒揚，早降綸音，鼎鼎盛名，轉眼卽登儒林傳；

惟小子受恩等華嶽，今謀館，昔完婚，教養兼施，三十年如一日。忽驚星隕江南，吾將安仰，最恨窮

鄉濡滯，遲聞哀耗，恩恩奔奠，傷心已越蓋棺期。

內姪姚祖儀

大名被中外，共仰靈光。欲立立人，欲達達人，揮翰逮黎元，遂令萬家作生佛；

早歲正艱難，頻依甥館。飲之食之，教之誨之，關心到兒女，但存一息感深恩。

子壻許祐身

與先人成僚壻之親，自吾祖以逮吾身，託蔭在靈椿，卅載深恩慚未報；

更幾輩下孤寒之淚，溯遺型而思遺愛，吟詩悲廣廈，千秋盛德恐無倫。

姨再甥關惟楨

待國史採遺文，待門人定私諡。九十年瞬息，即再宴瓊林。天胡慳此流光，不少假分陰，海上遽迎

白太傅；

為湖山痛耆老，為壇坫哭文章。三百里音書，忽飛傳戚郵。我亦愴懷先世，況親瞻有道，吳中曾謁

鄭康成。

姨再甥周成章

溯曩年，梁苑飄零，蒙馳牘招歸，題聯獎勵，感三十載關垂教誨，視若從孫，頻時侍杖吳中，尊酒常

叨傾北海；

羨晚歲，蘇臺養望，仰文名蓋世，箸作等身，享八六旬福壽康寧，齒逾大耋，一旦騎箕天上，瓣香從

此哭南豐。

人物推第一流，詞館數最前輩，萬言書了卻一旦。所關在文運興衰，匪獨予懷私慟；

通家自曾祖始，新姻爲王父行，大壽考何靳百年。雖從此儒林尸祝，爭如提命親承。

表姪孫戴湘

芹宮苹埶，重賦宴游，甚盛事焉。箸作富名山，況有等身不朽業；

絮果蘭因，早教澈悟，亦塵緣耳。獻言憶風草，詎堪回首相攸年。

外孫壻李驚

甥館附孫行，異地骈襨垂廿稔；

儒林傳國史，名山俎豆永千秋。

外孫壻沈炳儒

臨終誌喜，留片辭行，可謂奇矣；

著萬千書，享九五福，不亦樂乎。

姪孫壻沈恂儒

公壽踰八旬，作世大儒，正值此羣言淆亂，異學爭鳴，一旦聞先生長往，凡有人間，春在遺書，誰爲

斯文傳道統；

再姪壻仲毓桂

吾少奉雙親，相依吳會，所恨者顯揚莫遂，孤露頻傷，九原知母氏來寧，願說不肖，阿男無狀，仍然

薄秩改京曹。

與先文勤三世交親，保產恤嫠，任昉遺孤蒙卵翼；
傍古滄浪一椽卜築，箸書傳道，高郵絕學逮津梁。

　　　　　　　　　　外孫王念曾

授字髫齡，授經弱冠，依侍傍門牆。恨而今雪涕無從，千里羈棲箟仕遠；
隨父游宦，隨母歸寧，追陪到杖履。最難忘春暉早失，十年鞠養受恩深。

　　　　　　　　　　外孫王念植

箸述重千秋，曾經北闕褒嘉。畢世辛勤，文苑儒林垂不朽；
恩情隆一脈，溯自西湖親炙。十年覆幬，水源木本最難忘。

　　　　　　　　　　外孫許引之

溯癸西冬，閩嶠航歸，痛孤露無依，髫齡失怙。公爲謀生濟困，授室成家，卅餘年覆載同恩，竊幸承
歡叨廈庇；
憶丙午秋，茗溪歲歉，藉翰墨助振，桑梓揚仁。孫方敏別三旬，忽驚千古，數百里謳音到德，頓教灑
淚哭山頹。

　　　　　　　　　　姪孫志善

是閎儒，是老儒，是守先待後之大儒。箸作等身，當代英豪齊頫首；

　　　　　　　　　　姪孫侃

曾教我，曾養我，曾推心置腹以助我。哲人已往，同堂兄弟共沾襟。

　　　　　　　　　　　　　　　　姪孫蒧璗　蒧墀

念從祖箸述自娛，福壽康寧，初非幸致。記客臘驚聞抱恙，願切瞻顏。吳苑歸來，悔未親承遺訓；憫小孫弟昆失怙，飲食教誨，直邁等倫。憶平時同荷生成，感深銘腑。重闈頓隔，問誰啓我後人。

　　　　　　　　　　姪孫壎坤　型坤　坤釗　坤標

堂高春在，集美賓萌，五百卷傳世有書，勤學如公時下少；情切解衣，恩周推食，八十年愛人以道，哀思惟我族中多。

　　　　　　　　　　　　　　姪曾孫啓衒　啓鑒

大名垂國史，著書自有千秋，緬頻年化被東人，公不求海外知，而所傳也遠；士子仰儒宗，賜序曾題四節，悲此日神歸上界，我既爲天下慟，亦以哭其私。

　　　　　　　　　　　　　　　　後學汪定執

附錄三　傳記資料

清誥授奉直大夫誥封資政大夫重宴鹿鳴翰林院編修俞先生

行狀

繆荃孫

曾祖□[一]。祖廷鑣，乾隆甲寅恩科，欽賜副貢生。姚夏氏、戴氏。考鴻漸，嘉慶丙子科舉人。姚蔡氏、稧氏、姚氏。本貫浙江湖州府德清縣人。年八十有六。先生諱樾，字蔭甫，號曲園。舊居德清東門之南埭。姚太夫人生子二，先生居次。先生生三日，太夫人得病甚危，積二十餘日始愈。四歲，遷居仁和之臨平鎮。先生幼有夙慧，太夫人口授四子書，過目不忘。九歲，戲爲書，自注其下。著述等身，篤老不倦，實兆於此。年十六，補縣學生。道光丁酉科，副榜貢生，甲辰恩科舉人，庚戌舉禮部試，覆試一等第一名。殿試二甲，賜進士出身，改翰林院庶吉士。覆試詩題爲《澹烟疏雨落花天》，首句云『花落春仍在』，爲曾文正公所賞，謂詠落花而無衰颯意，與小宋落花詩意相類，言於同閱卷諸公，置第一。此先生受知文正公之始，後遂以『春在堂』名其全書，志知遇也。咸豐壬子散館，授編修，以博物閱覽稱於輦下。乙卯四月考差，上以『舜在牀琴』命題，時海宇多故，宵旰憂勤，先生借題發揮，以見古聖人不戁不竦，遇變如常，并旁引文王之羑里鳴琴，孔子之匡邑被圍，弦歌不輟，以明先後聖之同揆。八月，簡放

河南學政，奏請以公孫僑從祀文廟，及聖兄孟皮配享崇德祠，並邀俞允。甫再歲，以人言罷歸，僑居蘇

州。先生既反初服，乃壹意治經，以高郵王氏爲宗，其大要在正句讀，審字義，通古文假借，由經以及諸

子，皆循此法，冀不背王氏之旨。其《羣經平議》則繼《經義述聞》而作，《諸子平議》則竊附《讀書雜志》

之後，《古書疑義舉例》則小變《經傳釋詞》之例而推衍之。先生之私淑王氏，謹守家法不苟如此。逮

其後，《俞樓襍纂[二]》、《曲園襍纂》、《茶香室經說》諸書出，其析疑振滯，皆與前書相仿，或有精義較勝

於昔，學與年進，先生不自諱也。先生旋吳，猶及見宋大令翔鳳，得聞武進莊氏之學，故一切讖緯家言

亦偶涉之，要見先生精力過絕於人遠甚。先生業以箸書自娛，遂不復出。曾文正之督兩江，李文忠之

撫吳下，咸愛重之，先生以巾服從游，往來如處士，文正有『閎才不薦，徒竊高位』之語，論者謂文正懲徐

侍郎之奏，不敢繼進，於先生本志所在固未喻也。先生歷主講蘇州紫陽、上海求志、德清清溪、歸安龍

湖等書院，而主杭州詁經精舍至三十一年，爲歷來所未有。其課諸生，一稟阮文達公成法，王侍郎昶、

孫觀察星衍兩先生之緒，至先生復起而振之。兩浙知名之士，承聞訓迪，蔚爲通材者不可勝數。門人

爲築俞樓於孤山之麓，以與薛廬相配，游湖上者能指其所在，相與樂道其地不絕。先生自少至老，讀

書箸述皆有常程，每竟一歲，皆有寫定之書刊布於世。晚年，足迹不出江浙，聲名溢於海內，遠及日本

文士，有來執業門下；……其不及者，則從海舶寄書質證，賦詩相祝。而如蒙古賢王、京邸宗藩，或遠來求

書，或以楹帖寄贈，以致傾慕。先生居林下四十餘年，於光緒癸卯正科溯舉道光甲辰鄉試，計周一甲

子，浙中大吏以重宴鹿鳴請，得旨開復編修原官，有『早入翰林，殫心箸述，啓迪後進，人望允孚』之論。

先是，先生省母於其兄福寧官舍，晤閩浙制府英香巖相國，爲道咸豐間以河南巡撫入覲，文宗猶詢及姓

名，有『人頗聰明，寫作俱佳』之論，先生聞之，不覺失聲。至今上復有此旨，稽古之榮，一時無兩。往者曾文正謂先生拚命著書，食報之隆，乃償於後，可謂極儒生之殊遇矣。先生訓詁主漢學，義理主宋學，教弟子以通經致用，蔚然爲東南大師。晚歲憂傷時局，常語人曰：『形而上者謂之道，形而下者謂之器。以中學爲體者道也，以西學爲用者器也。』病中猶以『毋域見聞，毋忘國本』垂爲家訓。束脩所入，別以賣文自給，有餘則振贍親族，拯恤災患，樂以爲常。授孫陞雲讀，不名他師，陞雲以戊戌第三人及第，親見其稍遜祖，舉特科，乞假侍左右，賦詩相樂。其祖孫翰林，庶幾亦猶高郵王氏文蕭之於文簡。先生雖得年稍遜懷祖，名山之業，固實繼之。世俗耳食，多以曲園比之隨園，雷同相和，所謂貌同心異，有道於通人之前，宜不值一哂也。先生以光緒丙午十二月二十三日，卒於蘇州寓廬。臨終賦《自喜》、《留別》詩，以賤啓代訃，夷然委化，至無所苦。朝野人士聞之，相與咨歎，謂頓失儒宗，後生小子於何宗仰。今江蘇巡撫陳公，臚舉先生學術及所著書入奏，天語寵被，詔入《國史·儒林傳》，以旌其學。著儒著書之富，受知之厚，信無如先生者。卽其仕不中蹶，度至卿相而止耳，以彼此此，殊有不侔。先生可以慰矣。先生著書，凡五百餘卷，其有功經義諸子，則有《羣經平議》五十卷、《諸子平議》五十卷〔三〕、《第一樓叢書》三十卷，曲園、俞樓《纂》共一百卷，《茶香室經說》十六卷，《古書疑義舉例》七卷。餘則具先生自著《全書錄要》中。先生於兵燹後總辦浙江書局，建議江、浙、揚、鄂四局分刻《二十四史》，於浙局精刻子書二十四種，海內稱爲善本。又議鈔補浙江文瀾閣舊藏《四庫全書》，今閣重建，而書亦粗具，沾溉儒林，嘉惠尤非淺鮮。古來小說，《燕丹子》傳奇體也，《西京襍記》小說體也，至《太平廣記》以博采爲宗旨，合兩體爲一帙，後人遂不能分。先生《右台筆記》，以晉人之清談，寫宋人之名理，

勸善懲惡，使人觀感於不自知。前之者《閱微草堂五種》，後之者《寄龕四志》，皆有功世道之文，非私逞才華者所可比也。荃孫於光緒丁丑初見先生於曲園，奉手受教。先生因與先君子丁酉同譜，誨之尤切，後每過蘇，必侍談數次。先生成書，首先遺之荃孫；有所撰述，亦必郵呈訓誨。去年九月，猶侍談三時之久，窺見先生精神強固，言語貫串，私心自喜，以爲可繼伏生之壽，長爲後進之導師。別後又兩奉手書，而孰意竟不及再見耶？嗚呼悲已！謹略舉先生爲學大槪及聞見所及如右，以備當世爲志傳者之采擇。若其持論之精，先生全書具存，第而擷之，是在史氏。鄙之所述，庶亦以附麗焉。年愚姪江陰繆荃孫謹狀。

【校記】

（一）□，原本如此。《清代硃卷集成·俞陛雲》載其六世祖名『國培』。

（二）纂，原本誤作『志』，據《春在堂全書》本改。

（三）《羣經平議》五十卷，《諸子平議》五十卷，原本作此。實則兩書皆爲三十五卷。

出自繆荃孫《藝風堂文續集》卷二

俞樾傳

俞樾，字蔭甫，德清人。道光三十年進士，改庶吉士。咸豐二年，散館授編修。五年，簡放河南學政，奏請以鄭公孫僑從祀文廟，聖兄孟皮配享崇德祠，並邀俞允。七年，以御史曹登庸劾試題割裂罷

職。樾歸後，僑居蘇州，主講蘇州紫陽、上海求志各書院，而主杭州詁經精舍三十餘年，最久。課士一依阮元成法，游其門者，若戴望、黃以周、朱一新、施補華、王詒壽、馮一梅、吳慶坻、吳承志、袁昶等，咸有聲於時。東南遭賊寇之亂，典籍蕩然，樾總辦浙江書局，建議江、浙、揚、鄂四書局分刻《二十四史》，又於浙局精刻子書二十二種，海內稱爲善本。

生平專意著述，先後著書，卷帙繁富，而《羣經平議》、《諸子平議》、《古書疑義舉例》三書，尤能確守家法，有功經籍。其治經以高郵王念孫、引之父子爲宗。謂治經之道，大要在正句讀，審字義，通古文假借，三者之中，通假借爲尤要。王氏父子所著《經義述聞》，用漢儒『讀爲』、『讀曰』之例者居半，發明故訓，是正文字，至爲精審。因著《羣經平議》，以附《述聞》之後。其《諸子平議》，則仿王氏《讀書雜志》而作，校誤文，明古義，所得視《羣經》爲多。又取《九經》、諸子舉例八十有八，每一條各舉數事以見例，使讀者習知其例，有所據依，爲讀古書之一助。

樾於諸經皆有纂述，而《易》學爲深，所著《易貫》，專發明聖人觀象繫辭之義。《玩易》五篇，則自出新意，不拘泥先儒之説。復作《艮宦易説》、《卦氣值日考》、《續考》、《邵易補原》、《易窮通變化論》，《互體方位説》，皆足證一家之學。晚年所著《茶香室經説》，義多精確。古文不拘宗派，淵然有經籍之光。所作詩，溫和典雅，近白居易。工篆、隸。同時如大學士曾國藩、李鴻章，尚書彭玉麟、徐樹銘、潘祖蔭，咸傾心納交。日本文士有來執業門下者。

樾湛深經學，律己尤嚴，篤天性，尚廉直，布衣蔬食，海內翕然稱曲園先生。光緒二十八年，以鄉舉重逢，詔復原官，重赴鹿鳴筵宴。三十二年，卒，年八十有六。著有《羣經平議》三十五卷，《諸子平議》

三十五卷及《第一樓叢書》,《曲園襍纂》,《俞樓襍纂》,《賓萌集》,《春在堂襍文》、《詩編》、《詞錄》、《隨筆》,《右台仙館筆記》,《茶香室叢鈔》、《經説》,其餘襍著,稱《春在堂全書》。

出自《清史稿·儒林傳三》

俞先生傳

章太炎

俞先生諱樾,字蔭甫,浙江德清人也。清道光三十年,成進士,改庶吉士。既授編修,提督河南學政,革職。既免官,年三十八,始讀高郵王氏書,自是説經依王氏律令,改《述聞》;又規《襍志》,作《諸子平議》;取後作《古書疑義舉例》。治羣經,不如《述聞》諦;諸子乃與《襍志》抗衡。及爲《古書疑義舉例》,軼察觚理,疏紾比昔,牙角財見,五寸之榘,極巧以莅,盡天下之方,視《經傳釋詞》益恢聱矣。先是,浙江治樸學者本之金鶚、沈濤,其他多凌襍漢、宋。邵懿辰起,益誇嚴。先生教于詁經精舍,學者鄉方,始屯固不陵節。同縣戴望,以丈人事先生,嘗受學長洲陳奐,後依宋翔鳳,引《公羊》致之《論語》。先生亦次《何邵公論語義》一卷。始先生廢,初見翔鳳,翔鳳言《說文》『始一終亥』,卽《歸藏》經,先生不省。然治《春秋》頗右公羊氏,蓋得之翔鳳云。爲學無常師,左右采獲,深疾守家法、違實錄者。説經好改字,末年自救爲《經説》十六卷,多與前異。章炳麟讀左氏昭十七年《傳》『其居火也久矣,其與不然乎』,證以《論衡·變動篇》云『綝然之氣見,宋、衛、陳、鄭災』,説曰:『不然者,林然之誤,借林爲綝。』先生曰:『雖絢善,不可以訓。』其審諦如此。治小學,

不揵商、周彝器，曰：『歐陽脩作《集古錄》，金石始萌芽，摭略可采。其後多巫史誑豫爲之，韓非所謂番吾之迹，華山之朞，可以辨形體，識通叚者，至秦、漢碑銘則止。』雅性不好聲色，既喪母、妻，終身不看食，衣不過大布，進機不過茗菜，遇人豈弟，臥起有節，氣深深大董，形無苟竑，老而神志不衰，然不能忘名位。既博覽典籍，下至稗官歌謠，以筆札汎愛人，其文辭瑕適竝見，褙流亦時至門下，此其所短也。

所箸書，自《羣經平議》、《經說》而下，有《易說》、《易窮通變化論》、《周易互體徵》、《卦氣直日考》、《卦氣續考》、《書說》、《生霸死霸考》、《九族考》、《詩說》、《荀子詩說》、《詩名物證古》、《讀韓詩外傳》、《士昏禮對席圖》、《禮記鄭讀考》、《禮記異文箋》、《鄭康成駁正三禮考》、《玉佩考》、《左傳古本分年考》、《春秋歲星考》、《七十二候考》、《論語鄭義考》、《何邵公論語義》、《續論語駢枝》、《兒笘錄》、《讀漢碑》。自《諸子平議》而下，有《讀書餘錄》、《讀山海經》、《讀吳越春秋》、《讀越絕書》、《孟子高氏學》、《讀文子》、《讀公孫龍子》、《讀鶡冠子》、《讀潛夫論》、《讀論衡》、《讀中論》、《讀抱朴子》、《讀文中子》、《讀楚辭》，如別錄。其他筆語甚眾，然非其至也。年八十六，清光緒三十三年卒〔一〕。

【校記】

〔一〕三十三年，原本如此。實則俞樾卒於光緒三十二年十二月二十三日，其時已過立春。

贊曰：浙江樸學晚至，則四明、金華之術弗之，昌自先生。賓附者，有黃以周、孫詒讓。是時先漢師說已陵夷矣，浙猶觳張，不弛愈繕。不逮一世，新學蜺生，滅我聖文，粲而不蟬，非一隅之憂也！

曲園學案

徐世昌

曲園之學，以高郵王氏爲宗，發明故訓，是正文字，而務爲廣博，旁及百家，著述閎富。同光之間，蔚然爲東南大師。述《曲園學案》。

俞先生樾

俞樾字蔭甫，德清人。道光庚戌進士。改庶吉士，授翰林院編修。咸豐五年，爲河南學政，奏請以公孫僑從祀文廟，聖兄孟皮配享崇聖祠，並邀俞允。七年，以御史曹登庸奏劾罷職。既返初服，一意著述。嘗曰：『治經之道，大要有三：正句讀，審字義，通古文叚借。三者之中，通叚借爲尤要。』蓋以高郵王氏父子之學爲主。最先著《羣經平議》，自謂『竊附《經義述聞》之後』。又著《諸子平議》，校正誤文，發明古義，則繼《讀書襍志》而作。又以『周、秦、兩漢至於今遠矣，執今人尋行數墨之文法，而讀周、秦、兩漢之書』，執今日傳刻之書，而以爲古人之真本，此疑義之所日滋』，因刺取《九經》、諸子，爲《古書疑義舉例》七卷，爲例八十有八，每條各舉古書數事，使讀者習知其例，蓋小變《經傳釋詞》之例而推衍之。先生說經之作甚多，而於《易》尤深，所著《易窮通變化論》，以虞氏之旁通，行荀氏之升降，力闢焦循先以本卦相易之謬，其說最爲精確。又著《卦氣直日考》、《卦氣續考》、《邵易補原》、《互體方位說》，皆得先儒說《易》之要。若《艮宧易說》，則不離乎訓詁之學；《易貫》，則發明聖人觀

象繫辭之義；《玩易》五篇，則自出新意，不專主先儒之説。先生罷官後，主講蘇州紫陽、上海求是各書院，而主杭州詁經精舍三十餘年，課士一依阮文達成法，著籍門下者甚眾。自少即有著述之志，中歲以後，纂輯尤勤。所著有《羣經平議》三十五卷，《諸子平議》三十五卷，《第一樓叢書》三十卷，《曲園襍纂》五十卷，《俞樓襍纂》五十卷，《茶香室經説》十六卷，《經課續編》八卷，《茶香室叢鈔》二十三卷、《續鈔》二十五卷、《三鈔》二十九卷、《四鈔》二十九卷，《賓萌集》六卷、《外集》四卷，《春在堂襍文》二卷、《續編》五卷、《三編》四卷、《四編》八卷、《五編》八卷、《六編》十卷、《補遺》六卷，《春在堂詩編》二十三卷，《春在堂詞錄》三卷，并《隨筆》、《尺牘》襍著，總稱爲《春在堂全書》，都二百五十卷〔一〕。光緒二十八年，以鄉舉重逢，詔復原官。三十二年卒，年八十有六。 參《史傳》、尤鎣輯《年譜》繆荃孫撰《行狀》。

出自徐世昌編《清儒學案》卷一八三

【校記】

〔一〕 二百五十卷，原本如此。實則《春在堂全書》總近五百卷。

俞曲園先生年譜

徐澄 輯

俞樾，字蔭甫，浙江德清縣人。九歲戲爲書，自注其下；著述等身，至老不倦，實兆於此。年十六，補縣學生，道光丁酉科副貢生；甲辰恩科舉人；庚戌舉禮部試，殿試，賜進士出身，改庶吉士。覆試詩有『花落春仍在』句，爲曾文正公所激賞，謂咏落花無衰颯意，與小宋落花詩相類；後遂以『春

在堂』名其全書，志知遇也。咸豐二年散館，授編修。乙卯八月，簡放河南學政，奏請以公孫僑從祀文廟，及聖兄孟皮配享崇德祠，并邀允。甫二載，以人言罷歸，僑居蘇州，主講蘇州紫陽、上海求志、德清清溪、歸安龍湖各書院，而主杭州詁經精舍，至三十一年之久，爲歷來所未有。其課諸生，一稟阮文達公成法，王侍郎昶、孫觀察星衍餘緒。樾復起而振之，兩浙知名之士，承聞訓迪，蔚爲通材者，不可勝數，門人爲築俞樓於孤山之麓。先後著書，卷帙繁富，而《羣經平議》《諸子平議》、《古書疑義舉例》三書，尤能確守家法，有功經籍。其治經以高郵王氏父子爲宗，謂治經之道，大要在正句讀、審字義、通古文假借爲尤要。其所著《羣經平議》，則繼王氏《經義述聞》而作；《諸子平議》，則願附《讀書襍志》之後；《古書疑義舉例》，則小變《經傳釋詞》之例而推衍之。迨《俞樓襍纂》、《曲園襍纂》、《茶香室經説》諸書出，其析疑振滯，皆與前書相仿，或有精義，較勝於昔。其居吳，猶及見宋大令翔鳳，得聞武進莊氏之學，故益發明聖人觀象繫辭之義；《玩易》五篇，則自出新意，不主先儒舊説，復作《艮宧易説》、《卦氣直日考》、《續考》，《邵易補原》，《易窮通變化論》，《周易互體徵》《八卦方位説》，散見叢書《襍纂》中，皆足證明一家之學。古文不拘宗派，喜爲詩，工篆隸，足不出江浙，聲名滿天下。同時如大學士曾國藩、李鴻章，尚書彭玉麟，侍郎徐樹銘等，咸傾心與交。日本文士，有來執業門下者，其爲中外所重如此。先是同治十一年，樾子紹萊官直隸大名府同知，恭遇覃恩，得請一品封典。光緒二十八年，重逢鄉舉，浙江巡撫任道鎔，爲援例奏聞，遂得開復原官。三十二年卒，年八十有六。三十三年，淮江蘇巡撫陳夔龍奏，宣付史館立傳。（據《吳縣志》節《國史儒林傳》及《碑傳集》）

先生諱樾，字蔭甫，晚號曲園居士，浙江湖州德清縣人。祖諱廷

鑣,字南莊,乾隆甲寅恩科欽賜副貢生;祖妣夏氏、戴氏;父諱鴻漸,字儀伯,號䨿花,嘉慶丙子科舉

人;母蔡氏,生母姚氏。是年十二月二日,先生於德清縣東門外烏巾山陽南埭之鵲喜樓。先生

三日,姚太夫人得病甚危,積二十餘日始愈。時先生之兄林(字壬甫,號芝石,晚號柯九老人)八歲。

(馬穀三新貽、應敏齋寶時生。)

道光二年(壬午)二歲　先生父儀伯公應吳小匏(牧驕)明府招赴萬全,耳目聞見,一發之於詩。

(任筱沅道鎔生。)

道光三年(癸未)三歲　(李少荃鴻章、王補帆凱泰生。)

道光四年(甲申)四歲　儀伯公以鄉居無師教子,遂由德清縣南埭遷居仁和縣臨平鎮之史家埭。

先生生母姚太夫人為臨平人,乃依外氏居。

道光五年(乙酉)五歲

道光六年(丙戌)六歲　姚太夫人授先生兄弟《論語》、《孟子》、《禮記·大學、中庸》,輒過目不忘。

道光七年(丁亥)七歲　先生求婚於舅氏平泉公弟四女。平泉公(初名琨,字仲瑜,更名慶寅,又更

名光晋。)每讀先生文,輒歎為天才,欲許之,而妗氏猶豫。妗氏之弟黃公者聞之,詫曰:『此佳壻也!

今失此壻,他日雖烈萬炬以求之,豈可得耶?』議遂決。儀伯公旋南歸。同年吳姓郊明府留之丹徒署

中,遍探京口諸勝,并游廣陵。(李舗堂桓生。)

道光八年(戊子)八歲　儀伯公又赴公車。(黃以周元同生。)

道光九年(己丑)九歲　先生戲剪紙為書冊之形,自為書而自注之;其後著述等身,至老不倦,實

兆於此。儀伯公自京師南下，客吳松。（譚序初鈞培生。）

道光十年（庚寅）十歲　先生受業於戴貽仲先生，始習爲時文。戴先生爲先生祖母戴太夫人之姪孫，時受聘於臨平孫文靖公之近族，乃先生嫂氏之母家，遂從讀其家貽硯樓上。儀伯公客河南懷慶，應康蘭皋（紹鏞）中丞之招，公集中有《覃懷游草》二卷，皆言其地山水花木之美。（潘伯寅祖蔭、馮竹儒焌光、翁叔平同龢生。）

道光十一年（辛卯）十一歲　儀伯公自湘豫入晉，逾太行山。（李眉生鴻裔生。）

道光十二年（壬辰）十二歲　（黃漱蘭體芳、丁松生丙生。王石瓠念孫卒。）

道光十三年（癸巳）十三歲

道光十四年（甲午）十四歲　儀伯公南還，客於毗陵汪樵鄰家。先生侍父讀書於其地。（康蘭皋紹鏞、王伯申引之卒。）

道光十五年（乙未）十五歲　先生仍讀書汪氏，主人每至菊花開時，與客分韻賦詩，有《蘭陵菊社詩》行世，先生亦有所作。　冬，先生侍父自毗陵還臨平鎮，賃馬家衖孫氏屋以居，端木鶴田（國瑚）題曰『印雪軒』，故公詩文集皆以『印雪』名。（吳清卿大澂生。）

道光十六年（丙申）十六歲　先生寓祖母戴太夫人母家。　初應小試，學使史薌塘取入縣學，始學爲詩。

道光十七年（丁酉）十七歲　先生應鄉試，中式副榜第十二名。（戴子高望、張香濤之洞生。石琢堂韞玉、端木鶴田國瑚卒。）

道光十八年（戊戌）十八歲

道光十九年（己亥）十九歲　春，先生至湖州，應恩科試於郡學考棚宏文館。秋，又應試，未售。

冬，十一月，姚夫人來歸，年二十。（曾劼剛紀澤、汪柳門鳴鑾生。）

道光二十年（庚子）二十歲　秋闈，先生以病不能應試，惟以《日知錄》自遣，《曲園襍纂》中之《日知錄小箋》一卷即始於此時。

道光二十一年（辛丑）二十一歲　先生讀書於印雪軒，有沈蘭舫（燦）攜弟來從學，為先生弟子之最早者。秋，海上有警，先生遷還德清舊居。（陸鳳石潤庠生。）

道光二十二年（壬寅）二十二歲　先生館於武林蔡氏，常徒步赴崇文書院應考課，於西泠橋下小憩，其地即後俞樓之基址。先生長子紹萊生。

道光二十三年（癸卯）二十三歲　先生館於荻港吳氏。先生兄壬甫（林）館於玉山汪春生大令署中，是歲鄉試中式舉人，乃薦先生以代。先生至玉山，與汪大令之弟苕生（調鼎）一見相得，除夕兩人聯句達旦。儀伯公為南莊公營葬事，時有甘露下降之瑞。

道光二十四年（甲辰）二十四歲　先生兄壬甫侍父儀伯公北上應禮部試，又報罷，南返。公遂不復遠游。秋，先生舉於鄉，闈中初擬中第二名，或摘其三藝有疵，改置第三十六。先生長女錦孫生。

道光二十五年（乙巳）二十五歲　清廷令各直省新中式舉人赴京覆試，期定二月十五日。先生偕兄壬甫於正月初四日自臨平鎮啓程，二月初十日抵京。先生又應會試，未中，南歸。秋，館於新安汪村汪氏。儀伯公病噎，不瘳。

道光二十六年(丙午)二十六歲　先生在新安,從游者頗眾,與先生年多相若;有吳則之(紹正)

者,且長先生一歲。儀伯公病益甚,猶自刪定詩集爲十六卷。四月八日,殁於正寢,時年六十有六,先

生自新安奔喪歸。　先生次子祖仁生。

道光二十七年(丁未)二十七歲　先生居家讀禮。

道光二十八年(戊申)二十八歲　先生居家讀禮。(孫仲容詒讓生。)

道光二十九年(己酉)二十九歲　(徐花農琪生。阮伯元元卒。)

道光三十年(庚戌)三十歲　春,先生與兄壬甫同舟北上,覆舟於丹陽城外之青楊浦,幸免於難;

既抵京,居吳興會館之清遠堂。舉禮部試,覆試保和殿,詩題爲『瀟烟疏雨落花天』。先生首句云『花落

春仍在』,爲曾滌生(國藩)所賞,謂咏落花而無衰颯意,與小宋落花詩意相類,言於同閱卷諸公,置第

一;覆試第一,俗謂之復元,此爲先生受知於曾公之始。五月初三日引見,改翰林院庶吉士。

清文宗咸豐元年(辛亥)三十一歲　春間,先生仍館新安汪氏,與休寧孫蓮叔(殿齡)交最莫逆。

孫家豪富,喜客,所居曰紅葉讀書樓,賓朋雅集,絳蠟高燒,作畫題詩,往往達旦。蓮叔爲先生刻《好學

爲福齋文鈔》二卷,《詩鈔》四卷。俄而歟亂,書版遭燬,幸印本猶存,即《俞樓襍纂》中所刻之《佚文》、

《佚詩》各一卷。　秋七月,先生南還,并作白嶽之游。新安諸友好,及門弟子,爲先生補祝三十壽,有詩

紀事。

咸豐二年(壬子)三十二歲　春,先生入都,門下士休寧儀卿、黟縣李簡庭,相隨北上從學。先生

初入京,寓圓通庵;　散館後,移居棉花胡同;　及姚太夫人率眷屬至,又移居南柳巷。時先生兄壬甫

充實錄館謄錄，亦同寓。長夏無事，取《全唐詩》中七言句之佳者，分別虛字實字錄之，以類相從，得對句幾及萬聯。十月，帝臨御門辦事，先生奉派侍班。（陳子宣祖昭生。）

咸豐三年（癸丑）三十三歲　春，帝謁慕陵，有詔命恭親王恭代，先生奉派隨同行禮。二月八日，帝臨雍，派翰林官二十人聽講，先生與焉。是日議義爲《尚書》『惟天無親，克敬惟親』四句，《中庸》篇『致中和』一節。四月中，先生乞假送太夫人還南，時豐工復決，所在汪洋，舟過微山湖，大風幾覆，抵臨平，仍居印雪軒。先生至峽山蔣氏別下齋，遍觀藏書。先生兄壬甫，豫繕寫《宣宗實錄》之役，是年告成，以例得議敍，遂以知縣分發福建，乃挈眷赴閩。

咸豐四年（甲寅）三十四歲　正月，先生在臨平，與諸親友以酒食互相招延，極里居之樂。先生回德清，祭掃先人冢；遂游北門外慈相寺，有詩紀事。浙撫黃壽臣薦先生主嵊縣講席，未赴。四月中，遍游龍居、佛日諸勝。十一月，先生入都銷假，姚夫人率兒女奉太夫人，仍住臨平。先生兄壬甫，署沙縣知縣。（潘濟之祖謙生。）

咸豐五年（乙卯）三十五歲　春，先生被派充國史館協修之命。清例凡初入史館者，須自署願修何書，大率多署列傳。先生欲考求清朝事實，遂署志傳兼修；然以在職不久，未逮斯志。四月十三日，考試試差人員。上以『舜在琴牀』命題。時海宇多故，宵旰憂勤。先生借題發揮，以見古聖人不懲不竦，遇變如常，并旁引文王之羑里鳴琴，孔子之匡邑被圍，弦歌不輟，以明先後聖之同揆。八月初二日，先生兄壬甫迎母南歸，姚夫人率子女繞道抵京。姚太夫人年七十八，八月中，先生擬遙祝誕辰，適逢孝靜成皇后喪，未稱觴。十月下旬，先生出都赴任，過邯鄲呂翁祠，有詩。抵

大梁，於使署中爲母補祝壽辰。（費圯懷念慈生。）

咸豐六年（丙辰）三十六歲　二月，先生出棚試士。先生祖考南莊公，嘗作客懷慶，先生是年按試覃懷，經由其地，不勝風木之感。行部所至，并游龍門、百泉諸勝。先生疏請以鄭公孫僑從祀文廟兩廡，援蓬瑗爲例；又請以聖兄皮配享崇德祠；詔下，皆從之。夏冬試畢，輒張筵演劇，慰勞幕友，蓋倣前任張子青（之萬）故事。先生兄壬甫，署永安縣。

咸豐七年（丁巳）三十七歲　夏，閩紅巾餘黨復亂，據汀州，連城、順昌、沙縣、尤溪相繼陷，進逼省垣。先生兄壬甫，死守永安危城，屢出奇兵破賊，賊不敢復窺；按察使裕鐸遂得次第收復所失諸縣。特疏以聞，上嘉之，有『俞林力守危城三月，深可嘉尚』之諭，特擢同知。秋，先生因御史曹登庸劾試題割裂，免官，移寓挑經教胡同。

咸豐八年（戊午）三十八歲　先生因避兵，繞道走山東，入江南境。抵吳門，以故里遭劫，無家可歸，乃賃飲馬橋畔石琢堂（韞玉）五柳園舊第，暫寄妻孥，是爲先生寓蘇之始。宋大令于庭（翔鳳）贈詩四章，陳碩甫（奐）亦篆書『金尊日月三都賦，玉洞雲霞二酉春』聯爲贈。園中有獨學廬、微波榭、眠雲舍，猶無恙，五柳亦存其三。其中『鶴壽山房』額，乃雍正庚戌翰林稽文恭公（璜）所題；石琢堂爲乾隆庚戌狀元。；先生則爲道光庚戌翰林，因題『三庚戌室』顏之。瑞安孫琴西（衣言）出守安慶，因兵阻，迂道蘇州訪先生，出所著《遜學齋詩鈔》十卷，屬任校勘。夏間，先生讀高郵二王（念孫、引之）《讀書襍志》、《廣雅疏證》、《經義述聞》諸書，好之，遂有治經之意。《羣經平議》、《諸子平議》之作，蓋始於此。先生始學篆隸書法。

咸豐九年（己未）三十九歲　先生刻《日損益齋詩》十卷。先生謁宋于庭，得聞武進莊氏（存與）之

學。　先生兄壬甫，補泉州廈防同知。是年宋于庭重宴鹿鳴，先生賦詩以壽。

咸豐十年（庚申）四十歲　春，洪楊軍陷杭州，金陵大營潰，常州又陷。先生倉皇雇舟出城，至新市

鎮，勾留半月，又聞蘇州、嘉興相繼陷，遂渡錢塘江，至紹興，復涉曹娥江，抵上虞。時團練大臣邵幼村

奏派先生辦德清團練，先生乃還德清，未幾即謝去，仍寓上虞。二月杭州陷時，戴醇士（熙）在籍殉

難，先生追懷往事，有詩誌悼。三月二十六日先生舅氏平泉公卒。（宋于庭翔鳳卒。）

咸豐十一年（辛酉）四十一歲　春，先生於上虞令胡堯處假得《學海堂經解》半部，讀之。俄聞

山寇將至，先生又移居城外槎浦村。村臨曹娥江，後負大海，先生賃小樓三間以居；入夜四望，每見

烽火燭天。秋，上虞失守，胡令死之。先生以槎浦亦不可居，乃坐牛車走海濱，棲於草舍，旋復間關走

寧波，附輪抵上海，賃一舟，於黃浦江中度歲。

清穆宗同治元年（壬戌）四十二歲　先生以洪楊之亂，流離遷徙，靡有定居，乃由海道至天津。時

天津知府潘偉如（霨）為先生故人，遂流寓其地；惟生計甚窘，恃借貸以給。夏，天津多疫，先生鼓門

不出，因寫定《兒笘錄》四卷。　先生兄壬甫，以舉行恩科鄉試，充同考官，得士十三人，解首王彬與焉。

同治二年（癸亥）四十三歲　先生著書天津。

同治三年（甲子）四十四歲　春，先生次女于歸許氏，親送入都。秋，先生為長子娶婦於樊氏。八

月，李世賢陷漳州，先生兄壬甫募勇四千人以備。冬，先生命次子就姻於姚氏。　先生所著《羣經平議》

成。凡《周易》六卷、《尚書》四卷、《周書》一卷、《毛詩》四卷、《周禮》二卷、《考工記世室重屋明堂考》

一卷，《儀禮》二卷，《大戴禮記》二卷、《小戴禮記》四卷、《春秋公羊傳》一卷、《穀梁傳》一卷、《左氏傳》三卷、《春秋外傳國語》二卷、《論語》二卷、《孟子》二卷、《爾雅》二卷，凡三十五卷。係繼王氏《經義述聞》而作。《諸子平議》，亦成大半。天津張少巖（汝霖）取先生所著《羣經平議》中《世室重屋明堂考》一卷刻之。崇地山（厚）侍郎以通商大臣駐天津，請先生任修《天津府志》。以乏經費，無任採訪者，先生僅就故書中鈔撮，未竟其事。

同治四年（乙丑）四十五年歲 李少荃（鴻章）撫蘇，兼攝兩江總督，薦先生主蘇州紫陽書院講席。時書院燬於兵火，猶未建復，假黃鸝坊橋吳氏巨屋爲之。先生自津抵蘇，即移眷寓院中。時馮林一（桂芬）亦主正誼講席，時相過從。五月，清軍收復漳州諸縣，總督左季高（宗棠）彙保歷年文武官弁，先生兄壬甫，以功賜加道銜，調充鄉試內收掌官，試畢，補福州海防同知。冬，蔣薌泉（益澧）撫部於杭州，出錢百萬，願爲先生著述任剞劂之費。是歲先生同年孫琴西（衣言）適亦主講杭州紫陽書院，一時有『庚戌兩紫陽』之目。朱伯華（福榮）、戴子高（望），至吳門訪先生，各贈以詩。

同治五年（丙寅）四十六歲 二月二十日，紫陽書院開課，中丞以下官吏咸集。蔣薌泉鳩集眾工，登《羣經平議》全書於板。 蘇松太道應敏齋（寶時）延先生主修《上海縣志》，設局上海南園。杜筱舫（文瀾）觀察爲先生刻成《賓萌外集》三卷，皆駢儷之文，并序其端。 先生兄壬甫，署漳州雲霄同知，旋調充鄉試內監試官。

同治六年（丁卯）四十七歲 春，《羣經平議》全書刻成，董理其事者爲劉笏堂（汝璆）、丁松生（丙），任校讎者爲高伯平（均儒）。 先生銳意續撰《諸子平議》。正月二十一日，先生赴上海，微雨，泊

唯亭，於舟中成《列子平議》一卷。五月，先生自上海乘輪至金陵，謁座師曾滌生，宿督署中，曾公招李

雨亭、王曉蓮、龐省三伴先生讌集妙相庵，作竟日游。將歸，曾公又與同游玄武湖賞荷。先生返蘇，仍

主講紫陽書院。院中人文甚盛，吳清卿（大澂）、張幼樵（佩綸）、陸鳳石（潤庠）皆列門墻。冬，先生以

儀伯公靈柩尚浮厝德清，乃偕姚夫人回鄉，治葬於金鵝山之原，以前母蔡、嵇兩太夫人祔焉。泊舟德清

西門外者一月。吳縣知縣唐翰題重建歙馬橋關帝廟，先生為撰碑記。

同治七年（戊辰）四十八歲　先生受浙撫馬穀三（新貽）之聘，辭紫陽書院講席，赴杭任詁經精舍

主講。先生眷屬自紫陽書院移居大倉前。二月十五日，先生於詁經精舍開課。三月，先生次子婦舉一

男（陛雲），以其生於辰年，故小名阿龍。閏四月，曾滌生以大閱來蘇，過先生寓，同游木瀆，登天平山、

香山而望太湖。九月，與姚夫人同游西湖，住詁經精舍之第一樓。十月中，湘鄉楊昌濬為先生刊《春在

堂詩編》八卷成。先生是年撰成《古書疑義舉例》七卷。先生兄壬甫赴福防同知任。

同治八年（己巳）四十九歲　春，尚書彭雪琴（玉麟）至杭就醫，假詁經精舍養痾，與先生一見如

故，遂訂交。江寧、蘇州、杭州、武昌四書局有會刻《二十四史》之舉，先生亦與其事。先生撰成《湖樓筆

談》七卷。四月，先生以事至紹興。謁禹陵，登南鎮之香爐峯。先生欲遷杭州，而覓屋皆不當意，乃於

蘇州賃馬醫科巷潘氏屋居之。六月初三日，為姚夫人五十壽辰，稱慶祝者頗眾。天氣新晴，笙歌小作，

先生顧而樂之。潘少梅以『西湖長』小印一方贈先生。（高伯平均儒卒。）

同治九年（庚午）五十歲　正月，先生航海至閩省，視太夫人起居；時寓兄壬甫福防同知官署，留

一月方歸。先生在閩，與兄壬甫言閩越王無諸廟配享四人，皆無考，擬易以縣君丑、縣王居股、越衍侯

吳楊、越建成侯敖。春，寶應王補帆（凱泰）校刊先生所著《賓萌集》成，并序其端。書凡五卷，一論篇，

二說篇，三釋篇，四議篇，五襍篇，以類相從，蓋仿《晏子春秋》之例。五月，先生游西溪。夏間，先生於

蘇寓大病，兩月餘始愈。浙江鄉試，詁經精舍肄業諸生中式者十九人，又有三人，以優行貢成均。鎮海

宰官于印波（萬川）纂修《縣志》成，懼體例未當，將全稿寄吳門，求先生審定。先生編定《春在堂詞錄》

三卷。潘偉如、李眉生（鴻裔）、吳平齋（雲）等九人，釀資爲先生刻《諸子平議》成。是書係先生繼王氏

《讀書襍志》而作，凡《管子》六卷、《晏子春秋》一卷、《老子》一卷、《墨子》三卷、《荀子》四卷、《列子》

一卷、《莊子》三卷、《商子》一卷、《韓非子》一卷、《呂氏春秋》三卷、《董子春秋繁露》二卷、《賈子》二

卷、《淮南内經》四卷、《揚子太玄經》一卷、《揚子法言》二卷，凡三十五卷。八月，先生兄壬甫升授福寧

府同知。十二月二日，知奉檄攝大名府同知。曾滌生六十誕辰，先生撰壽序以賀。（馬穀三新貽卒。）後

兩日，得長子紹萊書，知先生誕辰，乘舟至梁溪，欲游惠山，因風未果，有詩述懷，寄曾滌生、彭雪琴。後

同治十年（辛未）五十一歲　春，先生所著《第一樓叢書》刻成。曾滌生又以大閱至蘇，贈詩先生。

吳縣潘濟之（祖謙）、和甫（祖均）昆弟，皆從先生學詩賦；　是年，以先生所著《春在堂襍文》二卷付之

剞劂。　十月，先生嫂孫夫人卒於閩中。

同治十一年（壬寅）五十二歲　春，先生自錢塘江溯流而上，由金華、處州、溫州至福寧，省視太夫

人及兄壬甫；此行往返，凡得襍詩五十首，并撰成《閩行日記》一卷。先生於福寧攜歸祖父南莊公《四

書評本》一部，以堪作家塾善本，因手自寫定，恩竹樵（錫）、應敏齋、杜筱舫爲釀資刊刻。先生撰《太上

感應篇續義》二卷成。李少荃五十誕辰，先生撰壽序以賀。張子青（之萬）開府三吳，駐節拙政園，詢先

生以斯園掌故，乃作長歌貽之。（曾滌生國藩卒。）

同治十二年（癸酉）五十三歲　三月，彭雪琴築退省庵於西湖；楊石泉中丞招彭公與先生作雲棲、九溪十八澗之游。先生在西湖，忽得兄壬甫病歿福寧之訃，即水陸兼程赴閩，料理喪事畢，遂奉太夫人返吳下寓廬。先生長子紹萊，以道銜爲先生請二品封。冬，先生送兄嫂之柩至德清原籍。（戴子高望卒。）

同治十三年（甲戌）五十四歲　閩撫王補帆與先生爲兒女親家，春間入都述職，道出吳下，先生宴之春在堂。姚太夫人至蘇後，以屋小謀遷徙。先生買馬醫科巷潘姓廢地，創立宅舍，構屋三十餘楹，築『樂知』『春在』兩堂，旁有餘地如曲尺，乃疊石鑿池，襍栽花木，顏曰曲園，李少荃、恩竹樵、顧子山（文彬）皆助以貨，徐花農并爲先生繪《曲園圖》。夏，先生自武林歸，聞馮林一之訃。川督吳仲宣、學使張香濤（之洞）致書先生，請入蜀主講受經書院。先生以奉母居吳，未赴。秋，浙江書局謀刻諸子，先生以嘉慶重鐫本《十子全書》貽浙撫楊石泉選刻之。　先生爲盛旭人（康）撰《留園記》。

清德宗光緒元年（乙亥）五十五歲　四月，先生於春在堂，出所著《説文外編》十五卷相商討。姚太夫人俞太史著書之廬』。　吳縣雷甘溪（浚）訪先生於春在堂，十九日遷入，門懸李少荃所題榜曰『德清年九十，於七月十二日舉觴稱慶，吳下諸賢暨中丞以下官吏咸集。　先生親家王補帆，以閩撫出巡臺灣，感疾歸，卒於任，先生哭之以詩，并爲撰神道碑。

光緒二年（丙子）五十六歲　先生兄子祖綏舉於鄉。　先生長子紹萊補北運河同知。馮竹儒（焌光）觀察，於上海設求知書院，延先生總其事，先生力辭未赴。　季秋，先生自吳至西湖詁經精舍，舟中讀

《法苑珠林》，刺取其事，成連珠一百八首，爲《梵珠》一卷。李蓴堂（桓）以湖南永順所出鳳灘石製硯贈

先生，銘曰『曲園著書之硯。』

光緒三年（丁丑）五十七歲　春，先生自杭繞道菱湖至龍湖書院參觀。院中小有泉石，風景頗勝。

彭雪琴尚書自浙出巡長江，過蘇，先生攜孫陛雲出見；時甫十齡，彭公一見屬意，以漢玉一枚相贈，旋

由勒少仲（方錡）中丞爲媒，以長孫女貞（字素華）許配陛雲。先生哀錄《艮宧易說》、《達齋書說》、

《達齋詩說》、《達齋春秋論》、《達齋叢說》、《荀子詩說》、《何劭公論語義》、《士昏禮對席圖》、《樂記異

文考》、《生霸死霸考》、《春秋歲星考》、《卦氣直日考》、《七十二候考》、《左傳古本分年考》、《春秋人地

名對》、《邵易補原》、《讀韓詩外傳》、《讀吳越春秋》、《讀越絕書》、《讀鶡冠子》、《讀鹽鐵論》、《讀潛夫

論》、《讀論衡》、《讀中論》、《讀抱朴子》、《讀文中子》、《改吳》、《說項》、《正毛》、《評袁》、《通李》、《議

郎》、《訂胡》、《日知錄小箋》、《荂子》、《小繁露》、《韻雅》、《小浮梅閑話》、《續五九枝譚》、《閩行日

記》、《吳中唱和詩》、《梵珠》、《百空曲》、《十二月花神議》、《銀瓶徵》、《吳絳雪年譜》、《五行占》、《集

千字文詩》、《隱書》、《老圓》，爲《曲園襍纂》五十卷。恩竹樵卒，先生哭之以詩，述其生平。翁叔平（同

龢）以蓍草五十莖，寄贈先生。

光緒四年（戊寅）五十八歲　四月，先生門下諸弟子，爲先生建俞樓於西湖孤山之麓。八月十四

日，姚太夫人病逝，卽合葬於金鵝山儀伯公之塋。先生選詁經精舍課藝之佳者，刻爲《詁經精舍四集》。

潘心齋（曾塋）卒，先生爲志其墓。（馮竹儒焌光卒。）

光緒五年（己卯）五十九歲　春，先生偕姚夫人同往杭州，居俞樓匝月。　時彭雪琴亦在西湖退省

庵，遂爲孫陛雲行納采禮，以金玉二釵爲聘。四月，姚夫人逝世，先生奉其柩仍至俞樓，悼亡歌哭，有

『月到舊時明處，與誰同倚闌干』之感；卽以『月到舊時明處』爲詁經精舍是月望日賦題。先生以姚

夫人遺言『願葬杭州』，乃買地於右台山下。五月，毳地窆棺，先生亦自營生壙於其左。《鎮海縣志》

成，邑宰于印波乞序於先生，先生爲作《序錄》一卷。

　　光緒六年（庚辰）六十歲　先生門弟子徐花農入翰林。先生於姚夫人忌辰，焚寄一詩，末云：『只

有門牆徐孺子，新登蕊榜大羅天。』花農從游最早，相知最深，故先生期之最切。五月六日，爲儀伯公百

歲生忌，先生設位家祭，幷禮佛於寶積寺。先生於春在堂西南隅，添築小竹里館。先生於右台山買

地，構屋一區，是爲右台仙館。門外築書家，埋所著書之稿。館中設兩位，左曰曲園先生，右曰曲園夫

人。嘗戲語人曰：『安知異日不爲右台山中土地公婆乎？』幷以姚夫人生前居處曰茶香室，卽以其名

榜於館中臥室，命長女錦孫書之。先生旣葺右台仙館，乃著《右台仙館筆記》十六卷；而《茶香室叢

鈔》亦開始於是年。先生湖樓無事，因於《曲園襍纂》之後，又編定《易窮通變論》、《周易互體徵》、

《八卦方位說》、《卦氣補考》、《詩名物證古》、《禮記鄭讀考》、《禮記異文箋》、《鄭君駁正三禮考》、《九

族考》、《玉佩考》、《喪服私論》、《左傳連珠》、《論語鄭氏義》、《續論語駢枝》、《論語古注擇從》、《孟子

古注擇從》、《孟子高氏義》、《孟子續義內外篇》、《四書辨疑》、《羣經賸義》、《讀文子》、《讀公孫龍子》、

《讀山海經》、《讀楚辭》、《讀漢碑》、《讀昌黎先生集》、《讀王觀國學林》、《讀王氏稗疏》、《莊子人名

考》、《楚辭人名考》、《駢隸》、《讀隸輯辭》、《廣雅釋詁疏證拾遺》、《著書餘料》、《佚文》、《佚詩》、《銘

篇》、《玉堂舊課》、《廣楊園近鑑》、《壺東漫錄》、《百哀篇》、《咏物廿一首》、《五五》、《枕上三字訣》、

《廢醫論》、《九宮衍數》、《金剛經訂義》、《一笑》、《說俞》、《俞樓經始》爲《俞樓襍纂》五十卷。先生門人陳子宣（祖昭）援朱竹垞（彝尊）《鴛鴦湖櫂歌》例，成《西湖櫂歌》一百首，就正先生，喜爲之序。十二月十六日，先生爲孫陞雲娶婦於彭氏。（勒少仲方錡卒。）

光緒七年（辛巳）六十一歲　清明後三日，汪柳門（鳴鑾）、徐花農題曰「小蓬萊」，花農爲刻《名山福壽篇》。吳叔和比部爲先生築伴坡亭、靈松閣於俞樓之後，有軒高敞，徐花農過右台仙館小飲，復同游法相寺，先生得一斷甎，有「福壽」二字，攜歸，作歌紀其事，和者甚眾；花農爲刻《名山福壽篇》。吳叔和百首。有以便面求書者，輒書此詩以應。八月，先生長子紹萊卒於天津。姚夫人有孤姪，名祖詒，自幼育先生家；是年十月，爲娶婦於杜氏。譚文卿自浙撫擢甘陝總督，先生賦詩贈別。（杜筱舫文瀾卒。）

光緒八年（壬午）六十二歲　四月，先生葬長子紹萊於右台山姚夫人之塋左。先生以姚夫人遺齒并己墮齒一枚，合瘞孤山之麓，題曰「雙齒冢」。先生以衰老多疾，戲作小詩，布告海內，以是年八月爲始，停止作文三年。凡以碑傳序記求者，概不應，然總不能謝絕。冬，日本國人以其國詩集一百七十餘家寄先生，請爲選定。十二月，先生次女繡孫卒於杭州。

光緒九年（癸未）六十三歲　春，先生至杭，向壻許子原索繡孫遺稿，云：⋯⋯未死之前，已自付一炬，惟子原尚有能記憶者。先生合舊存繡孫手寫之稿，得詩七十五首，詞十五首，寫而刻之，題曰《慧福樓幸草》：『慧福』乃繡孫居室名。陳子宣成《鑑湖櫂歌》百首，先生又序之。先生於右台仙館又始。　秋，先生編刻《詁經精舍五集》成。　先生長曾孫女璀寶生。（吳平齋雲卒。）築屋三楹，其中一室，供奉高曾祖父之位，春秋祀之。

光緒十年（甲申）六十四歲　先生孫陛雲縣試，先生親送赴浙，以故里無家，舟居幾及兩月。陛雲縣考第一，府考第二。日本大藏省官學生井上陳政（字子德）游學中華，願受業先生門下，先生謙辭，不可，遂留之。四月，吳平齋葬於吳縣某山，先生爲銘志其墓。潘伯寅（祖蔭）以峨嵋銅佛贈先生，銅廣一尺，修五寸，鑿佛十八尊，先生以其色黝黑，不類銅，讀范石湖（成大）《吳船錄》，知峨嵋有三千鐵佛殿，因疑此爲鐵佛。虎丘新築擁翠山莊落成，楊見山（峴）有記，林海如（福昌）有圖，先生有詩。冬，先生又於吳下得『福祿壽』古甎一方。

光緒十一年（乙酉）六十五歲　春，先生赴杭州，道出唐西，於超山報福寺看宋梅，小飲香雪樓中。五月，先生長孫陛雲應院試，以第一名入學。八月，李眉生（鴻裔）卒於蘇城網師園，先生與之同出曾公門，又同寓吳中，甚相得，爲文以銘其墓。九月，浙江鄉試榜發，陛雲中式第二名。十二月十七日，先生次曾孫女珉寶生；十九日洗三，適彭雪琴自嶺南還，先生薄治湯餅，小集賓朋，蘇撫衛靜瀾、滇撫譚序初（鈞培）皆在座。先生編刻《詁經精舍六集》成。（左季高宗棠卒。）

光緒十二年（丙戌）六十六歲　二月，先生親送長孫陛雲航海入都應禮部試，抵京，寓潘家河沿；張子青相國、徐壽蘅侍郎皆來訪。徐花農以去秋闈中得十七人，援門下門生之例，謁先生於寓廬。十月初六夜，杭州詁經精舍失火，詁經精舍選刻之四五六集書板均燬。　時先生在杭，居右台仙館。吳清卿奉命勘定中俄邊界，立銅柱識之，以銅柱拓本寄先生。　出都南旋，過天津，晤李少荃相國，話舊甚歡。

光緒十三年（丁亥）六十七歲　先生主詁經精舍講席，自戊辰至此已二十年。春間，招肄業諸生於

俞樓雅集,有詩云:『一樽戲爲諸君設,二十生辰湯餅筵。』三月,至越中,登南鎮,謁禹陵,遍探吼山、七星巖之勝,成詩十九首;,弟子宋澄之爲繪作《紀游十九圖》。夏,先生右骹生瘍,精力益衰,於曲園閉門養疾,網羅舊聞,間及經義,隨筆記錄,纂成《茶香室經説》十六卷。(蔣薌泉益澧卒。)

光緒十四年(戊子)六十八歲 春,先生回德清掃墓。旋攜二兒婦及孫女慶曾孫璉寶居右台仙館,幾及一月,頗極山居之樂。四月中,先生至臨平,重訪舊游,遍歷史家埭、戴家橋諸處。夏,先生以孫女慶曾許嫁宗湘文觀察之子子戴(舜年)。其秋,子戴登賢書,十二月十三日,入贅於先生家。先生製大金字八分,懸樂知堂兩壁,曰『金榜題名』『洞房花燭』,一時傳爲佳話。《茶香室三鈔》三十卷、《茶香室經説》十六卷刻成。

光緒十五年(己丑)六十九歲 是年會試,先生長孫陞雲與孫婿宗子戴,先後入都,榜發,薦而不售,卷皆在潘伯寅尚書處,俱以額溢見遺,潘公於陞雲卷批『惜之』二字,於子戴卷批『惜哉』二字,姊夫妻弟,竟出一轍,先生歎之以詩。先生輯自述七言詩一百九十九首爲《曲園自述詩》一卷,附刻於《春在堂全書》之後。湖州各縣皆荒於水,德清尤甚,先生以擬墨一千四百本,易洋一百四十圓,又寄百本與龔仰蘧觀察,得百圓,彙付德清賑局。(顧子山文彬卒。)

光緒十六年(庚寅)七十歲 春,先生居右台仙館,以《山居襍咏》二十題課詁經諸生。先生聞彭雪琴逝世之訃,哭之以詩,凡一百六十韻。及葬,爲撰神道碑。先生七十生日,謝不受祝。先生長婿王康侯卒,卜葬吳下象寶山,先生親送其葬。應敏齋卒於杭州,吳中耆老爲建專祠於上海,先生有記刻石。先生撰《右台仙館筆記》十六卷成,其書皆襍記所聞所見,體例與紀曉嵐(昀)《閲微草堂筆記》相

近。（曾劼剛紀澤、潘伯寅祖蔭卒。）

光緒十七年（辛卯）七十一歲　往歲先生七十壽辰，東瀛人士以詩文補祝者甚多，遂有《東海投桃集》之刻。先生於春在堂西偏設一鏡屏，月夜於鏡中斜睨之，化一月爲五，多或至九，乃悟『石湖串月』之理。有同年嚴淄生（辰）者學得其法，大喜，自稱串月弟子。先生製成《勝游圖》及《西湖攬勝圖》，均刻於《曲園三要》中。八月，徐花農拜廣東學政之命，先生適小病，聞之甚喜。曾劼剛（紀澤）葬於長沙，先生爲撰墓銘。（李黼堂桓卒。）

光緒十八年（壬辰）七十二歲　《彭剛直公奏議》八卷《詩》八卷刻成。春間，先生至西湖，拜公祠，即以一部交守祠者，置公神龕中。先生在蘇，與潘偉如、任筱沅（道鎔）、盛旭人，時相過從。夏，先生在吳下，杜門不出，惟以書卷自娛，漁獵所得則錄之，意有所觸亦錄之，編成《九九銷夏錄》十四卷。六月，潘順之（遵祁）卒，先生爲作家傳。秋，先生於俞樓演《青蛇傳影戲》，觀之甚樂。丁松生修西湖寶石山宋孫花翁（惟信）墓，先生爲之撰記。徐花農於英德得一石，若老人危坐而手一編者，因名曰『授經石』，寄贈先生，先生以其仿佛形似墨戲中『曲園課孫』一圖，喜賦一詩。

光緒十九年（癸巳）七十三歲　春，浙藩司劉景韓（樹棠）以署中瓊花折枝贈先生，先生爲賦《杭州瓊花歌》，又撰《瓊英小錄》，并移一株歸種曲園。先生編刻《詁經精舍七集》成。丁松生修西湖陳忠蕭公（文龍）墓，又屬先生撰記立石。孫康候輯《陳忠蕭公墓錄》一卷，先生亦爲之序。

光緒二十年（甲午）七十四歲　五月，先生長孫婦彭氏病逝，年二十九，爲撰傳。先生門人曹小槎，以《春在堂全書》行世已久，而卷帙繁重，攜挈不便，因用西法石印，以廣流通。（譚序初鈞培、孫琴西衣

言卒。）

光緒二十一年（乙未）七十五歲　春在堂東軒瓶梅結實，先生次兒婦以紀文達家『瑞杏軒』爲比，先生爲書『瑞梅軒』三字。瑞安孫仲容（詒讓）以所著《禮逡》十一卷請序於先生。是歲會試，先生長孫陞雲，以海上有警，未赴。十一月，先生爲陞雲續娶外女孫許氏爲室。譚序初歸葬鎮遠，先生爲撰墓碑，并序其奏稿。臨平孫氏重建硯貽樓下謙六堂，先生撫今追昔，賦詩寄題。

光緒二十二年（丙申）七十六歲　是歲，爲先生重游泮水之年，乃將當年院試題目重作一篇，刻爲《重游泮水試草》。先生編刻《詁經精舍八集》成。（楊見山峴卒。）

光緒二十三年（丁酉）七十七歲　是歲，距先生中副榜已六十年。五月，先生曾孫女慶曾卒於溫州。先生同年徐壽蘅來典浙試，出闈相見，握手歡然。（張子青之萬卒。）

光緒二十四年（戊戌）七十八歲　先生長孫陞雲以第三人及第。先生以年老辭詁經精舍講席，繼之者爲黃漱蘭（體芳）侍郎，不半年殁。詁經諸生環請劉景韓中丞延先生再主斯席，先生乃薦汪柳門侍郎自代。詁經諸生知先生不復再來，乃爲先生設長生位於第一樓中。

光緒二十五年（己亥）七十九歲　冬，先生長孫陞雲舉一子，先生始有曾孫，大喜，以前三日次子婦曾夢一僧入室云：『將托生於此。』故爲取乳名僧寶。（丁松生丙卒。）

光緒二十六年（庚子）八十歲　先生八十誕辰，仍援七十歲例，賦詩不受祝，并作《述祖德詩》以勉後人。

光緒二十七年（辛丑）八十一歲　春，汪柳門招集楊定甫、費屺懷（念慈）、喻志韶（長霖）、曹石如、

潘西笙（昌煦）、蔣季和（炳章）同集其寅，先生攜孫陛雲與焉；一主七賓皆翰林，吳下傳爲盛事。丁修甫昆仲以《武林藏書錄》索題，先生爲賦長歌。陸鳳石自西安以商山芝草寄先生。奎樂峯（俊）制府自蜀中寄贈先生卭竹杖三枝，附書有『扶掖大雅，楷柱名教』之語，先生賦長歌謝之。春在堂有桂四枝，花開頗盛，先生每歲思一賞之，輒不果。是年，無風雨。遂招王氏長女來，共飲花下，徘徊竟日。先生長孫陛雲又舉第二子，維未滿百日而殤。（李少荃鴻章卒。）

光緒二十八年（壬寅）八十二歲　清明日先生晨起，至靜室誦經畢，跌坐片時，俄覺虛陽上升，汗出如雨，昏厥移時；此後精神萎頓，竟不能復原，病後客來，概以一刺報之。七月，王氏長女卒。先生長孫陛雲，應經濟特科考，旋典試蜀中，適逢拳亂。八月中，先生得監臨吳蔚若（郁生）學使電報云：『三場完竣，主考平安。』舉家大慰。陛雲返吳，攜歸華山墨竹數枝，爲先生作杖。先生自戊戌歲後，不到西湖，已閱四歲。是年，復偕孫陛雲同至西湖，返蘇，復辭退菱湖龍湖書院主講名義。（吳清卿大澂卒。）

光緒二十九年（癸卯）八十三歲　春，蒙古喀喇沁王寄紙來，求先生書『薆庵』兩大字。夏，先生長孫婦又舉一男。先生自道光甲辰至今歲，正科計周一甲子，浙中大吏，爲之重宴鹿鳴，請旨，得復編修原官，并有『早入翰林，殫心著述，啓迪後進，人望允孚』之諭。先生自編定《春在堂文》六編，計《初編》二卷、《續編》五卷、《三篇》四卷、《四篇》八卷、《五編》八卷、《六篇》十卷，凡三十七卷。先生以《蓮社高僧傳》慧遠、慧永年皆八十三而終，故所詠《自述詩續》八十首，亦止於是年。吳清卿葬於支硎山，先生銘其墓。

光緒三十年（甲辰）八十四歲　清廷廢吳下紫陽書院，先生賦詩慨歎。（翁叔平同龢卒。）

光緒三十一年（乙巳）八十五歲　冬十月，先生《春在堂襍文》三十七刻成。（費屺懷念慈卒。）

光緒三十二年（丙午）八十六歲　九月，陳筱石（夔龍）撫蘇，重修楓橋寒山寺，以明文徵明所書唐張繼詩碑已殘缺不完，請先生補書，重刻於石。　冬，任筱沅卒於吳門，先生撰文志其墓。　十二月二十三日，先生卒於蘇州寓廬。